HEYNE
BÜCHER

Das Buch

Annabelle ist vom Familienleben genervt. Am meisten stört sie ihre gesundheitsbewusste, kettenrauchende, besserwisserische Mutter, die regelmäßig zu Besuch kommt. Als sich Mutter für drei Monate bei Annabelle und ihrer Familie einnistet, weil ihr Haus renoviert wird, ergreift Anna begeistert die Chance, auf ein »Entspannungswochenende« zu fahren. Freundin Doro, die eigentlich auf die Kinder aufpassen sollte, beginnt bei dieser Gelegenheit eine Affäre mit Annabelles Ehemann Friedrich. Als Anna zurückkehrt, ist sie entsetzt. Sie packt ihre Sachen und verlässt Friedrich und die Familie. Prompt lernt sie auf einer Party einen jungen Studenten kennen, der die Leidenschaft in ihr weckt …

»Ein Buch, das seine Geschichte mit viel Augenzwinkern und liebenswerter Ironie erzählt.«

Die Welt

Die Autorin

Amelie Fried wurde 1958 in Ulm geboren. Nach ihrem Studium moderierte sie zahlreiche Fernsehsendungen, darunter Live aus dem Alabama, Live aus der Alten Oper, Stern-TV und Kinderella. Sie erhielt zahlreiche Fernsehpreise. Nebenbei schrieb sie mehrere Kinderbücher – Hat Opa einen Anzug an? kam 1997 auf die Auswahlliste zum Deutschen Jugendbuchpreis – sowie Drehbücher und zwei Bücher über ihre eigenen Kinder. 1996 erschien ihr erster Roman, der fürs Fernsehen verfilmt wurde. Die Autorin lebt mit ihrer Familie in München.

AMELIE FRIED

AM ANFANG WAR DER SEITENSPRUNG

Roman

WILHELM HEYNE VERLAG
MÜNCHEN

HEYNE GROSSDRUCK
Nr. 21/50

Umwelthinweis:
das Buch wurde auf chlor- und säurefreiem
Papier gedruckt.

Taschenbuchausgabe 11/2000

Wilhelm Heyne Verlag GmbH & Co. KG, München
Printed in Denmark 2000
Umschlaggestaltung: Nele Schütz Design, München,
unter Verwendung des Originalumschlags von Buchholz, Hinsch,
Hensinger nach einem Foto von Katalin Meixner
Satz: Buch-Werkstatt GmbH, Bad Aibling
Druck und Bindung: Nørhaven, Viborg

ISBN: 3-453-18207-3

http://www.heyne.de

Für meine Tochter

1

Das Verhängnis näherte sich unaufhaltsam. Es würde über mich hereinbrechen wie jedes Jahr, und ich würde es nicht aufhalten können. Oder doch? Ich nahm einen Schluck Kaffee, schmierte mir noch ein Brötchen und warf einen Blick auf die Zeitung, hinter der sich Friedrich, mein Mann, verschanzt hatte. Draußen war alles grau in grau. Ein typisch deutscher Winter.

In einer Woche war Weihnachten.

»Was machen wir diesmal?«, fragte ich die Zeitung.

»Was meinst du?«, vernahm ich Friedrichs Stimme hinter der Wand aus Papier.

»Du weißt genau, was ich meine.«

»Ach so, das. Keine Ahnung.«

»Wie wär's mit Karibik?«, schlug ich vor.

»Zu teuer. Außerdem …«

»… die Kinder wollen einen Weihnachtsbaum und Geschenke und Schnee und nicht im Sonnenschein unter einer Palme sitzen, ich weiß«, beendete ich seinen Satz. Ich kannte diese Unterhaltung. Wir führten sie jedes Jahr.

»Ich könnte Lamm kochen«, fuhr ich fort. »Sie erträgt den Geruch nicht.«

»Ich auch nicht.«

»Einer von uns könnte eine infektiöse Lungenentzündung bekommen!«

»Lungenentzündung ist nicht ansteckend. Wenn du nicht willst, dass sie kommt, dann sag es ihr.«

»Ich traue mich nicht«, jammerte ich, »sie ist meine Mutter.«

Endlich ließ Friedrich die Zeitung sinken.

»Mein Gott, Anna, jedes Jahr das gleiche Theater! Es wird schon nicht so schlimm werden. Bisher hast du jedes Weihnachtsfest überstanden.«

Klar, mit einer Nervenkrise. Friedrich fand es gar nicht so übel, wenn Queen Mum zu Besuch kam. Das hing vermutlich damit zusammen, dass wir dann immer besonders leidenschaftlichen Sex hatten. Es machte mir Spaß, meine Mutter in Verlegenheit zu bringen, indem ich besonders laut stöhnte und schrie, sodass sie es im Zimmer gegenüber hören musste.

Friedrich hielt mir die Seite mit Immobilien-Anzeigen unter die Nase. »Wir sollten endlich aufs Land ziehen ...«

Wir wohnten in einer Vorort-Reihenhaussiedlung, die die Nachteile des Stadtlebens mit den Nachteilen des Landlebens verband, ohne einen einzigen ihrer Vorteile aufzuweisen. Es gab eine Menge Autolärm und Abgase, weil jede Familie glaubte, mindestens zwei Autos besitzen zu müssen, und gleichzeitig gab es weit und breit keine anständige Kneipe, kein Kino und außer einem Supermarkt keinen einzigen Laden. Zugegeben, wir hatten, wovon viele Leute träumen: einen Garten. Nur hatte ich leider nicht den geringsten Sinn für Gartenpflege, und so wucherten ein paar Stauden und Büsche, die noch von unseren Vormietern stammten, ungehindert vor sich hin. Hie und da wurde der Rasen gemäht, und im Sommer stellte ich ein paar Töpfe mit Rosen und Begonien auf die Terrasse. Ich hätte am liebsten mitten in der Stadt gewohnt, aber Friedrich hatte sich bisher all meinen Überredungsversuchen standhaft widersetzt.

»Denk an die Kinder!«, ermahnte er mich jetzt wieder.

»Die Kinder?« Ich lachte auf. »Glaubst du, Lucy will mit Bauernjungs in der Dorfdisco knutschen?«

»Knutschen?« Mein Mann sah mich entgeistert an. »Lucy ist fünfzehn!«

»Wann hattest du deinen ersten Zungenkuss?«

»Mit elf.«

»Na bitte. Und Jonas hat mir gestern mitgeteilt, dass er beabsichtigt, demnächst einen Computerkurs zu machen. Das könnte er auf dem Land bestimmt auch nicht.«

»Computerkurs? Der kann doch noch nicht mal lesen!«

»Erstens kann er es fast schon, und zweitens bedient er deinen PC wie ein Alter. Kürzlich hat er einen ganzen Nachmittag ›Tetris‹ gespielt.«

»Ich konnte mit fünf übrigens auch schon lesen, das hat er von mir«, sagte Friedrich stolz.

Ich stand auf, um neue Butter zu holen. Im Vorbeigehen küsste ich ihn auf seinen schütter werdenden Haarschopf.

»Du warst ja sowieso ein Wunderkind!«

Unser Sohn war zum Glück einigermaßen normal. Vorausgesetzt, es ist normal, dass ein Fünfjähriger mit einem Vogelbestimmungsbuch und dem Fernglas durch den Garten rennt.

Lucy jedenfalls war die normalste Fünfzehnjährige, die man sich vorstellen kann. Aufsässig, frech und miserabel in der Schule. Ich fragte mich, ob ich in diesem Alter auch so unausstehlich gewesen war. In ein paar Tagen würde ich Gelegenheit haben, mich bei meiner Mutter danach zu erkundigen.

»Wo sind sie überhaupt?« Friedrich sah sich erstaunt um, als habe er jetzt erst bemerkt, welch himmlische Ruhe diesen Sonntagmorgen auszeichnete.

Lucy hatte bei ihrer Freundin übernachtet, und Jonas war schon seit Acht bei Goofy, seinem Freund aus der Nachbarschaft.

»Sturmfreie Bude?« Friedrichs Augen begannen zu glänzen.

Ich betrachtete Friedrichs Hände, die noch immer leicht gebräunt waren, obwohl der Sommer schon eine Ewigkeit vorbei war. Er fuhr sich durch sein vom Schlafen verstrubbeltes Haar, das reichlich graue Einsprengsel hatte. Es stand ihm gut, fand ich. Mit vierzig muss man nicht mehr aussehen wie ein Junge. Ich dachte an seinen Körper, der kräftig und wohlproportioniert war. Ich hatte ihn immer als sehr anziehend empfunden, vielleicht waren wir deshalb noch verheiratet.

Jetzt beugte ich mich runter, schlang die Arme um seinen Hals und küsste ihn aufs Ohrläppchen. Mit einer schnellen Bewegung setzte ich mich rittlings auf ihn. Mein Bademantel öffnete sich. Die Zeitung segelte in mehreren Einzelteilen zu Boden und kam raschelnd auf. Ich nahm Friedrichs Gesicht in beide Hände und drückte meinen Mund auf seine Lippen. Mit einem wohligen Seufzer zog er mich an sich. Wenige Augenblicke später taten wir, was wir seit dem Tag unserer ersten Begegnung am liebsten taten und was schon damals für Ärger gesorgt hatte.

»Wer ist der Kerl?«

Mein Vater funkelt meine Mutter wütend an, als sei sie schuld daran, dass seine Tochter mit einundzwanzig schwanger geworden ist.

»Er studiert Biochemie«, sage ich.

»Seit wann kennst du ihn?«

»Sechs Wochen.«

Meine Mutter stöhnt auf.

»Was machen die Eltern?«

»Weiß nicht. Interessiert mich auch nicht.« Trotzig schiebe ich die Unterlippe vor.

»Aber mich!«

Mein Vater lässt seine flache Hand krachend auf den Tisch fallen und zuckt heftig mit den Augenlidern, was ein Zeichen dafür ist, dass er sehr wütend ist.

»Wie stellt ihr euch das vor? Wer soll euch finanzieren?«

»Vielleicht kann ich nach der Geburt die Banklehre zu Ende machen«, schlage ich schüchtern vor.

Ich denke natürlich keine Sekunde daran, die Lehre zu beenden. Dass ein Baby mich davor bewahren würde, zwischen Bilanzen und Kreditanträgen zu verschimmeln, war schon Grund genug, es zu bekommen.

»Und wovon wollt ihr bis dahin leben? Das dauert doch noch Jahre, bis der Junge was verdient!«

»Bis dahin müsst ihr mich eben unterstützen.«

Hab dich bloß nicht so, denke ich wütend. Schließlich bist du ein erfolgreicher Architekt, verdienst eine Menge Geld, und ich bin deine einzige Tochter.

»Wie konnte das bloß passieren?«, fragt meine Mutter mit ersterbender Stimme.

»Mein Gott, Mummy, wie so was halt passiert! Wir haben zusammen geschlafen und nicht verhütet.«

Sie macht eine abwehrende Handbewegung. »Hör auf! Keine Einzelheiten, bitte! Schlimm genug, dass heute jeder mit dem Erstbesten ins Bett springt!«

»Friedrich war nicht der Erstbeste!«, lächle ich.

»Ich will gar nicht wissen, wie viele Männer es in deinem Leben schon gegeben hat!«, kreischt meine Mutter.

Gespräche über Sex sind ihr zuwider. Vermutlich ist ihr Sex zuwider.

»Musst du das Kind denn kriegen?«, fährt sie fort.

»Ich liebe Friedrich, wir werden heiraten, und alles ist in Ordnung. Ihr solltet euch freuen!«

»Und deine Karriere?«

»Welche Karriere?«

»Ja, glaubst du denn, wir haben umsonst die ganze Schulzeit mit dir durchlitten und jahrelang den teuren Nachhilfeunterricht bezahlt?«

Ihr Blick ist ein einziger Vorwurf. Das ist also das Problem. So viel haben sie investiert, und jetzt bringt das undankbare Balg keinen Ertrag. Kein Studium, mit dem man vor Bekannten protzen kann, keine Urkunde zum Übers-Bett-Hängen, kein Doktortitel zum Angeben.

»Ich kann ja später noch studieren«, sage ich erschöpft und hoffe, dass sie endlich Ruhe gibt. Aber sie jammert weiter. »Alles hätte dir offen gestanden, die Universität, eine Karriere in der Wirtschaft, Erfolg und Anerkennung …«

»… alles, was dir versagt geblieben ist! Ich weiß, dass du mir deine Karriere geopfert hast, du hast es mir oft genug vorgehalten.«

»Und – du – bist – im – Begriff – den – gleichen – Fehler zu – machen«, deklamiert Mummy mit theatralischem Vibrato in der Stimme, »sag-später-nicht-ich-hätte-dich-nicht-gewarnt!«

»Keine Sorge.«

Ich wünsche mir inständig, dass sie endlich aufhören, mich zu bearbeiten. Aber jetzt fängt mein Vater wieder an.

»Du musst den Kerl doch nicht gleich heiraten, nur weil du schwanger bist. Heutzutage ist man da nicht mehr so.«

»Ich will *ihn aber heiraten!«, rufe ich jetzt und balle entschlossen die Fäuste.*

Ermattet sank mein Kopf auf Friedrichs Schulter.

»Nicht schlecht, so ein Morgenquickie!«, seufzte ich. Friedrich kraulte mir den Rücken. »Jetzt schlafe ich schon seit sechzehn Jahren mit derselben Frau und finde sie immer noch scharf. Ist das normal?«

Ich kicherte geschmeichelt. »Wahrscheinlich nicht.« Ob Friedrich mich wirklich noch nie betrogen hatte? Ich wollte es gar nicht so genau wissen. Ich lebte sehr gut mit der Illusion. Sehr viel mehr als guter Sex verband uns eigentlich nicht. Wir lebten nebeneinander her, ohne uns gegenseitig zu stören. Jeder war an den anderen gewöhnt wie an einen lieb gewordenen Gegenstand, dessen Existenz man nicht mehr ständig wahrnimmt, dessen plötzliches Fehlen einem aber schmerzhaft bewusst werden würde.

Friedrich war stellvertretender Leiter eines kleinen wissenschaftlichen Institutes und ging völlig in seinem Beruf auf. Er war ohne jeden Ehrgeiz, und so lebten wir seit Jahren vom selben mittelmäßigen Gehalt, ohne Aussicht auf großartige Verbesserungen. Er hatte es klaglos hingenommen, dass eines Tages ein aufstrebender junger Biochemiker zum Institutsleiter ernannt worden war, obwohl dieser Posten eindeutig ihm zugestanden hätte. In Wahrheit war er sogar ganz froh darüber gewesen, weil er sich auf diese Weise weiter seinen Forschungen widmen konnte und keine Zeit durch Repräsentation, Vorträge und Reisen verlor.

Wir waren seit sechzehn Jahren verheiratet, und vermutlich bedeutete die Tatsache, dass wir uns so gut wie nie stritten, dass wir eine gute Ehe führten. Wahrscheinlich eine bessere als viele andere Paare, denn wir hatten, wie gesagt, wenigstens noch Sex. »Weißt du, woran ich gerade denken muss?«, Fragend sah ich Friedrich an. Ich saß noch immer auf seinen Knien, und er hatte die Arme um meine Taille geschlungen.

»An unsere Hochzeitsnacht. Da haben wir's auch im Sitzen gemacht, weil meine Kommilitonen unser Bett mitgenommen hatten.«

»Und die Schlafzimmertür haben sie ausgehängt

und überall gefüllte Wassereimer aufgestellt!«, erinnerte ich mich an die üblen Scherze seiner Studienfreunde. Unsere Hochzeit! Ich wurde immer noch wütend, wenn ich daran zurückdachte. Nachdem meine Eltern eingesehen hatten, dass jeder Widerstand zwecklos war, hatte Mummy sich umgehend daran gemacht, die geplante Hochzeit in ihrem Sinne zu gestalten. Flugs wurden allerhand Verwandte eingeladen, die ich in meinem Leben noch nie gesehen hatte. »Das ist deine Familie!«, entschied Mummy, »und die kommt zu deiner Hochzeit. Das gehört sich so!«

Froh darüber, dass es keinen größeren Eklat gegeben hatte, fügte ich mich in alles. Sogar das Restaurant für die Feier suchte meine Mutter ohne mich aus.

Die Trauung selbst war eine schrecklich steife, peinliche Zeremonie. Der Standesbeamte rasselte seinen Text herunter wie ein Notar, der einen Grundstückskaufvertrag vorliest, seine Assistentin gähnte ungeniert, ohne sich die Hand vor den Mund zu halten. Ich saß neben dem Bräutigam und kämpfte gegen meine Schwangerschaftsübelkeit. Wir hatten nur noch einen Termin morgens um neun bekommen, und um diese Zeit saß ich normalerweise zu Hause vor der Kloschüssel und kotzte.

Den Leuten, die meine Familie darstellten, merkte man deutlich an, was sie von unserer Verbindung hielten. Ich sah in verspannte Gesichter und auf nervös verschränkte Hände. Meine Großmutter, die damals noch lebte, schüttelte immer nur ihren Kopf mit dem riesigen Hut und stieß bei jeder Drehung gegen das linke Ohr meines Vaters, der neben ihr saß und gedankenverloren nach der Hutkrempe schlug, als wäre sie eine lästige Fliege.

Nur Friedrichs Eltern waren bester Stimmung. Ihr Lachen war echt, und sie waren die einzigen, die bei dem Satz »Undnunsindsiemannundfrauherzlichenglückwunsch!«, applaudierten. Ihr Klatschen versickerte im Schweigen der anderen Anwesenden, die befremdet die Köpfe drehten. Leider lebten meine Schwiegereltern, die ich an diesem Tag endgültig ins Herz geschlossen hatte, in Kanada, und wir sahen uns fast nie. Nur an Weihnachten kamen sie manchmal zu Besuch, aber für dieses Jahr hatten sie abgesagt.

»Denkst du, du hältst die paar Tage mit Queen Mum aus, oder sollen wir noch schnell die Flucht organisieren?«, wollte Friedrich wissen.

»Dann ist sie bloß monatelang sauer. Ich glaube, da müssen wir durch.«

Friedrich nickte ergeben. »Wie jedes Jahr.«

Die Tür flog auf, und Lucy erschien auf der Bildfläche. Sie trug eine viel zu lange, viel zu weite Jeans, deren halb aufgetrennte Hosenbeine um ihre Schnürstiefel schlackerten, einen riesenhaften Pullover und eine umgedrehte Baseballkappe. Ihre Augen hatte sie dunkel geschminkt, ihre Lippen leuchteten in einem aufreizenden Brombeerton. Lucy war doch so hübsch, warum entstellte sie sich derartig?

»Na, ihr Turteltäubchen, habt ihr 'ne kleine Morgennummer geschoben?«

Ich errötete, stand auf und zog schnell meinen Morgenmantel über der Brust zusammen. Lucy stürmte zum Kühlschrank, riss die Milchflasche heraus und setzte sie an den Mund.

»Moment mal, junge Dame, so geht das aber nicht!« Friedrich bemühte sich um einen autoritären Tonfall. »Hallo, Papa, nett, dich mal wieder zu sehen!«

Sie knallte die Flasche auf den Tisch, wischte sich den Mund mit dem Handrücken ab und entzog sich geschmeidig seinem Zugriff. Im nächsten Moment war sie aus der Küche.

»Es hat keinen Sinn«, murmelte ich, »Erziehung ist zwecklos.«

»Stimmt, Mami!«, ertönte jetzt Jonas' Stimme. Er umrundete mich auf dem Skateboard. »Kinder wissen selbst am besten, was gut für sie ist. Man muss sie ihre Erfahrungen machen lassen.«

Wo hatte er das bloß wieder aufgeschnappt? Ich fuhr ihm mit der Hand durch die Haare, als er kurz in meine Nähe kam, und verzichtete darauf, eine Debatte über den Sinn und Zweck von Erziehung zu beginnen. Stattdessen widmete ich mich meinen hausfraulichen Pflichten.

Mit Gummihandschuhen an den Händen und gerümpfter Nase nahm ich ein Hähnchen aus, wusch es, tupfte es vorschriftsmäßig mit Küchenkrepp ab und füllte es mit einer Mischung aus Zwiebeln und Äpfeln. Ich liebte Hähnchen, wenn es braun und knusprig auf meinem Teller lag, aber ich ekelte mich vor dem blassen, toten Tier, dessen weiche Haut sich widerstandslos hin und her schieben ließ, während ich es mit Pfeffer, Salz und Paprika einrieb. Erleichtert schob ich den Bräter mit dem präparierten Vogel in den Backofen.

Schnuppernd kam Jonas wenig später zurück in die Küche.

»Schon wieder Hähnchen?«, fragte er, und ich nickte. Wütend stampfte er auf. »Du weißt doch, dass ich keine Vögel esse! Vögel sind meine Lieblingstiere, und du bist brutal und gemein!«

Er lief aus der Küche. Aufseufzend zuckte ich die Schultern. Das Thema war ein Dauerbrenner, aber ich hatte beschlossen, mich nicht kleinkriegen zu lassen. Ich zwang ihn ja nicht, Hähnchen zu essen. Aber ich sah auch nicht ein, warum ich mich seiner Kleine-Jungen-Marotte unterwerfen sollte.

Solange der Braten schmorte, widmete ich mich dem Auf- und Abhängen meiner Wäsche. Ich hatte keinen direkten Widerwillen gegen Hausarbeit, aber gelegentlich fragte ich mich doch, ob diese öden, immer wiederkehrenden Tätigkeiten wirklich der Sinn meines Lebens sein könnten.

Ich liebte meinen Mann und meine Kinder, ich fühlte mich (trotz des Traumes von der Großstadt) im Grunde wohl in unserem Häuschen, ich war glücklich in unserer gemütlichen, kleinen Spießeridylle, in der alles berechenbar und ungefährlich war. Das entsprach meinem Naturell. Ich fand, es kam darauf an, mit welchem Bewusstsein man spießig war. Der Besitz eines Gartengrills änderte nichts daran, dass ich in meiner Seele eine Rockerin war. Aber ich musste auch nicht alle meine Träume ausleben. Ich war in Wahrheit nicht besonders abenteuerlustig, sondern schätzte die Beständigkeit. Nur in seltenen Momenten, meistens nachts, wenn eines der Kinder mich geweckt hatte und ich nicht wieder einschlafen konnte, beschlich mich ein komisches Gefühl. Vielleicht gäbe es, ganz nahe bei meinem, ein ganz anderes Leben? Vielleicht würde ein bisschen Mut oder Übermut ausreichen, und mein Leben wäre mit einem Schlag unberechenbar und gefährlich? Noch während ich das dachte, bekam ich jedes Mal Angst. Ich war nicht mutig und schon gar nicht übermütig. Ich war eine ganz normale Frau mit einem ganz normalen Leben. Ich wollte kein anderes. Alles war gut, wie es war.

2

Großkampftag im Supermarkt. Alle Vorort-Muttis waren unterwegs, um sich für Weihnachten einzudecken. Ich holte tief Luft und startete.

Nudeln, Knäckebrot, Corn-Flakes, Knödel halb und halb, Rotkraut – das lief ja wie geschmiert. Verdammt, keine konservierten Esskastanien mehr für die Gänsebratenfüllung! Ich war zu spät dran, wie jedes Jahr. Beim Schälen der frischen Kastanien würde ich mir wieder die Fingernägel ruinieren.

Kaffee, Honig, Marmelade, Erdnussbutter. Lange frühstücken war das Schönste an Feiertagen.

Den ersten Stau gab es bei den Milchprodukten; die Frischmilch war ausgegangen und aufgebrachte Kundinnen standen herum und warteten auf Nachschub. Dann eben H-Milch, war mir egal. Joghurt, Sahne, Schokopudding, Butter.

Bei Wurst und Käse die Mega-Schlange.

»Stellen Sie sich gefälligst hinten an!«, keifte eine Kundin und presste hektisch ihren Einkaufswagen in die kleine Lücke vor mir. Ich schluckte. Sie hatte sich eindeutig vorgedrängt, aber ich scheute Auseinandersetzungen vor Publikum.

Vor mir entdeckte ich ein paar bekannte Gesichter und grüßte mit einem Lächeln oder ein paar freundlichen Worten. Man kannte sich, schließlich lief man sich mindestens einmal pro Woche über den Weg.

Als mein Wagen voll gepackt war, steuerte ich die Kasse an. Das durfte doch wohl nicht wahr sein! Von den fünf Kassen waren nur drei besetzt, die Schlangen reichten durch den halben Laden.

Ich nahm meinen ganzen Mut zusammen und ging nach vorne.

»Könnten Sie bitte eine zusätzliche Kasse öffnen?«, bat ich eine der Kassiererinnen.

Sie warf mir einen genervten Blick zu und sprach in ein Mikrofon, das vor ihr installiert war.

»Bitte Kasse vier besetzen, Kasse vier, bitte!«

Erleichtert kehrte ich zu meinem Einkaufswagen zurück, da drängten sich blitzschnell zehn Leute vor und stellten sich bei Kasse vier an. Jetzt waren alle drei Schlangen ein klein wenig kürzer, aber ich stand immer noch ganz hinten. »Also, das ist doch ...«, begann ich entrüstet. Ein paar Kunden drehten sich zu mir um, der Satz blieb mir im Hals stecken, ich lief rot an und schwieg. Immer wieder passierte mir das, und jedes Mal ärgerte ich mich über mich selbst. Ich hatte einfach nicht den Mumm, laut und deutlich meine Meinung zu sagen. Stattdessen schluckte ich den Ärger runter und hatte hinterher Magenschmerzen.

Verärgert schob ich meinen Wagen Zentimeter für Zentimeter nach vorne. Kurz bevor ich dran war, knallte mir von hinten ein Einkaufswagen in die Fersen.

»Aua!«, schrie ich auf und drehte mich um.

Der kaugummikauende Schnösel, der den Wagen schob, schaute unbeteiligt in die Gegend.

Vorwurfsvoll sah ich ihn an und wartete auf eine

Entschuldigung. Der Typ beachtete mich nicht. Ich hatte Lust, ihn vor allen Leuten anzuschreien, stattdessen murmelte ich halblaut: »Sie haben mir wehgetan!«

Er schaute immer noch so, als wäre er nicht gemeint. Warum reagierte der nicht, der arrogante Kerl? Ich fühlte mich hilflos und blamiert, mein Gesicht glühte, und am liebsten hätte ich angefangen zu heulen.

Endlich war ich dran. Frau Nessinger, die Kassiererin, grüßte. Sie war die Mutter von Jonas' Freund Goofy.

Energisch schrubbte sie meine Waren über das elektronische Lesegerät.

»Und, kriegen Sie viel Besuch über die Feiertage?«, fragte sie mit Blick auf meinen Großeinkauf.

»Ja, meine Mutter kommt«, antwortete ich und schrieb einen Scheck aus.

»Na dann, frohes Fest!«, wünschte sie lächelnd.

Ich weiß nicht, warum, aber mir kam ihr Lächeln schadenfroh vor.

Einen Tag vor Weihnachten begann das Jucken an meinem Auge. Ich kannte es schon, es war eine Urtikaria. Eine quälende Hautreizung, die immer gleichzeitig mit meiner Mutter auftrat, manchmal sogar schon vor ihr. Queen Mum kannte mich eigentlich nur mit juckendem, tränendem rechten Auge, und jedes Mal, wenn sie kam, sah sie mich mitleidig an und meinte: »Kind, das ist ja chronisch geworden, warst du mal beim Arzt?«

Klar war ich beim Arzt gewesen, und nicht nur bei einem. Ich kannte sämtliche Ärzte in der Hautklinik und einige in der Augenklinik; ich war bei drei Homöopathen gewesen, bei einem Heilpraktiker und einer Schamanin. Keiner hatte mir helfen können, aber dafür hatte ich es jetzt schwarz auf weiß. Ich hatte eine »lokal begrenzte, psychosomatisch bedingte Nesselsucht«. Im Klartext: eine Allergie gegen meine Mutter.

Morgen sollte Queen Mum also kommen, und wie meistens war meine Allergie schneller. Sie begann ganz außen im Augenwinkel, wanderte langsam bogenförmig um mein Auge herum und stieß fast bis an die Nasenwurzel. Winzige Bläschen bildeten sich auf der geröteten Haut, und es juckte zum Wahnsinnigwerden. Begonnen hatte es mit Lucys Geburt.

Ich liege wie ein Häufchen Elend in meinem Krankenhausbett, fix und fertig nach fünfundzwanzig Stunden Wehen, und ahne vage, dass dieses rotgesichtige, schnaufende Wesen neben mir meine hoffnungsvolle Jugend soeben abrupt beendet hat.

Meine Mutter rauscht herein, wirft ihren Mantel nebst einem Blumenstrauß auf einen Stuhl und reißt Lucy aus ihrem Bettchen.

»So, meine Kleine, jetzt hast du mich also zur Großmutter gemacht. So schnell wird man eine alte Frau! Nun ja, unsere Enkel werden uns rächen, nicht wahr?« Sie lacht bitter auf und legt das brüllende Neugeborene zurück. Prüfend sieht sie mich an, küsst mich flüchtig auf die Stirn.

»Klappt's mit dem Stillen? Du musst unbedingt stillen, das ist wichtig für das Kind. Ich habe dich über ein Jahr gestillt, weißt du das eigentlich?«

Ich nicke stumm.

»Dein Vater lässt dich grüßen, er hat einen wichtigen Termin. Er kommt morgen vorbei, wenn sein Zeitplan es erlaubt.«

Sie sieht sich im Zimmer um. »Nettes Krankenhaus, wie ist das Essen? Du musst ordentlich essen und viel trinken, damit du genug Milch hast.«

Ich bin sprachlos. Warum ist sie so kalt, so geschäftsmäßig? Kein mütterliches: »Wie geht's dir, mein Anna-Kind?«, keine Frage nach dem Verlauf der Geburt. Sie straft mich dafür, dass ich mit der Entscheidung für das Kind meinen eigenen Weg gegangen bin und ihre hochfahrenden Pläne durchkreuzt habe.

Die Stimmung zwischen meinen Eltern und mir ist seit der Hochzeit mehr als kühl, und ich wünsche mir nichts sehnlicher als eine Versöhnung. Ich hatte mir vorgestellt, die Geburt eines Kindes würde alles auslöschen, wir würden uns weinend in die Arme fallen und alles vergessen, was an Groll zwischen uns war. Stattdessen lässt mein Vater sich entschuldigen, und meine Mutter verhält sich, als hätte ich eine Blinddarmoperation hinter mir, keine Geburt.

Nachdem sie gegangen ist, weine ich den restlichen Nachmittag, und am Abend zeigen sich die ersten Symptome der Urtikaria, die mich seither regelmäßig befällt. Manchmal reicht es sogar, dass nur die Rede von meiner Mutter ist, und der Ausschlag bricht aus.

Ich beschloss, die Symptome zu ignorieren. Ich bemühte mich um liebevolle, positive Gedanken. Morgen war Weihnachten, ich hatte eine Familie, mit der ich feiern konnte, und zu dieser Familie gehörte auch meine Mutter. Andere wären froh, wenn sie noch eine Mutter hätten. Oder sie häufiger sehen könnten. Ich war siebenunddreißig, ich war längst selbst Mutter – wenn Lucy genauso dämlich war wie ich, würde ich bald Großmutter werden –, warum nur fühlte ich mich Queen Mum gegenüber immer wie ein kleines Mädchen, das heimlich die Zuckerdose leergefressen hat und aufs elterliche Donnerwetter wartet?

Das Komische war, dass alle anderen Leute Queen Mum klasse fanden. Wie oft hatte ich erlebt, dass Freunde sie kennen lernten und ganz begeistert meinten: »Du hast aber eine sympathische Mutter! So temperamentvoll und aktiv! Ich wünschte, meine Mutter wäre auch so und würde nicht nur zu Hause rumsitzen und jammern.«

Auch meine Kinder fuhren total auf ihre Großmutter ab.

»Die ist viel ausgeflippter als du!«, fand Lucy, und Jonas war hingerissen von ihr, weil sie mal vier Stunden hintereinander Memory mit ihm gespielt hatte. Nicht mal Friedrich war besonders genervt von ihr, er nahm sie einfach nicht ernst.

Ich konnte niemandem erklären, was mein Problem mit ihr war. Dass ich mich erdrückt fühlte in ihrer Gegenwart. Dass ich das Gefühl hatte zu schrumpfen, klein und mickrig zu werden. Dass ich ständig den Zwang spürte, mich vor ihr zu rechtfertigen, und gleichzeitig Lust hatte, sie zu provozieren. Vielleicht hatte ich, weil ich selbst so früh Mutter geworden war, versäumt, mich von meiner Mutter abzunabeln. So war ich die ewige Tochter mit dem ewig schlechten Gewissen geblieben.

Besonders schlimm war es, seit mein Vater tot war. Es war vier Jahre her, er war einfach so gestorben, ohne Vorankündigung, ohne Krankheit, ohne Grund. An dem Morgen war er zu einer Baustelle gefahren, weil es Probleme mit irgendwelchen Stahlverstrebungen gegeben hatte. Er hatte mit dem Bauleiter diskutiert, sie hatten Pläne verglichen und Materiallisten studiert. Als der Fehler gefunden war, hatte er sich fröhlich verabschiedet, war in seinen Wagen gestiegen und losgefahren. Immer geradeaus, geradeaus, bis er mit achtzig gegen eine Mauer des Rohbaues geknallt war. Die Obduktion hatte Herzversagen ergeben. Er hatte nicht geraucht, nicht getrunken und war von seiner Frau vollwertig ernährt worden.

Meine Mutter war so unter Schock gewesen, dass sie wochenlang getan hatte, als sei nichts vorgefallen. Sie hatte weitergelebt, als wäre mein Vater noch da, hatte einfach die Tatsache geleugnet, dass es ihn nicht mehr gab. Eines Tages stürzte sie die Kellertreppe herunter und brach sich das Bein. Es war ein komplizierter Bruch, und sie lag lange im Krankenhaus. Als sie es verließ, war sie um zehn Jahre gealtert und hatte begriffen, dass sie Witwe war. Mit der gleichen Radikalität, mit der sie vorher für meinen Vater gelebt hatte, lebte sie nun für sich. Sie verkaufte unser Haus, zog in eine Wohnung in der Stadt und tat nur noch, was ihr gefiel. Sie besuchte Vorlesungen an der Uni, belegte Meditationskurse und esoterische Seminare. Obwohl sie so beschäftigt war, behauptete sie, wir würden uns nicht genug um sie kümmern. Einerseits wollte sie ihre Ruhe, andererseits träumte sie von einer Großfamilie.

Ich hatte das Gefühl, im Grunde war sie nie wirklich zufrieden.

»Halloho, fröhliche Weihnachten!«

Ich hörte ihre Stimme durch die geschlossene Haustüre.

Was, zum Teufel, machte sie schon um neun Uhr morgens hier? Wir waren alle noch im Schlafanzug, ich hatte mich auf einen geruhsamen Vormittag gefreut, wollte die letzten Geschenke einpacken, mein Weihnachtsmenü vorbereiten, ein paar Anrufe machen. Uns zu dieser unchristlichen Stunde zu überfallen, war mal wieder typisch!

»Juchhuu, Omi ist da«, jubelte Jonas und schoss die Treppe hinunter an die Haustür.

»Die traut sich ja was, hier so früh anzurücken«, hörte ich Lucy auf dem Weg ins Badezimmer motzen. Dann fiel die Tür ins Schloss, der Schlüssel drehte sich.

»Verdammt, Lucy, mach auf, ich muss pinkeln!«, fluchte Friedrich.

Seit Lucy sich Morgen für Morgen eine Dreiviertelstunde im Bad einschloss, kam es regelmäßig zu Streitereien. Wir schafften es einfach nicht, Ordnung in die Reihenfolge unserer hygienischen Verrichtungen zu bringen.

Im Bademantel sauste Friedrich runter zum Gästeklo und lief schnurstracks Queen Mum in die Arme.

»Morgen, Mummy, tut mir Leid, dass ich dich in dem Aufzug begrüße, wir haben wohl verschlafen ...«

»Schon gut, Friedrich, ich habe bereits Männer in Bademänteln gesehen«, scherzte Queen Mum.

»Hast du mir was mitgebracht?«, fragte Jonas mit Hundeblick auf die zahlreichen Tüten und Taschen, die der Taxifahrer gerade auslud.

»Natürlich hab ich dir was mitgebracht, mein Schätzchen. Aber bis heute Abend wirst du dich schon gedulden müssen«, lächelte meine Mutter und küsste ihn auf die Nase.

»Iiih, nicht küssen«, schrie Jonas und wischte sich mit dem Ärmel übers Gesicht.

Ich war in Windeseile in meine Kleider geschlüpft und ging nun gemessenen Schrittes die Treppe hinunter, um den Eindruck zu erwecken, ich sei schon seit Stunden wach.

Wie sie da so im Eingang stand, jagte sie mir den vertrauten Schauder ein, eine Mischung aus Zärtlichkeit, Bewunderung, Ablehnung und Furcht. Als Kind hatte ich meine Mutter angebetet.

Ich sitze auf dem Boden des Badezimmers, ganz versteckt unter dem Waschbecken, und sehe zu, wie sie sich zum Ausgehen fertig macht. Ich sauge die Duftmischung aus Seife, Körpercreme, Puder und Haarspray ein und beobachte, wie sie ihre Wimpern tuscht und ihre Lippen rot bemalt. Sie trägt eine dieser Sechziger-Jahre-Beton-Frisuren, die aussehen, als wären sie in einem Stück über den Kopf gestülpt, und ich frage mich, wo sie die Frisur hinlegt, wenn sie schlafen geht. Ich verhalte mich mucksmäuschenstill und hoffe, dass sie mich nicht bemerkt. Mein Vater ruft nach ihr. »Edda, bist du so weit?« Sie klappert nervös mit ihren Pfennigabsätzen auf dem Badezimmerboden und ruft zurück: »Ja, ja, ich komme gleich, fahr schon mal den Wagen aus der Garage.« Ich höre das Zuschlagen der Haustüre, die Schritte meines Vaters auf dem Gartenweg und wenig später das Starten des Motors. Mit einer abschließenden Bewegung hebt meine Mutter die Betonfrisur im Nacken etwas an und stößt ein befriedigtes »So!« aus.

In diesem Moment schieße ich aus meinem Versteck, werfe mich ihr in die Arme, will sie fest halten, einatmen, ein Teil von ihr werden.

Ärgerlich stößt sie mich weg. »Lass das, mein Kleid!« Sie beugt sich herab, die roten Lippen küssen an mir vorbei, ich nehme den Duft ihres Parfüms in mich auf, der nur von dem leichten Geruch nach Zigarettenrauch gestört wird. Dann ergebe ich mich in die Einsamkeit.

»Sei brav zu Irma«, höre ich sie sagen, und schon ist sie weg.

Später, wenn ich Irma mit ihrem Freund knutschend vor dem Fernseher weiß, schleiche ich mich ins Badezimmer, schraube sämtliche Tiegel und Tuben auf und probiere all die duftenden Cremes und Lotionen. Meine Mutter wird Irma verdächtigen, und bald werde ich ein neues Kindermädchen haben. In einer Wolke aus Gerüchen schlafe ich schließlich ein und sehe im Traum meine Mutter, die lachend den Kopf in den Nacken wirft.

Ich war bei ihr angekommen. Sie war sechzig und sah sehr gut aus, sie war groß und kräftig, hatte üppiges, kaum ergrautes Haar und erstaunlich wenig Falten. Am schönsten hatte ich immer den Schnitt ihrer Augen gefunden, sie waren leicht schräg, die hohen Augenlider gaben ihrem Blick etwas Entrücktes, das allerdings schnell in Kälte umschlagen konnte. Ihre Nase wirkte elegant, ihr Mund, dem man am ehesten die Spuren des Alters ansah, war groß und früher sicher sehr verführerisch gewesen. Zweifellos war sie noch immer eine attraktive Frau mit einer geradezu majestätischen Ausstrahlung.

Nicht umsonst trug sie den Kosenamen Queen Mum. Es war an unserer Hochzeit gewesen, als mein Schwiegervater sich während der Ansprache meiner Mutter zu seiner Frau beugte und geflüstert hatte: »She's acting like Queen Mum, isn't she?«

Das vermeintliche Flüstern war wie ein Donnerhall, mein reizender Schwiegervater war nämlich hochgradig schwerhörig und brüllte, wenn er zu flüstern glaubte. Die gesamte Hochzeitsgesellschaft hatte ihn gehört und verstanden, was er meinte. Von da an hatte Mummy ihren Spitznamen weg, von dem sie nicht sehr erbaut war. »Königsmutter? Die sieht doch aus wie eine Brauereibesitzersgattin«, war ihr Kommentar.

Ich küsste sie auf die rechte, dann auf die linke Wange. »Fröhliche Weihnachten, Mummy. Schön, dass du da bist!« Da war er wieder, der Zigarettengeruch.

Sie sah mich an. »Mein Gott, Kind, dein Auge! Das

ist ja chronisch geworden, warst du schon beim Arzt?«

Wieder einmal erklärte ich ihr, dass es eine Allergie wäre, die sich mal stärker, mal schwächer zeigte und immer wieder ganz verschwände. Und wie jedes Mal stellte sie Vermutungen darüber an, worauf ich wohl allergisch sei, und kam zu dem Schluss, dass es mit meiner Ernährung zu tun haben müsse.

Schon lange hatte sie diesen Ernährungs-Tick. Als ich ein Kind war, wurde ich mit Hirseküchlein und Grünkernschrot gefüttert; aus dieser Zeit hatte ich eine heftige Abneigung gegen gesundes Essen zurückbehalten. Ich ernährte mich und meine Familie streng nach dem Lustprinzip und hegte eine ausgesprochene Vorliebe für Junkfood aller Art. Nur Hamburger mochte ich nicht, aber sonst liebte ich alles, was fett und ungesund war. Durchaus möglich, dass daraus mein Übergewicht resultierte, aber die Auflehnung gegen Körnerkost war der einzige Akt der Rebellion zu dem ich fähig war.

Heute aber war Weihnachten, und Rebellion war nicht angesagt. Ich war wild entschlossen, den Abend zu einem Erfolg zu machen. Freundlich lächelnd nahm ich den Topf mit Dinkel-Mangold-Lasagne in Empfang, den meine Mutter vorbereitet hatte. Die Menge hätte problemlos für eine weitere fünfköpfige Familie gereicht, aber ich würde mir meine Weihnachtsgans nicht nehmen lassen.

Bis zum Nachmittag ging alles gut. Wir plauderten über Mummys jüngsten Kulturtrip in die Ukraine und über die Weihnachtsbräuche der Neuseeländer.

Reizthemen wie Ernährung, Kindererziehung oder Esoterik umschifften wir geflissentlich, und ich verkniff mir jeglichen Kommentar zu ihrer Qualmerei. Friedrich ließ seinen geballten Charme spielen, und die Kinder waren vorweihnachtlich brav. Erst beim Christbaumschmücken begannen sie zu streiten.

»Ich will kein Lametta, das ist aus Alu und 'ne totale Umweltsauerei«, schimpfte Lucy.

»Aber ich will Lametta, Lametta ist das Schönste am ganzen Christbaum«, heulte Jonas.

Ich versuchte zu schlichten. »Du hast ja Recht, Lucy, aber wo das Lametta doch schon mal da ist …«

»Immer hältst du zu Jonas, dann schmückt euren Scheiß-Baum doch alleine!« Lucy stampfte aus dem Zimmer und knallte die Tür zu.

Queen Mum hob eine Augenbraue.

»Sie ist zur Zeit ein bisschen schwierig«, entschuldigte ich mich. Warum mussten mir diese Gören immer in den Rücken fallen?

»Hast du's mal mit Chakra-Stimulation probiert?«, erkundigte sich Queen Mum, »Das Kind hat Energieblockaden, die muss man auflösen. Nur wenn die Energie frei fließt, kann ein Mensch glücklich sein.«

Ich wusste genau, dass ein Live-Konzert der Backstreet Boys eine ungleich höhere therapeutische Wirkung haben und mein Kind im Handumdrehen glücklich machen würde, aber ich verzichtete auf eine Antwort. »War ich als Teenager eigentlich auch so schrecklich?«, fragte ich.

»Das kann man wohl sagen! Zwischen zwölf und zwanzig hast du alles nur beschissen gefunden, ich glaube, in dieser Zeit hast du kein freundliches Wort zu mir oder deinem Vater gesagt. Na ja, und mit einundzwanzig warst du schwanger.«

Da war sie wieder, die alte Bitterkeit. Warum konnte sie nicht akzeptieren, dass es mein Leben war und dass sie kein Recht hatte, ständig daran herumzukritisieren!

»Wie wär's mit einem Kaffee, Mummy?«, fragte ich betont freundlich.

»Danke, hast du auch Kräutertee?«

Ich wühlte in den hintersten Winkeln meines Küchenschrankes, bis ich eine verstaubte Tüte Pfefferminztee gefunden hatte.

Queen Mum half Jonas, der triumphierend den Inhalt von drei Lamettapackungen über die Tannenzweige verteilte. »Wo sind denn die wunderschönen alten Engelsfigürchen, die ich dir mal geschenkt habe?«, fragte sie plötzlich.

Ich zuckte zusammen. Ich hatte sie immer schrecklich gefunden, diese kitschigen Engel mit ihren dicken Kindergesichtern, die jahrelang unseren Christbaum zu Hause verunstaltet hatten. Irgendwann hatte ich sie weggeschmissen.

»Ah, die waren zum Teil kaputt … ich glaube, die Kinder hatten sie … ich weiß nicht genau«, stotterte ich verlegen herum.

»Schade«, sagte sie.

Ihr Gesichtsausdruck sagte mehr. Du liebst mich nicht, sagte er, du bist eine schlechte Tochter und heute noch genauso lieblos wie damals, als du ein Teenager warst.

Das Jucken an meinem Auge flammte auf, mit gepresster Stimme sagte ich: »Entschuldige mich bitte einen Moment« und lief ins Bad. Ich schmierte eine dicke Schicht Cortisonsalbe auf die entzündeten Stellen. Dieser Tag war stressig genug, da musste ich nicht obendrein die Juckerei aushalten.

Gegen vier Uhr machten Friedrich, Mummy, Lucy und Jonas traditionell einen Spaziergang und brachten einen Korb voller Leckereien und Geschenke in ein nahe gelegenes Asylbewerberheim.

Ich nutzte die Zeit, um die Bescherung vorzubereiten. Jonas nannte das »dem Weihnachtsmann helfen«, denn er war felsenfest davon überzeugt, dass ein bärtiger Typ mit einem Schlitten die Geschenke brachte, ich ihm die Türe öffnete und beim Reintragen half.

»Hast du mit dem Weihnachtsmann geredet?«, wollte er danach immer wissen. »Was hat er gesagt? Hast du ihm auch was von unseren Plätzchen gegeben, zur Belohnung?«

Ich erzählte ihm jedes Mal die tollsten Geschichten von meinem Zusammentreffen mit dem Weihnachtsmann, darin bestand für Jonas ein Großteil der weihnachtlichen Vorfreude.

»Ich komme nicht mit«, verkündete Lucy, als die anderen dabei waren, sich Stiefel und Mäntel anzuziehen.

»Natürlich kommst du mit«, bestimmte Friedrich.

»Sonst kommt der Weihnachtsmann nicht! Der kommt nur, wenn niemand im Haus ist außer Mami.« Jonas trippelte aufgeregt von einem Fuß auf den anderen.

»Quatsch«, blaffte Lucy, »es gibt ihn gar nicht, deinen Scheiß-Weihnachtsmann.«

»Du lügst«, schrie Jonas, »natürlich gibt es den Weihnachtsmann! Woher kommen sonst die Geschenke?« Bevor Lucy hinterher schicken konnte, dass Mama die Geschenke kaufte und höchstpersönlich unter den Weihnachtsbaum legte, ertönte ein hässliches, knallendes Geräusch. Ich hatte ausgeholt und meiner Tochter eine geschmiert. Ehrlich gesagt weiß ich nicht, wer den größeren Schrecken bekam, sie oder ich. In dem Moment, als es passiert war, tat es mir schon leid.

»Da siehst du's, Omi, die Mami haut mich!«, brüllte Lucy und warf sich ihrer Großmutter in die Arme. Die hatte ihren Das-kommt-davon-dass-keiner-auf-mich-hört-Blick drauf.

Jonas brüllte: »Du lügst, du lügst, nicht wahr, Mami, es gibt den Weihnachtsmann?« Mein Mann verdrehte die Augen und flüsterte mir ein unüberhörbares »Blöde Kuh« zu.

Ich sank auf eine Treppenstufe und raufte mir die Haare. Immer, wenn ich es besonders gut machen wollte, ging alles schief. Wieder einmal hatte meine Mutter einen unwiderlegbaren Beweis für meine Unfähigkeit. Ich biss die Zähne zusammen, um nicht vor Wut loszuheulen.

Bis zum Abend hatten wir uns alle einigermaßen beruhigt. Lucy hatte sich bei Jonas entschuldigt, ich hatte mich bei Lucy entschuldigt, und Friedrich hatte sich bei mir entschuldigt. Jonas hatte sich mit der

Version zufrieden gegeben, dass der Weihnachtsmann so lange kommt, wie ein Kind an ihn glaubt, und dass danach die Eltern für die Geschenke sorgen. »Sonst wäre es ja auch zu viel Arbeit für den Weihnachtsmann«, meinte er verständnisvoll.

Trotzdem hatte ich mir Lucy noch mal vorgeknöpft. Als ich an ihre Zimmertür klopfte, gab sie keine Antwort. Ich ging trotzdem hinein. Sie lag auf dem Bett, drehte mir demonstrativ den Rücken zu. Der Anblick ihrer Bude verlangte mir, wie immer, ein Höchstmaß an mütterlicher Toleranz ab. Sämtliche Wände waren bis auf den letzten Quadratzentimeter mit Postern tapeziert, dazwischen klebten Sinnsprüche wie »Liebe ist ein Kind der Freiheit« oder »Anarchie – jetzt oder nie!« Den Boden zierten mehrere Schichten achtlos fallen gelassener Klamotten, und auf dem teuren Bücherregal aus massiver Buche tummelte sich eine krude Mischung aus Tierskeletten, Buddhafiguren, getrockneten Blumen und symbolträchtigen Fundstücken aller Art. Der gesamte Raum war mit einer ungefähr drei Monate alten Staubschicht überzogen, der einzige, durch ständigen Gebrauch staubfreie Gegenstand war die Stereoanlage.

»Kannst du mir sagen, was mit dir los ist?«, fragte ich Lucys Hinterkopf.

»Lass mich in Ruhe.«

»Verdammt noch mal, Lucy, es ist Weihnachten.«

»Mir doch scheißegal. Interessiert mich nicht, der Spießerkram.«

»Geschenke zu kriegen findest du aber nicht spießig, oder?«

Keine Antwort.

Ich setzte mich zu ihr aufs Bett, streichelte ihren Rücken. »Lucy, was immer es ist, du kannst mit mir drüber reden.«

Sie richtete sich auf und schleuderte mir entgegen: »Es ist aber nichts!«

Ich stand auf. Genauso gut hätte ich gegen eine Wand reden können.

»Könntest du dich nicht wenigstens mir zuliebe ein bisschen zusammenreißen?«, bat ich im Rausgehen.

»Und wieso ausgerechnet dir zuliebe?«

Weil ich mir seit Wochen ein Bein rausreiße, um euch ein schönes Weihnachtsfest zu bereiten, dachte ich. Weil ich Tag für Tag eine Menge Sachen für dich mache und nie ein Dankeschön kriege. Weil ich manchmal ganz schön wütend darüber bin, wie du mich behandelst.

Ohne zu antworten verließ ich ihr Zimmer.

Ich beschloss, mir den Abend nicht verderben zu lassen, und stürzte mich in die Zubereitung von Gänsebraten, Knödeln und Rotkraut. Queen Mum ließ es sich nicht nehmen, mir gute Ratschläge zu geben.

»Du musst gestoßene Wacholderbeeren dazugeben. Und in die Soße kann auch ein Spritzer Zitrone.«

»Mummy, du bist Vegetarierin. Halt dich bitte aus meiner Gans raus!«

Die viel zu lang gewordene Asche ihrer Zigarette drohte, in den Rotkohl zu fallen. Schnell hielt ich einen Aschenbecher drunter.

»Findest du das eigentlich konsequent, dich so bewusst zu ernähren und gleichzeitig zu quarzen wie ein alter Schornstein?«, fragte ich gereizt.

»Nun stell dich nicht so an, meine paar Zigaretten schaden sicher weniger als das verseuchte Fleisch, das du deiner Familie vorsetzt!«

Aufgebracht wollte ich mich zur Wehr setzen, aber im letzten Moment gelang es mir, mich zurückzuhalten. Ich sagte nichts, und ein ungemütliches Schweigen ballte sich zwischen uns zusammen.

»Wusstest du, dass Darmkrebs durch den Verzehr von zu viel tierischen Fetten ausgelöst wird?«, sagte sie nach einer Weile.

Ich sah sie an. »Wollen wir diese Diskussion wirklich schon wieder führen, Mummy? Ich wollte damit nur sagen, dass mich der Rauch stört.«

»Mich stört auch vieles, aber ich übe mich in Toleranz«, sagte sie schmallippig und verschwand Richtung Wohnzimmer, wo der Rest der Familie vor der Glotze hing und die Zeit bis zur Bescherung mit »Ferien auf dem Immenhof« totschlug. Es war beruhigend, dass die Schmonzetten aus meiner Kindheit immer noch gezeigt wurden. Für einen Moment erlag ich der Illusion, dass diese Kindheit solange noch nicht vorbei war.

Dann war es so weit. Ich hatte die Tür zum Wohnzimmer von innen abgeschlossen, damit keiner vorzeitig reinstürmte. Der Raum war geschmückt, die Geschenke aufgebaut, die Kerzen am Christbaum brannten. Ich hatte das Weihnachtsoratorium aufgelegt und die Fotokamera mit Blitz bereitgelegt. Vorsichtig bewegte ich das kleine Glasglöckchen hin und her, das einen so wunderbar feinen Ton von sich gab und das Mummy schon für mich geläutet hatte, als ich noch ein Kind war.

Ich öffnete die Tür und nahm meine Familie in Empfang. Mit hochroten Bäckchen sprang Jonas ins Zimmer, gefolgt von Lucy, die mit Absicht ihre abgerissensten Klamotten angezogen hatte, um ihren Protest gegen diese Spießerveranstaltung zum Ausdruck zu bringen. Mit muffiger Miene latschte sie hinter ihrem kleinen Bruder her. Friedrich hatte sich bei Mummy eingehakt und sein Feiertagsgesicht aufgesetzt.

»Fröhliche Weihnachten!«, wünschten wir uns gegenseitig, und alle taten so, als nähmen sie keinerlei Notiz von den Geschenken.

»Was für ein schöner Baum!«, sagte Queen Mum wie in jedem Jahr und schlug entzückt die Hände zusammen. Nach einigen zustimmenden »Aahs!« und »Oohs!« wollten sich die Kinder auf ihre Päckchen stürzen.

»Halt!« Queen Mum hob gebieterisch die Hand. »Ich habe eine Überraschung für euch.«

Sie ging rasch durch den Hausflur, öffnete die Eingangstür und kam mit drei Personen, die offenbar draußen gewartet hatten, ins Wohnzimmer zurück. Es waren Inderinnen, höchstens sechzehn oder siebzehn Jahre alt, die mit gesenktem Blick den Raum betraten und sich scheu umsahen. Schnell zogen sie ihre Jacken aus und schlüpften aus Schuhen und Strümpfen. Dann drückten sie Queen Mum eine CD in die Hand und stellten sich in graziöser Pose nebeneinander auf. Sie trugen farbenprächtige Saris aus Seide, klirrenden Goldschmuck und bunte Bänder im schwarzglänzenden Haar.

Staunend betrachtete ich die zarten, nackten Mädchenfüße auf dem Wohnzimmerteppich, die neben den kräftigen Beinen meiner Mutter noch winziger wirkten.

»Heute ist Weihnachten«, begann Queen Mum und gab ihrer Stimme einen bedeutsamen Klang, »und eigentlich ist das ein Fest der Christen. Aber in Zeiten, in denen wieder Religionskriege stattfinden und religiöser Fanatismus viele Menschen ins Unglück stürzt, sollten wir uns ganz bewusst in religiöser Toleranz üben. Mein Geschenk an euch sind deshalb diese Hindi-Tänzerinnen, als Erinnerung daran, dass alle Religionen heilig sind und alle Götter gleichberechtigt.«

Sie stoppte das Weihnachtsoratorium und legte die CD ein. Die klagenden Laute einer Sitar, begleitet von Schlaginstrumenten und monotonem Gesang, erklangen. Die Mädchen begannen ihren Tanz.

Jonas stand mit weit aufgerissenen Augen und offenem Mund da. Lucy tat, als seien indische Tempeltänzerinnen in unserem Wohnzimmer das Normalste überhaupt. Friedrich lächelte nachsichtig.

Tolle Idee, dachte ich. Echt tolle Idee. Aber warum hier bei mir, in meinem Haus, bei meiner Weihnachtsfeier, mit meiner Familie? Wütend sah ich zu Queen Mum, die zufrieden die Sprünge und Verrenkungen der Mädchen verfolgte, vermutlich in der Überzeugung, einen Beitrag für den Weltfrieden geleistet zu haben. Ich war außer mir. Mit welcher Dreistigkeit meine Mutter mir die Inszenierung des Weihnachtsabends aus der Hand nahm! Um ein Haar hätte ich türenknallend den Raum verlassen.

Nach vier Musiknummern verbeugten sich die Mädchen artig, zogen Schuhe, Strümpfe und Jacken wieder an, nahmen die CD und verabschiedeten sich. Meine Mutter begleitete sie an die Tür und steckte der Ältesten einen Umschlag zu. Ich drückte der zweiten eine Dose mit Plätzchen und Süßigkeiten in die Hand, und schon waren die Heiligen Drei Königinnen in der Winternacht verschwunden.

Erwartungsvoll drehte Queen Mum sich zu mir. Nie hegte sie Zweifel daran, das Richtige getan zu haben. Ich hasste sie für ihre Selbstgewissheit, am liebsten hätte ich sie vor die Tür gesetzt.

»Vielen Dank, Mummy, das war eine wunderbare Überraschung«, flötete ich und umarmte sie.

Sie strahlte. »Ich habe die Mädchen beim Dritte-Welt-Festival kennen gelernt. Sind sie nicht bezaubernd?«

»Doch, ganz bezaubernd, wirklich«, stimmte ich zu. Ruhig bleiben, Anna, sagte ich zu mir selbst. Übermorgen ist sie weg, und dann wird es mindestens Ostern bis zum nächsten Urtikaria-Schub.

»Dürfen wir jetzt endlich die Geschenke auspacken?« Jonas' flehender Blick war zum Steinerweichen.

»Jetzt wird erst mal gesungen!«, bestimmte Queen Mum und summte die ersten Töne von »Stille Nacht, heilige Nacht«. Heldenhaft sang Jonas mit, seine Augen fest auf die Pakete und Päckchen unter dem Baum geheftet.

»Und jetzt lese ich euch die Weihnachtsgeschichte vor«, verkündete meine Mutter und griff nach dem Buch.

Jonas' Augen füllten sich mit Tränen. Ich war kurz vorm Explodieren. Da griff Friedrich ein.

»Lass gut sein, Mummy«, bat er. »Die Kinder stehen nicht auf das ganze Brimborium, lass sie endlich ihre Geschenke auspacken.«

Eingeschnappt knallte meine Mutter das Buch auf den Tisch. »Gut, wenn ihr gar keinen Wert auf Tradition legt, dann eben nicht. Wir haben Weihnachten immer so gefeiert, nicht wahr, Anna-Kind, und das war sehr schön und stimmungsvoll. Aber heutzutage geht es ja nur noch ums Materielle.«

Ich spürte, dass sich jetzt entscheiden würde, ob dieser Weihnachtsabend zum Fiasko abdriftete oder nicht. Obwohl ich innerlich schäumte, riss ich mich mit aller Kraft zusammen.

»Ja, Mummy, es war immer sehr schön früher. Aber wir feiern eben ein bisschen anders, bitte akzeptiere das.«

Meine Stimme troff vor Sanftmut. Queen Mum zündete sich eine Zigarette an und inhalierte tief.

»Schon gut, ich bin ja nur Gast. Macht alles so, wie ihr es wollt.«

Der Rest des Abends verlief einigermaßen friedlich.

Der Weihnachtsmann hatte ganze Arbeit geleistet, und so lief Jonas verzückt zwischen einem Zauberkasten, einem Kassettenrecorder und einem lenkbaren Schlittenbob hin und her, blätterte in seinen neuen Bilderbüchern und überlegte, ob er zuerst »Der gestiefelte Kater« oder »Das kleine Gespenst« hören wollte. Das von ihm ebenfalls gewünschte Präparierbesteck für Vögel war zwar nicht mitgeliefert worden, aber der Hinweis auf bevorstehende Geburtstage und andere Festivitäten tröstete ihn. Ich hoffte, bis dahin würde seine Leidenschaft für ausgestopfte Flugtiere nachlassen.

Lucy hatte sich Kopfhörer übergestülpt und summte die neuesten Hits ihrer Lieblingsband mit. Liebevoll hielt sie ein Paar selten abscheulicher Turnschuhe mit Plateausohlen und eine viel zu große, neongrüne Windjacke im Arm, die sie sich dringend gewünscht hatte. Friedrich und ich tauschten die obligatorischen Geschenkgutscheine, die wir nie einlösen würden, und Mummy freute sich, glaube ich, tatsächlich über einen prächtigen Bildband mit dem Titel »Das Wirken der Schamanen«. Den hatte mir die letzte Wunderheilerin ans Herz gelegt, die erfolglos meine Allergie behandelt hatte.

Als endlich alle Geschenke ausgepackt waren, wollte ich nur noch eine riesige Gänsekeule verschlingen, mir gemeinsam mit meinem Ehemann einen gnädigen Rausch ansaufen und später unüberhörbar laut und heftig mit ihm schlafen.

3

»Kann ich reinkommen? Ich brauche dringend eine Dosis Familienleben, ich habe eine schwere Feiertagsdepression!«

Es war Dörte, genannt Doro, die am nächsten Tag blass und mit umschatteten Augen vor der Tür unseres Reihenhäuschens stand. Sie war Fotografin und lebte allein in einem Zwei-Zimmer-Appartment in der Stadt. Ihr Single-Dasein hatte sie schon lange satt, sie sehnte sich nach einer Familie, aber alle Männer, die sie kennen lernte, suchten nach kurzer Zeit das Weite. Sie hatte wohl so was im Blick. Doro hatte die kritische Schwelle der Dreißig überschritten und sah nun in jedem Kerl den potenziellen Erzeuger einer niedlichen Kinderschar. Ich hatte anfangs gedacht, ein paar Nachmittage im Kreise meiner Familie könnten sie von dieser fixen Idee abbringen, aber das Gegenteil war der Fall.

Sie drückte mir ein Päckchen in die Hand. »Merry Christmas.«

Neugierig riss ich das Papier weg. Es war das, was ich mir insgeheim erhofft hatte: Eine Dose dieses amerikanischen Wunderzeugs namens »Beautyline«. Sie hatte es mir schon mal zum Geburtstag geschenkt. Es handelte sich um eine geheimnisvolle Mischung aus Vitaminen und Mineralien, von denen man täglich zwei Löffel voll schlucken sollte. Die

Wirkung war fantastisch; meine Haut und meine Haare waren damals so schön geworden wie sonst nur während der Schwangerschaft, ich war fit und energiegeladen gewesen; wenn ich mich Recht entsinne, hatte ich sogar ein paar Pfund abgenommen. Schon lange hatte ich gehofft, Doro würde mal wieder was mitbringen. Vor ein paar Wochen war sie dann in Los Angeles gewesen und hatte tatsächlich daran gedacht! Überwältigt umarmte ich meine Freundin.

»Danke, Doro, das ist wirklich süß von dir!«

Ich fand sie unglaublich großzügig; ich wusste, dass eine Dose von dem Superzeug um die hundertfünfzig Mark kostet.

»Hattet ihr es schön gestern Abend?«, seufzte Doro mit Blick auf den Christbaum und das anheimelnde Chaos aus Geschenkpapierresten, Plätzchentellern und Weihnachtskarten, das unser Wohnzimmer schmückte.

»Wunderschön«, sagte ich. »Es war richtig harmonisch. Obwohl meine Mutter da ist.«

»Queen Mum, wie nett! Ich finde sie toll, weißt du? Sie ist so … so …«

»… temperamentvoll und aktiv?« half ich aus.

»Genau. Ganz anders als meine Mutter. Die sitzt immer nur zu Hause und jammert. Deshalb fahre ich auch seit Jahren nicht mehr hin. Nicht mal zu Weihnachten.«

Offenbar hatten alle meine Freunde Mütter, die zu Hause saßen und jammerten. Vielleicht war ich wirklich ungerecht Queen Mum gegenüber.

»Du siehst sie später, sie hält gerade Mittagsschlaf. Und was hast du gestern gemacht?«

Doros Augenringe schienen noch dunkler zu werden. Sie griff nach einer Papierserviette und begann, kleine Stücke abzureißen und zu Kügelchen zu drehen. Das hatte ich schon oft bei ihr beobachtet, wenn sie nervös war oder sich ärgerte.

»Den gleichen Fehler wie tausend Mal vorher«, sagte sie mit Grabesstimme. »Ich hab einen Typen abgeschleppt.«

»Und?«fragte ich, gierig auf die Schilderung einer neuen sexuellen Ausschweifung.

»Nichts. Sein Pimmel war so unbedeutend, dass ich nicht mal gemerkt habe, ob er steht.«

Ich lachte laut auf. »Was hast du gemacht? Ein Vergrößerungsglas benutzt?«

»Ich habe ihn rausgeschmissen.«

»Der Arme. Sicher hat er sich vor die S-Bahn geworfen.«

»Sein Problem. Den Rest der Nacht habe ich mir die Kanne gegeben. Apropos, hast du ein Aspirin?«

Ich löste zwei Kopfschmerztabletten auf und reichte Doro das Glas. Die Ärmste war wirklich in einem desolaten Zustand. Dabei sah sie, wenn sie nicht gerade die Nacht durchgesumpft hatte, ziemlich gut aus. Sie war klein und zierlich, hatte halb langes, blondes Haar und große grüne Augen, die immer ein bisschen fragend dreinblickten. Eigentlich müsste sie Beschützerinstinkte bei Männern wecken, aber irgendwie schaffte sie es, nur ihre Fluchtinstinkte zu aktivieren.

»Was ist denn mit dem Steuerberater von neulich, wie hieß er noch?«

»Edgar? Edgar ist nicht nur schwul wie die Nacht, sondern auch noch verheiratet, zur Tarnung.«

»Und dieser andere, den du auf der Siebziger-Jahre-Party kennen gelernt hast?«

»SM.«

»Ess was?«

»Sado-Maso. Er hat mich in Latex-Dessous gesteckt und wollte mich fesseln und auspeitschen.«

Ich fand den Gedanken überraschenderweise ganz kribbelnd.

»Stehst du gar nicht auf so was?«, forschte ich zaghaft nach.

»Leider nein. Ich stehe auf ganz normalen, biederen, Zwei-bis-drei Mal-die-Woche-Heterosex. Am besten mit einem Kerl, den ich schon mal vorher gesehen habe. Es kommt mir allmählich so vor, als sei das pervers und alles andere normal.«

»Vielleicht bist du zu wählerisch.«

»Bestimmt nicht. Früher dachte ich, es müsse mindestens Tom Cruise sein. Heute würde ich mich schon mit Rudolf Scharping zufrieden geben.«

»Was spricht gegen Rudolf Scharping?«, fragte ich. Den hatte ich eigentlich immer ganz nett gefunden.

»Auch verheiratet. Oder ist er schon geschieden? Egal. Weißt du, ich habe es einfach satt, mich jeden Abend aufzurüschen und auf die Piste zu gehen. Es ist so verdammt ermüdend, jeden Abend gut aussehen zu müssen, jeden Abend gut drauf sein zu müssen, weil jeden Moment der Richtige auftauchen könnte und man ja dann nicht aussehen will wie Susi Farblos.«

»Was glaubst du, wie ermüdend es sein kann, jeden Abend mit dem gleichen Mann zu Hause zu sitzen weil du dir nicht ständig einen Babysitter leisten kannst, um mal auf die Piste zu gehen. Und der will auch, dass du gut aussiehst, sonst hat er nämlich nach ein paar Jahren 'ne andere, und dann geht der Stress von vorne los.«

Überrascht richtete Doro ihre grünen Augen auf mich. Allmählich war etwas Farbe in ihr Gesicht zurückgekehrt, und sie sah wieder ganz gut aus. Sie war wie immer fantastisch angezogen, heute trug sie zu einem edlen grauen Kaschmirpullover eine oberscharfe, schwarze Lederjeans, um die ich sie plötzlich heiß beneidete.

»Soll das heißen, du bist nicht glücklich mit Friedrich?«, fragte sie interessiert und drehte ein neues Kügelchen.

»Nein, das soll es absolut nicht heißen. Ich will nur sagen, dass Verheiratetsein auch nicht immer der Gipfel der Genüsse ist. Manchmal ist es ganz schön anstrengend. Du solltest deine Freiheit genießen, solange du noch kannst.«

»Da könntest du Recht haben.« Doro reihte ihre Kügelchen ordentlich nebeneinander auf.

Klar hatte ich Recht. Oder dachte ich das nur, weil ich im Gegensatz zu ihr den ganz normalen, biederen, Zwei-bis-drei Mal-die-Woche-Heterosex hatte? Jedenfalls war ich ganz schön froh, dass ich nicht in ihrer Haut steckte, Freiheit hin oder her.

Die Weihnachtstage waren überstanden. Queen Mum war abgereist, mein Auge abgeschwollen. Auf den Rest von mir traf das leider nicht zu, ich hatte drei Kilo zugenommen und war übelster Laune. Sofort begann ich mit der »Beautyline«-Intensivkur.

Schon mit elf hatte ich die ersten Diäten probiert. Zuerst die »Atkins-Diät«, bei der man nur eiweißhaltige und fette Nahrungsmittel zu sich nimmt, was nicht nur die Gesundheit schädigt, sondern auch zu schweren seelischen Verwerfungen führt. Danach die »Enzym-Diät«, die aus dem überwiegenden Verzehr von exotischen Früchten wie Ananas, Mangos und Papayas besteht. Nach drei Tagen war mein Taschengeld alle, mein Magen knurrte, und ich kehrte zurück zu Mutters Vollwertküche. Aus Frust feierte ich heimliche Pizza- und Pommesorgien, stopfte Schokolade und Eiskrem in mich hinein.

Ich hatte überall Verstecke, in denen ich Nahrungsmittel hortete. Immer wieder zog meine Mutter mit spitzen Fingern vertrocknete Kuchenstücke und angegraute Schokoladentafeln aus irgendwelchen Schubfächern hervor. Ich lebte in der ständigen Angst, nicht genug zu bekommen. In der Schulpause war ich die dankbare Abnehmerin verschmähter Pausenbrote, bei Geburtstagspartys schlang ich Süßigkeiten und Würstchen in mich rein, bis ich nicht mehr konnte.

Mein gestörtes Verhältnis zum Essen hatte ich bis heute behalten. Ich aß aus Langeweile, aus Frust, aus Stress und aus Genuss. Es gab keinen Grund, nicht zu essen, aber jede Menge Gründe, es zu tun. Nach wie vor hortete ich Lebensmittel; meine Kühltruhe war immer prall gefüllt, meine Vorratsschränke platzten aus allen Nähten. Ich wollte sicher sein, dass immer alles im Haus war, worauf ich vielleicht Lust kriegen könnte. In Wahrheit aß ich dann gar nicht so übertrieben viel, ich brauchte nur die Gewissheit, dass ich könnte, wenn ich wollte. Deshalb war ich auch nicht wirklich dick, eher mollig. Zumindest versuchte ich, es so zu sehen.

»Guten Tag, hier CALL YOUR BANK, mein Name ist Annabelle Schrader, was kann ich für Sie tun?«, meldete ich mich freundlich, fast überschwänglich. Heute war mein erster Arbeitstag in der Bank nach zwei Wochen Urlaub, und ich hatte noch ein bisschen Schwierigkeiten mit dem angemessen professionellen Tonfall.

Eine warme männliche Stimme mit leicht bayerischem Einschlag antwortete.

»Grüß Gott, Hinterseer mein Name, ich möchte bitte eine Überweisung machen und meinen Kontostand erfahren.«

Ich erfragte die Kontonummer und das Geheimwort. »Augenblick« antwortete er.

Ich wartete. Nichts passierte.

»Wie ist denn jetzt Ihr Geheimwort?«, fragte ich nach. »Hab ich doch schon gesagt, ›Augenblick‹.«

Ich lachte. So ein Scherzbold! Dann nahm ich die Daten für eine Überweisung ans Finanzamt auf.

»Sie haben eine sehr angenehme Stimme«, sagte mein Gesprächspartner.

»Danke, das hat man mir schon gesagt«, erwiderte ich und fühlte mich geschmeichelt. Inzwischen glaubte ich selbst, dass meine Stimme schön klang. Vermutlich war es kein Zufall, dass ich diesen Job bekommen hatte; meine abgebrochene Banklehre war sicher nicht der Grund gewesen. Drei Vormittage die Woche arbeitete ich hier, um mir ein bisschen Taschengeld zu verdienen, aber hauptsächlich, um unter die Leute zu kommen. Einige andere Hausfrauen und eine Menge Studenten saßen hier und nahmen ebenfalls Überweisungen, Daueraufträge und Scheckbestellungen entgegen. Es war nicht gerade mein Traumjob, aber besser als nichts.

»Kann ich sonst noch etwas für Sie tun?«, fragte ich Herrn Hinterseer, nachdem ich ihm seinen nicht gerade ermutigenden Kontostand von DM 24,83 mitgeteilt hatte.

»Ja, Sie können mit mir essen gehen«, hörte ich überrascht. Ich musste lachen.

»Bei Ihrer Finanzlage könnten Sie mich höchstens zu McDonald's einladen, und ich stehe nicht auf Hamburger.«

»Das trifft sich gut, ich bin nämlich Münchener«, kalauerte er, »und über meine Finanzlage machen Sie sich mal keine Sorgen. Na, wie wär's?«

So unverblümt hatte mich noch kein Mann angemacht. Wie reagierte man denn auf so was? Ich hatte so lange nicht mehr geflirtet, dass ich mich fühlte, als hätte mich jemand in einer Fremdsprache angesprochen, die ich nicht beherrschte. Ich bemühte mich um einen förmlichen Ton. »Ich muss jetzt Schluss machen. Private Gespräche sind mir nicht gestattet.«

»Schade, Frau … wie war gleich der Name?«

»Schrader«, sagte ich verwirrt und legte auf.

Der Typ hatte ja Mut! Ich könnte schließlich Warzen haben und 120 Kilo wiegen, trotz meiner Stimme. Nur gut, dass ich eine solide, verheiratete Frau ohne die geringsten Ambitionen auf ein Abenteuer war, so würde mir erspart bleiben, bei einem »blind date« zu überprüfen, ob Herr Hinterseer Hautunreinheiten oder Mundgeruch hatte oder einfach nur ein unerträglicher Langweiler war.

»Das ist für dich«, begrüßte mich Lucy und warf mir einen Brief hin.

»Was ist das?«, wollte ich wissen.

»Keine Ahnung, von der Schule.«

Mir schwante nichts Gutes, als ich den länglichen grauen Umschlag aus Recyclingpapier aufschlitzte. Und tatsächlich: »Die Versetzung Ihrer Tochter ist stark gefährdet. Wir möchten Sie zu einem persönlichen Gespräch am … um … ins Sophie-Charlotte-Gymnasium bitten …

Lucy hatte sich wohlweislich in ihr Zimmer verdrückt und die Musik auf Discolautstärke gedreht. Ich stürmte hinein, machte dem Lärm ein Ende und wedelte mit dem Brief.

»Weißt du, was da drin steht?«

Lucy zuckte desinteressiert die Schultern. »Hab ich doch schon gesagt, keine Ahnung …

»Du weißt verdammt genau, was da drin steht!«, explodierte ich. »Und ich will wissen, was los ist.«

Jetzt brüllte Lucy zurück. »Mich kotzt die Schule

an, das ist los! Ich hab keine Lust mehr. Ich hör auf!«

Ich holte tief Luft. Dann setzte ich meiner Tochter auseinander, was ein Leben ohne Schulabschluss bedeutete. Keine Ausbildung, kein Beruf, schlecht bezahlte Aushilfsjobs, womöglich Sozialhilfe, ein Ende in Schmach und Schande, wahrscheinlich im Obdachlosenheim.

»Oder als Straßenkehrer«, ergänzte Lucy genüsslich.

Queen Mum schaut mich über ihren Teller mit den frischkäsegefüllten Kohlrouladen hinweg an. »Dass du uns so enttäuschst, Annabelle. Du weißt nicht, wie traurig uns das macht.«

Mein Vater nickt mit umflortem Blick. Ich bin sechzehn und habe drei Fünfen im Zwischenzeugnis.

»Ich will Schauspielerin werden, dafür braucht man kein Abitur«, erkläre ich.

»Ohne Schulabschluss wirst du höchstens Straßenkehrer«, prophezeit mir mein Vater. Ich kann darin nichts Bedrohliches sehen; ein Leben auf der Straße erscheint mir alle Mal bunter und abenteuerlicher als die Fortsetzung der verhassten Schule. Begriffe wie Einkommen, Sozialprestige oder Aufstiegschancen kommen in meinem Weltbild noch nicht vor.

»Ich werde Schauspielerin«, beharre ich.

»Erstens widersprichst du nicht, zweitens wirst du nicht Schauspielerin, und drittens kriegst du ab jetzt Nachhilfe, ist das klar?«

Mein Vater zuckt mit den Augenlidern, ich ziehe es vor,

den Mund zu halten. Die nächsten Jahre verbringe ich drei Nachmittage die Woche mit Frau Ebing, einer ausgemusterten Studienrätin mit Brille, Überbiss und abgestanden riechenden Pullovern aus Chemiefaser. Jedes Mal, wenn sie mir quadratische Gleichungen oder die Ablativ-Regel erklärt, rückt sie so nahe an mich heran, dass mir übel wird und ich mich nicht mehr konzentrieren kann. Irgendwie paukt sie mich durchs Abitur.

Bis heute hatte ich meinen Eltern Frau Ebing nicht verziehen.

»Willst du mich so quälen, wie Omi und Opa dich gequält haben?«

Lucy sah mich lauernd an. Dieses Biest. Sie kannte die Geschichte von Frau Ebing und dem Straßenkehrer.

»Ich bin Omi und Opa ziemlich dankbar, dass sie mich zum Abitur gezwungen haben. Wer weiß, wie mein Leben sonst verlaufen wäre!«

Weiß Gott, das war die Frage. Wäre es auch nur ein bisschen anders verlaufen? Würde ich heute nicht in einem bürgerlichen Vorort sitzen, zwei mehr oder minder wohlgeratene Kinder mein eigen nennen und auf eine relativ gelungene sechzehnjährige Ehe zurückblicken?

Als könnte Lucy Gedanken lesen, sagte sie: »Was hat dir denn das Abi schon gebracht? Du bist kohlemäßig voll von Papa abhängig, und dein Job ist auch nur ein Aushilfsjob.«

»Du sagst es. Da ich davon ausgehe, dass du nicht finanziell abhängig, mit zwei Gören am Hals in einer spießigen Reihenhaussiedlung enden willst, würde ich empfehlen, dass du den Arsch hochkriegst und einen Abschluss machst!«

Damit machte ich auf dem Absatz kehrt und rauschte hinaus.

Jonas hielt mir das schnurlose Telefon entgegen. Ich nahm den Hörer und schnauzte »Schrader!«, hinein. Es war meine Mutter.

»Was ist denn los, Anna-Kindchen? Du klingst ja wie ein Feldwebel.«

»Ich habe gerade versucht, deine Enkelin davon abzubringen, die Schule zu schmeißen.«

»Oh, will sie Schauspielerin werden?«, fragte Queen Mum, und es klang nur ein ganz kleines bisschen sarkastisch.

»Ach, Mummy, sei nicht schadenfroh. Ich bin schon gestraft genug.«

»Das denkst du nur, weil du nicht weißt, worum ich dich gleich bitten werde«, hörte ich sie fröhlich sagen. »Wieso, was meinst du?«

Ich setzte mich vorsichtshalber hin.

»Sämtliche Wohnungen in unserem Haus, einschließlich meiner eigenen, werden komplett saniert. Ich wollte dich fragen, ob ich für einige Wochen bei euch unterschlüpfen kann.«

Gut, dass ich saß. Ich schwieg.

»Das klingt ja begeistert«, hörte ich meine Mutter, »ich kann natürlich auch ins Hotel gehen.«

»Nein, nein«, beeilte ich mich zu sagen. »Natürlich kommst du zu uns. Es ist nur … ich bin ein bisschen überrascht, das ist alles.«

»Mach dir keine Sorgen, Anna, ihr müsst euch überhaupt nicht um mich kümmern. Und in ein paar Wochen seid ihr mich wieder los.«

Ich legte auf. Und was machte ich bis dahin? Am besten, *ich* zöge ins Hotel. Wochenlang unter einem Dach mit meiner Mutter, das würde ich nicht überleben. Jedenfalls nicht ohne dramatische Folgen für meine geistige und körperliche Gesundheit.

4

Queen Mum rückte an, mitsamt ihrem Bett, der Spezialmatratze aus Latex, ihrem ergonomischen Schreibtischstuhl, drei Koffern und vier Taschen. Das winzige Gästezimmer platzte aus allen Nähten. Eigentlich hätte ich Lucy bitten können, ihr Zimmer zu räumen und ins Gästezimmer zu ziehen, aber in einem letzten Anflug von Auflehnung hatte ich auf diese Geste der Höflichkeit verzichtet.

Friedrich hatte nur schicksalsergeben mit dem Kopf genickt, als er das Unvermeidliche erfuhr.

»Ich hoffe nur, du bist nicht wochenlang schlecht drauf«, war sein einziger Kommentar gewesen.

Er hatte eine aufreizende Fähigkeit entwickelt, sich aus allem rauszuhalten. Wenn ihm was nicht passte, flüchtete er ins Labor und versenkte sich in seine Desoxyribonukleinsäuren.

Ich hatte bei der Bank beantragt, ab sofort fünf Vormittage die Woche eingesetzt zu werden, was zur Folge hatte, dass Herr Hinterseer mich leicht erreichen konnte. Der hatte nämlich seit dem Tag unseres ersten Gespräches jeden Tag nach mir gefragt. Ich war zum Gespött meiner Kollegen geworden und sah keine andere Chance mehr, mir den Kerl vom Leib zu schaffen, als ihn in einem persönlichen Gespräch aufzufordern, mich nicht weiter zu belästigen.

»Dann hab ich es also endlich geschafft«, frohlockte er, als ich hinter vorgehaltener Hand ins Telefon flüsterte, dass ich bereit sei, mich mit ihm zu treffen, aber nur, wenn er mich bis dahin nicht mehr in der Bank anriefe.

Für unser Treffen hatte ich ein Lokal vorgeschlagen, von dem Doro mir mal erzählt hatte. Da sie mit völlig anderen Leuten verkehrte, war ich ziemlich sicher, dass keiner unserer Freunde oder Bekannten dort auftauchen würde. Es wäre einfach zu peinlich gewesen, mit Herrn Hinterseer gesehen zu werden; ganz zu schweigen davon, dass Friedrich nichts erfahren durfte. Ihm hatte ich gesagt, ich ginge mit einer Kollegin ins Kino.

Als ich mich zum Ausgehen fertig machte, spürte ich ein ungewohntes Kribbeln im Bauch. Wie lange war es schon her, dass ich mich für einen anderen Mann schön gemacht hatte?

Natürlich schmiss ich mich nicht richtig in Schale, ich zog nur das einzig wirklich teure Kleid an, das ich besaß, und schminkte mir Augen und Lippen. Ich hatte ein bisschen Mühe, den durch Queen Mums Einzug verursachten neuerlichen Ausbruch der Urtikaria zu überschminken, aber mit einem Abdeckstift von Lucy gelang es mir einigermaßen.

Als ich fertig war, sprang Jonas in meine Arme.

»Du bist wunderschön, Mami! Und wie gut du riechst!«

Ich schob ihn vorsichtig von mir.

»Pass auf, Schätzchen, mein Kleid.«

Ich küsste mit meinem Lippenstiftmund an seinem Ohr vorbei. »Und sei brav zu Omi!«

Mit dem Gefühl, etwas aufregend Verbotenes zu tun, verließ ich das Haus.

Das bayerische Lokal passte zu Herrn Hinterseers Dialekt. Die Gaststube war stilecht mit Hirschgeweihen und karierten Vorhängen ausgestattet. An klobigen Wirtshaustischen saßen Männer beim Bier, einige Familien und ältere Ehepaare aßen Schweinsbraten mit riesigen Knödeln. Suchend sah ich mich um. In meinem Kopf hatte ich ein ziemlich präzises Bild von dem Mann, mit dem ich verabredet war. Ich stellte ihn mir behäbig vor, mit einem Bart, vielleicht sogar in Lederhosen und Lodenjanker. Er hatte sich am Telefon nicht beschrieben; unser Erkennungszeichen war ein zusammengerolltes Exemplar der »Woche«.

Ich sah mich um. Es waren nur drei Personen im Raum, die allein am Tisch saßen. Eine hagere ältere Frau, die in beängstigender Geschwindigkeit einen Teller Schinkennudeln in sich hineinschaufelte, und zwei Männer, der eine mit Anzug und Krawatte, der andere mit Bart und Lodenjanker.

Ich steuerte auf den Bärtigen zu. Als ich schon im Begriff war, mich an seinen Tisch zu setzen, bemerkte ich das Fehlen der verabredeten Zeitung. Verwirrt sah ich mich um. Der Anzugtyp schaute rüber und zeigte auf die »Woche«, die neben seinem Weinglas lag.

Als ich auf ihn zuging, erhob er sich höflich und kam mir entgegen. »Frau Schrader?«

Ich nickte.

Dieser Typ entsprach so überhaupt nicht der Vorstellung, die ich mir von ihm gemacht hatte, dass ich einen Moment brauchte, um mich von der Überraschung zu erholen. Mitte vierzig, schlank, kurzes, dunkelblondes Haar, ein sympathisches, eher weiches Gesicht, dessen hervorstechendes Merkmal ein schön geschnittener Mund war. Kein Tom Cruise, aber mit Rudolf Scharping konnte er's alle Mal aufnehmen. Ich sollte ihn mit Doro bekannt machen, dachte ich flüchtig.

»Enttäuscht?«, fragte er, unsicher lächelnd.

Ich erinnerte mich an den Zweck unserer Zusammenkunft und setzte ein unverbindliches Gesicht auf.

»Herr Hinterseer«, begann ich ohne Umschweife, »ich habe mich ausschließlich mit Ihnen getroffen, um Sie zu bitten, Ihre Anrufe in der Bank einzustellen. Ich habe Ihnen bereits mehrfach gesagt, dass ich eine glücklich verheiratete Frau bin und dass Ihre Bemühungen sinnlos sind.«

Mein Gegenüber sah mich träumerisch an. Er hatte gar nicht zugehört.

»Sie sehen genauso aus, wie ich Sie mir vorgestellt habe. Weich und weiblich, wie Ihre Stimme. Wissen Sie, wenn man Ihre Stimme hört, kriegt man Lust, Ihnen sein ganzes Leben zu erzählen.«

Das hatte mir gerade noch gefehlt! Andererseits musste ich den Abend ja nicht gleich beenden. Wofür hatte ich mich aufgeputzt? Ich konnte mich ja ein bisschen mit ihm unterhalten, einfach so. Ich setzte mich hin. »Sie sind Weintrinker?«, fragte ich wenig originell.

»Ja, obwohl ich ein echter Bayer bin, mag ich kein

Bier. Fast schon tragisch ist das, es nimmt einen ja keiner ernst hier zu Lande.«

»Ich mag Bier«, sagte ich in einem Ton, als wollte ich ihm vor Augen führen, wie unversöhnlich die Gegensätze zwischen uns waren. Ich winkte der Kellnerin.

»Darf ich fragen, was Sie beruflich machen?«, setzte ich die Konversation fort.

»Sie dürfen mich fragen, was Sie wollen«, lächelte er treuherzig.

Bevor es dazu kam, öffnete sich die Tür der Gaststube, und eine Gruppe von Leuten drängte lachend und schwatzend hinein. Ich streifte die Gesichter mit einem beiläufigen Blick und erstarrte. Eine der Personen war Doro. Im gleichen Moment sah sie mich, und obwohl mir der Schweiß ausbrach, merkte ich, dass auch sie ein betretenes Gesicht machte. Im nächsten Moment wusste ich, warum. Der letzte der Gruppe, der gerade die Tür hinter sich schloss, war Friedrich.

Er sah mich an, mit einem irgendwie abwesenden Ausdruck; einen Moment lang wirkte er, als wüsste er nicht genau, woher er mich kannte. Dann kam er auf mich zu. Ich spürte, wie mir das Blut ins Gesicht stieg, meine Handinnenflächen wurden feucht.

»Anna, was machst du denn hier, ich dachte, du bist im Kino?«, fragte Friedrich so freundlich, wie man eine Bekannte behandelt, die man lange nicht gesehen hat. Es war merkwürdig, diesem Mann, mit dem ich Nacht für Nacht im gleichen Bett schlief, der mir bei der Geburt unserer Kinder den Rücken massiert hatte und der mich kannte wie kein anderer, an einem fremden Ort zu begegnen. Ich hatte immer gedacht, wir wüssten alles voneinander, aber plötzlich sah es so aus, als hätte jeder von uns ein eigenes Leben, von dem der andere nichts ahnte.

»Das ist Herr Hinterseer.« Ich zeigte unbeholfen auf meinen Begleiter.

»Herr Hinterseer, mein Mann.«

Die beiden Männer begrüßten sich per Handschlag. Jetzt kam auch Doro an den Tisch.

»Na, das ist ja 'ne Überraschung!«, sagte sie munter und küsste mich. Dann streckte sie Herrn Hinterseer die Hand entgegen.

»Doro Tanning, sehr angenehm!«

Obwohl ich durch dieses unerwartete Zusammentreffen im höchsten Grade alarmiert war, beobachtete ich neugierig, wie er auf Doro reagierte. Ich hatte gelegentlich mit Neid bemerkt, wie sich bei Doros Anblick die Pupillen von Männern schlagartig weiteten und ihre Muskulatur sich straffte. Herr Hinterseer grüßte freundlich, aber seine Pupillen blieben unverändert. Vielleicht war Doro nicht sein Typ.

Der Abend ging weiter, wie ich es mir am wenigsten vorgestellt hatte: Doro und Friedrich setzten sich zu uns, wir unterhielten uns wie Leute, die sich zufällig kennen gelernt hatten. Friedrich war geistreich und gesprächig wie lange nicht, Doro drehte ein paar Papierkügelchen und versuchte, Hinterseer zu beflirten. Der erzählte von seiner Tätigkeit als Optiker, und Doro tat so, als könne sie sich keinen spannenderen Beruf vorstellen.

Die Situation hatte etwas durchaus Stimulierendes, wie durch eine geheime Verabredung wurden die entscheidenden Fragen nicht gestellt.

Kaum waren Friedrich und ich wieder zu Hause, war es vorbei mit der vornehmen Zurückhaltung.

»Erklär mir bitte, warum du mit einem wildfremden Mann zusammensitzt, während du angeblich mit einer Kollegin im Kino bist?«, brüllte Friedrich.

»Schrei mich nicht so an!«, brüllte ich zurück.

Im gleichen Moment fiel mir ein, dass Queen Mum im Zimmer gegenüber schlief. Beziehungsweise nicht mehr schlief, wie ich annahm. Den Spaß wollte ich ihr nicht gönnen, sie an unserem Ehekrach teilhaben zu lassen.

Mit einem wildfremden Mann! Wie er das so sagte, klang es in der Tat nach einer schwer wiegenden Verfehlung. Aber ich hatte mir längst eine Ausrede zurechtgelegt. Mit deutlich leiserer Stimme sagte ich: »Herr Hinterseer ist der Freund meiner Kollegin. Sie hatte einen schweren Migräneanfall, und bis sie entschieden hatte, dass sie sich ins Bett legt, war es zu spät fürs Kino. Da hat er vorgeschlagen, dass wir was trinken gehen. Ich wollte nicht unhöflich sein.«

Ich wunderte mich, wie leicht mir diese Lüge von den Lippen ging. Gleichzeitig begann ich mich zu fragen, warum ich ihm überhaupt eine Lüge auftischte. Aber die Wahrheit klang eben viel unwahrscheinlicher.

»Das soll ich dir glauben?« Friedrich schaute skeptisch.

Ich hatte beschlossen, so schnell wie möglich von mir abzulenken. Schließlich war es auch ungewöhnlich, dass er mit Doro zusammen aufgetaucht war. Mit ein bisschen bösem Willen könnte auch ich ihm einiges unterstellen.

»Darf ich wenigstens erfahren, wie es kommt, dass du in Gesellschaft meiner Freundin warst?«

Friedrich machte eine ungeduldige Handbewegung, um zu zeigen, dass es darum jetzt überhaupt nicht ginge.

»Doro hat angerufen, als du gerade das Haus verlassen hattest. Sie wollte eigentlich fragen, ob du Lust auf ein Bier hast. Als sie hörte, dass du nicht da bist, hat sie aus purer Verlegenheit mich gefragt.«

Genauso hatte ich es mir vorgestellt. Eigentlich schade, dachte ich. Wenn er ein schlechtes Gewissen hätte, würde er mich vielleicht jetzt in Ruhe lassen. So musste ich mich weiter bemühen, ihn zu beruhigen.

Ich legte ihm die Arme um den Hals.

»Schatz, glaubst du wirklich, ich würde mich mit meinem Geliebten stundenlang in eine blöde bayerische Bierwirtschaft setzen? Da wäre mir die Zeit doch zu schade.«

Das schien ihm einzuleuchten.

»Also gut, ich glaub dir jetzt einfach mal. Oder nein, aus Mangel an Beweisen spreche ich dich vorläufig frei«, flachste er unbeholfen.

Unser Versöhnungskuss wurde schnell zu einem wilden Liebesakt, dessen besondere Leidenschaft ich der Tatsache zuschrieb, dass Friedrich heute Abend mit dem schleichenden Gift der Eifersucht in Berührung gekommen war, und das hatte sich ja schon immer als anregend erwiesen.

Das Zusammenleben mit Queen Mum war wie ein Spaziergang auf einem Minenfeld. Wir schlichen vorsichtig umeinander herum, immer bestrebt, die Kreise des anderen nicht zu stören.

Mit spitzen Fingern entfernte ich volle Aschenbecher, riss demonstrativ die Fenster auf und räumte ärgerlich ihre Naturkosmetiktöpfchen im Badezimmer hin und her, weil sie mir überall im Weg waren. Sie verstreute hie und da kritische Bemerkungen über unsere Essgewohnheiten, die Manieren meiner Kinder und meine Qualitäten als Mutter. Nur Friedrich ließ sie ungeschoren, für ihn hegte sie eine Mischung aus Respekt und echter Zuneigung. Gelegentlich flirtete sie regelrecht mit ihm.

Weil wir beide spürten, dass jeder unbedachte Schritt eine Explosion auslösen könnte, war unser Umgangston ungewohnt höflich und rücksichtsvoll. Aber es kam, wie es kommen musste, eines Tages war es vorbei mit dem trügerischen Frieden.

Lucy, die mir seit Wochen wegen des Konzertes irgendeiner dämlichen Boy Group in den Ohren gelegen hatte, nahm heimlich Geld aus meiner Handtasche. Ich hatte mich geweigert, ihr welches zu geben, weil ich ihre miesen Schulnoten nicht mit einer achtzig Mark teuren Konzertkarte belohnen wollte. Ich war wütend und erschrocken über ihren Diebstahl; so was hatte sie noch nie gemacht. Streng stellte ich sie zur Rede.

»Wenn du mir keine Kohle gibst, dann zwingst du mich ja zum Klauen«, heulte sie. »Alle gehen da heute Abend hin, das kannst du mir einfach nicht antun.«

Die Wimperntusche lief über ihr Kindergesicht, die Unterlippe zitterte, plötzlich war sie kein grässlicher Teenager mehr, sondern ein armes kleines Mädchen, das in den Arm genommen werden wollte. Fast hätte sie mein Mutterherz erweicht.

Konsequenz! blinkte es da warnend, Konsequenz ist das A und O der Erziehung!

»Nein, Lucy, klauen geht einfach zu weit. Wenn ich dir nicht mehr vertrauen kann, kann ich auch nicht mehr großzügig sein. Diesmal musst du die Konsequenzen tragen.«

Ich musste einfach hart bleiben. Weil es zum Besten meines Kindes war. Weil ich mir später nicht vorwerfen lassen wollte, ihr keine Grenzen gesetzt zu haben. Queen Mum kam, eine Zigarette zwischen den Lippen, in die Küche geschlendert, wo unsere Auseinandersetzung stattfand.

Lucy witterte ihre letzte Chance.

»Omi, Mami will mir kein Geld fürs Konzert geben!« Queen Mum sah mich verständnislos an.

»Gönn dem Kind doch ein bisschen Kultur«, meinte sie, zog einen Hundertmarkschein aus der Tasche und gab ihn Lucy. »Hier, lad dir noch eine Freundin ein. Und für den Rest könnt ihr was trinken. Aber keine Cola!«

»Danke, Omi!«, jubelte Lucy und machte, dass sie wegkam.

»Was fällt dir ein, Mummy!«, schrie ich empört.

»Lucy hat mich beklaut, und du schenkst ihr hundert Mark?«

»Ich bin ihre Großmutter, ich muss sie nicht erziehen«, antwortete sie lächelnd.

»Aber *ich* muss sie erziehen, und ich finde es unglaublich, wie du dich hier einmischst!«, brüllte ich, jetzt völlig außer mir.

Der Gesichtsausdruck meiner Mutter veränderte sich schlagartig. Plötzlich sah sie traurig und gequält aus. »Dir kann ich es sowieso nicht recht machen. Alles, was ich mache, empfindest du als Einmischung. Dabei meine ich es nur gut. Aber du kannst nichts von mir annehmen. Am besten ist, ich gehe doch ins Hotel.«

Sie verließ die Küche.

Ich blieb zurück, die Fäuste geballt.

Es war so ungerecht! Ich hatte mir solche Mühe gegeben. Was konnte ich dafür, dass alles so schwierig zwischen uns war? Es war doch ganz gut gelaufen, und jetzt kam sie wieder mit der alten Nummer: Du liebst mich nicht genug. Dagegen war ich machtlos, damit war jede Diskussion beendet. Dabei hatte doch *sie* einen Fehler gemacht!

In meiner Wut flüchtete ich ins Schlafzimmer, warf mich aufs Bett, trommelte mit den Fäusten auf die Matratze.

Ich liege auf dem Boden meines Kinderzimmers, das Gesicht in den Armen vergraben, der Körper von Schluchzen geschüttelt. Meine Klassenkameraden machen einen Schulausflug, ich darf nicht mit, ich habe Hausarrest.

Der Grund für die Strafe ist, dass ich gelogen habe. Ich habe der Lehrerin gesagt, dass ich nicht weiß, wer die Topfpflanze in unserem Klassenzimmer runtergeworfen hat. Dabei weiß ich es, es war Britta. Und Britta ist meine Freundin. Ich habe überlegt, was schlimmer ist: die Lehrerin anzulügen oder eine Freundin zu versetzen. Ich bin zu dem Schluss gekommen, dass es besser ist, die Lehrerin zu belügen. Andere Kinder in meiner Klasse haben das anders gesehen und mich verpetzt.

Meine Eltern interessieren sich nicht für die Hintergründe, ihnen reicht es, dass ich gelogen habe. Und so liege ich in meinem Zimmer und weine und wünsche mir, tot zu sein. Ich stelle mir vor, wie alle zu meiner Beerdigung kommen. Die Lehrerin, meine Mitschüler, meine Eltern. Die Wahrheit ist inzwischen ans Licht gekommen, alle bewundern mein edelmütiges Verhalten, meine Eltern werfen sich schluchzend über meinen Sarg und machen sich die entsetzlichsten Vorwürfe, weil sie mich so ungerecht behandelt haben.

Die Vorstellung ist so wahnsinnig rührend, dass ich noch mehr weinen muss. Gleichzeitig ist sie tröstlich, und so schlafe ich über meinem Kummer ein.

Plötzlich stand Jonas im Zimmer.

»Was ist mit dir, Mami?«

Ich schreckte hoch, lächelte ihn mit rot geweinten Augen an und versuchte, meiner Stimme einen normalen Klang zu geben. »Alles o. k., Schätzchen. Komm her.«

Ich nahm ihn in die Arme und wiegte ihn wie ein Baby. Dabei kamen mir wieder die Tränen. So zart waren sie, so zerbrechlich, die Körper und Seelen dieser kleinen Biester. Und ständig machte man alles falsch, obwohl man sich geschworen hatte, alles besser zu machen. Besser als die eigenen Eltern, diese Versager.

Immer wieder erschrak ich bei dem Gedanken, dass ich verantwortlich für meine Kinder war, dass ich sie an der Hand nehmen und ins Leben führen sollte. Dabei hatte ich das Gefühl, dass *ich* ganz dringend jemanden brauchte, der mich an der Hand nahm.

Ich dachte an den Moment, als ich Jonas nach der Geburt zum ersten Mal angesehen hatte. Seine Augen waren weit geöffnet gewesen, auf seinem Gesicht hatte ein Ausdruck von Weisheit gelegen. Ich hatte gefühlt, dass er in diesem Augenblick noch Dinge wusste, die aus einer anderen Welt waren, die bald für immer vergessen sein würden. Ich hatte eine unendliche Ehrfurcht vor dem Leben empfunden, vor dieser gewaltigen Fähigkeit der Natur, sich immer wieder neu zu erschaffen.

Jonas lag entspannt in meinem Arm und nuckelte gemütlich am Daumen, trotz seiner fünf Jahre.

»Hast du geweint, Mami?«

»Ja, hab ich. Auch Erwachsene sind manchmal traurig.«

Seine kleine, warme Hand fuhr täppisch in meinem Gesicht hin und her beim Versuch, mich zu trösten.

»Ist es wieder gut?«

Energisch zog ich die Nase hoch. »Ja, jetzt ist es wieder gut.«

Natürlich dachte Queen Mum nicht daran, ins Hotel zu ziehen. Beim Abendessen saß sie putzmunter am Tisch und tat, als sei nichts gewesen. Auch ich ließ mir nicht anmerken, wie sehr der Vorfall mich mitgenommen hatte. Das einzig Verdächtige war Lucys Verhalten. Sie war zuckersüß wie schon lange nicht mehr.

»Was ist los, Töchterlein«, flachste Friedrich, »bist du krank?«

»Lucy ist verliehiebt, Lucy ist verliehiebt!«, sang Jonas.

Lucy gab ihm eine Kopfnuss. »Jonas ist ein Blödmann, Jonas ist ein Blödmann«, sang sie zurück.

»Was ist das eigentlich für ein Konzert, Lucy?«, fragte Queen Mum. »Klavier, Gesang oder Orchester?«

Lucy lief rot an. »Äh … von allem so'n bisschen.«

Ich feixte innerlich. Queen Mum würde durchdrehen, wenn sie erführe, dass Lucy ihr Geld dafür ausgeben wollte, fünf halbwüchsigen Bengeln in idiotischen Klamotten dabei zuzusehen, wie sie zu Playback-Musik den Mund auf- und zuklappten.

»Bring doch ein Programm mit«, forderte ich Lucy auf.

»Gute Idee«, stimmte Queen Mum zu.

Lucy warf mir einen vernichtenden Blick zu.

Als ich mich bei Friedrich über meine Mutter beklagte, schaute er kurz von seinem Wissenschaftsmagazin hoch.

»Nimm sie einfach nicht so ernst. Du regst dich viel zu sehr auf.«

Ich schnaubte. »Du hast gut reden! Du hältst dich aus allem raus und überlässt mir den ganzen Ärger.«

»Darf ich dich daran erinnern, dass sie *deine* Mutter ist?«

Er wollte sich wieder in seinen Artikel über Organtransplantation versenken. Wütend riss ich ihm die Zeitschrift weg.

»Kannst du dich einmal für das interessieren, was mich beschäftigt?«

Er nahm mir die Zeitschrift wieder ab.

»Du bist fast vierzig und benimmst dich wie ein kleines Mädchen. Ich habe diese ewigen Streitereien zwischen euch wirklich satt.«

Wieder machte er einen Versuch weiterzulesen. Jetzt wurde ich hysterisch.

»Du könntest wenigstens einmal meine Partei ergreifen oder irgendwie zeigen, dass du solidarisch mit mir bist. Aber du willst immer nur deine Ruhe. Du bist echt der letzte Macho!«

Friedrich warf mir einen kühlen Blick zu.

»Wenn du nicht aufpasst, wirst du wie deine Mutter.« Ich war so außer mir, dass ich ihm am liebsten eine geknallt hätte. Wütend drehte ich mich weg. Hatte ich wirklich so ein Arschloch geheiratet?

5

Herr Hinterseer, Benno, wie ich an jenem denkwürdigen Abend erfahren hatte, gab nicht auf. Er rief zwar nicht mehr an, aber eines Mittags erwartete er mich vor der Bank.

»Darf ich Sie ein Stück begleiten?«

»Sie können mich zum Auto bringen«, erlaubte ich ihm.

Er reichte mir den Arm. »Ich will gerne was klarstellen. Ich suche kein billiges Abenteuer. Ich möchte Ihr Freund sein.«

Das kam so herzerfrischend naiv, dass ich lachen musste.

»Sie sind sehr nett, Benno. Aber an Freundschaft zwischen Mann und Frau glaube ich nicht. Es gibt sicher Ausnahmen, wenn man zusammen in der Schule war oder so. Aber wenn Leute in unserem Alter sich kennen lernen, bleiben sie entweder Bekannte, oder sie verlieben sich ineinander.«

Mit kummervoller Miene sah er mich an.

»Sie irren sich, Annabelle. Aber wenn Sie mir keine Möglichkeit geben, kann ich es Ihnen nicht beweisen. Ich möchte keine lächerliche Figur abgeben, deshalb werde ich Sie ab jetzt in Ruhe lassen.«

Abrupt drehte er sich um und ging. Ich sah ihm nach und war nicht sicher, ob ich nicht einen Fehler gemacht hatte.

So zahlreich waren meine Freunde nicht. Klar kannte ich noch ein paar Leute aus der Schule und aus meiner Zeit bei der Bank. Aber als die damals in der Disco und auf Feten rumhingen und in den Ferien nach Griechenland fuhren, saß ich, gerade zweiundzwanzig geworden, mit dem ersten Kind zu Hause. Jetzt, wo meine Gören aus dem Kleinkindalter raus waren bekamen die anderen Babys.

Manchmal fragte ich mich, was aus mir geworden wäre, wenn nicht Lucy alles durcheinander gebracht hätte. Ich hörte damals Musik von Led Zeppelin, Janis Joplin und Steppenwolf. Mit einer Haarbürste als Mikrofon stand ich vor dem Spiegel und sang inbrünstig mit. »Born to be wild« war mein Lebensmotto, und natürlich: »This is the first day of the rest of your life!«

Ich stand auf Motorräder, sparte heimlich für den Führerschein und träumte von einer Harley. Ich war knapp davor, bei den »Biker Angels« aufgenommen zu werden, einer Clique von Rockern, die unsere biedere Wohngegend unsicher machte und der Schrecken aller Eltern war. Ich war mit Panne, einem aus der Gang, in die Schule gegangen. Nachdem ich ein Jahr an ihn hingebaggert hatte, versprach er, meine offizielle Aufnahme zu beantragen. Aber dazu kam es nicht mehr. Warum ich ausgerechnet an Friedrich kleben geblieben bin, der ehrgeizig sein Studium durchzog und Motorradfahren pubertär fand, ist mir nie ganz klar geworden. Vielleicht war es das Verlässliche, das mir an ihm gefallen hatte. Außerdem war der äußerlich so brave Junge eine Kanone im

Bett. Ich kannte keinen, der so lange konnte und dabei so liebevoll darauf bedacht war, dass ich meinen Spaß hatte. Und schließlich hatte er mich geschwängert. Ein Sieg der Hormone.

Ich habe es geschafft, Panne zu überreden, mich auf einen nächtlichen Motorradausflug der Clique mitzunehmen. Wir sind durch die Dunkelheit gerast, über uns der Sternenhimmel, vor uns das helle Band der leeren Landstraße. Jetzt liegen wir in unsere Schlafsäcke gemümmelt rund um ein Lagerfeuer am Ufer des Sees und trinken Apfelkorn aus Flaschen. Aus der Finsternis lösen sich drei Gestalten auf Fahrrädern und kommen auf uns zu.

»Ganz schön kalt heute Nacht. Dürfen wir uns zu euch setzen?«, fragt einer von ihnen.

Ich bin gespannt, wie Ali, der Anführer der Rockergruppe, auf die Eindringlinge reagiert. Heute Abend scheint er friedlich gestimmt. Zu meiner Überraschung fängt er keinen Streit an.

»Von mir aus.« brummt er, und die drei Jungs scharen sich fröstelnd ums Feuer. Auch sie haben Decken und Schlafsäcke dabei, und es sieht aus, als beabsichtigten sie, die Nacht hier zu verbringen.

Im Feuerschein sehen die drei ganz nett aus, wenn auch ein bisschen harmlos mit ihren kurzen Haaren und den braven Klamotten. Meine Rocker machen sich einen Spaß daraus, die Bubis zu foppen. Die reagieren gutmütig, sodass alle friedlich bleiben. Ich bemerke, dass einer der drei mir Blicke zuwirft und mich schüchtern anlächelt.

Ich knutsche mit Panne, weil ich hoffe, dadurch endlich in die Clique aufgenommen zu werden. Betrunken vom

Apfelkorn schlafe ich in seinen Armen ein. Irgendwann nachts merke ich, wie ich geküsst werde. Ich küsse zurück, immer in der Hoffnung, endlich eine richtige Rockerin zu werden. Wir knutschen eine Weile. Bald bin ich wieder eingeschlafen.

Ich erwache durch einen wütenden Aufschrei. Über mir steht Panne und brüllt zu mir runter. Ich liege im Arm des einen Radfahrers, der mich am Abend angelächelt hat.

Benommen richte ich mich auf. Im nächsten Moment trifft mich ein Schlag ins Gesicht. Der Radfahrer springt auf und will Panne wegschubsen, da holt der noch mal aus und schlägt auch ihm ins Gesicht. In Sekundenschnelle bricht eine Prügelei aus. Die drei Eindringlinge erkennen sofort, dass sie schlechte Karten haben. Sie springen auf die Räder und flüchten. Als ich Pannes Gesicht sehe, beschließe auch ich, mein Heil in der Flucht zu suchen.

Wartet!«, rufe ich.

Mein nächtlicher Küsser hält an und lässt mich auf seinen Gepäckträger steigen. Wir schlingern über die Wiese, in Richtung der rettenden Straße; die Rocker brüllen Verwünschungen hinter uns her.

Ich erinnere mich plötzlich, wie angenehm sich die Küsse des Jungen angefühlt haben.

»Wie heißt du eigentlich?«, rufe ich nach vorn.

»Friedrich«, antwortet er und dreht den Kopf so weit dass wir fast das Gleichgewicht verlieren.

Friedrich. Was für ein komischer Name! Ich denke an einen Offizier in Feiertagsuniform oder an einen jungen Adelsspross. Auf solche Typen bin ich ja nun überhaupt nicht abonniert.

Wenig später liegen wir in seiner Studentenbude auf

dem viel zu schmalen Bett und haben zum ersten Mal Sex. Ich weiß nicht, ob wir da schon Lucy gezeugt haben oder erst ein bisschen später. Tatsache ist, dass gleich darauf meine Tage ausbleiben. Erstaunt stelle ich fest, dass am Ende des Monats noch drei Pillen in der Packung sind.

Was wohl aus meinen Rockerfreunden geworden war? Ob sie wirklich alle nach Südfrankreich gezogen waren und eine Biker-Kommune gegründet hatten? Manchmal hatte ich, trotz des unrühmlichen Endes meiner Zeit als Motorradbraut, eine wilde Sehnsucht nach Leuten von damals, aber die waren verschwunden.

Heute, wo ich kaum vor die Tür kam, war es nicht gerade leicht, neue Freundschaften zu schließen. Ich mochte die frustrierten Vorort-Mütter nicht besonders, die hier draußen wohnten. Ständig beklagten sie sich über ihre Kinder, ihre Männer oder ihre Nachbarn. In diesem Jammerchor mitzujammern, hatte ich keine Lust.

Am nächsten stand mir Doro. Ich hatte sie vor zwei Jahren bei einem Stepptanzkurs kennen gelernt. Sie war dort, um einen Mann zu finden, ich, um Gewicht zu verlieren. Beide hatten wir keinen Erfolg gehabt, hatten den Kurs irgendwann aufgegeben, waren aber befreundet geblieben.

Sie brachte einen Hauch von großer Welt in mein Hausfrauendasein. Durch ihren Beruf kam sie mit vielen interessanten Leuten zusammen; sie fotografierte Schauspieler, Politiker, Musiker, Sportler – manchmal waren richtige Stars darunter. Ich lauschte begierig ihren Erzählungen aus der Welt der Zelebritäten, die, wie Doro anschaulich schilderte, auch nur Menschen wie du und ich waren.

Geradezu erschütternd fand ich ihre Schilderung eines weltberühmten Autors, der bei der Präsentation seines neuen Werkes zweihundert Leute warten ließ, weil er es vorgezogen hatte, sich in seinem Hotelzimmer voll laufen zu lassen. Als sein Lektor besorgt nach seinem Verbleib forschte, kam ihm der Schriftsteller schwankend auf dem Hotelflur entgegen, mit verrutschtem Toupet und in nicht mehr ganz blütenfrischer Unterwäsche. Nur mit Mühe konnte er davon abgebracht werden, in diesem Aufzug vor sein Publikum zu treten.

Mich durchfuhr ein wohliger Schauder bei solchen Enthüllungen, zeigten sie mir doch, dass auch reiche und berühmte Menschen nicht unbedingt glücklicher waren als ich.

Mein Verhältnis zu Doro war seit dem Abend in der bayerischen Wirtschaft noch inniger. Ihr Erschrecken bei meinem Anblick war mir wie ein Akt der Solidarität erschienen, sie hatte sofort erkannt, dass ihrer Freundin Ärger drohte. Und ich hatte es toll gefunden, wie sie sich den restlichen Abend bemüht hatte, für entspannte Stimmung zu sorgen. Nur ganz kurz hatte ich noch mal darüber nachgedacht, was für ein merkwürdiger Zufall es gewesen war, sie mit Friedrich anzutreffen. Aber sie hatte mich – genau wie er – schnell überzeugt, dass sie an diesem Abend eigentlich mit mir hatte ausgehen wollen.

Doro schien wirklich etwas an unserer Freundschaft zu liegen. Immer wieder rief sie an, lud mich ein oder schlug gemeinsame Unternehmungen vor.

Eines Tages überraschte sie mich mit zwei Pressekarten für ZZ Top. Whow! Musik aus der guten alten Zeit, abrocken bis zum Umfallen, wer konnte da widerstehen! Es war Jahrhunderte her, dass ich bei einem Konzert gewesen war. Friedrich stand nicht auf Rock, er hörte ausschließlich Klassik und Jazz. Dass ich jetzt zu diesen »abgetakelten Rockopas« gehen wollte, statt endlich mal mit ihm zu einem klassischen Frühschoppen, empfand er regelrecht als Verrat.

»Midlife-Crisis«, konstatierte er, »zwanghafter Rückfall in jugendliche Verhaltensweisen.«

Ich freute mich in der Tat wie ein Kind und machte in meinem Übermut etwas ganz Verwegenes: Ich kaufte mir eine Lederjeans! So eine, wie Doro sie hatte, schwarz, ganz eng, mit aufgenähten Taschen auf dem Po.

Am Abend des Konzertes präsentierte ich das Prunkstück meiner Familie. Jonas, Lucy, Friedrich und Queen Mum saßen aufgereiht wie im Theater, als ich in den Raum stolzierte.

Lucy schlug entsetzt die Hand vor die Augen. »Wie peinlich«, rief sie und rannte raus.

Jonas sah mich mit schräg gelegtem Kopf an. »Ist dir die schon zu klein, Mami?«, fragte er zaghaft.

Friedrich ließ seine Hand auf meinen mit Leder bespannten Po runtersausen, dass es klatschte. »Ich will unbedingt dabei sein, wenn du versuchst, aus dem Ding wieder rauszukommen«, feixte er.

»Gefärbtes Leder kann Giftstoffe enthalten, die die Haut reizen«, warnte mich Queen Mum, »wo du doch ohnehin so empfindlich bist.«

Sollte ich demnächst eine Ganzkörperallergie kriegen, war wenigstens geklärt, dass die Hose schuld war und nicht sie. Trotzig beschloss ich, mich von den niederschmetternden Reaktionen meiner Lieben nicht entmutigen zu lassen. Das Selbstbewusstsein würde ich doch wohl aufbringen! Ich war siebenunddreißig, wahrhaftig nicht zu alt für eine Lederjeans.

Es klingelte, Doro kam, um mich abzuholen. Da stand sie, schmal und schlank, in der gleichen Hose wie ich. Nur, dass ihre mindestens drei Nummern kleiner war und immer noch locker saß, während meine knalleng an mir klebte und wenig schmeichelhaft meine Problemzonen betonte.

»Ich zieh mich nur schnell um«, murmelte ich und entschwand. Ich Idiotin, über zweihundert Mark hatte ich hingeblättert für ein Teil, das ich in diesem Leben nicht mehr tragen würde. Ich stieg in meine ausgeleierte Lieblingsjeans und einen wohnlichen Pullover. Scheiß drauf, ich musste ja nicht gut aussehen. Ich hatte ja schon einen Mann.

Die alten Säcke von ZZ Top sahen auch nicht mehr besonders gut aus, eher wie Scheintote, aber sobald sie loslegten, wirkten sie wieder ziemlich lebendig. Die Vollbärte wippten im Takt zu »Rough guys«, die Menge tobte, ich tanzte wie von Sinnen. Ich hatte total vergessen, was für ein geiles Gefühl das war! Ich warf den Kopf zurück und brüllte mit geschlossenen Augen den Text mit. Mein Körper war wie unter

Strom, ich spürte die Musik mit jeder Faser. Hier war das Leben, und wo war ich? Wie hatte ich es sechzehn Jahre ausgehalten, ohne zu tanzen? War ich überhaupt mal jung gewesen?

Plötzlich fühlte ich mich betrogen. Zehn Jahre, in denen ich unbeschwert meine Jugend hätte genießen können, waren unwiederbringlich dahin. Verschwendet mit Windeln wechseln, Wäsche waschen, Hemden bügeln und Socken stopfen. Verzweifelt warf ich mich dem Rhythmus in die Arme, tobte meine Trauer über die verlorene Zeit aus, stampfte meine Wut in den Boden.

Mein Stiefelabsatz landete auf dem Fuß eines ziemlich finster aussehenden Typen, der ohne weitere Umstände ausholte und seine Faust auf meine Oberlippe platzierte. »Wohl nicht ganz dicht, die Torte!«, hörte ich noch, dann ging ich zu Boden.

Als ich wieder zu mir kam, lag ich auf einer Trage in einem Sanitätsraum, grelles Licht aus Leuchtstoffröhren stach mir in die Augen. Doro saß neben mir und presste einen Eisbeutel auf meine Lippe. Fühlte sich an, als hätte mich eine Wespe gestochen. Die Haut war gespannt, die Schwellung pochte.

»Heh, Anna, alles klar?«, fragte Doro.

Ich nickte.

Die Band spielte »Party on the patio«, ich schoss in die Höhe.

»Das ist mein Lieblingslied, ich muss tanzen«, rief ich aus und sackte im gleichen Moment auf der Trage zusammen.

Mein Kreislauf machte schlapp, erst langsam hörten die Sternchen in meinem Kopf auf zu blinken. Ein Sanitäter beugte sich über mich, fühlte meinen Puls, betastete vorsichtig meine Lippe.

»Da haben Sie Glück gehabt, die ist nicht geplatzt. In ein paar Tagen ist die Schwellung weg.«

Er gab mir einen frischen Eisbeutel. Als ich wieder auf den Beinen war, zog Doro mich zurück in die Halle.

Zugabe! Die Jungs hatten sich in ihre Glitzerjacken geworfen und gaben ihr Letztes. Mit dem Eisbeutel im Gesicht rockte ich mit, so gut es ging. Ein klasse Abend, fand ich. Zufrieden trug ich meine dicke Lippe nach Hause.

Hämische Gesichter am Frühstückstisch. »Mama ist 'ne Schlägerbraut, hat dem Typ aufs Maul gehaut«, sang mein Sohn in liebevoller Verkennung der Tatsachen. »Krieg ich 'ne Kassette von ZZ Top?«, fragte er dann. Jonas und ich hatten so ziemlich den gleichen Musikgeschmack.

Friedrich gab seiner Hoffnung Ausdruck, dass ich geheilt sei von solchen Unternehmungen, und Lucy stellte fachmännisch fest, so was Verabscheuungswürdiges käme nur unter Rockern vor. Bei einem Konzert der »Spice Girls« oder einer ihrer geliebten Boy Groups wäre das undenkbar. Ich hütete mich zu sagen, bei diesen Bands sei ja die Musik allein schon Körperverletzung.

Ich freute mich auf das Gesicht meiner Mutter. Es war fast wie früher, als ich mit zerrissenen Klamotten oder schlammverkrusteten Schuhen nach Hause gekommen war, ein bisschen ängstlich vor dem drohenden Donnerwetter, aber auch freudig erregt bei dem Gedanken, Mummy zu ärgern.

Queen Mum reagierte nicht. Sie küsste reihum alle Anwesenden, mischte die Zutaten ihres Bio-Öko-Ballaststoff-Müslis und schenkte sich Kräutertee ein.

Konnte es sein, dass sie schon kurzsichtig war?

»Schau mal, Mummy, ein Rocker hat mir 'ne dicke Lippe gehauen.«

Triumphierend hielt ich ihr mein Gesicht entgegen. Jetzt musste sie mich doch bemitleiden, ihrer Missbilligung Ausdruck verleihen oder wenigstens nachfragen, wie es passiert war. Aber nichts von alledem kam. Sie lächelte betont nachsichtig.

»Kind, du musst selbst wissen, was gut für dich ist.«

»Siehst du, Mami, das sage ich auch immer«, trumpfte Jonas auf.

Das war doch eine Finte. Ich wusste, wie sehr sie laute Musik verabscheute, für wie primitiv sie Rockbands und ihre Fans hielt. Dass ihre erwachsene Tochter sich nachts auf Konzerten herumtrieb, fand sie garantiert genauso grässlich wie die Tatsache, dass ihre Enkelin kürzlich kein Symphoniekonzert, sondern eine Popgruppe gehört hatte. Zwei Tage hatte sie geschmollt, nachdem sie es erfahren hatte.

Ihre coole Reaktion war also nur ein Trick. Sicher wollte sie mir zeigen, wie sehr sie über den Dingen stand. Ich war die Kindische, sie die Überlegene. Hörte das denn nie auf?

»Ich fahre übers Wochenende zu Elisabeth«, verkündete Queen Mum.

Elisabeth war ihre älteste Freundin und meine Patentante. »Hast du ein paar aktuelle Fotos von den Kindern?«

Ich schüttelte den Kopf. Der Film von Weihnachten war noch in der Kamera, die letzten Bilder waren aus dem Sommer. Es gab ohnehin kein Foto, auf dem Lucy nicht aussah, als wäre sie gerade zu vier Wochen Hausarrest verdonnert worden.

Grimmig und übellaunig starrte sie in die Kamera, während Jonas Faxen machte und debile Gesichter schnitt. Das wollte ich Tante Elisabeth nicht antun. Sie kannte die Kinder, seit sie Babys waren, ich wollte ihre positiven Erinnerungen nicht zerstören.

»Mal doch ein Bild für Tante Elisabeth«, forderte ich Jonas auf.

Der fabrizierte umgehend ein giftgrünes Monster mit einem stechenden Auge, das eine schleimige, gelbe Masse absonderte.

»Was ist denn das?«, erkundigte sich Queen Mum.

»Das ist Tante Elisabeth«, erklärte Jonas in aller Unschuld.

In einem unbeobachteten Moment ließ ich das Gemälde verschwinden.

Als meine Mutter abgefahren war, packte mich der Putzfimmel. Friedrich war ins Institut verschwunden, Jonas und Lucy sausten in seltener Eintracht auf ihren Roller-Blades die Straße entlang, niemand würde mir im Weg sein.

Ich saugte im ganzen Haus, schüttelte die Bettdecken auf, öffnete alle Fenster und ließ die frische

Frühlingsluft rein. Vor Queen Mums Tür stockte ich. Sollte ich?

Wenn ich ihr Zimmer ausließe, wäre sie vielleicht beleidigt. Wenn ich darin rumwischte, empfände sie es möglicherweise als unerwünschtes Eindringen. Warum wusste ich nicht einmal auf eine so einfache Frage die richtige Antwort?

Ich öffnete die Tür und trat ein. Seit sie eingezogen war, hatte ich den Raum nicht betreten, außer um ihr zu sagen, dass das Essen fertig wäre oder jemand sie am Telefon verlangte. Dieser ekelhafte Geruch nach kaltem Rauch! Ich würde das Zimmer streichen müssen und die Vorhänge waschen, wenn sie wieder weg wäre.

Sie hatte sich ganz schön häuslich eingerichtet, stellte ich fest. Sogar ein paar Bilder und Fotos hatte sie aufgehängt. Es sah nicht aus wie ein Provisorium.

Auf ihrem Bett mit der Naturmatratze lag eine neue, blaue Tagesdecke, die Nachttischlampe erkannte ich, die hatte sie schon ewig. Ein unsägliches Siebziger-Jahre-Teil, das sicher mal sauteuer gewesen war. Meine Mutter hatte immer schon eine Schwäche für gute Qualität gehabt, aber einen schrecklichen Geschmack. Nicht bieder, wie andere Frauen ihres Alters, die sich mit Eichenholzmöbeln und altrosa Tischdeckchen einrichteten. Das fand ich zwar auch furchtbar, aber darauf war man irgendwie gefasst. Nein, eher ein bisschen alternativ, teuer, aber trotzdem scheußlich.

Im Zweifel ging ihr Zweckmäßigkeit vor Aussehen, bei mir war es genau umgekehrt. Alles, was sie besaß, war »vernünftig«. Ein vernünftiges Bett, eine vernünftige Leselampe, vernünftige Schuhe. Mein Vater, der ein ausgemachter Ästhet gewesen war, musste ziemlich gelitten haben.

Sein Foto hing an der Wand über dem kleinen Schreibtisch, an dem Queen Mum, auf ihrem vernünftigen, ergonomisch geformten Stuhl sitzend, Briefe schrieb oder Exzerpte der Bücher anfertigte, die sie gerade las. Ich nahm das Foto in die Hand und betrachtete es. Wo war das aufgenommen?

Im Hintergrund sah man die verschwommene Silhouette einer Stadt, mein Vater stand an die Reling eines Schiffes gelehnt, sein Lächeln wirkte eine Spur angespannt. Es könnte Kapstadt sein oder Neapel oder irgendeine andere Stadt am Meer. Meine Eltern waren immer viel gereist, mein Vater hatte es geliebt, Städte zu erforschen. Von kindlichem Entdeckerdrang beseelt hatte er die Orte durchwandert, gespannt darauf, was hinter der nächsten Ecke, in der nächsten Straße auf ihn wartete. Stundenlang konnte er Gebäude betrachten, ihre architektonischen Eigenheiten analysieren, sich an historischen Details erfreuen. Seine Welt war die, wo sich Häuser befanden, also überwiegend in Städten. Von ihm hatte ich meine heimliche Liebe zur Großstadt, die ich den Kindern zuliebe schon ziemlich lange unterdrückte.

Meine Mutter hatte das viele Umherziehen anstrengend gefunden, schon immer hatte sie Reisen nach innen bevorzugt, sich für Meditation, Selbsterfahrung und Seelenkunde interessiert. Als sie mitten im Psychologiestudium gesteckt hatte, war ich in ihr

Leben geplatzt. Sicher war es viel mehr mein Vater mit seiner besitzergreifenden Art gewesen, der verhindert hatte, dass sie das Studium zu Ende brachte. Aber sie hatte es mir angelastet.

Ob sie eine gute Therapeutin geworden wäre?

Vielleicht wäre sie glücklicher gewesen, wenn sie kein Kind, sondern einen Beruf gehabt hätte. Vielleicht war Muttersein gar nicht das, wofür sie gemacht war. Vielleicht hatte sie deshalb so erbittert dagegen gekämpft, dass ich so früh, früher noch als sie, Mutter geworden war.

Die Frage war nur, ob sie Angst gehabt hatte, ich könnte ähnlich unzufrieden werden wie sie, oder ob sie vielmehr befürchtet hatte, ich könnte damit glücklich werden.

Ich wedelte unentschieden mit dem Staubtuch herum und verließ dann das Zimmer.

Ich schrubbte den Küchenboden und den Eingangsbereich, bis ich das Gefühl hatte, für einen Samstagmorgen genug geleistet zu haben. Als ich mich gerade mit einer Tasse Kaffee und der Zeitung hingesetzt hatte, hörte ich Jonas.

»Mama, Hunger!«

Im nächsten Moment war das Rollen kleiner Gummiräder auf Fliesenboden zu vernehmen, die Tür sprang auf, zwei schmutzige, verschwitzte Kinder sausten herein. Hinter sich ließen sie vier Dreckspuren, die sich in Schlangenlinien über den frisch geschrubbten Boden hinzogen. Lucy riss sich die neongrüne Windjacke runter und knallte sie auf den Tisch.

»Is 'n totaler Riss drin, kannst du den nähen?«

Jonas griff sich mit dreckverkrusteten Fingern eine Banane, schälte sie mit zwei schnellen Bewegungen und ließ die Schale auf den Küchentisch fallen.

»Ich hab Hunger! Gibt's bald Essen?«

Ich holte tief Luft und brüllte los.

»Verdammt noch mal, ich bin nicht euer Dienstmädchen! Seit fünfzehn Jahren mache ich nichts anderes als hinter euch herzuputzen, es reicht mir!«

Ich packte die Obstschale, eine lieb gewordene Erinnerung an einen Toskana-Urlaub, und feuerte sie auf den Boden. Sie zersprang mit einem Knall, Äpfel, Orangen und Weintrauben kullerten in alle Richtungen davon. Erschrocken starrten Jonas und Lucy mich an. Dass ich so ausrastete, geschah selten. Ich war selbst erschrocken über meinen Ausbruch, und um die Schale tat es mir auch leid.

Mannhaft nahm Jonas seine Schwester, die ihn um drei Köpfe überragte, an die Hand und baute sich vor mir auf.

»Jetzt hast du uns schon gekriegt, Mama, jetzt musst du uns behalten. Auch wenn wir nicht so sind, wie du willst«, sagte er mit vor Empörung zitternder Stimme.

Ich musste mir ein Lachen verbeißen. Wie verdammt Recht Jonas hatte! Warum sagt einem vorher bloß keiner, dass Kinder keine formbare Masse sind, die man nach eigenen Vorstellungen bildet und prägt, sondern eigenständige, eigensinnige, dickköpfige kleine Monster, die sich an uns festsaugen wie Vampire und so lange Kraft aus uns ziehen, bis sie alt genug sind, um den Führerschein zu machen und so schnell wie möglich das Weite zu suchen?

Als die Kinder im Bett waren, versuchte ich, die Einzelteile der Obstschale zusammenzukleben. Es war mühsam; immer, wenn zwei Teile einigermaßen hielten, verrutschte das dritte und ich konnte von vorne beginnen.

Ich dachte an den kleinen Ort in der Nähe von Siena, wo wir damals Urlaub gemacht hatten. Wie in jedem Jahr hatten wir vorher monatelang diskutiert, wohin die Reise gehen sollte; ich wollte wie immer ans Meer, Friedrich in die Berge. Die Toskana erschien uns ein vernünftiger Kompromiss; es gab immerhin Hügel dort, und das Meer war in erreichbarer Nähe.

Lucy war damals elf, Jonas lernte gerade laufen. Mit schmerzendem Kreuz rannte ich ständig hinter dem kleinen Kerl her, der zwar noch wackelig auf den Beinen, dafür aber umso schneller war. Einmal sauste er geradewegs in das Schwimmbecken, das sich auf unserem Grundstück befand. Er ging unter wie ein Stein. Friedrich und ich sprangen gleichzeitig hinterher und behinderten uns gegenseitig bei dem Versuch, ihn zu fassen. Schließlich schaffte es Friedrich und zog ihn raus.

Ich sah das bewegungslose Kind und war überzeugt, es wäre tot. Friedrich packte Jonas an den Füßen und ließ ihn kopfüber hängen; plötzlich ging ein Zucken durch seinen Körper, und er erbrach einen Schwall Wasser. Dann fing er an zu brüllen.

Trotz der dreißig Grad bekam ich Schüttelfrost und gleich darauf Fieber. Zwei Tage lag ich schlotternd und zähneklappernd in der Wohnung, der Schock hielt mich umklammert wie eine eiserne Faust.

Als ich mich erholt hatte, machten wir Ausflüge in die Umgebung. Ich wollte überall sein, nur nicht in der Nähe des Schwimmbeckens, das mir vorkam wie ein unheilvoller Schlund, der nach meinem Kind gierte.

Auf einem der vielen toskanischen Märkte entdeckte ich die Obstschale aus handgebranntem Ton, blaugrün glasiert und eigentlich ein bisschen zu groß. Trotzdem gefiel sie mir. Friedrich, der viel nüchterner war als ich, rümpfte die Nase. Ich war nervlich so angeschlagen, dass ich in Tränen ausbrach. Friedrich waren Gefühlsausbrüche peinlich, vor allem, wenn andere Menschen in der Nähe waren. Anstatt mich zu trösten, beschimpfte er mich, was mich dazu brachte, noch heftiger zu weinen. Er warf mir Hysterie vor, ich ihm Gefühlskälte. Es endete in einem der schlimmsten Kräche unserer Ehe.

Als wir eine Woche später nach Hause kamen, holte er aus einem der Koffer ein Paket und überreichte es mir mit verlegenem Lächeln. Es war die Obstschale.

»Wie ist denn das passiert?«

Ich fuhr herum, hinter mir stand Friedrich und blickte traurig auf den Haufen blau-grüner Scherben.

»Ich … äh … sie ist mir beim Spülen aus der Hand gerutscht«, log ich.

»Ich hatte mich wirklich an sie gewöhnt«, sagte Friedrich bedauernd.

»Scherben bringen Glück«, sagte ich wenig überzeugt.

Entnervt gab ich die Kleberei auf. Es hatte keinen Sinn, ich kriegte es einfach nicht hin. Ich packte die blau-grünen Überreste der Schale und warf sie in den Müll.

6

Mit Lucy war eine seltsame Verwandlung vor sich gegangen. Sie gab plötzlich Antworten, die aus mehr als einem patzigen Halbsatz bestanden. Ihr Gesicht zeigte einen Ausdruck, den man mit etwas gutem Willen als »heiter« bezeichnen konnte. Und sie brauchte morgens keine Dreiviertelstunde mehr im Bad, sondern eine ganze.

Der Grund für diese Veränderungen war männlich, neunzehn Jahre alt, hatte einen halb langen Leonardo-di-Caprio-Haarschnitt, teure Sakkos, ein Handy und ein Golf-Cabrio.

Mir kam fast das Kotzen, als ich den Knaben das erste Mal sah. Ein Yuppie im Westentaschenformat, ein geschniegelter Jüngling mit blasierter Miene, das glatte Gegenteil von dem, wie ich mir meinen zukünftigen Schwiegersohn vorstellte.

»Darf ich heute bis eins wegbleiben?«, lautete die scheinbar unverfängliche Frage, mit der Lucy das Gespräch einleitete.

»Es kommt darauf an, wohin du gehst und mit wem«, beteten Friedrich und ich im Chor unsere Standardantwort herunter.

»Ich gehe mit Marco auf die Fete von Natalie.«

»Ist o. k.«, wollte Friedrich das Gespräch beenden.

Ich merkte, dass Lucy enttäuscht über die schnelle Zustimmung war.

»Wer ist Marco?«, fragte ich beiläufig.

Genau auf diese Frage hatte sie gewartet.

»Marco ist mein Freund«, sagte sie, und ihre Stimme ließ keinen Zweifel daran, dass sie lästige Fragen dieser Art zukünftig nicht mehr zu beantworten gedachte.

»Lernen wir den jungen Mann mal kennen?«, erkundigte sich Friedrich jetzt neugierig.

»Müsst ihr mich immer kontrollieren? Hat man als Jugendlicher keine Privatsphäre?«, regte sie sich künstlich auf.

Ich sah ihr an, wie sie darauf brannte, uns Marco zu präsentieren.

»Wenn er mit dir ausgehen will, musst du ihn uns schon mal vorstellen«, verlangte ich.

Scheinbar genervt warf sie uns hin: »Heute abend könnt ihr ihn ja begutachten, er holt mich ab.«

Dass Lucy dem Badezimmerspiegel während der folgenden Stunden noch mal kurz den Rücken drehte, war nur ihrer Lieblingsschokoladentorte zuzuschreiben, von der sie normalerweise zwei bis drei Stücke verputzte. Heute aß sie nur ein schmales Scheibchen, dann schob sie den Teller weg.

»Mehr geht nicht, ich bin zu fett. Marco hasst dicke Schenkel ...

Mir war schon aufgefallen, dass sie weniger aß. Wenn sie aus lauter Aufregung und Verliebtheit keinen Hunger gehabt hätte, wäre das in Ordnung gewesen. Aber wenn sie hungerte, um dem Schönheitsideal irgendeines Kerls zu entsprechen, hatte der mich ab sofort zum Feind.

»Du bist überhaupt nicht fett, du hast eine wunderbar schmale Taille …«

»… und dicke Beine«, fiel sie mir ins Wort.

So ein Quatsch! Ich war jetzt schon wütend auf Marco. Wenn er meine Tochter gern hätte, würde er ihr sagen, wie hübsch er sie findet, nicht, was ihm alles nicht an ihr passt.

Mir entging nicht, dass Lucy sich im Laufe des Nachmittages ungefähr vierzehn Mal umzog. Blass und hohläugig, mit vor Aufregung glänzenden Augen, drehte sie sich vor dem Spiegel.

»Sag mal, Mama, würdest du mir die schwarze Lederjeans leihen? Ich meine, du wolltest doch erst ein paar Pfund abnehmen, bevor du sie anziehst, oder?«

Es gab mir einen Stich. Wenn ich Lucy die Jeans gab, sah ich das Teil nie wieder, außerdem übergab ich ihr damit gewissermaßen das Privileg, sich jung und modisch zu kleiden. Mir würde dann nur noch die Kittelschürze bleiben und die gepflegten Twinsets reiferer Damen.

»Bitte, Mama!«

Ich konnte ihrem flehenden Blick nicht widerstehen. Blutenden Herzens überließ ich ihr die Hose.

Zu den Klängen irgendeiner Backstreet-Boy-Schnulze glitten Lucys Beine, die so viel länger, so viel schlanker waren als meine (und ohne eine Spur von Cellulites) in die schwarzen Lederröhren. Mit einem energischen Ruck zog Lucy den Gürtel in der Taille fest, raffte den viel zu weiten Bund einfach zusammen – und sah oberscharf aus.

Ich biss mir auf die Lippen.

»Weißt du, was ich heute im Radio gehört habe?«

Ich musste ihr etwas antun, irgendetwas.

»Nein, was denn?«

»Einer von deinen Backstreet Boys ist ein Tierquäler. Er soll nach der Katze seines Nachbarn mit Flaschen geworfen haben.«

»Echt?« Lucy riss die Augen auf.

»Ja, stell dir vor. Nächste Woche steht er vor Gericht. Wenn sie ihn verknacken, ist es aus mit der Band.«

Vor ein paar Wochen hätte diese Mitteilung einen Weinkrampf zur Folge gehabt. Jetzt grinste Lucy nur und meinte wegwerfend: »Das ist eh' alles nur Masche. Die Musik finde ich auch ziemlich lasch. Marco will mir 'ne Kassette aufnehmen mit der Musik, auf die er steht. Oasis und solche Sachen, ist viel geiler.« Gut gelaunt setzte sie ihr Verschönerungswerk fort.

Ich seufzte. Gegen die Macht der Liebe war kein Kraut gewachsen.

Ich war gespannt, wie lange es diesmal dauern würde. Lucy war schon öfter verliebt gewesen, meist hielten diese Phasen zwischen zwei und vier Wochen an. Ihr Seelenzustand wechselte dann täglich mehrmals zwischen himmelhoch jauchzend und zu Tode betrübt. Es nahm mich richtig mit, weil ich mich noch gut erinnerte, wie fertig mich diese Wechselbäder damals gemacht hatten. Mit gemischten Gefühlen sah ich nun also, wie meine Tochter durch die Höllentäler der ersten Lieben ging. Die Vorstellung, dass die Zurückweisung irgendeines pickeligen Jungen Lucy dazu bringen könnte, in einem verzweifelten Moment ihr Leben wegzuwerfen, marterte mich. Zu viele dieser Momente hatte ich selbst erlebt, um nicht zu wissen, dass man in diesem Alter ständig am Abgrund entlangbalanciert.

Wenn ich ihr doch nur vermitteln könnte, wie lächerlich und unbedeutend diese Kümmernisse würden, wenn man sie später aus der Distanz betrachtete. Dass man nicht daran zu Grunde ginge, wenn eine Freundschaft zerbräche. Dass der erste nicht der beste wäre. Dass jede Trennung ein Neuanfang wäre und alle Erfahrungen dazu beitragen könnten, irgendwann den Richtigen zu finden.

Wie früher, wenn sie krank war und wimmernd in meinen Armen lag, hätte ich gern alle ihre zukünftigen Schmerzen auf mich genommen, um sie nicht leiden sehen zu müssen.

»Hallo, Süße, geile Hose hast du an!«

Marco hatte offenbar viele Kinofilme gesehen, vor allem solche, in denen blöde Machos blöde Miezen zum Ausgehen abholen. Er lehnte lässig am Türpfosten, ließ seinen Autoschlüssel kreisen und musterte Lucy von oben bis unten. Er küsste sie auf den Mund und wollte sie zur Haustür rausziehen.

Ich hatte die Szene von oben beobachtet. Lucy flüsterte ihm etwas zu und zeigte in meine Richtung. Sobald er mich sah, veränderte sich sein Verhalten. Die Macho-Allüren fielen von ihm ab, er stellte sich gerade hin und streckte mir höflich die Hand entgegen.

»Guten Abend, Frau Schrader, mein Name ist

Marco Tremper, vielen Dank, dass ich mit Ihrer Tochter ausgehen darf«, spulte er routiniert herunter. Das Sprüchlein sagte er nicht zum ersten Mal auf, so viel war klar.

»'n abend, Marco«, begrüßte ich ihn, »nett, dich kennen zu lernen.«

Ist er nicht süß, sagte Lucys Blick, der unsicher und doch voller Besitzerstolz von ihm zu mir ging.

»Ihr fahrt mit dem Auto?«, wollte ich wissen.

»Keine Sorge, Mama, Marco fährt super Auto«, sagte Lucy schnell.

»Außerdem trinke ich nicht, wenn ich fahre«, ergänzte der Musterknabe.

Das wollte ich hoffen. Aber ich hatte ohnehin weniger Sorge wegen des Autos als wegen seines überkorrekten Auftretens. Das war einfach nicht normal für einen Neunzehnjährigen, und es machte mich äußerst misstrauisch.

»Also, Mama, tschüss«, beendete Lucy die Inspektion. Marco reichte mir noch mal die Hand und verabschiedete sich formvollendet. Ich sah den beiden nach, wie sie ins Auto stiegen. Bisher war Lucy mit dem Fahrrad abgeholt worden oder mit der Vespa. Die Zeiten änderten sich.

»Findest du wirklich, dass Lucy schon reif genug ist, um mit Männern herumzuziehen?«

Ich drehte mich zu Queen Mum um.

»Das sind keine Männer, sondern Jungs, ein bisschen älter als sie.«

»Ich finde, Lucy wirkt sehr frühreif. Du solltest ihr vielleicht die Möglichkeit geben, mehr Kind zu sein.«

Ich fühlte, wie sich meine Stacheln aufstellten.

»Ich halte sie bestimmt nicht davon ab, sich als Kind zu fühlen.«

»Lucy macht keinen glücklichen Eindruck. Sie ruht nicht in sich.«

»Mummy, sie ist in der Pubertät! Da ruht man nicht in sich.«

»Sie könnte Yoga machen oder autogenes Training. Das würde ihr bestimmt gut tun.«

»Das kannst du ihr ja vorschlagen. Ich freue mich schon auf ihre Antwort«, sagte ich und wollte gehen. Aber Queen Mum war offensichtlich entschlossen, eine Grundsatzdebatte herbeizuführen.

»Um Jonas mache ich mir auch so meine Gedanken.«

»Ach ja?«

Mein Adrenalinspiegel stieg bedrohlich an. Wenn ich mich jetzt nicht beherrschte, gäbe es Krach.

»Muss das Kind immer Rockmusik hören? Das entspricht doch seinem Alter gar nicht.«

»Weißt du, wie viele Pumuckl, Bibi Blocksberg, Märchen- und Kinderkassetten Jonas hat? Er mag sie nicht. Sie sind ihm zu blöd. Wenn er Rockmusik hören will, dann soll er. Da mische ich mich nicht ein.«

»Solltest du aber.«

Ich sah sie herausfordernd an. »Ach, weißt du, Mummy, es reicht ja, wenn *du* dich ständig einmischst«, sagte ich mit schneidender Stimme, stampfte die Treppe hoch und knallte die Schlafzimmertür hinter mir zu.

Ich war müde an diesem Abend und ging früh ins Bett. Sonst hatte ich nie Probleme mit dem Einschlafen gehabt. Heute tat ich kein Auge zu. Friedrich atmete schon ruhig neben mir, als ich immer noch angespannt im Dunkeln hockte und mich über Queen Mum aufregte.

Außerdem dachte ich voller Sorge an Lucy. Marco sah zwar nicht aus wie ein Vergewaltiger, Dealer oder Junkie. Eher wie ein Computerhacker, der die Kreditkarten anderer Leute kopiert und heimlich, still und leise ihre Konten plündert. Warum ich ihm diese kriminelle Energie zutraute, verstand ich selbst nicht. Er war mir einfach unsympathisch.

Endlich, kurz nach eins, ging die Haustür. Vielleicht ist er doch nicht so übel, dachte ich verschwommen, bevor ich endlich einschlief.

»Warum soll immer ich hingehen?«

Wütend funkelte ich Friedrich an, der sich zum Ich-weiß-nicht-wie vielten-Mal vor dem Elternabend im Kindergarten drücken wollte.

»Ich hab einen wichtigen Termin«, behauptete er.

»Ich hab auch einen wichtigen Termin«, trotzte ich. Warum war immer ich zuständig für Geburtstagsgeschenke, frische Socken, Pausenbrote und Elternabende? Diese Kinder waren genauso seine wie meine.

Trotzdem war es natürlich ich, die den Abend mit einer Horde aufgebrachter Mütter und ein paar Vorzeige-Vätern verbrachte, die, ihre Knie knapp unterm Kinn, auf den viel zu kleinen Kindergartenstühlchen saßen und stritten. Es ging um die Zusammenlegung zweier Gruppen.

»Es muss gespart werden«, erklärten die einen, »sonst besteht die Gefahr, dass der Kindergarten ganz geschlossen wird.«

»Das ist pädagogisch nicht vertretbar«, hielten die anderen dagegen, »das ist ja wie Massentierhaltung!«

Ich sprach nicht gern vor vielen Leuten und hielt deshalb den Mund. Als ich nach meiner Meinung gefragt wurde, stammelte ich irgendwas von »Übergangslösung«, »pädagogischen Aushilfskräften« und »langfristiger Planung«.

Dankbar, dass jemand nicht rumbrüllte, sondern in ruhigem Tonfall etwas von sich gab, wollte der Elternhaufen mich plötzlich zur Speerspitze seines Protestes machen und zur Sprecherin küren.

Ich zuckte zusammen. Nicht noch einen Job, bitte! Ich fühlte mich völlig ausgelastet mit einer Tochter kurz vorm Sitzenbleiben, einer Mutter mit Hang zum Psychodrama, einem Ehemann, der sich vor allem drückte, und einem Sohn, der sich noch nicht die Schuhe zubinden konnte. Halbtags hatte ich einen Job, dazu ein Haus und einen Garten zu versorgen – es gab nichts, worauf ich weniger Lust hatte, als auch noch wochenlang auf Ämter und Behörden zu rennen. Außerdem kam Jonas in einem halben Jahr in die Schule, dann waren wir von der Zusammenlegung gar nicht mehr betroffen.

Die versammelten Eltern sahen mich auffordernd an. Ich holte Luft, um zu sagen: »Nein, ich will das nicht machen.« Aber ich traute mich nicht.

Ich nickte resigniert, was von allen Anwesenden als Zeichen der Zustimmung gedeutet wurde. Flugs wurde ein Komitee gewählt, das mich bei meiner Aufgabe unterstützen sollte, und so fand ich mich wenig später in Gesellschaft von Frau Nessinger, einer weiteren Mutter mit politisch-kämpferischen Ambitionen und einem der Väter »Bei Reni« wieder.

Reni war die ausgemergelte Wirtin einer schmucklosen Vorstadtkneipe, in der ich höchstens mal ein paar Flaschen Bier holte, wenn Friedrich vergessen hatte, einen Träger zu kaufen.

»Marthe«, sagte die kämpferische Mutter und streckte die Hand aus. Der Vater hieß Horst, und dann erfuhr ich auch noch, dass Frau Nessinger auf den schönen Vornamen Wiltrud hörte.

Sie wohnte mit ihrer Familie in unserer Straße. Ihr Mann war als Vertreter von pharmazeutischen Produkten ständig unterwegs, ihre beiden Söhne machten ihr das Leben zur Hölle. Goofy, der Jüngere, war eigentlich ein ganz netter Bursche, sein Bruder Bastian dagegen ein aggressives, verschlagenes Kerlchen. Jonas kam oft heulend nach Hause, wenn er von ihm wieder gequält worden war.

Wiltrud war eine notorische Klatschtante. Vormittags arbeitete sie im Supermarkt, der ihr in erster Linie als Nachrichtenbörse diente. Das Geld brauchte sie natürlich auch; vermutlich war sie deshalb so scharf darauf, dass Goofy weiter in den Kindergarten ging.

Marthe erzog ihre Tochter Sina allein. »Von Anfang an«, wie sie betonte, es klang so, als wisse sie nicht einmal, wer der Vater war.

Horst erzählte uns ausgiebig von seiner Scheidung. Seine Kinder lebten bei der Mutter, und um die Verbindung zu halten, stiefelte er brav zu ungeliebten Terminen wie Elternabend oder Kinderarzt.

Nachdem wir uns ein bisschen bekannt gemacht hatten, beratschlagten wir, was zu tun wäre, bis alle Gäste gegangen waren und Reni begann, die Stühle auf die resopalbeschichteten Tische zu stellen.

»Mama, ich brauche Geld«, teilte Lucy mir mit.

»Da geht's dir wie uns allen«, tröstete ich sie.

»Ich will mehr Taschengeld! Ich brauche eine Stretchhose!«

»In deinem Schrank hängen mindestens zehn Hosen. Darunter meine teure Lederjeans.«

»Ja, aber keine Stretchhose. Alle meine Freundinnen haben eine. Und die kriegen auch alle mindestens zweihundert Mark im Monat. Ich nur hundert.«

»Weißt du, wie viel Taschengeld ich mit fünfzehn gekriegt habe?«, fragte ich, und es war mir, als hörte ich die Stimme meiner Mutter.

Diese saublöden Elternsprüche, warum waren sie einem so fest ins Gehirn gemeißelt, dass man sie unweigerlich hervorholte, obwohl sie einen früher so genervt hatten?

»Das kann man nicht vergleichen, das ist doch urlange her. Allein die Inflationsrate ist doch schon der Wahnsinn«, sagte Lucy.

»Erstens ist das nicht urlange her, sondern gerade

mal zweiundzwanzig Jahre, und zweitens kriegst du auch unter Berücksichtigung der Inflationsrate ungefähr doppelt so viel wie ich damals.«

»Willst du, dass ich wieder klaue? Oder auf den Strich gehe?«

Böse schaute meine Tochter mich an. Ob das schon der unheilvolle Einfluss von Marco war?

»Nein, ich will, dass du begreifst, dass du nicht alles haben kannst, was deine Freundinnen haben. Und dass das Geld, das du so lässig verschleuderst, von deinem Vater und mir hart verdient werden muss.«

»Aber alle haben eine bestickte Lammlederjacke, nur ich nicht«, jammere ich.

»Willst du etwa so aussehen wie alle?«, fragt Mummy und schaut mich streng an.

Natürlich nicht. Eine bestickte Lammlederjacke ist der Gipfel der Individualität; »alle« sind die Leute, auf die es ankommt, deren Meinung zählt, wenn man fünfzehn ist und verzweifelt auf der Suche nach Anerkennung.

»Ich brauche doch sowieso einen Wintermantel«, versuche ich es mit einem praktischen Argument.

»Du kriegst einen Wintermantel. Einen aus Wolle, in einer vernünftigen Qualität, mit Kapuze.«

Mummy ist unerbittlich. Ich ahne, dass ich keine Chance habe und mir ein weiterer Winter als Außenseiter bevorsteht.

»Warum darf ich mir nicht aussuchen, was ich anziehe? Ich muss schließlich damit rumlaufen.«

Ich stampfe mit dem Fuß auf und fange an zu heulen.

Ich fühle mich so machtlos, so ausgeliefert. Ich möchte endlich erwachsen sein und selbst entscheiden.

Schon als ich längst verloren habe, lässt Mummy es sich nicht nehmen, ihren Triumph noch zu krönen. »Dass für so eine Jacke kleine Lämmer bestialisch ermordet werden, ist Grund genug, keine zu tragen!«

Traurig und wütend spreche ich den ganzen Tag kein Wort mehr mit meinen Eltern. Am nächsten Abend sind wir alle zusammen von einem Geschäftspartner meines Vaters in ein feines Restaurant eingeladen. Als der Kellner zu mir kommt, bestelle ich laut und deutlich: »Lammkoteletts!«

»Was kostet so eine Stretchhose?«

»Hundertzwanzig.« Lucy fiel mir um den Hals.

»Halt, so einfach ist das nicht!«, bremste ich sie. »Ich strecke dir das Geld vor. Wenn du bei der nächsten Mathearbeit eine Drei schreibst, kannst du's behalten. Wenn nicht, stotterst du es von deinem Taschengeld ab.«

»Na gut, wenn's sein muss«, willigte Lucy ein.

Manchmal half nur Erpressung, leider. Was hatte ich mir nicht alles vorgenommen! Ohne Druck sollte meine Erziehung sein, nur getragen von Liebe, Nachsicht und Geduld.

Neidisch hatte ich als Kind auf meine antiautoritär erzogenen Altersgenossen gesehen, die im Winter ohne Schuhe rauslaufen und sich Marmelade in die Haare schmieren durften. Kinder wissen selbst, was gut für sie ist, hatte ich lange gedacht und noch länger verkündet. Inzwischen war ich eines Besseren belehrt worden. Kindererziehung ist eine Art Seilziehen, bei dem verbissen um jeden Millimeter Boden gerungen wird. Ständig prallten meine Interessen gegen die der Kinder, und es war bei weitem nicht so, dass ich als Erwachsene im Vorteil gewesen wäre. Im Gegenteil, Kinder, so hatte ich gelernt, verfügen über die Macht der Machtlosen und können einen leichter über die Linie ziehen als ein gleich starker Gegner.

Ich fühlte mich obendrein ziemlich allein gelassen mit der Aufgabe, Lucy und Jonas zu nützlichen Mitgliedern der Gesellschaft zu machen. Friedrich hatte sich zwar für Erziehungsfragen noch nie zuständig gefühlt, aber in letzter Zeit wurde sein Desinteresse an der Familie immer schlimmer. Wir sahen ihn manchmal tagelang nicht, weil er morgens ins Labor verschwand, bevor wir aufgestanden waren, und spät abends wieder kam, wenn wir schon schliefen.

Als er eines Morgens überraschend zum Frühstück blieb, zeigte Lucy auf ihn und fragte: »Mami, wer ist der Mann?«

Friedrich lachte: »Du kannst Onkel zu mir sagen!«

Er küsste Lucy und Jonas.

»Iiih, nicht küssen!«, schrie Jonas und rannte weg.

Friedrich drückte mich kurz an sich, und schon war er zur Tür raus.

Er sprach nie über seine Gefühle. Obwohl er kein kalter Mensch war, konnte er seine Empfindungen nur körperlich ausdrücken, nicht verbal. Wenn wir zusammen schliefen, spürte ich meist, wie es ihm ging. Wenn ich ihn fragte, erfuhr ich gar nichts. Trotzdem versuchte ich es immer wieder.

»Was soll denn sein?«, gab er ungehalten zurück. »Ich muss wahnsinnig viel arbeiten, wir sind an einer großen Sache dran.«

»Aber du bist immer weg, und selbst, wenn du mal da bist, bist du innerlich nicht anwesend. Hast du mich in den letzten Wochen einmal gefragt, wie es mir geht?«

Er lächelte. »Also gut. Wie geht es dir?«

Ich winkte ab. »Vergiss es.«

Vielleicht verlangte ich wirklich zu viel.

Ich konnte mich eigentlich nicht beklagen: Friedrich hatte einen guten Job, er war lieb zu den Kindern und behandelte mich besser als viele Männer ihre Frauen. Wenn davon ausgegangen wurde, dass Ehepartner pro Tag durchschnittlich acht Minuten miteinander umgehen, war unsere Ehe doch ein Hort der Kommunikation. Oder sagen wir: Auf jeden Fall guter Durchschnitt. Meistens jedenfalls.

Ein paar Tage später erfuhr ich, was Friedrich in den letzten Wochen so beschäftigt hatte.

»Das ist das Ende«, sagte er, warf die Zeitung auf den Tisch und starrte trübsinnig hinterher.

»Was ist das Ende?«, fragte ich erschrocken.

Als er keine Antwort gab, griff ich nach der Zeitung. Die Schlagzeile hieß: SCHAF GEKLONT! ENGLISCHEN WISSENSCHAFTLERN GELINGT PERFEKTE KOPIE!

Seit Jahren arbeitete Friedrich am Transfer von DNS, der Erbsubstanz von Pflanzen und Tieren, in andere Zellen, mit dem Ziel des »Klonens«, der Vervielfältigung. Ich hatte das immer ziemlich gruselig gefunden und insgeheim gehofft, den Wissenschaftlern würde das Experiment nicht gelingen. Nun hatte es doch einer geschafft, nur leider – oder glücklicherweise? – nicht mein Mann.

»Heißt das, man kann jetzt auch Menschen klonen?«, fragte ich entsetzt. Die Vorstellung, manchen Zeitgenossen in mehrfacher Ausführung zu begegnen, fand ich ziemlich ungemütlich.

»Im Prinzip ja. Technisch ist es möglich, aber natürlich ist es verboten.«

Als hätte das jemals in der Geschichte der Menschheit etwas genutzt. Alles, was machbar war, wurde irgendwann gemacht, das konnten Gesetze oder Verbote nicht verhindern. Mir wurde sehr unbehaglich zu Mute.

»Hast du wirklich geglaubt, du könntest das schaffen?«, fragte ich Friedrich.

»Auch wenn du's nicht glaubst, wir waren sehr nahe dran. Eigentlich haben wir in den nächsten Monaten mit dem Durchbruch gerechnet. Jetzt können wir die Arbeit von Jahren wegschmeißen.«

Er stand auf. »Ich geh ein bisschen spazieren.«

Armer Friedrich.

Mir wurde klar, wie wenig ich von seiner Arbeit wusste. Es genügte mir, dass jeden Monat Geld aufs Konto floss, dass er abends nicht zu spät heimkam und zufrieden war mit dem, was er tat. Was das im Einzelnen war, hatte mich nie interessiert. Ich war auch sicher gewesen, ich würde es nicht verstehen, deshalb hatte ich nicht gefragt.

Plötzlich hatte ich ein schlechtes Gewissen. Hätte das nicht auch zu meinen Aufgaben als Ehefrau gehört, mich mit dem zu beschäftigen, womit mein Mann sich tagaus, tagein beschäftigte, wie er uns ernährte, was seine Gedanken bestimmte?

Dann fiel mir ein, dass ja auch Friedrich sich nie um das kümmerte, was ich tat. Ob was zu essen im Haus war, ob die Wäsche gewaschen war, ob die Kinder pünktlich ins Bett gingen, ob ich Stress in der Bank hatte, ob die Heizkostenrechnung bezahlt war – all das interessierte ihn nicht.

Er ging davon aus, dass alles klappte, und da immer alles klappte, fiel ihm gar nicht auf, wie viel Arbeit das bedeutete.

Je länger ich darüber nachdachte, desto klarer wurde mir, dass *ich* eigentlich die Bedauernswerte sei. Als er zurückkam, verbrachten wir den Abend mehr oder weniger schweigend, jeder in Gedanken versunken. Ein Hauch von Feindseligkeit lag in der Luft, es war nicht genau festzustellen, von wem er ausging.

7

Mitten in der Nacht schreckte ich hoch. Mein Herz klopfte so laut, dass ich es hören konnte. Hatte ich schon geschlafen? War es ein Traum gewesen oder einer dieser halbbewussten Zustände zwischen Wachen und Schlafen? Ich hatte gefühlt, wie ein Gewicht meinen Körper herunterdrückte, ganz deutlich hatte ich wahrgenommen, dass ich mich sekundenlang nicht mehr bewegen konnte.

Friedrich lag tief schlafend neben mir, er schnarchte leicht, und ich wusste, bevor er nicht seine Position wechselte, würde das leicht kratzende Geräusch nicht aufhören. Ich lauschte in die Dunkelheit. In einiger Entfernung fuhr ein Auto, sonst war es völlig still. Nein, halt, ein leichtes Stöhnen, ein leises Schmatzen – das kam aus dem Nebenzimmer, in dem Jonas schlief. Ich ließ die Türen immer einen Spalt offen, damit ich ihn hörte.

Jetzt nahm ich noch ein Geräusch wahr. Ein dumpfes Poltern, ganz leise, dann das Rücken eines Stuhles. Queen Mum war ebenfalls wach. Ich sah auf die Ziffern meines Weckers, es war zwei Uhr fünfzehn.

Plötzlich überfiel mich eine grenzenlose Traurigkeit. Zwei Zimmer weiter, wenige Meter entfernt, atmete und bewegte sich die Frau, die mich geboren hatte und die mir doch so fremd war. Wir lebten seit Wochen im selben Haus, wir waren uns äußerlich so nahe wie seit Jahren nicht und gleichzeitig weiter voneinander entfernt als je zuvor.

Mit jedem Tag schien die Entfernung zu wachsen, ich wusste nicht, was ich dagegen tun konnte.

Jeder Satz zwischen uns wurde zu einem Missverständnis, jede noch so banale Alltagsäußerung enthielt einen unausgesprochenen Vorwurf.

Wenn sie sagte: »Reich mir doch bitte die Butter«, verstand ich: »Warum bist du so unaufmerksam und rücksichtslos?«

Wenn ich Jonas vorschlug: »Komm, wir gehen ins Kino«, sah ich ihr an, dass sie heraushörte: »Nichts wie weg hier, ich kann deine Großmutter nicht mehr sehen!«

Und, ehrlich gesagt, wahrscheinlich fühlte ich es auch so, ganz tief innen. Trotzdem litt ich unter der Kälte zwischen uns, wollte mich in ihre Arme werfen, wieder ihr kleines Mädchen sein, ihr Anna-Kind, ihre einzige, liebste Tochter. Das alles war ich doch mal gewesen, damals, als ich mich noch ganz und gar im Bannkreis ihrer mütterlichen Macht befunden hatte.

Was, wenn ich jetzt einfach aufstünde und zu ihr ginge? Wenn ich sie umarmte und ihr sagte, dass ich sie liebe? Und dass ich niemals aufhören würde, ihre Tochter zu sein? Ich schlug die Hände vors Gesicht und schluchzte laut auf. Friedrich erwachte mit einem Seufzer, zog mich an sich und murmelte schlaftrunken: »Was ist, hast du schlecht geträumt?«

Weinend presste ich mich an ihn, küsste sein Gesicht, seinen willenlosen Mund, seinen Hals. Wie eine Ertrinkende klammerte ich mich an ihm fest, suchte Halt an seinem Körper. Gleich darauf spürte ich seine Erektion, ich stürzte mich über ihn, hatte das Gefühl, mich tief in ihn zu verbohren, und haltlos weinend erreichte ich einen schnellen, traurigen Höhepunkt.

Ich erwachte mit zwei mehr oder weniger komplett zugeschwollenen Augen. Friedrich stieß einen entsetzten Schrei aus, als er mich sah. Ich hatte das Gefühl, als säßen zwei Kröten auf meinem Gesicht, die eine ätzende Substanz ausschieden. Der Notarzt spritzte mir kommentarlos eine Dosis Cortison, und ich verdämmerte den Tag im Bett. Ich versuchte, innerlich abzuschalten, aber gegen meinen Willen drangen die Geräusche aus dem Haus zu mir.

Jonas und Lucy zankten sich wie üblich. Friedrich, wegen der Klon-Geschichte wütend und deprimiert, tigerte durchs Haus und räumte Zeug von hier nach da. Es würde mich Tage kosten, alles wieder an seinen Platz zu bringen.

Queen Mum hatte sofort das Regiment übernommen, erteilte mit energischer Stimme Anweisungen und verzichtete sogar auf ihren Meditationskurs, um für Friedrich und die Kinder zu kochen. Die Gelegenheit, meine wehrlose Familie mit einem vegetarischen Mahl zu beglücken, ließ sie sich nicht entgehen. Auch ich wurde mit einem Tellerchen Vollkornnudeln bedacht, mangels Alternativen blieb mir nichts anderes übrig, als sie zu essen.

Gegen acht klingelte es an der Haustür. Erschrocken erinnerte ich mich, dass für heute ein Treffen der Kindergarten-Kampfgruppe vereinbart war, und zwar hier bei uns. Ich sprang in meine Kleider, sprintete ins Bad und versuchte, mich in ein menschliches Wesen zu verwandeln.

Als ich runterkam, weiteten sich die Augen meiner Mitstreiter, die dem ratlosen Friedrich gerade den Zweck ihres Besuches erklärten.

Ich probierte ein entspanntes Lächeln, das meine Gesichtszüge vermutlich noch mehr verzerrte, und entschuldigte mich für meine Vergesslichkeit. Da unsere Zusammenkunft der Rettung von Kindergartenplätzen diene und nicht der Wahl einer Schönheitskönigin, sähe ich mich trotz meiner Allergie im Stande, unsere Besprechung abzuhalten.

Die drei wichen zurück, stammelten ihrerseits Entschuldigungen und verließen das Haus so fluchtartig, dass es mir nicht gelang, sie aufzuhalten.

Bei unserem nächsten Treffen, diesmal wieder »Bei Reni«, erwarteten mich die drei mit betretenen Mienen. Marthe nahm meine Hand und sah mir tief in die Augen.

»Es tut mir so Leid«, sagte sie mitfühlend.

»Wir wussten ja nicht …«, stammelte Wiltrud und brach mitten im Satz ab.

»Können wir irgendwas für dich tun?«, fragte Horst.

»Ich weiß, ehrlich gesagt, nicht, wovon ihr sprecht«, sagte ich und sah ratlos in die Runde. »Was tut euch Leid?«

Marthe wand sich. Endlich gab sie sich einen Ruck.

»Na, dass dein Mann dich schlägt.«

»Dass mein Mann was …?« Ich traute meinen Ohren nicht. Dann musste ich lachen. »Friedrich mag eine Menge Fehler haben, aber geschlagen hat er mich noch nie. Ich hatte wirklich eine Allergie, das war keine Ausrede.«

Beim anschließenden Gespräch wurde klar, dass alle außer mir Erfahrungen mit Misshandlungen hatten. Marthe war als Kind geprügelt worden, Wiltrud ließ durchblicken, dass ihrem Mann gelegentlich der Gaul durchging, und Horst gestand den Tränen nahe, dass er seiner Frau ins Gesicht geschlagen habe, als sie ihm mitteilte, sie würde ihn verlassen.

Plötzlich bekam ich eine absurde Sehnsucht nach zu Hause. Ich wollte sehen, wie Jonas im Bett lag, die Decke um seine Beine gewickelt, den Daumen im Mund, mit wirrem Haar und roten Bäckchen. Ich wollte seine Wärme fühlen, seinen Kindergeruch einatmen. Ich wollte Lucys verfilzten Haarschopf sehen, ihren Körper, der im Schlaf noch ganz kindlich wirkte, ihre Hand, auf der manchmal ein in langweiligen Schulstunden entstandenes Herz oder eine Blume zu erkennen war. Und ich wollte Friedrich sagen, dass ich stolz auf uns war, weil wir bisher alles so gut hingekriegt hatten.

Als ich heimkam, war der Teufel los.

Jonas saß heulend im Bett, Queen Mum versuchte, ihn zu beruhigen, sprang aber immer wieder hoch und lief aufgeregt hin und her, unverständliches Zeug vor sich hinmurmelnd.

»Lucy hat einen Unfall gehabt«, informierte mich Friedrich knapp, »ich fahre ins Krankenhaus.«

Ich fühlte mich, als habe jemand mit einer riesigen Faust in meinen Magen geschlagen. Einen Moment dachte ich, ich müsste mich übergeben. Der Schock zog mir das Blut aus den Gefäßen, ich spürte, wie ich blass wurde und anfing zu zittern.

»Ich komme mit«, stammelte ich.

»Ruft mich bitte an!«, rief Queen Mum uns nach.

An die Fahrt kann ich mich nicht mehr erinnern. Friedrich und ich sprachen kein Wort. Wirre Bilder rasten durch meinen Kopf.

Lucy als Baby, Lucy als Krabbelkind, Lucy auf dem Dreirad, Lucy an ihrem ersten Schultag. Lucy mit Blinddarmdurchbruch, banges Warten vor dem Operationssaal. Lucy lachend in einer Gruppe anderer Kinder und weinend nach dem Tod ihrer Katze. Lucy nackt am Meer, ihr kleiner, verletzlicher Kinderkörper. Was, wenn dieser Körper gleich zerschmettert vor mir liegen würde? Wenn sie ihr ganzes Leben an den Rollstuhl gefesselt bliebe? Was, ja was, wenn sie stürbe? Ich stöhnte auf, die Übelkeit schwappte erneut in mir hoch. Diesen Gedanken durfte ich nicht denken. Im Krankenhaus ging die Folter weiter. Wir durften nicht gleich zu ihr. In zunehmender Panik rannte ich den Flur auf und ab, jede Sekunde, die verging, schien eine Bestätigung dafür, dass es schlimm um Lucy stand.

Endlich winkte uns eine Schwester in ihr Zimmer.

Lucy lag in einem dieser Betten, umgeben von Geräten und Schläuchen, die einen das Schlimmste befürchten lassen. Ein Arm und ein Bein waren eingegipst, im Gesicht hatte sie Platzwunden und Blutergüsse. Sie hielt die Augen geschlossen. Man hätte denken können, sie sei tot.

»Lucy?«, flüsterte ich mit erstickter Stimme.

Durch einen Tränenschleier sah ich, wie sie langsam den Kopf drehte und die Augen öffnete.

Ich setzte mich zu ihr ans Bett. Ich wagte nicht, sie anzufassen, weil sie aussah, als würde ihr jede Berührung Schmerzen verursachen.

»Wie geht's dir, mein Kleines?«, fragte ich.

»Na ja«, piepste sie, »ich hatte schon mehr Spaß.«

Gerührt streichelte ich mit den Fingerspitzen eine Stelle an ihrem Arm, die unversehrt aussah. Mein tapferes kleines Mädchen!

»Seid ihr sauer?«, fragte Lucy und sah mich und Friedrich, der sich einen Stuhl ans Bett gezogen hatte, mit Kleinsündermiene an.

Sauer, wie kam sie denn darauf? Ich war heilfroh, dass mein Kind am Leben war!

Ein Arzt betrat das Zimmer. Er gab erst Friedrich die Hand, dann mir.

»Wird sie wieder in Ordnung kommen?«, fragte ich aufgeregt.

Er wiegte den Kopf hin und her.

»Die Brüche im Bein sehen ziemlich übel aus, viel hätte nicht gefehlt, und es wäre nicht mehr zu retten gewesen.«

Mir wurde wieder flau.

»Was … was heißt das? Wird sie wieder normal laufen können?«

»Wir tun, was wir können. Eine Garantie gibt es nicht. Alles in allem hat Ihre Tochter großes Glück gehabt.«

Wahrscheinlich musste man es so sehen. Selbst wenn ihr Bein steif bliebe oder sie keinen Sport mehr treiben könnte, wäre das ein vergleichsweise kleines Unglück angesichts dessen, was hätte passieren können. Ich dachte an Marco. Obwohl ich wütend war, dass er Lucy in diese Lage gebracht hatte, hoffte ich doch, dass auch ihm nichts Schlimmes passiert war.

»Wie … sieht eigentlich Marcos Auto aus?«, fragte ich vorsichtig.

»Wieso Marcos Auto?«, hörte ich Friedrichs Stimme. »Lucy hat *meinen* Wagen zu Schrott gefahren!«

»Waaaas?«

Ich sprang auf, Lucy schien in ihrem Bett zu verschwinden. »Du bist mit Papas Wagen gefahren? Ohne Führerschein?«

Lucy nickte. »Mit konnte ich ja schlecht.«

»Woher kannst du überhaupt fahren?«

»Hat Marco mir gezeigt.«

Der Mistkerl! Warum konnte sie nicht wenigstens sein blödes Golf-Cabrio zerlegen? Jetzt begriff ich, warum wir mit meinem Auto ins Krankenhaus gefahren waren.

»Wie bist du denn nur auf diese schwachsinnige Idee gekommen?«, fragte ich fassungslos.

»War 'ne Wette. Ich hab gewesen.«

Da gab ich mir alle Mühe, meine Kinder zu verantwortungsvollen und reifen Persönlichkeiten zu erziehen, und dann so was! Ich dachte nicht an den Schaden, kaputte Autos hatten mich noch nie besonders aufgeregt. Aber der ganze Ärger, die juristischen Folgen – ich wollte es mir gar nicht ausmalen. Musste einen diese Brut wirklich immer mit der nächstgrößten denkbaren Katastrophe überraschen?

»Ach, Mama, reg dich nicht so auf. Ich könnte schließlich tot sein!«

Ich sank auf einem Stuhl zusammen.

»Du musst deine Mutter anrufen«, sagte Friedrich sanft und drückte mir ein Markstück in die Hand. »Draußen hängt ein Telefon.«

Mechanisch stand ich auf und verließ das Zimmer.

Queen Mum weinte vor Erleichterung. Um ein Haar hätte ich mitgeweint.

Als Jonas am nächsten Morgen aufwachte, fragte er sofort nach Lucy. Obwohl er sich meistens mit ihr stritt, liebte er seine Schwester heiß. Er wollte sie gleich im Krankenhaus besuchen.

»Ich bringe ihr meinen Kuschelbär und Bücher und ihren Walkman. Und du musst ihr eine Schokoladentorte backen, o. k., Mami?«

Ich bremste seinen Eifer, denn am Telefon hatte Lucy gesagt, dass sie starke Schmerzen hätte und am liebsten ihre Ruhe haben wollte. Erst am Tag darauf konnten wir Jonas' Plan in die Tat umsetzen.

Gemeinsam mit Queen Mum fuhren Jonas und ich ins Krankenhaus. Bepackt mit Geschenken stapfte der kleine Kerl den endlosen Flur entlang, bis wir

Lucys Zimmer erreicht hatten. Dabei quasselte er ununterbrochen.

»Tut das weh, wenn der Knochen zerbrochen ist? Wie reparieren die Ärzte das wieder? Meine Knochen können nicht zerbrechen! Weint die Lucy jetzt? Wann kommt sie wieder heim? Wie viele Leute passen in das Krankenhaus? Muss ich auch mal hierher? Schau mal, Mama, der Mann hat einen Verband! Wann sind wir da? …«

Ich hatte es aufgegeben, seine Fragen beantworten zu wollen. Queen Mum und ich tauschten ein Lächeln und ließen ihn reden. Ich trug die Torte und überlegte, wo wir gleich ein Messer und ein paar Teller herkriegen würden. Meist war es in Krankenhäusern ja schon ein Problem, eine Blumenvase aufzutreiben.

Lucy sah furchtbar aus. Die Schwellungen im Gesicht hatten sich blauschwarz verfärbt, sie konnte sich kaum rühren, weil das gebrochene Bein ruhig gestellt war, und sie jammerte über Schmerzen im Rücken.

Jonas war ziemlich beeindruckt, als er seine lädierte Schwester sah und verstummte schlagartig. Schweigend lud er seine Präsente auf dem Bett ab und schaute sie mit großen Augen an.

Lucy lächelte und streichelte ihm über den Kopf.

»Danke, Kumpel. Echt lieb von dir.«

»Du armes Kind, nein, wie du aussiehst!«, rief Queen Mum immer wieder, »wie ist denn das bloß passiert?« Friedrich und ich waren übereingekommen, ihr nicht die Wahrheit über den Unfall zu sagen. Erstens wollten wir ihr die Aufregung ersparen, und zweitens hatte ich einfach keine Lust, mich mal wieder für mein Erziehungsversagen zu rechtfertigen. Queen Mum hätte mir garantiert vorgehalten, ich sei an allem schuld, weil ich Lucy nicht zum autogenen Training geschickt hatte. Also glaubte meine Mutter, Lucy sei bei einem Freund mitgefahren und Friedrichs Auto sei bei der Inspektion.

Ich gab Lucy ein Zeichen, sie solle den Mund halten, und suchte schnell nach einem anderen Thema.

»Hattest du schon Besuch, Schätzchen? War Marco schon hier?«

Wie auf Stichwort füllten sich Lucys Augen mit Tränen. Sie schüttelte den Kopf. »Er hat angerufen.«

»Und, kommt er dich bald besuchen?«

»Er sagt, er hat keine Zeit. Zu viel zu tun. Natalie hat mir erzählt, dass sie ihn mit Ilka gesehen hat.«

Die Tränen liefen ihr übers Gesicht.

Dieses Arschloch! Ich hatte es gleich gewusst. Umso besser, wenn sie den los war, dachte ich.

»Marco? Wer ist Marco?«, wollte Queen Mum wissen. »Mein Freund, Omi«, sagte Lucy mit schwacher Stimme, »jedenfalls bis vorgestern.«

»Sei nicht traurig, Lucy-Kind. Für einen Freund bist du sowieso noch ein bisschen jung. Lass dir lieber Zeit mit den Männern …«

»… sonst ergeht's dir wie deiner Mutter«, ergänzte ich.

Queen Mum verstummte und wandte sich zu Jonas. Sie zeigte ihm den Landeplatz des Rettungshubschraubers. Gebannt sah Jonas hinaus.

Ich küsste und streichelte Lucy und sprach leise auf sie ein.

»Jetzt werd erst mal gesund, mein Liebes, alles andere wird sich finden!«

Lucy nickte unter Tränen. Sie vergewisserte sich, dass Queen Mum nichts hören konnte, dann flüsterte sie: »Und das Auto?«

Mit bedauerndem Schulterzucken flüsterte ich: »Taschengeldentzug. In sechzehn Jahren hast du's geschafft.«

Lucys körperliche Verletzungen heilten zum Glück ziemlich schnell, es sah so aus, als würde das Bein wieder vollständig in Ordnung kommen. Mit den seelischen Verletzungen sah es anders aus. Marco, dieser kleine Scheißkerl, zog tatsächlich mit ihrer Klassenkameradin Ilka herum. Lucy litt Höllenqualen.

»Ich geh nicht mehr in die Schule! Ich halte das nicht aus, die beiden zu sehen!«

Marco hatte zwar schon das Abitur und machte jetzt, wie Lucy sich ausdrückte, »Geschäfte«. Aber es war ziemlich wahrscheinlich, dass er Ilka mal von der Schule abholen würde.

Ebenso wahrscheinlich war, dass Lucy die Klasse endgültig nicht mehr schaffen würde. Die Wochen im Krankenhaus hatten ihre Defizite derart vergrößert, dass schon ein Wunder geschehen müsste, wenn sie all den Stoff aufholen wollte.

Das einzig Tröstliche war, dass Lucy in der Zeit nach dem Unfall viel zu Hause war und sich nicht ständig rumtrieb. Ich genoss es, mir mal keine Sorgen machen zu müssen. Bis sie wieder fit war, verwöhnte ich sie, so gut ich konnte.

Irgendwann drohte der erste Schultag, und Lucy hatte ihr altes Selbstbewusstsein wieder.

»Wer mich nicht will, hat mich nicht verdient«, knurrte sie und zog los, entschlossen, sich von niemandem wehtun zu lassen.

Als sie heimkam, erzählte sie, dass Marco auch Ilka längst sitzen gelassen hätte und die beiden Mädchen sich ausführlich über seinen schlechten Charakter ausgetauscht hätten.

Zu allem Überfluss hatte ich während der ganzen Zeit auch noch mit der Kindergarten-Kampftruppe zu tun und musste mich ernsthaft mit dem Thema beschäftigen. Schließlich hatte ich auch hier Verantwortung übernommen.

Eines Morgens war es dann so weit. Wir marschierten zur Gemeindeverwaltung, wo wir einen Termin beim zuständigen Referenten hatten.

Herr Renz war ein netter, junger Beamter, der mit sorgenvoll gerunzelter Stirn über die Schwierigkeiten referierte, die der Rechtsanspruch auf einen Kindergartenplatz für die Kommunen darstellte.

»Die Kassen sind leer«, jammerte er und sah uns so vorwurfsvoll an, als hätten wir persönlich sie ausgeplündert. Meine Mitstreiter sahen mich auffordernd an. Errötend legte ich Herrn Renz den Fall dar, analysierte den Finanzbedarf, stellte ihn den erwarteten Einsparungen gegenüber und erläuterte, wie mit Aushilfskräften und flexiblen Öffnungszeiten die

Schließung der Gruppe zu vermeiden wäre. Zum Abschluss reichte ich ihm die Mappe mit unseren Unterlagen.

»Da haben Sie sich aber gründlich in die Materie eingearbeitet«, bemerkte Herr Renz anerkennend. »Trotzdem muss ich das erst mal in Ruhe durchgehen und mit meinem Vorgesetzten besprechen.«

Damit stand er auf. Die Audienz war offenbar beendet.

Mit trotzig verschränkten Armen blieb ich sitzen.

»Also so lassen wir uns nicht abspeisen. Wenn wir jetzt gehen, hören wir doch frühestens in einem halben Jahr wieder von Ihnen.«

Ich war erstaunt über meinen Mut. Auch Herr Renz schien überrascht. Offenbar war er keinen Widerspruch gewöhnt.

»Sie können sicher sein, wir melden uns bei Ihnen.«

Er öffnete die Tür und stellte sich wartend daneben. Was sollte ich bloß machen? Wenn ich jetzt aufstand, machte ich mich lächerlich. Wenn ich sitzen blieb auch.

»Alle reden immer von der Bürgernähe der Behörden, und wenn man mal was will, hat keiner Zeit«, schimpfte ich.

Das ließ Herr Renz nicht auf sich sitzen.

»Also gut«, sagte er und schloss die Tür wieder.

Als wir eine Stunde später sein Büro verließen, waren wir in Siegerlaune.

»Und nächste Woche sollen wir schon Bescheid kriegen!«, jubelte Wiltrud.

»Erst mal abwarten«, dämpfte Horst. Er kannte die Beamten, er war selbst einer.

»Du warst toll«, lobte mich Marthe.

Ich gebe zu, ich war ziemlich stolz auf mich.

Die Wochen vergingen, Queen Mum machte keinerlei Anstalten, in ihre Wohnung zurückzukehren. Ich war inzwischen in einem Zustand gereizter Resignation, wenn es so was gibt. Immer wieder regte ich mich furchtbar über sie auf, gleichzeitig hatte ich mich mit ihrer Anwesenheit abgefunden. Trotzdem: Irgendwann musste ihr Haus doch renoviert sein! Ich traute mich nicht, direkt zu fragen. Es hätte so plump gewirkt.

Immer noch nervten mich ihre harmlosen Eigenheiten: dass sie ständig ihre Brille verlegte und jedes Mal einen von uns verdächtigte, sie weggeräumt zu haben. Dass sie vor jedem Essen ein buddhistisches Gebet aufsagte. Dass sie ihre abgeschnittenen Fußnägel im Garten vergrub, weil das positive Kräfte mobilisieren sollte. Dass sie mit Jonas Kinderlieder sang, die er nur aus Höflichkeit mitsang. Dass sie Lucy Kleider kaufte, die teuer, vernünftig und scheußlich waren und die Lucy niemals tragen würde. Immer wieder überraschte sie uns mit Einfällen, die lieb gemeint, aber völlig daneben waren.

Irgendwann rückte sie mit einem Gerät an, das aus zwei Handgriffen und einem merkwürdig gebogenen Draht bestand. »Das ist eine Wünschelrute«, erklärte sie dem verdutzten Jonas.

»Au, toll, können wir uns jetzt was wünschen?«

»Nein, damit kann man rausfinden, was unter dem Haus in der Erde ist.«

Jonas legte den Kopf schief.

»Du meinst … Gold und so was?«

Queen Mum lachte. »Komm mit, ich zeig's dir.«

Sie hielt das Ding vor ihren Bauch und ging langsam durch die Zimmer unseres Hauses. Jonas ging in der gleichen Haltung neben ihr her und staunte sie an. Vermutlich fragte er sich, ob seine Omi eine Hexe oder Zauberin wäre, jedenfalls war er sehr fasziniert von dem Humbug.

Plötzlich blieb sie stehen. »Da, es hat ausgeschlagen!«

»Was?«

»Die Wünschelrute, sie hat sich bewegt.«

»Haben wir jetzt einen Schatz gefunden?« Jonas gab die Hoffnung auf verborgene Reichtümer nicht auf.

»Nein, vermutlich eine Wasserader. Genau unter deinem Bett.«

Neugierig spähte Jonas unter sein Bett. Queen Mum erklärte ihm, dass die Wasserader unter dem Haus verliefe, dass sie seinen Schlaf beeinträchtige und dass sein Bett umgestellt werden müsse. Jonas begriff zwar den Grund nicht, fürs Möbelrücken war er aber immer zu haben. Mit vereinten Kräften zogen und zerrten die beiden, bis sie den Holzboden in Jonas' Zimmer verkratzt und das Bett auf die gegenüberliegende Seite geschafft hatten.

Das Gleiche wollte sie in allen anderen Schlafzimmern veranstalten, komischerweise verliefen unter allen Betten Wasseradern. Lucys Bett war so eingebaut in all ihr Gerümpel, dass man es beim besten Willen nicht verrücken konnte, ohne das ganze Zimmer auszuräumen. Und Friedrich leistete Widerstand, als Queen Mum unser Ehebett mitten in den Raum stellen wollte.

»Das ist der einzige Platz ohne schädliche Strahlung«, erklärte sie.

»Das ist mir, mit Verlaub, scheißegal, liebe Schwiegermama«, antwortete Friedrich in ungewohnter Deutlichkeit.

Beleidigt zog sie ab, den unermüdlichen Jonas im Schlepptau. Wenig später verrückten die zwei Sessel und Tische im Wohnzimmer.

Ich wollte schon empört einschreiten, da sah ich, dass die neue Anordnung der Möbel unter ästhetischen Gesichtspunkten nicht ohne Reiz war. Das Zimmer wirkte plötzlich größer, und so gestattete ich großmütig die Veränderung.

Zufrieden, weil sie glaubte, mich überzeugt zu haben, schritt Queen Mum noch durch den Abstellraum und den Waschkeller. Von mir aus konnte sie auch die Waschmaschine umstellen, wenn sie meinte, dass sich dadurch deren Lebensdauer erhöhte. Friedrich und ich wechselten einige viel sagende Blicke, und für einen Moment fühlte ich mich, als sei ich die Erwachsene und meine Mutter das Kind.

Ein paar Tage später tauchte sie mit einem Brief in der Hand beim Mittagessen auf.

»Stellt euch vor, jetzt gibt es Verzögerungen bei

der Sanierung! Sie haben zwar die Fassade fertig und die Heizungen, aber jetzt haben sie Schäden im Mauerwerk entdeckt. Erst in drei Monaten kann ich wieder in meine Wohnung.«

Ich war so überrumpelt, dass mir buchstäblich die Worte fehlten. Ich hatte damit gerechnet, dass sie in ein, zwei Wochen umziehen könnte. Jetzt würde die Tortur noch mal so lange dauern wie bisher.

»Macht doch nichts, Omi, dann bleibst du halt noch ein bisschen hier«, wollte Jonas sie trösten. »Oder gehen wir dir schon sehr auf den Wecker?«

Queen Mum lachte. »Nein, mein Schätzchen, aber vielleicht gehe ich ja euch auf den Wecker?«

»Nein!«, riefen Jonas und Lucy im Chor.

Irgendwie hatten die beiden gespannt, dass Queen Mums Anwesenheit Vorteile für sie hatte. Ich schimpfte weniger mit ihnen, weil ich so mit meiner Mutter beschäftigt war. Ich war öfter mal bewusst großzügig, um sie zu ärgern. Und in den Augen der Kinder hatten die Spinnereien meiner Mutter ja durchaus Unterhaltungswert. Welche Oma macht schon Tischerücken und Voodoo mit ihren Enkeln, statt einfach nur eine Gute-Nacht-Geschichte vorzulesen.

Friedrich sagte nur: »Mir ist alles recht. Hauptsache, es gibt keinen Streit.«

Queen Mum und ich sahen uns an. Ihr Blick war flehend, als fürchtete sie, ich könnte sie auf die Straße setzen. Mir war klar, sie konnte nirgendwo anders hingehen. Ein Hotel für drei Monate würde ein Vermögen kosten, von ihren Freundinnen hatte keine genug Platz. Ich konnte sie ja schlecht in einer Jugendherberge einquartieren.

»Dann raufen wir uns eben weiter zusammen«, sagte ich munter, wie, um mir selbst Mut zuzusprechen. Ich hoffte, für diese gute Tat würde ich irgendwann in den Himmel kommen.

8

ERLEBEN SIE EIN UNVERGESSLICHES WOCHENENDE IN EXKLUSIVER UMGEBUNG, UND PROFITIEREN SIE VON UNSEREN SEMINARANGEBOTEN »MEHR SELBSTBEWUSSTSEIN«, »FARBTYP-BERATUNG« UND »ERFOLG IST LERNBAR«. ZUR ENTSPANNUNG STEHEN IHNEN IM SCHLOSSHOTEL EIN Swimming-Pool UND EIN FITNESSCENTER ZUR VERFÜGUNG. EIN SCHÖNES WOCHENENDE WÜNSCHT IHNEN, LIEBE MITARBEITERIN, DIE LEITUNG VON »CALL YOUR BANK«!

Überwältigt ließ ich die Einladung sinken. Schon seit Wochen war im Kreise meiner Kolleginnen gerätselt worden, wer dieses Jahr zu den Glücklichen gehören würde, die als Dank für ihren Einsatz das begehrte Entspannungswochenende im bankeigenen Schlosshotel verbringen dürften.

Das war genau, was ich jetzt brauchte! Einfach mal raus aus dem Alltag, weg von Kindern, Müttern und Kiga-Kampfgruppen. Eigentlich hatte ich mir so ein Wochenende gemeinsam mit Friedrich vorgestellt, aber die Idee, auch ihn mal für drei Tage nicht zu sehen, erschien mir plötzlich verlockend.

Ich begann sofort, mir Gedanken über die Organisation zu machen. Ich hatte meine Familie noch nie für drei Tage allein gelassen, es kam mir vor, als stellte ich einen äußerst kühnen Plan auf. Endlich würde sich meine Gastfreundschaft auszahlen, meine Mutter würde Friedrich und die Kinder betreuen und dafür sorgen, dass sie was zu essen bekamen. Zwar körnermäßig, aber immerhin.

Ich stürmte in Queen Mums Zimmer, die gerade eine Lektion ihres japanischen Sprachkurses hörte.

»Yuroschku onigaischimas«, sagte eine Männerstimme.

»Freut mich, Sie kennen zu lernen«, antwortete Queen Mum.

»Matta yuroschku«, »Bis zum nächsten Mal.«

»Idadaikimas.«

»Guten Appetit.«

»Gengki?«

»Wie geht's?«

»Sayonara.«

»Auf Wiedersehen.«

»Du, Mummy«, sprudelte ich ungeduldig hervor, »vom Zwölften bis Vierzehnten bin ich zu einem Schulungs-Wochenende meiner Bank eingeladen (das klang besser, als »Entspannungs-Wochenende«) Kümmerst du dich um Friedrich und die Kinder?«

Meine Mutter schaltete den Recorder aus und kramte nach ihrem Kalender.

»Zwölfter bis Vierzehnter? Da habe ich Klassentreffen in Travemünde, tut mir Leid, Anna-Kind.«

Sie legte den Kalender weg, als sei damit das Thema beendet.

In mir braute sich ein unbändiger Zorn zusammen. Seit über drei Monaten wohnte meine Mutter unter meinem Dach, wir fütterten sie durch und ertrugen ihre Marotten. Einmal, ein einziges Mal, bat ich sie um einen Gefallen, und sie lehnte ab.

»Ist gut, Mummy, war ja nur 'ne Frage«, sagte ich gepresst.

Ich schloss die Tür hinter mir, meine Knöchel waren weiß, so sehr umklammerte ich den Türgriff beim Versuch, mich zu beherrschen. Ich platzte fast vor Wut.

Am meisten ärgerte ich mich darüber, dass ich es mal wieder nicht fertig gebracht hatte, ihr die Meinung zu sagen. Immer schluckte ich alles, und wenn ich mich doch mal zur Wehr setzte, hatte ich hinterher ein schlechtes Gewissen.

Wer sonst könnte einspringen? Ich zerbrach mir den Kopf, bis ich den rettenden Einfall hatte: Doro! Ich rief sie an und verabredete mich mit ihr für den Abend.

»Betrachte es als eine Art Probewohnen, drei Tage mit Familie im Reihenhaus, damit du weißt, was dir mal blüht!«

Doro sah mich überrascht an. »Können sich die drei nicht selbst versorgen?«

»Dann essen die Kinder nur Süßigkeiten, glotzen den ganzen Tag fern, gehen nicht ins Bett und lassen das Haus verkommen. Friedrich kommt Freitagabend spät heim und muss auch Samstag und Sonntag für ein paar Stunden ins Labor, weil er einen Versuch laufen hat. Mir wäre einfach wohler, wenn jemand da wäre.«

»Meine Kochkünste sind nicht gerade der Hit«, warnte Doro.

»Egal, die Kinder essen alles, und Friedrich lässt sicher mal 'ne Pizza springen oder eine Einladung ins Restaurant.«

Sie schaute immer noch skeptisch. Ich beugte mich vor, suchte ihren Blick.

»Bitte, Doro, ich habe mich so auf dieses Wochenende gefreut.«

Sie nickte zögernd.

»Also gut, aber auf deine Verantwortung!«

Ich umarmte sie. »Danke! Du bist eine echte Freundin!«

Wir verbrachten noch einen gemütlichen Abend, hechelten ihre neuesten Männergeschichten durch und tranken ein paar Gläser zu viel.

Friedrich war gar nicht begeistert.

»Das ist doch nicht nötig«, sagte er, »die Kinder sind groß genug.«

»Sei doch froh, wenn dir jemand hilft! Ich schicke dir ja keine Schwester von der Caritas, sondern eine nette Freundin.«

Friedrich brummte irgendwas.

Ich verstand nicht, warum er so ablehnend war. Ich nahm an, er war neidisch auf meinen Wochenendtrip; sicher wäre er genauso gerne weggefahren wie ich.

Weil es im Schlosshotel ein Schwimmbad gab, musste ich mir dringend einen Badeanzug kaufen. An einem der nächsten Vormittage betrat ich forschen Schrittes einen Laden. Ich war die einzige Kundin, und zwei Verkäuferinnen, denen offenkundig sterbenslangweilig war, stürzten sich gleichzeitig auf mich. Wenig später fand ich mich mit einer Auswahl von zwölf Badeanzügen und Bikinis Größe 40/42 in einer der Garderoben wieder. Ich begann, meinen winterweißen Körper aus den Kleidern zu schälen, und mit jedem Stück, das ich ablegte, wuchs mein Entsetzen. Ich war nicht mollig, ich war fett. Mein Bauch wabbelte, meine Beine waren cellulitisch bis zum Knöchel, mein Hintern quoll in Wülsten aus dem Slip hervor, es war zum Erbrechen.

Die Beleuchtung in der Kabine ließ jede noch so winzige Delle in meiner Haut zu einem Krater anwachsen, und aus jeder Rundung wurde eine konturlose Masse. Ohne ein einziges Teil anprobiert zu haben, zog ich mich wieder an, drückte einer der Verkäuferinnen die zwölf Bügel in die Hand und verließ, mit den Tränen kämpfend, den Laden.

Ich ging schnell ein paar Schritte, dann begann ich zu heulen. Eine Welle von Selbsthass überrollte mich, verzweifelt schniefte ich vor mich hin.

Dieser unförmige Fleischklumpen sollte ich sein? Das war mein Körper, meine sterbliche Hülle, der Anblick, den ich der Welt zumutete? In nacktem Zustand mutete ich ihn zwar nur Friedrich zu, aber die Vorstellung, dass jeder andere Mann bei diesem Anblick vermutlich schreiend davonlaufen würde, stürzte mich in Verzweiflung. In ein Hotelschwimmbad würden mich keine zehn Pferde bringen, am besten, ich sagte das Wochenende ab und buchte einen Monat in einer Fastenklinik!

Ich stürzte in ein Café, erstand eine große Packung Champagnertrüffel und stopfte die klebrigen Kugeln in mich hinein. Dann betrat ich einen Gemüseladen und kaufte eine Tüte voller Gurken, Tomaten und Paprika. Ich würde mein Leben ändern. Jetzt, genau in diesem Moment.

Abends stellte ich mich noch mal vor den Spiegel.

Im weichen Licht der Schlafzimmerlampe war mein Anblick längst nicht mehr so schrecklich. Natürlich war ich nicht gerade schlank, aber die Horrorvision, die mir das Kabinenlicht vorgespiegelt hatte, entsprach auch nicht der Wirklichkeit. Wenn ich bis zur Abfahrt ein bisschen aufpasste, könnte ich vielleicht ein, zwei Pfund abnehmen. Und nach dem Besuch des Seminares »Mehr Selbstbewusstsein« würde ich es sicher locker schaffen, vor den Augen meiner schlanken Kolleginnen in den Pool zu springen. Zur Not auch mit dem alten Badeanzug.

Ich packte Paprika, Gurken und Tomaten und legte sie in Queen Mums Kühlschrankfach. Ich musste es ja nicht gleich übertreiben!

Am Tag meiner Abfahrt wies ich Doro in ihre Aufgaben ein und sprach ihr Mut zu. »Du schaffst das schon, bei anderen Leuten sind meine Kinder immer total brav. Und Friedrich wird sich überschlagen, du wirst sehen. Im Keller steht ein Karton mit sehr gutem Rotwein, solltest du Stärkung benötigen.«

Das Schlosshotel übertraf meine kühnsten Erwartungen. Es lag in einem wunderschönen Park und wirkte wie eine Oase der Entspannung. Auf meinem Zimmer fand ich ein Schreiben vor, in dem ich willkommen geheißen und mit dem Programm der nächsten Tage vertraut gemacht wurde.

Genüsslich warf ich mich aufs Bett und sah mich um. Der Raum war in weichen Apricottönen gehalten, das Vorhangmuster wiederholte sich im Bettüberwurf. Der Teppich war taubenblau, ebenso die Handtücher im Bad. Vom Bett aus konnte ich gemütlich fernsehen, zwei Schritte entfernt war die Minibar, direkt neben mir stand das Telefon. Bevor ich es richtig merkte, hatte ich schon die Nummer von zu Hause gewählt.

»Hallo, Lucy, alles in Ordnung bei euch?«

Lucy stöhnte am anderen Ende der Leitung auf.

»Oh, Mann, Mami, du bist gerade mal drei Stunden weg, was soll denn passiert sein?«

»Ist o. k., Lucy, du hast Recht, ich lass euch jetzt. Wenn irgendwas ist, ihr könnt mich jederzeit erreichen.«

»Ist gut, Mami, viel Spaß!«

Weg war sie.

Nach einem Begrüßungscocktail und dem gemeinsamen Mittagessen stand das erste Seminar auf dem Programm.

»Farbtyp-Beratung« war angesagt, und gespannt betrat ich den Salon Mozart, in dem eine farbenprächtig gekleidete Seminarleiterin auf Interessentinnen wartete. Ich hatte beim Mittagessen nur eine einzige Kollegin aus meiner Filiale entdeckt; zum Glück war sie auch hier. Sie war Anfang Zwanzig, sah aus wie eine Schwester von Claudia Schiffer und konnte vermutlich jede Farbe tragen, weil man ohnehin nur auf ihre Figur achtete.

Ich setzte mich zu ihr, und wir unterhielten uns im Flüsterton. Die anderen Teilnehmerinnen tröpfelten nacheinander herein, als niemand mehr kam, schloss die Leiterin die Tür, knipste ein professionelles Lächeln an und begann ihren Vortrag.

Sie sprach darüber, wie wichtig heutzutage gutes Aussehen sei und wie viel leichter es sei gut auszusehen, wenn man die eigenen Schwächen und Stärken kenne. Sie behauptete, man könne alle Frauen in Typen einteilen, und zwar nach Form und Farbe. Die verschiedenen Formtypen waren Kasten, Eieruhr, Trapez und Birne. Die Farbtypen hießen Frühling, Sommer, Herbst und Winter.

Unauffällig sah ich mir die anderen Teilnehmerinnen an. Die kräftige Brünette mir gegenüber war sicher ein Kasten. Ob ein Sommer- oder Winterkasten, konnte ich noch nicht sagen. Sabine, meine Kollegin, war zweifellos eine Eieruhr und in dieser Eigenschaft sehr beliebt bei den wenigen männlichen Mitarbeitern der Telefon-Bank.

Irene, wie sich die Leiterin vorgestellt hatte, führte nun die Unterschiede zwischen den Farbtypen vor. Zu diesem Zweck hielt sie Sabine und einer blassen, schwarzhaarigen Frau abwechselnd pinkfarbene und orangefarbene Tücher ans Gesicht. Tatsächlich, Sabines Teint schien bei Orange aufzublühen, während Pink sie blass aussehen ließ. Die Schwarzhaarige dagegen wurde durch Pink zum Leben erweckt, während sie mit Orange noch fahler wirkte.

»Hier sehen Sie also zwei typische Vertreterinnen des Winter- und des Frühlingstyps. Darf ich jetzt Sie beide zu mir bitten?«, sagte Irene und zeigte auf mich und eine weitere Teilnehmerin. Auch wir wurden mit verschiedenfarbigen Tüchern behängt, und unter starker Anteilnahme der anwesenden Damen stellte sich heraus, dass ich ein Herbsttyp war, während es sich bei der Kollegin um einen Sommertyp handelte.

Ich erfuhr noch, dass ich eine Birne wäre, und mit dieser bewegenden Erkenntnis verließ ich das Seminar.

Beim Kaffee traf ich wieder auf Sabine. Sie zeigte sich begeistert von der Veranstaltung, endlich habe sie begriffen, dass ihr keine blaustichigen Farben stünden. Das einzig Dumme sei, dass bisher Blau ihre Lieblingsfarbe gewesen wäre und sie fast nur Kleidungsstücke in dieser Farbe besäße.

Als ich gerade begierig Richtung Kuchenbüffet schielte, schlug Sabine vor: »Lass uns ein bisschen an die Geräte gehen und danach schwimmen!«

Geräte? Was meinte sie bloß? Ach, natürlich diese Foltermaschinen im Fitnessraum. Bestimmt war Sabine eine eifrige Besucherin von Fitness-Studios, von allein kriegte man eben keine Eieruhrfigur.

»Ich habe leider zur Zeit einen Tennisarm«, flunkerte ich schnell, »mein Arzt hat mir streng verboten, an die Geräte zu gehen. Nicht mal schwimmen darf ich.«

»Schade. Na, dann bis später.«

Wie eine Feder schnellte Sabine aus ihrem Fauteuil und verschwand. Als sie außer Sichtweise war, aß ich mit schlechtem Gewissen ein Stück Himbeertorte mit Schlagsahne.

»Erfolg ist lernbar« hieß es am zweiten Tag, und ich war neugierig zu erfahren, wie. Der Veranstaltungsort war der Salon Beethoven, die Seminarleiterin hieß Frau Dr. Hemmler-Selber und war in ein dezentes graues Kostüm gewandet.

Sie hielt mit leicht näselnder Stimme ein Referat über Erfolg bei Männern und Frauen, persönlichen und beruflichen Erfolg und Erfolgshindernisse. Warum viele Frauen so unzufrieden mit ihrem Leben seien, fragte sie und lieferte die Antwort gleich mit: »Weil Frauen immer noch schlechter bezahlt werden als Männer. Weil deshalb meistens die Frauen den Beruf aufgeben oder pausieren, wenn Kinder kommen. Und weil Männer sich immer noch zu neunzig Prozent vor Hausarbeit und Kinderbetreuung drücken.«

Nach dem Vortrag brach eine hitzige Diskussion los. Man war sich einig, dass die gesellschaftlichen Gegebenheiten es unmöglich machten, alte Rollenmuster zu verändern. Solange Männer die Macht hätten, sei klar, dass Frauen keine echten Karrierechancen hätten. Nur die Schuldfrage blieb ungeklärt. Waren es nun die machtbesessenen Männer oder die unterwürfigen Frauen, die dafür sorgten, dass alles blieb, wie es war? Warum die Arbeit für die Familie so viel weniger wert sein soll als die Erwerbsarbeit der Männer, wagte ich schüchtern zu fragen. Die ganze Meute fiel über mich her, alle ließen plötzlich ihren angestauten Ärger an mir raus.

»Macht es Ihnen wirklich Spaß, Ihrem Mann die Socken zu waschen?«, fragte eine verbittert aussehende Frau mit einem unvorteilhaften Damenbart.

»Haben Sie keine Lust, selbst Karriere zu machen, statt nur Ihren Mann bei seiner zu unterstützen?«, setzte Frau Dr. Hemmler-Selber nach.

»Also, ich bin zufrieden mit meinem Leben«, stammelte ich, »ich führe eine gute Ehe, habe zwei tolle Kinder, und meinen Job mag ich auch.«

Erstens stimmte das, und zweitens war ich hier Gast meiner Bank, ich hätte es einfach ungehörig gefunden, über meine Arbeit zu meckern.

Die anderen zuckten die Schultern und wandten sich ab, als sei mir ohnehin nicht zu helfen. Mit rotem Kopf und dem Gefühl, eine dämliche Hausfrau ohne Ehrgeiz und feministisches Bewusstsein zu sein, saß ich in der Runde.

Nach dem Abendessen diskutierten die Frauen weiter. Alle schienen unzufrieden zu sein, unausgefüllt, ja unglücklich. Die meisten waren entweder Single oder geschieden. Über ihre Kinder sprachen sie, als bestünde das Hauptproblem darin, sie möglichst rund um die Uhr irgendwo unterzubringen, wo sie der Selbstverwirklichung ihrer Mütter nicht im Weg wären. Männer waren entweder böse Chefs, die keine Frau hochkommen ließen, oder böse Ehemänner, die ihre Frauen unterdrückten.

In dieser Nacht lag ich lange wach.

Was wollten diese Frauen? Und warum wollte ich anscheinend nichts? Ich war irgendwann zu der Einsicht gelangt, dass man nicht alles haben kann. Eine

Familie, Haus, Garten und Nebenjob – war das nicht eine Menge? Warum sollte ich jetzt auch noch Karriere machen, Visionen verwirklichen, die Gesellschaft verändern?

Immer wollten andere mehr aus meinem Leben machen als ich selbst. Zugegeben, der Job in der Bank war vielleicht nicht das, was ich den Rest meiner Tage machen wollte. Ich hatte mal daran gedacht, als Sprecherin zu arbeiten, weil alle meine Stimme so lobten. Ich stellte mir vor, Kindergeschichten zu lesen, für Kassetten. Ich hatte mir sogar schon mal die Telefonnummer einer Firma rausgesucht, die solche Kassetten herstellt. Aber ich hatte mich nie getraut, dort anzurufen.

Ich dachte an Doro, die erfolgreich in ihrem Beruf war, durch die Welt reiste, viel Geld verdiente und trotzdem nicht glücklich war. Und ich dachte an meine Eltern, die immer so enttäuscht gewesen waren, wenn ich ihre Erwartungen nicht erfüllt hatte.

Wie ich den Handarbeitsunterricht hasse! Seit Wochen quäle ich mich mit einem kleinen gestrickten Bärchen, dessen Wolle schon ganz verfilzt ist von den unzähligen Stunden in meinen verschwitzten Kinderhänden. Mit einer Stopfnadel versuche ich, die mit Watte ausgestopften Einzelteile zusammenzunähen; es ist eine Tortur, ich steche mich, verliere ständig den Faden und bin den Tränen nahe. Endlich erbarmt sich eine Mitschülerin, fügt mit ein paar tanzenden Stichen die Teile zusammen, die Form eines Bären wird erkennbar. Ich sticke zwei Augen und eine schiefe Nase und präsentiere das mit Blut, Schweiß und Tränen getränkte

Tier vor Stolz berstend meinen Eltern. Die loben es über Gebühr, versprechen zwecks Betrachtung lebender Bären einen Zoobesuch in naher Zukunft und geben dem Bärchen einen Ehrenplatz auf der Lehne des Sofas, im Wohnzimmer, das sonst Tabuzone für profanen Kinderkram ist.

Mit dem Gefühl, Großartiges geleistet zu haben, schlafe ich an diesem Abend ein. Mitten in der Nacht wache ich auf. Meine Eltern haben Gäste, es wird gelacht, geredet, Zigarettenrauch kriecht durchs Haus bis in mein Zimmer. Ich steige aus dem Bett, tapse mit bloßen Füßen im Nachthemd die Treppe hinunter, bis ich an der angelehnten Wohnzimmertür angekommen bin. Wenn ich jetzt ein bisschen weine und sage, dass ich Angst habe, darf ich mich auf dem Schoß meines Vaters zusammenkuscheln, bis ich eingeschlafen bin und er mich ins Bett zurückträgt.

Ich spähe durch den Türspalt. Meine Mutter zeigt gerade das Bärchen herum, kreischend vor Lachen. »Was für eine Missgeburt! Stellt euch vor, damit quälen sie unsere Kinder!«

»Was soll es denn darstellen?«, fragt ein Mann, »sieht aus wie Ludwig Erhard.«

Dröhnendes Gelächter der anderen Gäste ist die Antwort. Wie gelähmt stehe ich an der Tür, die Kälte kriecht mir die Beine hoch, lautloses Schluchzen schüttelt meinen Körper. Plötzlich entdeckt mich mein Vater, er springt auf und kommt zu mir.

»Anna-Mäuschen, was ist los, kannst du nicht schlafen?«

Stumm schüttle ich den Kopf. Meine Mutter steht auf.

»Ich bringe sie ins Bett.«

Sie nimmt mich bei der Hand, zieht mich die Treppe

hoch in mein Zimmer. Sie breitet die Decke über meinen zitternden Körper.

»Jetzt schlaf, mein Anna-Kind.« Sie will gehen.

»Mummy, was ist eine Missgeburt?«

Erschreckt dreht sie sich um.

»Nichts, Anna, gar nichts. Dein Bärchen ist wunderschön. Schlaf jetzt.«

Am nächsten Tag zerfetze ich den Bären.

Den letzten Morgen im Schlosshotel verschlief ich. Ich hatte vergessen, den Wecker zu stellen, und so pennte ich über zuklappende Türen, die Geräusche aus dem Frühstücksraum, das Zwitschern der Vögel und das Klopfen des Zimmermädchens hinweg. Als ich gegen Mittag aufwachte, hatte ich das Gefühl, den versäumten Schlaf von Jahren nachgeholt zu haben.

Das Selbstbewusstseins-Seminar hatte ich verpasst, aber mein Bedarf an Gruppendynamik war ohnehin gedeckt. Vermutlich hätte ich auch dort nur erfahren, dass ich ein hoffnungsloser Fall wäre.

Nach dem Mittagessen beschloss ich, auf das Angebot einer Wanderung in die Umgebung zu verzichten und gleich nach Hause zu fahren. Zweieinhalb Tage ohne meine Familie erschienen mir völlig ausreichend, ich hatte nicht das Gefühl, mich weiter erholen zu müssen.

Ich aß noch schnell ein Stück Käsesahnetorte, verabschiedete mich von den anderen Teilnehmerinnen und trat den Heimweg an. Halb stolz, halb erschrocken fiel mir ein, dass ich kein einziges Mal mehr zu Hause angerufen hatte.

9

Mama, schau mal, was ich gefunden habe!«

Jonas stürmte mir entgegen, als ich die Gartenpforte öffnete. Es war ein milder, frühlingshafter Abend, ich freute mich auf Friedrich und die Kinder, als hätte ich sie seit Wochen nicht gesehen.

»Hallo, Schätzchen!«, rief ich fröhlich, »zeig her, was hast du gefunden?«

Jonas hielt mir seine ausgestreckte Hand entgegen, und ich fuhr angeekelt zurück. Ein toter Vogel starrte mich aus runden, schwarzen Augen an. Sein Gefieder war zerzaust, das struppige Köpfchen unnatürlich verdreht.

»Das ist ein Rotkehlchen, schau, wie schön«, jauchzte Jonas.

»Iiihh!«, rief ich aus. »Schmeiß das Viech weg!«

Empört sah er mich an.

»Den stopfe ich aus.«

Ich küsste Jonas aufs Haar und bat: »Lass uns später überlegen, was wir mit ihm machen. Leg ihn solange hier in die Blumenschale.«

Enttäuscht, dass ich seine Begeisterung nicht teilte, legte Jonas den Vogel hin. Wir gingen ins Haus, niemand kam, um uns zu begrüßen.

»Wo sind denn die anderen?«

»Omi ist noch verreist, Lucy ist bei Natalie, Papa und Doro … weiß nicht, wo die sind.«

»Wieso weißt du das nicht? Seit wann sind sie denn weg?«, fragte ich beunruhigt.

»Keine Ahnung, war bei Goofy.«

Na, das war ja eine tolle Betreuung!

»Wie war's denn mit Doro?«, wollte ich wissen.

»Super, echt toll! Wenn du willst, kannst du öfter wegfahren.«

Das klang beruhigend, auch wenn sich fast so etwas wie Eifersucht in mir regte. Sooo toll musste er Doro ja nun auch nicht finden.

Durchs Küchenfenster sah ich, wie Friedrichs Wagen in die Einfahrt bog. Doro und er stiegen lachend aus, beide mit Pizzakartons bepackt. Alles war in Ordnung, sie ließen meine Kinder nicht hungern. Ich schämte mich wegen des kurzen Anflugs von Ärger.

Ich riss die Tür auf, die beiden sahen mich überrascht an.

»So früh?«, wunderte sich Friedrich und begrüßte mich mit einem flüchtigen Kuss. Auch Doro küsste mich zur Begrüßung.

»Jetzt haben wir nur vier Pizzen, wie dumm. Soll ich noch mal losfahren?«, haspelte sie. »Oder, nein, ich kann ja auch schon heimfahren.«

»Auf keinen Fall, du isst mit uns«, bestimmte ich. »Wie ist es euch denn ergangen?«

»Sehr gut«, antwortete Friedrich, »Doro ist die perfekte Hausfrau und Mutter.«

Doro errötete.

»Übertreib nicht. Die Kinder waren so lieb, es war wirklich kein Kunststück.«

Beim Essen benahmen sich Jonas und Lucy tatsächlich vorbildlich, so, als wollten sie mir zeigen, wie brav sie die ganze Zeit gewesen waren. Munter erzählte ich von meinen Erlebnissen, aber Friedrich war nicht sehr gesprächig. Er stellte ein paar höfliche Fragen, ich hatte nicht den Eindruck, dass es ihn interessierte. Doro entschuldigte sich bald, sie sei sehr müde.

Jonas quengelte wegen des toten Vogels, und ich war dankbar, dass Friedrich ein Machtwort sprach: »Morgen wird der Vogel beerdigt. Das Ausstopfen überlässt du bitte Fachleuten!«

Als die Kinder im Bett waren, kam Queen Mum aufgekratzt von ihrem Klassentreffen zurück.

»Ihr könnt euch nicht vorstellen, wie alt die alle geworden sind«, erzählte sie, »ich kam mir vor wie im Seniorenheim. Reden nur über ihre Krankheiten und darüber, wer alles gestorben ist. Nie wieder fahre ich zu so einem Treffen, das ist ja deprimierend.«

Sie machte ganz und gar keinen deprimierten Eindruck, sondern schien im Gegenteil erleichtert, dass sie nicht so kränklich war wie ihre Altersgenossen. Sie fragte mich, ob ich es nett gehabt hätte, und es war offensichtlich, dass sie nicht mal mehr wusste, wo ich gewesen war.

Ich war immer noch stinksauer auf sie und überlegte ständig, ob ich sie rausschmeißen sollte. Wenn sie so fit war, dann sollte sie doch selbst sehen, wo sie unterkam.

Ich beschloss, die Entscheidung zu vertagen; ich wollte endlich mit Friedrich allein sein. Im Bett kuschelte ich mich an ihn.

»Ich freue mich so, wieder daheim zu sein.«

»Du warst doch nur zwei Tage weg.«

»Kam mir aber viel länger vor. Außerdem reicht schon eine kurze Abwesenheit, dass man wieder Sehnsucht kriegt, zumindest bei mir ist das so.«

Friedrich brummte etwas Unverständliches und gähnte.

»Sei nicht böse, Anna, ich bin todmüde.«

Er gab mir einen verrutschten Kuss auf den Mundwinkel und drehte sich um.

So hatte ich mir das aber nicht vorgestellt! Ich war voller zärtlicher Gefühle, hatte Lust, mit ihm zu schlafen. Einen Moment zögerte ich, dann rollte ich auf seine Seite.

Meine Hand wanderte über seinen Hintern und seine Hüften Richtung Leibesmitte. Dort fand ich normalerweise nach kurzen Bemühungen ein bereitwilliges Werkzeug vor.

Nicht so heute. Schlapp und lustlos lümmelte sich sein Penis in meiner Hand.

»Dann eben nicht«, schmollte ich und rutschte wieder zurück.

Irgendwas piekte mich im Rücken. Ich fuhr mit der Hand zwischen Nachthemd und Laken. Was war denn das? Es fühlte sich an wie Krümel, nein, wie … Ruckartig setzte ich mich hoch und knipste das Licht an. In der Hand hielt ich kleine, weiße Papierkügelchen, offenbar aus Tempo-Taschentüchern gedreht. Ich kannte nur einen Menschen, der diese Angewohnheit hatte.

Unwillig drehte Friedrich sich zu mir.

»Was ist denn?«

Stumm hielt ich ihm meine Hand mit den unterschiedlich großen, am einen Ende zipfelig gedrehten Kügelchen unter die Nase.

»Wie kommen die denn hierher?«, stammelte er.

»Das wollte ich dich gerade fragen.« Meine Stimme krächzte unnatürlich.

»Die hat sicher Jonas ins Bett gelegt, als kleinen Willkommensgruß.«

Mechanisch stand ich auf und begann mich anzuziehen.

»Was ist denn? Was machst du?« Erschrocken sah Friedrich mir zu.

Ich konnte nicht sprechen. Ich nahm eine Reisetasche aus dem Schrank und begann, wahllos Kleider einzupacken.

»Anna, hör auf, was soll das?«

Friedrich sprang aus dem Bett, fasste mich bei den Schultern und schüttelte mich. Ich riss mich los, rannte ins Bad, raffte meinen Waschbeutel und meine Kosmetika zusammen, stopfte alles in die Tasche, lief die Treppe hinunter, schnappte mir die Autoschlüssel, und Sekunden später saß ich im Wagen.

Ich drückte den Knopf für das automatische Garagentor; während es sich langsam öffnete, entrang sich mir ein Schrei. Ich ließ die Kupplung los, und das Auto machte einen Satz. Es gab ein hässliches, knirschendes Geräusch, als das Garagentor über das Dach schrammte.

Wie besinnungslos fuhr ich kreuz und quer durch die Gegend, ich sah kaum die Straße vor lauter Tränen.

Mein Mann betrügt mich mit meiner besten Freundin, dröhnte es ohne Unterlass in meinem Kopf. Sicher hatten sie schon länger was miteinander, und ich blöde Kuh hatte nichts gemerkt. Mir fiel der Abend mit Herrn Hinterseer in der Kneipe ein. Doros Erschrecken bei meinem Anblick stellte sich jetzt in einem anderen Licht dar. Sie hatte sich nicht meinetwegen Sorgen gemacht, sie hatte sich ganz einfach ertappt gefühlt. Und ich naives Muttchen legte sie Friedrich sozusagen ins Bett!

Ich zitterte am ganzen Körper, weinte, schrie und fluchte abwechselnd.

Ich hatte keine Ahnung, wo ich war, die Lichter verschwammen vor meinen Augen. Plötzlich kam mir ein Wagen auf meiner Spur entgegen. Nur durch eine Vollbremsung konnte ich verhindern, dass ich frontal in ihn reinknallte.

Der Fahrer stieg aus, riss meine Tür auf und brüllte mich an.

»Du bescheuertes Weibstück, wo hast du denn deine Augen? Den Führerschein sollte man dir abnehmen, du dumme Gans!« Er knallte die Tür zu, stieg in seinen Lieferwagen und fuhr weg.

Den Führerschein? Ich erschrak. Panisch begann ich zu suchen und bemerkte, dass ich meine Handtasche mit allen Papieren, Geld, Schecks und Kreditkarten zu Hause liegen gelassen hatte. Nur ein paar Münzen fanden sich im Handschuhfach.

Ich versuchte, meine Gedanken zu ordnen. Wo sollte ich hin? Nach Hause wollte ich um keinen Preis. Aus meiner besten Freundin, zu der ich mich normalerweise geflüchtet hätte, war meine schlimmste Feindin geworden. Marthe, Wiltrud und Horst, die Kiga-Kampftruppe? Nein. Dann hätten die endlich den Beweis, dass mein Mann mich misshandelte, wenn auch nicht körperlich.

Es blieb nur eine Möglichkeit.

Ich fuhr los und suchte nach einer Telefonzelle. Es dauerte eine Ewigkeit, bis ich begriff, dass die Dinger nicht mehr gelb waren, sondern grau-rosa. Was das gekostet haben musste, die alle auszutauschen! Als ich endlich eine Zelle gefunden hatte, blätterte ich im Telefonbuch.

Mit flattrigen Fingern wählte ich die Nummer, verwählte mich, setzte neu an. Endlich hörte ich das Freizeichen. Lieber Gott, mach, dass er da ist, flehte ich. Eine männliche Stimme meldete sich.

»Hinterseer.«

Ich schluckte. »Hier ist Annabelle. Annabelle Schrader. Ich weiß nicht, ob Sie sich erinnern …?«

»Natürlich erinnere ich mich, Ihre Stimme vergisst man nicht. Ist was passiert?«

»Kann man so sagen«, sagte ich und fing wieder an zu heulen. »Sie … Sie wollten doch mal mein Freund sein … kann ich zu Ihnen kommen?«

Einen Moment herrschte Schweigen am anderen Ende der Leitung.

»Jetzt?«

»Ja, es ist … es ist sozusagen ein Notfall.«

»In Ordnung. Rumfordstraße 11.«

Erleichtert hängte ich ein. Wenigstens würde ich die Nacht nicht in einer Telefonzelle verbringen müssen. Oder quer über den Vordersitzen meines Autos.

Benno öffnete die Tür im Bademantel. Er sah ganz verschlafen aus, hatte sich aber ordentlich gekämmt. Seit ich ihn das letzte Mal gesehen hatte, war er noch ein bisschen schlanker geworden. Er nahm mir mit einem überraschten Blick die Reisetasche ab und führte mich ins Wohnzimmer.

Um sich wach zu halten, hatte er den Fernseher eingeschaltet. Zwei unglaublich fette Sumo-Ringer saßen sich in der Hocke gegenüber, wiegten sich bedrohlich hin und her und stürzten plötzlich aufeinander zu. Ich starrte wie gebannt auf das Schauspiel. Die Fleischberge verklammerten sich ineinander, schoben und drückten, bis einer das Gleichgewicht verlor und mit einem Fuß außerhalb des Ringes landete. Sofort ließen beide voneinander ab, als sei nichts gewesen. Der Verlierer verließ den Ring, der Gewinner vollführte ein paar rituelle Gesten, ließ sich vom Publikum feiern und machte Platz für das nächste Paar.

Ich stand da wie in Trance und zuckte erschrocken zusammen, als Benno mich an der Schulter berührte. »Was zu trinken?«

Ich nickte. Er ging kurz aus dem Zimmer, ich hörte ihn in der Küche mit Gläsern klappern.

Seine Einrichtung war von erschütternder Biederkeit. Auf dem Boden lag beigefarbene Auslegware, die wild gemusterte Sitzgruppe stand gegenüber einer Schrankwand aus schwarzem Schleiflack mit silbernen Griffen und Glastüren. Ein Couchtisch aus Rauchglas, ein schmales, hohes CD-Regal und ein paar langweilige Drucke an den Wänden, die alle Augen oder Brillen zeigten, vervollständigten die Möblierung. Ich hätte gewettet, dass er ein Wasserbett hatte, aber schon der Gedanke an ein Bett erinnerte mich an den Schock, den ich gerade erlitten hatte.

Ich sank auf einen der gemusterten Sessel. Benno kehrte mit zwei Gläsern zurück, in denen Eiswürfel in einer hellgelben Flüssigkeit schwammen.

»Aus dem Kino weiß ich, dass man in solchen Situationen Whisky trinkt«, lächelte er unbeholfen. »Ich weiß zwar nicht genau, wie die Situation ist, aber Sie sehen aus, als brauchten Sie was Stärkeres.«

Ich verabscheute den seifigen Geschmack von Whisky, aber in einer masochistischen Anwandlung fand ich plötzlich, das Getränk sei der Lage angemessen.

»Danke«, brachte ich heraus. Dann trank ich in großen Schlucken das Glas leer. Benno schaute erschrocken zu und nippte an seinem Drink. Mit der Fernbedienung schaltete er den Fernseher aus und die Stereoanlage ein. Leise erklang die Instrumental-Version irgendeines Musical-Hits. Sogar sein Musikgeschmack war eine Enttäuschung.

»Wollen Sie erzählen, was passiert ist?«, erkundigte er sich schüchtern.

Plötzlich wurde ich von lähmender Müdigkeit übermannt. Ich konnte die Augen kaum noch aufhalten, der Alkohol durchströmte meine Adern. Ich wollte alles, nur nicht reden. »Schlafen«, lallte ich wie ein Kleinkind, »kann ich hier schlafen?«

Benno nickte verwirrt, stand auf und wusste nicht genau, in welche Richtung er gehen sollte. Sein Gehirn bearbeitete offensichtlich die klassische Frage »Bett oder Couch?« Schließlich entschied er sich für die unverfänglichere Variante »Couch«. Aus dem Nebenzimmer brachte er Bettzeug und ein Laken und bereitete mir auf dem wild gemusterten Sofa ein Lager. Er drückte mir ein Handtuch in die Hand und schob mich Richtung Badezimmer. Minuten später sank mein Kopf aufs Kissen, und ich fiel in einen komaähnlichen Schlaf.

Als ich aufwachte, schien die Sonne ins Zimmer. Auf dem Rauchglastisch lag ein Zettel mit einem freundlichen Gutenmorgengruß und der Telefonnummer des Optikerladens, in dem Benno angestellt war. Stück für Stück kam die Erinnerung an den gestrigen Abend zurück; alles kam mir vor wie ein absurder Traum.

Die verräterischen Papierkügelchen, meine überstürzte Flucht, die Nacht in einer fremden Wohnung, auf dem Sofa eines wildfremden Mannes – das war alles ein bisschen viel für eine Frau, deren größte Aufregung sonst in einem Zahnarztbesuch bestand.

Ich rief in der Bank an und entschuldigte mich mit Grippe. In der Küche fand ich Kaffee auf einer Wärmeplatte, einen liebevoll gedeckten Tisch mit Brötchen und Marmelade und sogar ein gekochtes Ei. Während ich aß, überlegte ich, was ich tun sollte.

Mein Mann schlief mit meiner besten Freundin, so viel war klar. Sollte ich ihn verlassen? Sollte ich eine sechzehnjährige Ehe wegwerfen, meinen Kindern den Vater nehmen? Sollte ich Doros Wohnungseinrichtung zertrümmern, ihr die Augen auskratzen? {Ich hatte einen Schlüssel zu ihrer Wohnung, weil ich manchmal ihre Blumen goss, wenn sie verreist war.) Oder sollte ich von Friedrich verlangen, dass wir von hier wegzögen? Oder mir versprechen lassen, dass er sie nie wieder sehen würde?

Plötzlich erschrak ich. Was wäre, wenn er mich verlassen würde? Wenn Doro ihn so umgarnt hätte, dass er bei ihr bleiben wollte? Womöglich würde sie einfach zu uns ziehen, meinen Platz einnehmen und die Rolle der Ehefrau und Mutter spielen. Das hatte sie in den letzten Tagen ja schon erfolgreich getan.

Mir wurde ganz schlecht, meine Gedanken wirbelten wild durcheinander. Ich musste heim, jetzt sofort.

Schnell schrieb ich Benno ein paar Zeilen und verließ die Wohnung.

Zu Hause war niemand. Friedrich war im Institut, Lucy in der Schule, Jonas im Kindergarten und Queen Mum vermutlich bei irgendeinem Erleuchtungskurs. Ich stellte meine Tasche ab und ging durchs Haus.

Ich sah plötzlich alles mit dem Blick einer Außenstehenden, und was ich sah, wirkte wie das Heim einer netten, normalen Familie.

Die etwas zu kleine Küche mit ihren hellen Holzmöbeln und den Resten des Frühstücks auf dem Tisch.

Das Wohnzimmer mit den Korbsesseln, dem alten Bauernschrank, den vielen Pflanzen und den gelborangenen Vorhängen, die auch an trüben Tagen einen Hauch Sonne in den Raum brachten. Der Flur, in dem viel zu viele Jacken und Mäntel an der Garderobe hingen und sich viel zu viele Schuhe auf dem Schuhregal drängelten. Lucys Zimmer, das aussah wie eine Mischung aus Gruft und Rumpelkammer.

Das Treppenhaus, an dessen Wänden gerahmte Bilder in allen Größen hingen; Kinderzeichnungen, Fotos, Drucke und Flohmarkt-Fundstücke. Das Bad mit seinen frischen türkis-weißen Fliesen und der edlen Jugendstillampe, den Flaschen und Tuben, dem Kästchen mit meinem Modeschmuck und der Sammlung von Parfümproben. Jonas' Zimmer mit dem riesigen, voll gestopften Spielzeugregal, den Postern mit exotischen Vögeln, dem über und über mit Aufklebern verunstalteten Schrank, der mal meiner Großmutter gehört hatte. Queen Mums Zimmer, wo es nach kaltem Rauch stank und stapelweise Bücher rumlagen. Der Abstellraum, in dem alles landete, was keinen festen Platz hatte: Der Dia-Projektor, der nie benutzte Home-Trainer, unsere Koffer, ausrangierte Lampen, kaputtes Spielzeug, zu klein gewordene Kinderkleider und alte Möbel.

Und das Schlafzimmer, unser Schlafzimmer. Die himmelblauen Samtvorhänge, der silbergerahmte Spiegel, der blau lasierte Holzschrank, die antike Wäschetruhe und das breite, bequeme Bett. Ich betrachtete dieses Bett, in dem sich vorletzte Nacht der Ehebruch abgespielt haben musste, der mein ganzes, bislang so überschaubares Leben durcheinander gebracht hatte.

Mehr traurig als wütend ging ich nach unten, räumte gedankenverloren die Küche auf, wischte da und dort ein bisschen Staub und versuchte, wieder Besitz zu nehmen von diesem Haus, in dem ich mich immer so geborgen gefühlt hatte und das jetzt plötzlich feindselig wirkte.

»Mama, bist du wieder da?«, hörte ich Jonas' Stimme, und im nächsten Moment stürmte er herein und sprang mir in die Arme.

»Was ist denn mit deinem Auto passiert? Wo warst du? Nächstes Mal will ich aber mit, o. k.?«

»O. k., mein Schätzchen«, stammelte ich und küsste ihn, fast hätte ich angefangen zu heulen.

Mit ernstem Gesicht betrat Queen Mum die Küche und stellte zwei Einkaufstüten ab. Sie hatte Jonas vom Kindergarten abgeholt. Klappt ja alles prima ohne mich, dachte ich bitter.

Jonas lief in den Garten, meine Mutter setzte sich.

»Wie konntest du das nur tun«, stieß sie hervor. »Rennst bei Nacht und Nebel davon, lässt deine Kinder im Stich, stürzt deinen Mann und deine Mutter in die größten Sorgen, wie alt bist du eigentlich?«

Fassungslos starrte ich sie an.

»Ich? Jetzt bin ich also mal wieder die Böse? Weißt du überhaupt, warum ich abgehauen bin? Weil mein lieber Mann mich beschissen hat! Und zwar nicht mit irgendeiner Frau, sondern mit meiner besten Freundin. Und nicht irgendwo, sondern in unserem Ehebett!«

Queen Mum wischte meine Worte mit einer Handbewegung weg.

»Ach was. Männer sind eben triebhaft, da kann man nichts machen. Auch dein Vater war kein Engel, glaub mir. Ich bin auch nicht einfach weggerannt.«

»Um so schlimmer! Dann war eure Ehe eine verlogene Scheiß-Ehe, und so eine will ich nicht führen!«

Queen Mum wurde blass. Immer hatte sie den Mythos von ihrer glücklichen Ehe aufrechterhalten. Ich hatte schon lange das Gefühl gehabt, dass daran was nicht stimmte.

»Du als Mutter hast schließlich Verantwortung«, lenkte sie schnell von sich ab.

»Ah ja? Und Friedrich als Vater hat keine Verantwortung? Der darf nach Lust und Laune in der Gegend rumvögeln und seine Familie zerstören?«

Mit entsetztem Gesicht stand Lucy in der Tür.

»Was erzählst du da?«, fragte sie und kniff die Augen zusammen. »So was darfst du nicht über Papa sagen!« Sie feuerte ihre Schultasche auf den Boden und drehte sich um. Ich sprang auf, versuchte sie aufzuhalten. Sie stieß mich weg.

»Wenn Papa dich betrogen hat, dann hatte er sicher einen Grund.«

Ich zuckte zurück.

»Und welchen, wenn ich fragen darf?«

»Weiß ich doch nicht«, sagte sie grob, »vielleicht langweilt er sich mit dir, oder … du bist ihm zu dick.« Mit offenem Mund starrte ich sie an.

»Hat er das gesagt?«

»Nein, aber schau dich doch an.«

Ich stand da, mit hängenden Armen, unfähig, diese Gemeinheit zu kontern. Ich hatte das deutliche Gefühl gehabt, mir sei Unrecht geschehen, und jetzt war plötzlich ich an allem schuld.

»Sehe ich das richtig, dass jeder in diesem Haus es in Ordnung findet, dass Friedrich mich betrogen hat?«, fragte ich, wobei ich die Worte überdeutlich artikulierte.

Ich sah von meiner Tochter zu meiner Mutter und zurück.

Beide schauten betreten. Queen Mum setzte an, etwas zu sagen, überlegte es sich aber anders.

So war das also. Ich war allein. Ich hatte eine Familie und war trotzdem völlig allein.

»Ich gehe«, sagte ich ausdruckslos. »Und diesmal komme ich nicht wieder.«

Ich lief aus der Küche. Schlüssel, Reisetasche, Handtasche. Auf dem Gartenweg holte Jonas mich ein. Weinend klammerte er sich an mich. »Nimm mich mit, Mami, du hast es versprochen!«

10

Wenig später saßen wir in Bennos Wohnung und spielten »Mensch ärgere dich nicht«. Jonas gewann jedes Spiel, weil ich mich nicht konzentrieren konnte. Nach fünf Runden hielt er plötzlich inne und fragte: »Gehen wir jetzt nie mehr nach Hause zurück?«

Das war genau die Frage, die ich mir selbst die ganze Zeit stellte.

»Doch, natürlich gehen wir zurück«, sagte ich, obwohl ich es nicht glaubte.

»Wer wohnt hier?«, wollte Jonas weiter wissen.

»Ein Freund«, antwortete ich. Den Schlüssel hatte ich bei Benno im Laden geholt, Jonas hatte im Auto gewartet.

Ich überlegte fieberhaft, was ich meinem Jungen sagen sollte.

Einerseits wollte ich ihn nicht belügen, andererseits konnte ich ihm schlecht die Wahrheit erzählen. Wie erklärt man einem Fünfjährigen, dass man so furchtbar verletzt ist, dass man glaubt, nur durch Flucht den Schmerz ertragen zu können?

Endlich entschloss ich mich, einen Versuch zu wagen.

»Jonas, hör zu. Papa und ich, wir haben uns ganz furchtbar gestritten und ich bin … ich bin sehr wütend auf Papa. Damit die Wut aufhören kann, muss ich für eine Weile weg von zu Hause. Du darfst jetzt noch ein bisschen bei mir bleiben, aber heute Abend bringe ich dich heim. Omi wird auf euch aufpassen und für euch sorgen.«

Jonas hörte aufmerksam zu. Ich sah, wie es in seinem Kopf arbeitete.

»Wohnst du dann nicht mehr bei uns?«, fragte er.

»Nein, für eine Weile nicht.«

»Und wo wohnst du dann?«

»Vielleicht erst mal hier, aber sonst weiß ich es noch nicht.«

»Und wie finde ich dich, wenn ich dich besuchen will?«

»Ich rufe dich jeden Tag an und sage dir, wo ich bin.«

»Kann ich dich auch anrufen?«

»Na ja, das kommt darauf an, wo ich gerade bin.«

Jonas saß ganz still auf dem wild gemusterten Sofa, seine Beine reichten nicht auf den Boden. Mit großen dunklen Augen blickte er mich an. Er sah so hilflos und verloren aus, dass ich ihn aufschluchzend in meine Arme riss.

»Ich hab dich lieb, mein Schätzchen, ich hab dich ganz wahnsinnig lieb. Ich verspreche dir, alles wird wieder gut.«

Jonas nickte, Tränen kullerten über sein Gesicht und versickerten im Stoff meines Ärmels.

»Ich will dich aber anrufen«, schniefte er.

»Ich hab eine Idee!«, rief ich und sprang auf.

Eine Stunde später war ich im Besitz eines Mobiltelefons, dessen Nummer ich feierlich auf einen Zettel schrieb und Jonas überreichte.

»Du bist der einzige Mensch auf der Welt, der diese Nummer kennt«, sagte ich. »Niemand darf wissen, dass du sie hast. Papa nicht, Lucy nicht und Omi nicht. Es ist ein Geheimnis zwischen dir und mir, verstanden?«

Jonas nickte aufgeregt.

»Und wenn ich diese Nummer wähle, kann ich dich immer erreichen?«, vergewisserte er sich.

Ich nickte. »Ich werde das Telefon immer bei mir tragen, und wenn es klingelt, weiß ich, dass du es bist. Du darfst nur die Nummer nicht verlieren.«

»Die lerne ich auswendig«, prahlte Jonas. »Du, Mami«, fuhr er fort, »werde ich jetzt schwul?«

Verblüfft schaute ich ihn an. »Wie kommst du denn darauf?«

»Im Kindergarten sagen sie, wenn Eltern immer streiten, werden die Kinder schwul.«

»Weißt du überhaupt, was das heißt?«

Jonas schüttelte den Kopf.

»Aber es ist was ganz, ganz Schlimmes!«

Ich lachte.

»Erstens ist es überhaupt nichts Schlimmes, und zweitens ist das Quatsch, was die Kinder sagen.«

Benno staunte, als er nach Hause kam und außer mir auch meinen Sohn vorfand.

»Wie viele Mitglieder hat Ihre Familie?«, fragte er lächelnd und strich Jonas scheu mit der Hand übers Haar.

»Keine Sorge«, gab ich zurück und stand auf, »mehr werden es nicht. Ich bringe Jonas jetzt nach Hause. Darf ich … kann ich später wieder kommen?«

»Soll ich ihn fahren?«, fragte er statt einer Antwort.

Einen Moment lang erschien die Idee verlockend. Aber dann fiel mir ein, dass Friedrich sofort wüsste, wo ich war, wenn er Benno sähe.

»Nein, danke, das mach ich schon selbst.«

Als wir uns dem Haus näherten, fühlte ich mich erschöpft. Meine Wut war einer lähmenden Traurigkeit gewichen, am liebsten wäre ich hineingegangen und hätte mich einfach in mein Bett gelegt. Aber ich spürte genau, dass ich rausmusste aus jenem Leben, dessen trügerische Sicherheit gestern zusammengebrochen war. Ich musste weg von Friedrich und weg von Lucy und meiner Mutter, die beide so genau zu wissen schienen, wer diesen Zusammenbruch herbeigeführt hatte. Wenn ich nur den Hauch einer Chance haben wollte, aus dieser Sache mit Anstand herauszukommen, musste ich jetzt standhaft bleiben.

Ich hielt vor dem Gartentor. Jonas saß klein und schmächtig auf dem Beifahrersitz und wartete.

»Du musst jetzt gehen«, sagte ich und schluckte. Ich fühlte mich wie die letzte Verräterin.

Die Haustür öffnete sich, Friedrich kam den Gartenweg entlang. Ich öffnete die Beifahrertür, ein sanfter Schubs sollte Jonas in Bewegung setzen. Er rührte sich nicht. Ich wurde nervös, auf keinen Fall wollte ich mit Friedrich reden. Ich wollte keine Ausflüchte hören, keine Beschwichtigungen oder Erklärungen. Ich wollte den Schmerz fühlen, ganz alleine, in seiner ganzen Wucht.

»Geh jetzt, Schätzchen, ruf mich morgen an.«

Die Erinnerung an die geheime, magische Zahlenreihe in seiner Tasche schien Jonas Kraft zu geben.

»O. k., Mami. Bis morgen.«

Er stieg aus dem Auto und ging auf Friedrich zu, der angefangen hatte zu laufen. Ich zog die Beifahrertür zu und gab Gas, ohne ihn eines Blickes zu würdigen.

»Sagten Sie nicht, Sie seien eine glücklich verheiratete Frau?«, fragte Benno, als ich wieder bei ihm in der Wohnung war.

»Das war ich auch, bis gestern«, sagte ich und meine Stimme klang rau. Den ganzen Tag war mir zum Heulen zu Mute gewesen, aber ich hatte mich beherrscht, Jonas zuliebe. Jetzt wollte ich nicht weinen, weil ich mich schämte. Immerhin war Benno ein wildfremder Mann, auch wenn ich ihn gestern im Bademantel gesehen hatte und inzwischen wusste, welchen Rasierschaum er verwendete. Ich fragte mich, wann und wo ich jemals ungestört würde weinen können.

»Wollen Sie heute erzählen, was passiert ist?«, fragte er, geduldig wie ein Arzt, der eine besonders störrische Patientin vor sich hat.

»Sie wissen es doch ohnehin. Wann kommt es schon vor, dass glückliche Ehefrauen Hals über Kopf von zu Hause weglaufen?«

Benno nickte bedächtig.

»Dass Sie Ihren kleinen Jungen zurücklassen müssen, ist das Schlimmste, oder?«

War es das? Oder war es die Enttäuschung über Friedrich, der Zorn auf Doro, die Kränkungen von

Lucy und Queen Mum, die Tatsache, kein Zuhause mehr zu haben? Ich wusste es nicht.

»Sind Sie mir böse, wenn ich einfach nur wieder schlafen will?«, fragte ich.

Schweigend erhob Benno sich, räumte das Sofa frei und richtete mein Bett her. Als ich aus dem Bad zurückkam, umarmte ich ihn kurz.

»Danke. Jetzt weiß ich, wie verdammt dringend ich einen Freund brauche.«

Ich schlief sofort ein. Nachts wurde ich irgendwann wach.

Unter der Tür schimmerte Licht durch, ich hörte Benno, der im Nebenzimmer auf und ab ging. Das Licht erlosch, leise öffnete sich die Tür. Schnell schloss ich die Augen und stellte mich schlafend. Sicher wollte er ins Bad, der Weg dorthin führte durchs Wohnzimmer.

Die Schritte näherten sich. Ich merkte, dass er sich neben mir auf den Boden setzte, ganz nah an meinem Kopf. Plötzlich spürte ich seine Hand, die über mein Haar strich, meinen Hals streichelte, über meine Schulter glitt, tiefer und tiefer, bis sie meine Brust umfasste.

Ich schoss in die Höhe.

»Hören Sie auf, ich will das nicht«, herrschte ich ihn an.

»Natürlich willst du es«, antwortete er mit einer Stimme, die irgendwie anders klang als die, mit der er sonst sprach.

Er warf sich über mich, hielt meine Arme über dem Kopf fest und küsste mich.

»Komm, stell dich nicht so an, es wird dich ablenken. Am schnellsten vergisst du einen Mann in den Armen eines anderen.«

Ich versuchte mich zu wehren, aber ich hatte keine Chance. Der Mann wog gut und gerne zwanzig Kilo mehr als ich, genauso gut hätte ich versuchen können, ein Auto mit angezogener Handbremse aus einer Parklücke zu schieben. Also hielt ich still und hoffte dass es schnell vorbei sein würde.

Mein Wunsch wurde erhört, Benno kam, bevor er überhaupt in mir drin war. Sein Körper erschlaffte, sein Gewicht drückte auf mich, sodass ich kaum noch Luft bekam.

»Ich muss ins Bad«, sagte ich so sachlich wie möglich. Ohne ein Wort rollte er sich von mir herunter.

Ich wusch mich und zog mich an.

Als ich ins Wohnzimmer zurückkam, kauerte Benno am Boden, das Gesicht in den Händen. Ich ging im Zimmer umher und sammelte ein, was mir gehörte.

»Es tut mir Leid, ich wollte das nicht«, hörte ich ihn sagen. Ich sagte nichts.

Meine Tasche war gepackt, Handtasche und Mantel hielt ich im Arm. Jetzt sah er auf, blickte mir direkt ins Gesicht. Er blickte so flehend, dass ich Mitleid bekam. Was für ein armes Schwein, dachte ich.

Ich ging Richtung Wohnungstür.

»Also dann«, sagte ich, »mach's gut, Benno. Und danke für deine Gastfreundschaft.«

Ich hatte die Tür erreicht. Benno richtete sich auf, kam mit ausgestreckter Hand auf mich zu.

»Warte, Annabelle, ich muss dir das erklären!«

Ich riss die Tür auf. Ich hatte wirklich keine Lust auf Entschuldigungen. Ich lief die Treppe runter, zwei, drei Stufen auf einmal nehmend.

»Annabelle, warte, komm zurück!«, hörte ich seine Stimme, die immer leiser wurde. Mit einem dumpfen Schlag fiel die schwere Tür des Mietshauses hinter mir ins Schloss.

Ich lief noch eine Weile, bis ich sicher war, dass er mir nicht folgte. In einer Toreinfahrt blieb ich stehen, lauschte, ob hinter mir Schritte waren. Nichts. Nur ein entferntes Lachen, zuschlagende Autotüren. Ich ging weiter in den Hof hinein, bis ich einen Geräteschuppen entdeckte, der unverschlossen war. Innen lehnte ich mich mit dem Rücken gegen die Tür. Langsam beruhigte sich mein Herzschlag, meine Atemzüge wurden regelmäßiger. Zwischen Hacken und Schaufeln setzte ich mich auf den Boden.

Für einen kurzen Moment schien der Schmerz gebannt. Dann kam er wieder, wie ein Schlag, den man kommen sieht, von dem man aber nicht glaubt, dass man selbst das Ziel ist. Und dann konnte ich endlich weinen.

Ich erwachte frierend, alle Glieder taten mir weh. Irgendwas klingelte, es hörte sich an wie aus weiter Ferne. Verwirrt sah ich mich um. Das Handy! Ich wühlte in meiner Handtasche.

»Hallo, Mami, guten Morgen!«

Mein Gott, war das schön, Jonas' fröhliche Stimme zu hören! Ich versuchte normal zu klingen.

»Guten Morgen, mein Schätzchen! Das ist aber lieb, dass du mich weckst. Alles in Ordnung?«

»Ja. Sag mal, Mami, muss ich eigentlich Müsli essen? Omi sagt, ich muss.«

Diese Terroristin! Kaum war ich einen Tag weg, schon zwang sie meinen Kindern ihren Körnerfraß auf.

»Nein, du musst gar nicht. Sag ihr, sie soll dich essen lassen, was du willst.«

»O. k., Mami, bis später. Ich ruf dich wieder an!«

Ich steckte das Telefon ein und sah auf die Uhr. Noch eine knappe Stunde bis Arbeitsbeginn. Heute musste ich in die Bank, sonst würde ich meinen Job verlieren. Oder ich ging zu einem Arzt, um mich krankschreiben zu lassen.

Ich beschloss, den Anschein der Normalität zu wahren und hinzugehen. Zuerst musste ich mein Auto holen, das in der Nähe von Bennos Wohnung geparkt war. Zum Glück lief ich ihm nicht in die Arme. Erleichtert fiel ich auf den Sitz und fuhr los.

In einem Café schloss ich mich ins Damenklo ein, zog mir frische Sachen an und legte Make-up auf, um meine verheulten Augen zu kaschieren. Beim Blick in den Spiegel stellte ich zu meiner Überraschung fest, dass die Urtikaria weg war. Nach über vier Monaten war meine Allergie plötzlich verschwunden!

In der Bank fürchtete ich bei jedem Anruf, es könnte Benno sein, aber er meldete sich nicht. Ich machte mir Vorwürfe, weil ich so entsetzlich naiv gewesen war. Mich bei einem Mann einzuquartieren, der mich wochenlang mit seinen Avancen verfolgt hatte und anzunehmen, er würde mich in Ruhe lassen, das war schon selten dämlich. Ich konnte von Glück sagen, dass Benno nur ein armer, verklemmter Typ war, der versucht hatte, die Situation auszunutzen. Wäre ich an einen anderen geraten, läge ich jetzt vermutlich erwürgt in seiner Wohnung.

Nach Dienstschluss wollte ich mich unauffällig verdrücken. Aber da schoss Sabine auf mich zu, die mir schon aus der Ferne zugewunken hatte.

»Na, wie geht's dem Tennisarm?« Ihr Blick fiel auf meine Reisetasche. »So schwere Sachen solltest du aber nicht schleppen.«

Sie nahm mir die Tasche ab und begleitete mich auf die Straße.

»Fährst du schon wieder weg?«, wollte sie wissen.

»Nicht direkt. Ich bin ... ich stehe gewissermaßen auf der Straße.«

Gegen meinen Willen war mir das rausgerutscht, so gut kannte ich Sabine eigentlich nicht, dass ich ihr diese Neuigkeit unbedingt aufdrängen musste.

»Du stehst ... was?«

Sie verstand gar nichts.

Was soll's, dachte ich, ist doch egal.

»Ich habe meine Familie verlassen«, sagte ich, »und jetzt brauche ich eine Wohnung.«

Ungläubig starrte die blonde Eieruhr mich an. Dann lachte sie los.

»Vor drei Tagen erzählst du noch, wie zufrieden du mit deinem Leben bist, Mann, Kinder, Job – alles prima. Und heute brauchst du plötzlich 'ne Wohnung?« Ich nickte. Nachdenklich sagte ich: »Weißt du, bis gestern habe ich gedacht, mein Leben sei wie das Reihenhaus, in dem ich gewohnt habe. Übersichtlich und ordentlich, eben so wie alle Reihenhäuser. Man kommt rein und weiß genau, wo das Klo ist, wo die Küche und wo die Schlafzimmer. Und heute stelle ich fest, dass nichts mehr da ist, wo es hingehört.«

Sabine hatte den Kopf schief gelegt. Dann nahm sie meinen Arm.

»Komm erst mal mit. Ein paar Tage kann ich dich unterbringen.«

Dankbar nahm ich das Angebot an; es erschien mir weit verlockender, als allein in irgendeinem tristen Pensionszimmer zu hocken.

Sabine teilte sich eine Dreizimmerwohnung mit ihrer Freundin Kathrin, die Sport studierte, sämtliche denkbaren Sportarten ausübte, und, wie sich schnell rausstellte, über nichts anderes sprach. Sie bestand nur aus Muskeln, ihre Waden sahen ungefähr so aus wie die von Jürgen Klinsmann. Zur Begrüßung quetschte sie mir die Hand, dass ich leise aufstöhnte. »Vorsicht, sie hat 'nen Tennisarm«, warnte Sabine.

»Du spielst Tennis?«, fragte Kathrin, und es war klar, dass sie keine Sekunde daran glaubte. Bevor sie mich womöglich mit ein, zwei gezielten Fachfragen in Verlegenheit bringen konnte, zog ich es vor, die Wahrheit zu sagen.

»Nein, ich spiele nicht Tennis. Ich bin eine total unsportliche, übergewichtige, faule Hausfrau.«

Die zwei lachten.

»Das solltest du ändern, du bist doch noch nicht so alt, oder?«

Kathrin sah mich prüfend an. Für eine schätzungsweise Dreiundzwanzigjährige war eine Frau mit siebenunddreißig schon jenseits von gut und böse, nahm ich an. Ich erklärte ihr, dass ich fast ihre Mutter sein könnte, und als Sabine mich mit dem Satz trösten wollte »Du bist doch höchstens vierzig«, hatte ich kein Bedürfnis mehr, das Thema zu vertiefen. Suchend schaute ich mich um.

»Wo soll ich denn pennen?«

Sabine deutete auf das Klappsofa im Wohnzimmer, das ich zwischen Rennrädern, Snowboards, Trimmdich-Maschinen, Medizinbällen und Hanteln glatt übersehen hatte.

»Betreibt Ihr hier ein Fitness-Studio?«, fragte ich staunend.

»Nur Eigenbedarf, die Benutzung ist gebührenfrei, falls du Lust kriegen solltest«, grinste Sabine. »Wir gehen heute Abend übrigens auf 'ne Fete, komm doch mit! Vielleicht bringt dich das auf andere Gedanken.« Ich fragte mich, wie solche Extrem-Sport-Freaks wohl feierten; vermutlich berauschten sie sich am exzessiven Konsum von Energy-Drinks und schlugen sich die Bäuche mit Selleriestangen und Karottensalat voll. Statt zu tanzen, absolvierten sie eine Trainingseinheit Aerobic, und statt sich ein paar Drinks reinzupfeifen, warteten sie auf die körpereigene Endorphin-Ausschüttung.

Ein bisschen Ablenkung könnte mir allerdings nicht schaden, ich hatte das sichere Gefühl, dass einsames Grübeln in fremden Wohnungen mein Befinden nicht verbessern würde.

Ob ich mich allerdings als cellulitisches Gruftie zwischen lauter hopsendem Frischfleisch besser fühlen würde, wusste ich auch nicht so recht.

»Ich überleg's mir, danke jedenfalls.«

Mein Handy klingelte. Mit der Routine einer Geschäftsfrau in der Senator-Lounge zog ich den Apparat raus und meldete mich.

Kathrin und Sabine rissen die Augen auf. Eine Hausfrau mit Mobiltelefon, echt cool!

»Hallo, Mami, ich bin's. Du, eine Frau hat angerufen, ich glaube, die hieß Frau Hart oder so, die hat gesagt, du musst morgen zu den Gemeinen!«

Häh?

Ich verstand Bahnhof. Dann kombinierte ich. Das konnte nur Marthe gewesen sein, die mich daran erinnern wollte, dass wir morgen wieder einen Termin bei der Gemeinde hatten.

»Danke, Jonas. Wie geht's euch? Alles in Ordnung?« Jonas schluckte.

»Bist du noch wütend?«

»Ja, aber das hat nichts mit dir zu tun. Sag Omi, ich hole dich morgen vom Kindergarten ab. Und überleg dir bis dahin, was wir unternehmen.«

Ich zögerte einen Moment, dann fragte ich: »Wie geht's Papa?«

»Der muss verreisen. Für drei Tage hat er gesagt, geschäftlich.«

Ich ließ mir meine Überraschung nicht anmerken.

»Also, Schätzchen, bis morgen dann.«

Friedrich machte eine Geschäftsreise? Das hatte es ja schon ewig nicht mehr gegeben.

»Entschuldigt, Mädels, ich muss noch mal telefonieren.«

Die beiden traten den Rückzug an.

»Fühl dich wie zu Hause«, sagte Sabine beim Rausgehen.

Ich wählte die Nummer von Doros Agentur und ließ mich mit der Terminplanerin verbinden.

»Hooge und Partner, guten Tag«, meldete ich mich mit dem Namen einer bekannten Werbefirma, den ich öfter mal von Doro gehört hatte. Ich erklärte, dass ich mich gerne morgen oder übermorgen mit Frau Tanning verabreden würde, da ich einen interessanten Auftrag anzubieten hätte.

»Einen Moment, bitte«, sagte die Stimme, und ich hörte das Blättern von Papier.

»Diese Woche geht es leider nicht. Frau Tanning ist ab morgen für drei Tage unterwegs. Nächste und übernächste Woche hat sie aber noch einige Termine frei.«

Wusste ich's doch, dieses Miststück.

Ich bedankte mich, versprach, mich wieder zu melden, und feuerte mein Telefon wütend in die Tasche zurück.

»Kathrin, Sabine, ich bin dabei!«, rief ich quer durch die Wohnung.

Wenn Friedrich, dieser Schuft, sich amüsierte, würde ich mich auch amüsieren. Ich würde es schon schaffen!

11

Die Party stieg in der Fertigungshalle einer ehemaligen Baumaschinenfabrik vor den Toren der Stadt. Nur mit Gemüsesaft wollten Kathrin und Sabine doch nicht feiern, sie schlugen vor, mit dem Taxi zu fahren.

»Außer, du willst trocken bleiben und uns chauffieren?«

Darauf wollte ich mich lieber nicht festlegen. Meine Seelenverfassung war schließlich labil, und ich konnte nicht ausschließen, mir die Birne vollzuknallen.

Die Mädels stylten mich nach besten Kräften, und ich sah staunend zu, wie ich mich vom Muttchen zur Partymieze mauserte. Ich sah gar nicht übel aus, als ich meine Jeans und die langweilige Bluse gegen einen lässigen schwarzen Hosenanzug eingetauscht hatte, den Kathrin »von früher« noch im Schrank hängen hatte. »Früher war ich auch mal dick«, sagte sie, und es klang in keiner Weise kränkend. Eher so, als sei es ein Versehen, das man problemlos korrigieren könnte.

Sabine zückte eine Schere und griff sich eine Haarsträhne. »Darf ich?«

»Eigentlich nicht«, erhob ich Einspruch, »ich mag meine Haare.«

»Nur ein bisschen, sie sind unten so zippelig.«

Zögernd willigte ich ein, und Sabine schnitt mit geübten Händen ein paar Zentimeter ab. Sah wirklich besser aus. Dann schminkte sie mich.

»Woher kannst du das alles?«

»Ich hab Kosmetikerin gelernt. Fand ich aber langweilig. Jetzt mach ich eine Ausbildung zur Maskenbildnerin, Spezialeffekte und so. Das Geld verdiene ich mir in der Bank.«

Ein langer, dünner Typ mit Freddy-Mercury-Haarschnitt und psychedelisch gemustertem Hemd kassierte Eintritt am Halleneingang. Nervenzerfetzender Techno hämmerte aus den Boxen, eine wogende und zuckende Menschenmasse füllte den Raum.

»Sind die alle auf Drogen?«, brüllte ich Sabine und Kathrin zu. Ich hatte gelesen, dass auf Techno-Partys Aufputschmittel und Designerdrogen angesagt waren. »Keine Ahnung. Wir nehmen nichts während der Woche. Nur manchmal am Wochenende, wenn zwei, drei Feten hintereinander sind.«

Kathrin stürzte sich sofort auf die Tanzfläche, sie schien das Gestampfe als eine weitere sportliche Disziplin zu betrachten. Sabine und ich kämpften uns durchs Gewühl, bis wir einen Platz am Tresen ergattert hatten. Sabine bestellte zwei Wodka-Tonic.

Die Musik wummerte in meinen Eingeweiden und meinen Ohren, ich konnte mir nicht vorstellen, wie man so einen Abend ohne Gehörschaden überstehen sollte. Am liebsten wäre ich sofort wieder gegangen. Sabine prostete mir zu. »Lebe wild und gefährlich! Auf deine Freiheit!«

Auf welche Freiheit? Ich wollte nicht frei sein, ich

wollte geborgen sein. Ich wollte nicht alle paar Tage auf einem anderen Sofa nächtigen und auf Partys gehen, für die ich zwanzig Jahre zu alt war. Ich wollte den vertrauten Körper meines Mannes umarmen und die schlafwarmen Bäckchen meiner Kinder küssen, die morgens in unser Bett gekrochen kamen. Ich wollte nicht wild und gefährlich leben, sondern gemütlich und in Sicherheit. Ich wollte nach Hause.

Sabine spürte, dass ich mich hier nicht wohl fühlte. Sie zog mich auf die Tanzfläche. Es war, als hingen Gewichte an mir, mein Körper schien nicht in der Lage zu sein, auf den Rhythmus der Musik zu reagieren. Wie tanzte man zu diesem Höllenlärm? Unbeholfen bewegte ich mich hin und her, fühlte mich als Fremdkörper in dieser menschlichen Ursuppe, in der alle einzeln waren und doch zusammengehörten. Nur ich gehörte nicht dazu.

Nach einer Weile bekam die monotone Musik eine hypnotische Wirkung auf mich. Die Raver verwandelten sich in afrikanische Ureinwohner, die ekstatisch um ein imaginäres Feuer tanzten und immer weiter in Trance gerieten. Der stampfende Herzschlag der Musik riss mich mit, zog mich in einen Strudel, der mich alles vergessen ließ. Vor allem die Tatsache, dass ich mit Abstand die älteste Person in der ganzen Halle war. »Kann die zum Sterben nicht woanders hingehen?«, hörte ich eine vertraute Stimme direkt neben mir.

Ich riss ungläubig die Augen auf. Da stand Lucy, in meiner Lederjeans, mit einem bauchfreien Top, neben sich einen blassen, schwarzhaarigen Kerl mit Koteletten und Rüschenhemd. Sie hatte mich nicht erkannt. »Lucy! Was zum Teufel hast du hier zu suchen?«

Sie fuhr herum und starrte mich entgeistert an.

»Das fragst du mich?«

Der Typ neben ihr grinste unverschämt. Ich packte sie am Arm.

»Du kommst jetzt mit, und zwar sofort!«

Ich zerrte sie Richtung Ausgang. »Weiß Papa, dass du hier bist?«

»Der ist selbst nicht zu Hause.«

»Und Omi?«

»Schläft.«

»Du bist also abgehauen«, folgerte ich messerscharf. Wir waren inzwischen draußen, wo die Leute in Grüppchen rumstanden und frische Luft schnappten.

Lucy blieb stehen und blitzte mich an.

»Ja, ich bin abgehauen, genau wie du. Und ich lasse mir von dir nichts mehr sagen, gar nichts!«

Sie riss sich los und rannte zu dem Kerl mit den Koteletten, der uns gefolgt war. Er fasste sie beim Arm, und beide verschwanden in der Dunkelheit.

Ich lief ihnen nach, irrte zwischen parkenden Autos, verrosteten Maschinenteilen und Müllcontainern herum und rief nach Lucy, aber sie war weg.

Was sollte ich jetzt machen? Die Vorstellung, mich wieder in diesen Hexenkessel zu werfen, war mir zuwider. Ich hatte genug, ich wollte ins Bett. Aber wie sollte ich in die Stadt kommen? Weit und breit kein Taxi, keine U-Bahn, das Fabrikgelände lag am Arsch der Welt. Ich lief, bis ich auf der Straße war. Irgendjemand würde mich hoffentlich mitnehmen.

Ein paar Lastwagen donnerten vorbei, keiner hielt.

Nach einer Weile näherte sich ein Wagen, aus dem laute Musik dröhnte. Zu meiner Überraschung hielt er an. Es war ein neuer BMW, darin hockten drei Jungs, höchstens Anfang Zwanzig.

»Na, Mutti, hat Vati dich an der Tankstelle vergessen?«

Der Fahrer steckte seinen strubbeligen Haarschopf aus dem Fenster und grinste mich frech an.

»Ich muss in die Stadt, könnt ihr mich mitnehmen?« Die drei tauschten Blicke.

»Ich zahl euch fünfundzwanzig«, bot ich an, »so viel kostet das Taxi.«

»Es kostet fünfunddreißig von hier aus, aber macht nichts«, sagte der Typ, der hinten saß. »Steig ein.«

Ich setzte mich neben ihn.

»Woher weißt du, was das Taxi kostet?«, fragte ich.

»Ich fahr selbst.«

Er drehte den Kopf zu mir, lachende Augen hinter einer kleinen, runden Brille funkelten mich spöttisch an. Die leicht aufgeworfenen Lippen verzogen sich zu einem Lächeln. Mein Gott, war das ein süßer Typ! Beschämt schaute ich zur Seite, ich war froh, dass er im Dunkeln nicht sehen konnte, wie rot ich geworden war.

»Wo musst du denn hin?«

Der Knabe am Steuer fixierte mich im Rückspiegel. Er war eindeutig der Jüngste von den dreien, und ich bezweifelte, dass er einen Führerschein hatte.

»Innenstadt«, sagte ich.

Erstaunlicherweise hörten die Jungs alte Beatles-Songs. Die Musik war eine Erholung gegen das Techno-Gedröhne, ich genoss den menschenfreundlichen Rhythmus und die angenehmen Melodien. Die drei Knaben waren bester Stimmung. Sie warfen sich Gesprächsfragmente zu, deren Sinn ich nicht verstand, die aber große Heiterkeit hervorriefen, und grölten den Text mit. »Love, love me do, you know I love you …«

Ich bin auf meiner Abiturreise in San Francisco hängen geblieben, bei George, einem Typen mit sonnigem Gemüt und hinreißenden Muskeln. Ich hatte den bis dahin besten Sex meines Lebens und bin ziemlich verknallt. Es ist der Tag meiner Abreise, und er bringt mich in seinem alten Ford Torino zum Flughafen. Wir fahren durch die Mission Street, vorbei am Café Commons, wo ich fast jeden Tag gesessen habe. George macht einen Schlenker zum Meer, an die Stelle, wo wir kürzlich im gemieteten Segelboot durch die Bay gekreuzt sind.

Mein Herz ist bleischwer, ich habe noch nicht oft Abschied genommen. Am Flughafen halten wir uns eng umschlungen, bis ich ausgerufen werde. Alle Passagiere sind schon an Bord. Als wir uns voneinander lösen müssen, überfällt mich ein Weinkrampf.

»All you need is love!«, flüstert George mir zum Abschied ins Ohr. Der John-Lennon-Song ist die Hymne unserer kurzen Liebe.

Halb blind taumele ich ins Flugzeug, werfe mich in meinen Sitz und weine während des gesamten Fluges. Kurz vor der Landung bietet mir meine Sitznachbarin, eine Japanerin, ein Kaugummi an. Ich lehne dankend ab. Sie nimmt sich eins und beginnt, aus dem silbernen Papier etwas zu falten. Als das Flugzeug auf der Landebahn des John-F.-Kennedy-Flughafens aufsetzt, reicht sie mir einen winzigen Kranich. »Good luck«, wünscht sie mir »don't be so sad!«

Das erste Mal an diesem Tag kann ich lächeln.

Meine New Yorker Freunde holen mich ab. Sie empfangen mich mit der Nachricht, dass John Lennon erschossen worden ist.

Ich spürte plötzlich, wie der Typ neben mir mich musterte. »Rilke«, sagte er und streckte die Hand aus.

Verlegen erwiderte ich seinen Händedruck. »Schrader. Annabelle. Nein, Anna.«

»Nicki und Hartmann.« Er zeigte auf seine Freunde.

Wir standen an einer Ampel, neben uns wartete irgend so ein Prolo-Sportwagen. Aufreizend ließ der Fahrer den Motor aufheulen und schaute erwartungsvoll rüber.

»Kannst du haben«, presste Nicki zwischen den Zähnen heraus und ließ ebenfalls seinen Motor aufjaulen. Die Ampel schaltete auf Gelb, im nächsten Moment rasten die beiden Autos los. Die Tachonadel des BMW schoss nach oben, als sie hundertzwanzig erreicht hatte, wechselte der Sportwagen, der sich links an Nicki vorbeigeschoben hatte, ohne Vorwarnung die Spur.

»Scheiße!«

Nicki trat mit aller Kraft auf die Bremse, der Wagen geriet ins Schlingern, torkelte kreuz und quer über die Straße und krachte gegen eine Plakatsäule. Mit ohrenbetäubendem Knall wurden die Airbags ausgelöst. Der Sportwagen hupte drei Mal laut und schoss davon. Bis ich mich von dem Schock erholt hatte und auf die Idee kam, mir das Kennzeichen zu merken, war er über alle Berge.

»Yesterday, all my trouble seemed so far away ...«, tönte es aus dem Lautsprecher.

Ich hatte mich vor Schreck mit den Händen im Sitz verkrallt. Jetzt stellte ich fest, dass ich unverletzt war. Zum Glück war ich angeschnallt.

Ich sah rüber zu Rilke, auch ihm schien nichts passiert zu sein. Nickis Zeigefinger drückte auf einen Knopf am Recorder, die Musik stoppte.

Ich hörte ein Stöhnen. Hartmanns Kopf lag auf der Seite, seine Fensterscheibe war rausgeflogen, zwischen seinen kurzen, dunklen Haarstoppeln quoll Blut hervor. Ich tippte Rilke an. Er stieg aus, ging um das Auto herum und versuchte vergeblich, die Beifahrertür zu öffnen. Die ganze rechte Seite war eingedrückt.

»Alles klar, Hartmann?«, fragte er durchs Fenster, und seine Stimme verriet, dass er viel aufgeregter war, als er zeigte.

»Tut scheißweh«, gab Hartmann zurück und betastete seinen Kopf. Er beugte sich zu Nicki.

»Ey, steig aus, ich will nachschauen, ob meine Knochen noch heil sind.«

Nicki hielt das Lenkrad, aus dessen Mitte der abgeschlaffte Airbag hing, umklammert. Er rührte sich nicht.

»Mein Alter bringt mich um, mein Alter bringt mich glatt um ...«, murmelte er und bewegte den Kopf vor und zurück.

Ich klopfte ihm von hinten auf die Schulter.

»Du musst ihm sagen: Reg dich nicht auf, Papa, ich könnte auch tot sein. Das wirkt Wunder.«

Nicki drehte den Kopf zu mir.

»Meinste echt?«, fragte er hoffnungsvoll.

»Na ja, kommt darauf an, wie dein Papa so drauf ist«, schränkte ich ein. »Auf jeden Fall solltest du dich jetzt schnell entscheiden, ob du das Ganze mit Polizei abwickelst oder ohne.«

Ich hatte gesehen, wie in den umliegenden Häusern die ersten Lichter angegangen waren und Fenster sich geöffnet hatten. Noch war die Straße menschenleer, aber das konnte sich schnell ändern.

»Verdammt, sie hat Recht«, sagte Hartmann. »Los, Rilke, steig ein, aber ein bisschen plötzlich!«

Rilke sprang in den Wagen, Nicki legte den Rückwärtsgang ein, es gab einen knirschenden Ton, als der eingedrückte Kotflügel sich von der Betonsäule löste.

»Nichts wie weg!«, befahl Rilke, »in die Seitenstraße da vorne.« Folgsam gab Nicki Gas und bog bei der nächsten Gelegenheit rechts ab.

»Auf die Erfindung der Litfaßsäule!«

»Auf den Seitenaufprallschutz von BMW!«

»Auf Nickis Vater!«

»Auf Anna, die Frau mit der schnellen Reaktion!«

Wir saßen in der Küche einer riesigen Altbauwohnung und stießen mit Bierflaschen an.

Geschwindigkeitsüberschreitung, Sachbeschädigung, Unfallflucht. Ach ja, und Verletzung der Aufsichtspflicht. Stolze Bilanz für eine Nacht.

Hoffentlich war Lucy heil nach Hause gekommen. Morgen würde ich Krach schlagen, so viel war sicher. Kathrin und Sabine fielen mir ein. Die würden sich bestimmt auch Sorgen machen, wenn ich nicht bald auftauchte. Es war halb vier, in ein paar Stunden sollte ich wieder in der Bank sitzen.

»Ich muss jetzt gehen«, sagte ich und stand auf.

Rilke lächelte mich an. »Wenn du jetzt pennst, bist du morgen viel fertiger, als wenn du durchmachst.«

Wie ferngesteuert setzte ich mich wieder hin. Ein Blick durch die kleinen, runden Brillengläser, und alle Kraft wich aus meinem Körper. Meine Arme und Beine fühlten sich an wie aus Gummi. Am liebsten hätte ich mich auf seinem Schoß zusammengerollt und geschnurrt.

Du blöde Kuh, dachte ich, der Typ ist fünfzehn Jahre jünger als du. Außerdem bist du nur eine übergewichtige, langweilige Hausfrau. Du stehst jetzt auf und gehst.

»Du hast Recht«, hörte ich mich sagen, »kann ich noch ein Bier haben?«

Hartmann sprang auf und holte mir eine Flasche.

Ich hatte seine Kopfwunde versorgt und aus den Tiefen meiner Handtasche den Eisbeutel hervorgezaubert, den ich seit dem ZZ-Top-Konzert bei mir trug. Nach zehn Minuten im Gefrierfach kühlte er jetzt Hartmanns Beule.

»Ich hau mich hin«, verabschiedete sich der, »ich muss noch 'ne Runde pennen.«

»Ich geh auch ins Bett.«

Nicki, der keinen Ton mehr von sich gegeben hatte, seit wir in der Wohnung angekommen waren, reichte mir die Hand. »Danke«, murmelte er und schlich aus der Küche. Ich stellte mir vor, wie er am nächsten Tag seinem Vater die zerdellte Karre zurückbringen würde; der Spaß würde seinen alten Herrn einiges kosten. Rilke saß da, schwieg und schaute mich an. Mir wurde unbehaglich. Wie war es möglich, dass ein junger Kerl mich so in Verlegenheit bringen konnte?

»Wohnt ihr alle hier?«, fragte ich, um das Schweigen zu durchbrechen.

Er nickte. »Und woher kommst du?«

»Ich versuche gerade herauszufinden, wie lange man von einer Reihenhaussiedlung bis in den Frauenknast braucht. Schätze, ich bin in zwei Tagen schon ziemlich weit gekommen.«

»Wusstest du, dass es Bambusarten gibt, die an einem Tag einen halben Meter wachsen?«, fragte er unvermittelt.

Verblüfft sah ich ihn an. »Wie kommst du denn darauf?«

Er zuckte die Schultern. »Nur so.«

»Studierst du Biologie?«

Er schüttelte den Kopf. Dann stand er auf und begann, hin und herzugehen. Drei Schritte in die eine, drei Schritte in die andere Richtung. Ich folgte ihm mit dem Blick.

Plötzlich begann er, etwas zu rezitieren.

»Ich seh euch, tanzende Gestalten,
im sanften Licht an mir vorüberschwirren,
durch unsichtbare Fäden fest verknüpft
mit dieser Welt.
Ihr dreht euch, nach geheimnisvollen Regeln,
gleich einem Sternennebel endlos fern.
Was mag es sein für eine Kraft,
die euch bewegt und hält?«

»Ist das von dir?«, fragte ich überrascht.

Er blieb stehen. »Kann sein. Ich hab so viele Gedichte im Kopf, dass ich manchmal vergesse, von wem sie sind.«

Er setzte sich wieder neben mich, nahm einen Schluck Bier, und für einen Moment wurde sein Blick so abwesend, dass ich am liebsten gerufen hätte: Komm zurück!

»Also, du fährst Taxi, du schreibst Gedichte, was machst du noch?«, setzte ich die Unterhaltung fort.

»Tausend Jobs zum Geldverdienen. Und Musik.«

»Was für Musik?«

»Gute Musik, natürlich. Richtige Musik. Nicht so einen Scheiß, wie er heute gemacht wird.«

Er sprang auf. »Komm mit!«

Ich folgte ihm in sein Zimmer. Eine Matratze auf dem Boden, eine Kleiderstange neben dem Fenster, Bücher bis unter die Decke, eine Glasplatte auf zwei Böcken als Schreibtisch, obendrauf ein PC. Im ganzen Zimmer ein Verhau aus Schallplatten, CDs und Kassetten, eine gigantische Stereoanlage, in der Ecke eine Gitarre. Die Wände waren völlig weiß. Keine Poster, Bilder oder Fotos, nicht mal ein Notizzettel. Er legte eine Kassette ein, drückte mir ein paar Kopfhörer in die Hand. Ich setzte sie auf und hockte mich auf den Rand der Matratze. Sein Kissen und seine Decke waren mit der gleichen IKEA-Bettwäsche bezogen wie Lucys Bett.

Die Musik war klasse. Guter, solider Rock, ein bisschen moderner arrangiert als die Originalstücke, genau wie ich es mochte. Danach kamen ein paar alte Sachen. Ohne es zu merken, fing ich an mitzusingen. »Du hast 'ne gute Stimme.«, sagte Rilke, als ich die Kopfhörer abgesetzt hatte, »hast du mal gesungen?«

Ich lachte verlegen. »Ja, Schlaflieder.«

»Du hast Kinder?«

Es klang mehr wie eine Feststellung als eine Frage. Ich nickte.

»Und 'nen Mann?«

»Können wir über was anderes reden?«

»Klar. Hast du Hunger?«

»Und wie!«

Tatsächlich hing mein Magen bis zum Boden, ich konnte mich gar nicht daran erinnern, wann ich zuletzt was gegessen hatte.

Zurück in der Küche, die von fahlem Morgenlicht

erhellt wurde, briet Rilke Spiegeleier und toastete ein paar lasche Brotscheiben, die er irgendwo im Chaos der Küche gefunden hatte. Ich kochte Kaffee, und wir frühstückten schweigend. Mein erstes Frühstück mit einem anderen Mann seit sechzehn Jahren, schoss es mir durch den Kopf.

»Wo warst du denn?« Sabine kam aufgeregt zu mir, als ich das CALL-YOUR-BANK-Büro betrat. »Ich dachte schon, du hast dir was angetan.«

»Bevor ich mir was antue, gibt es andere, denen ich was antue«, beruhigte ich sie. »Tut mir Leid, wenn ihr euch Sorgen gemacht habt, ich hatte eine ziemlich turbulente Nacht.«

»Sieht so aus«, meinte sie mit Blick auf den Hosenanzug, dem man allmählich ansah, dass ich seit gestern ziemlich herumgekommen war. »Sag mir nur, ob du noch bei uns wohnst oder nicht.«

»Natürlich. Ich komme heute Abend.«

Mittags verließ ich die Bank und besorgte ein paar Kleinigkeiten. Dann fuhr ich zu Doros Wohnung. Vorsichtshalber rief ich aus dem Auto ihre Nummer an, aber wie erwartet meldete sich der Anrufbeantworter.

Ich schloss die Tür auf und schlüpfte hinein. Doros Einrichtung war vom Feinsten. Teure Teppiche, ein Designersofa mit passenden Sesseln, üppige Vorhänge und überall orientalische Kissen und Polster. Ich zögerte einen Moment, ihr Schlafzimmer zu betreten. Was, wenn ich Spuren von Friedrichs Anwesenheit finden würde?

Wut kochte in mir hoch. Ich hatte sie getröstet,

wenn sie durchhing, hatte mir ihre endlosen Tiraden über böse Männer angehört, hatte sie an unserem Familienleben teilhaben lassen, hatte ihr vertraut. Und zum Dank verführte sie meinen Mann.

Entschlossen riss ich die Tür auf, und mein Blick fiel auf das riesige Bett, das mit zartgelbem Stoff bezogen war. Decken und Kissen im gleichen Farbton lagen zerwühlt darauf. Auf dem Nachttisch standen zwei benutzte Rotweingläser, eines davon halb voll. Ich packte es und feuerte es mit aller Kraft gegen die Wand. Es zerbrach, der Wein rann die Tapete entlang und sickerte in den naturweißen Teppichboden. Ein blauroter Fleck breitete sich aus.

Aus meiner Tasche nahm ich einen Wäschespritzer, füllte ihn im Bad mit Wasser und begann, alle textilen Bestandteile der Wohnung akribisch zu befeuchten. Ich startete im Wohnzimmer, arbeitete mich über den Teppichboden im Flur bis ins Schlafzimmer vor, wo ich besondere Sorgfalt auf das Bett verwendete. Auch die Handtücher und der Frotteeteppich im Bad wurden bedacht. Mehrmals musste ich den Wäschespritzer nachfüllen, bis der erwünschte Feuchtigkeitsgrad erreicht war.

Dann holte ich einige Tütchen aus meiner Tasche und verteilte den Inhalt gleichmäßig auf dem präparierten Untergrund. Es dauerte eine ganze Weile, bis ich es geschafft hatte. Ich sah mich um, das Ergebnis war zufrieden stellend. Durch den Spion in der Wohnungstür überprüfte ich, ob jemand im Hausflur war. Nein, niemand zu sehen. Ich schloss leise die Tür hinter mir und drehte den Schlüssel zwei Mal um.

Zwei Straßen weiter zog ich die leeren Tütchen aus meiner Tasche, um sie in einem Papierkorb zu versenken.

»Schnellwachsende Gartenkresse, wächst auf jedem Untergrund« stand über der Abbildung eines weichen, hellgrünen Polsters aus Kressepflänzchen. Das Hellgrün würde wunderbar mit Doros Einrichtung harmonieren, besonders mit dem gelben Bett!

Jonas erwartete mich ungeduldig vor dem Kindergarten.

»Warst du schon bei den Gemeinen?«, begrüßte er mich.

Oh, Mist, die Kiga-Kampftruppe, die hatte ich völlig vergessen. Ich zückte mein Handy und rief bei Marthe an. Als niemand abhob, versuchte ich es bei Wiltrud. Hoffentlich laberte die mich nicht wieder mit irgendwelchen Klatschgeschichten voll.

»Nessinger.«

»Hallo Wiltrud, Annabelle hier. Du, ich wollte dir nur schnell sagen …«, begann ich, aber weiter kam ich nicht.

»Annabelle! Was ist denn los? Alle reden über euch, ihr seid Thema Nummer eins!«

»Na prima, dann muss ich dir ja nichts mehr erzählen«, sagte ich kühl.

»Was war denn heute Morgen mit dir los?«, fragte sie weiter, »wegen dir mussten wir den Termin verschieben! Nächsten Mittwoch musst du aber unbedingt mitkommen!«

»Pass auf, Wiltrud, ich bin fürs Erste nicht mehr

dabei. Ich habe ein bisschen viel um die Ohren zur Zeit.«

»Aber Annabelle ...«

»Mach's gut, Wiltrud«, würgte ich sie ab.

Was für eine Erleichterung! Endlich hatte ich mich getraut, »nein« zu sagen. Es war gar nicht so schwer! »Hallo, mein Schätzchen!« Ich küsste Jonas, der seine Arme um mich schlang. »Hast du Lucy heute Morgen gesehen?«

Er nickte verwirrt. »Klar, Mami, beim Frühstück, wie immer. Darf Lucy eigentlich morgens Cola trinken? Omi sagt, sie darf nicht.«

»Da hat sie ausnahmsweise Recht.«

Ein Segen, Lucy, das Luder, war nach Hause gekommen.

»Hast du dir was überlegt?«, fragte ich Jonas, »Tierpark, Kino, Eiscafé?«

Jonas überlegte.

»Erst Kino, dann Tierpark, dann Eiscafé.«

Ich lachte. Dann ließ ich ihn aufsitzen und trug ihn Huckepack zum Auto. Ich war so froh, ihn zu sehen.

Das Kino konnte ich ihm ausreden, dafür spazierten wir durch den Tierpark.

Ich kramte all mein Schulwissen über das Langzeitgedächtnis von Elefanten, die Laufgeschwindigkeit von Giraffen und das Paarungsverhalten von Stachelschweinen hervor. Jonas fragte mir ein Loch in den Bauch. Nach fast zwei Stunden ließen wir uns erschöpft im Café nieder.

Jonas löffelte andächtig sein Eis und beobachtete

die Tauben, die um die Tische herumhüpften. Er warf einer Taube ein Stück von seiner Waffel zu und beobachtete entzückt, wie sie es aufpickte.

»Schau nur, Mami, ich hab sie gefüttert«, rief er.

Ich hasste Tauben. Sie kackten alles zu und übertrugen Krankheiten. Aber jetzt machte es Jonas für mich noch liebenswerter, dass er für diese ekligen Biester so viel Zuneigung empfand. Plötzlich wurde ich wehmütig. Ich fühlte mich wie in einem dieser amerikanischen Scheidungsdramen, wo irgendwelche Millers oder Kramers um ihr Kind stritten und ein Elternteil dieses Kind nur alle zwei Wochen für ein paar Stunden sehen durfte. Bei der Vorstellung, Jonas nur noch gelegentlich sehen zu können, brach mir fast das Herz.

Wir gingen noch ins Aquarium. Mit offenem Mund sah Jonas zu, wie ein Schwarm Piranhas um einen Brocken Fleisch kämpfte. Lange stand er vor dem Krokodil und hoffte vergeblich, es würde sich bewegen.

Zum Schluss kaufte ich ihm den teuren Fotoband, in dem alle Tiere des Zoos zu sehen waren, und die Nachbildung eines Alligators. Ganz deutlich merkte ich, wie mein schlechtes Gewissen sich in den Drang verwandelte, ihn mit Geschenken zu überhäufen, damit er mich und diesen Tag bloß nicht vergäße.

Queen Mum öffnete die Haustür, bevor ich den Schlüssel im Schloss hatte.

»Bist du endlich vernünftig geworden?«, begrüßte sie mich.

»Keineswegs«, gab ich zurück, »ich will nur ein paar Klamotten holen. Ist Lucy da?«

Sie schüttelte den Kopf. Aufgeregt erzählte Jonas von seinen Erlebnissen im Zoo, und ich ging nach oben, um eine weitere Reisetasche mit Sachen voll zu packen, von denen ich annahm, dass ich sie in nächster Zeit brauchen würde.

Als ich die Treppe runterkam, hatte meine Mutter sich vor der Haustür aufgebaut.

»Wie lange soll das so gehen?«, fragte sie.

»Keine Ahnung.«

Ich wollte an ihr vorbei. Sie versperrte mir den Weg. »Jetzt hör mir mal gut zu, mein liebes Kind, was du hier aufführst, ist einfach das Hinterletzte. Wegen eines lächerlichen Ausrutschers zerstörst du deine Ehe und deine Familie. Du bist egoistisch, unreif und undankbar. Ich schaue mir das nicht weiter an!«

»Dann lass es bleiben«, sagte ich und wollte an ihr vorbei.

»Du bleibst jetzt hier!«, herrschte sie mich an.

»Hör gefälligst auf, mich wie ein kleines Kind zu behandeln!«, schrie ich. »Ich bin, verdammt noch mal, erwachsen und weiß selbst, was ich tue!«

»Den Eindruck habe ich nicht. Wenn du jetzt nicht zur Vernunft kommst, dann werde ich Mittel und Wege finden, dich zu zwingen!«

Das war ein Satz, den ich gut kannte. Früher hatte sie damit großen Eindruck bei mir gemacht. Jetzt konnte ich darüber nur höhnisch lachen.

»Jetzt hör du mir mal zu, Mummy. Pass in Zukunft lieber besser auf Lucy auf, die habe ich nämlich gestern zehn Kilometer von hier auf einer Techno-Party getroffen«, sagte ich mit schneidender Stimme.

Entgeistert starrte meine Mutter mich an.

»Was suchst du auf einer Techno-Party?«

»Sag Lucy, das wird ein Nachspiel haben. Und wenn du zulässt, dass Doro das Haus betritt, dann schmeiß ich dich raus.«

Queen Mum schnappte nach Luft.

Ich schob sie zur Seite und stürmte aus dem Haus. Als ich fast am Auto war, kam mir Lucy entgegen.

»Hi, Mami«, begrüßte sie mich mit Unschuldsmiene. Sie hielt mir einen Zettel hin. »Du, da hat ein Typ für dich angerufen. Schiller … oder Goethe oder so ähnlich.«

»Rilke?«, fragte ich, und mein Herzschlag beschleunigte.

»Kann auch sein.«

Ich schnappte mir den Zettel und sah Lucy streng an. »Wir sprechen uns noch!«

12

Ich konnte mich des Gefühls nicht erwehren, dass ich die Arschlochkarte gezogen hatte. Meine Mutter hielt mir Moralpredigten und besetzte mein Haus, meine Tochter war außer Rand und Band, mein Mann betrog mich, die Nachbarschaft tratschte über mich. Und als hätte ich nicht genug Probleme, rückte mir dieser Dreiundzwanzigjährige auf den Leib.

»Du hast was bei uns vergessen«, behauptete Rilke am Telefon.

Ich war ganz sicher, dass ich nichts vergessen hatte.

»So, was denn?«

»Einen Lippenstift. Sieht teuer aus.«

»Ach, wie blöd«, gab ich vor, mich zu erinnern, »der gehört meiner Freundin. Muss mir aus der Tasche gefallen sein.« Wem auch immer dieser Lippenstift gehörte, ab sofort war es meiner.

»Soll ich ihn dir vorbeibringen?«

Ich wollte schon zustimmen, da fiel mir ein, mit welchem Blick Männer Sabines Eieruhrfigur zu liebkosen pflegten. Dieser Versuchung musste ich ihn nicht unbedingt aussetzen.

»Lass nur, ich hole ihn bei Gelegenheit«, wiegelte ich ab, »wann bist du zu Hause?«

»Jetzt«, sagte Rilke.

Als ich den Hörer aufgelegt hatte, war ich schlagartig so aufgeregt, dass mir die Hände zitterten. Vielleicht war es auch der Schlafentzug, immerhin war ich seit fast vierzig Stunden wach.

»Habt ihr was zum Aufwachen im Haus?«, fragte ich Sabine.

»Tee, Kaffee, Red Bull, Hallo-Wach, Sekt und Melatonin«, rasselte sie runter. »Ich empfehle Red Bull mit Sekt. Schmeckt beschissen, kommt aber gut.«

»Und das Melatonin?«

»Ist mehr 'ne Langzeit-Therapie, verzögert den Alterungsprozess des Körpers.«

»Her damit«, befahl ich, »die doppelte Dosis.«

Nervös klingelte ich wenig später an der Tür von Rilke, Hartmann und Nicki. Rilke machte auf. Durch den hohen, dunklen Flur hallte mir die Melodie von »Stairway to heaven« entgegen.

Er trug Jeans und ein schwarzes T-Shirt, unter dem sich sein Brustkorb abzeichnete. Seine Füße waren nackt, mit einem Blick sah ich, dass er schön geformte, intelligent aussehende Zehen hatte. Es gibt Füße, die dumm aussehen, und die konnte ich nicht leiden. Rilkes Haare waren feucht, um den Hals hatte er ein Handtuch gelegt, wie ein Boxer, der in den Ring steigt. Er sah mich an, mit diesem herausfordernden Lächeln im Mundwinkel und in den Augen, und wieder wurde ich verlegen und ein bisschen ärgerlich.

»Nett von dir, dass du angerufen hast«, begrüßte ich ihn und versuchte, locker zu klingen, »ist dumm, wenn man was liegen lässt, was einem nicht gehört.«

»Ich hab gar keinen Lippenstift gefunden«, sagte Rilke, und bevor ich was erwidern konnte, nahm er mich in den Arm und küsste mich.

Was fiel diesem Bengel ein? Ich stemmte meine Handflächen gegen seinen Oberkörper und wollte ihn wegschieben. Im nächsten Moment krallten sich meine Finger in sein T-Shirt, und ich zog ihn so nah zu mir, wie es nur ging. Er schob mich in sein Zimmer, wir fielen auf die Matratze und knutschten wie zwei Teenager.

In meinem Kopf drehte sich alles. Ich ließ mich hineinfallen in seine Umarmung, fühlte die warme, zarte Haut seines Halses an meiner Wange, schnupperte seinen Duft nach Seife, Schokolade und Sonne und schmeckte diesen Mund, der so trotzig schmollen und so wunderbar lächeln konnte.

Ich bin sechzehn und verliebt wie noch nie in meinem Leben. Julian ist eine Klasse über mir, seit der Party bei Britta gehen wir miteinander. In der Schuldisco tanzen wir Stehblues, in der großen Pause knutschen wir hinter der Turnhalle, beim Jethro-Tull-Konzert rauchen wir unseren ersten Joint.

Die Osterferien stehen bevor, und ich habe einen Horror davor, ihn zwei Wochen nicht zu sehen. Wird er mit seinen Eltern verreisen? Wird er mich anrufen? Wird er mich nach den Ferien noch lieben?

Am letzten Schultag lädt er mich für den Abend zu sich nach Hause ein. Seine Eltern sind weggefahren, der große Bruder ausgegangen. Ich stelle keine Fragen. Wir sitzen vor dem Fernseher, trinken Cola mit Rum und es-

sen Erdnussflips bis zum Testbild. Ich sollte längst zu Hause sein, stattdessen knutschen wir auf dem Teppich, bis mein Slip nass ist und ich Bauchschmerzen habe vor Erregung. Warum tut er nichts? Zaghaft berühre ich sein Glied, zucke ängstlich zurück vor seiner Größe. Wie soll das Ding reinpassen? Egal, denke ich, jetzt oder nie, dieser unwürdige Zustand der Jungfräulichkeit muss ein Ende haben. Alle meine Freundinnen haben es schon getan, zumindest behaupten sie es, und ich kann so schlecht lügen.

Julian legt sich auf mich, fummelt unbeholfen zwischen meinen Beinen herum, plötzlich ein stechender Schmerz, ich schreie kurz auf, er bewegt sich ein paar Mal heftig auf und ab, ein Zittern läuft durch seinen Körper, und er sackt stöhnend auf mir zusammen.

Das soll's schon gewesen sein? Ich bin überrascht, streichle Julians Rücken und spüre fast mütterliche Gefühle dem Jungen gegenüber, der in seiner Nacktheit so verletzlich wirkt. Sein erschlafftes Glied rutscht aus mir heraus, er gleitet von mir herunter. Meine Hand wandert zwischen meine Beine, dort fühlt es sich wund und glitschig an.

Vorsichtig lecke ich an meinen Fingern, es schmeckt salzig, ein bisschen nach Blut. Ich fühle Stolz, endlich bin ich eine Frau!

Als ich frühmorgens in unser Haus schleiche, fängt mein Vater mich ab. Er ist bloß und unrasiert, tiefe Schatten liegen unter seinen Augen. Er sagt kein Wort, schaut mich nur an, mit dem Blick eines verletzten Tiers. Dann knallt er mir eine. Mein Kopf fliegt zur Seite, ich presse die Lippen zusammen.

In meinem Zimmer schließe ich mich ein, hocke mich aufs Fensterbrett und beobachte, wie die Sonne aufgeht.

Als ich aufwachte, traf mich fast der Schlag.

Ich lag nackt im Bett eines Jungen, den ich seit einem Tag kannte, und wenn mich meine Erinnerung nicht trog, hatten wir die halbe Nacht damit zugebracht, uns zu lieben.

Schnell zog ich die Decke bis unters Kinn, verbarg meinen Körper vor dem gnadenlosen Licht, das durch die vorhanglosen Fenster fiel.

Rilke lag auf dem Bauch, die Faust in seine Wange gestemmt, die Lippen halb geöffnet. Sein Gesicht war mir zugewandt, seine Lider flatterten leicht.

Ich betrachtete seinen Rücken, seine Schultern und seine Arme. Ich erinnerte mich, wie es war, diesen kantigen Jungenkörper zu umfassen, die verheißungsvoll gespannten Muskeln und Sehnen zu spüren. Von ihm ging eine Kraft aus, wie ich sie noch bei keinem Mann gespürt hatte. Ein unwiderstehlicher Drang, ihn an mich zu pressen, überfiel mich. Ich beherrschte mich, streichelte stattdessen mit den Fingerspitzen seinen Nacken, wo die Haut mit einem zarten, blonden Flaum bedeckt war.

Er gab ein leises Grunzen von sich und begann sich zu bewegen. Erschrocken zog ich die Hand zurück. Nein, wach noch nicht auf, dachte ich, lass mich deinen Anblick noch ein bisschen genießen. Zu spät. Er drehte sich um und öffnete die Augen.

Am liebsten wäre ich ganz unter die Decke gekrochen, hätte mich vor seinem Blick in Sicherheit gebracht. Bestimmt sah ich schrecklich aus. Faltig, verquollen, verdrückt – wie man als siebenunddreißigjährige Frau morgens eben so aussieht.

»Du starrst mich an wie ein hypnotisiertes Kaninchen«, begrüßte er mich grinsend.

»So fühle ich mich auch.«

Er gähnte herzhaft und griff nach seiner Brille, die neben der Matratze auf dem Boden lag.

»Nein, nicht anschauen«, protestierte ich.

»Warum? Ich finde, dass du ziemlich gut aussiehst für eine Frau in deinem Alter, die kaum geschlafen hat.« Er versuchte, mir die Decke wegzuziehen. Ich schrie auf und klammerte mich an ihr fest.

»Was hast du denn?«

»Ich geniere mich. Ich bin fett, alt und hässlich. Und du hast irgendeine Störung, einen Mutterkomplex oder so was.«

Rilke lachte auf.

»Wenn hier einer 'ne Störung hat, dann du. Du bist wunderschön, sinnlich und leidenschaftlich. Dein Körper ist nicht so glatt und langweilig wie der Körper eines jungen Mädchens. Er hat eine Geschichte, er hat Charakter. Ich finde dich total geil.«

Ich bekam einen roten Kopf.

»Warum lässt du dich eigentlich Anna nennen? Das passt gar nicht zu dir«, fuhr er fort.

»Hat sich so ergeben. Annabelle klingt so prätentiös.«

»Aber Anna klingt bieder und hausfrauenmäßig. Ich werde dich Bella nennen. Bella, die Schöne.«

»Wie heißt du überhaupt richtig?«, wollte ich wissen.

»Felix.«

Er nahm mein Gesicht in die Hände und küsste mich.

»Nichts zwischen uns. Nichts.
Oder Glas. Oder sonst irgendwas.
Der Moment größter Nähe
ist zugleich der Moment größter Fremdheit.«

Er hielt inne und sah mich an. Sein Blick war halb ernst, halb spöttisch und viel erwachsener, als er sein sollte.

»Von dir?«, fragte ich.

Er sprang auf. »Ich muss mich fertig machen.«

Ich warf einen bedauernden Blick auf seine Morgenlatte, die ungenutzt in der Jeans verschwand.

Wenig später saß ich ihm zum zweiten Mal beim Frühstück gegenüber und fragte mich, wie ich es bisher ohne Felix, den Glücklichen, ausgehalten hatte.

Ich war in den Anblick seiner Hände versunken, die gerade das gekochte Ei köpften, da schlurfte Hartmann in die Küche. O shit, ich hatte völlig vergessen, dass Rilke nicht allein wohnte.

Hartmann warf mir einen Blick zu, wie um kurz zu checken, wer heute mit am Tisch saß. Er stutzte, sah mich noch mal an, dann dämmerte es ihm.

»Das ist ja Anna, die Frau mit der schnellen Reaktion, guten Morgen auch!«

»Morgen«, nuschelte ich verlegen. Was würde er bloß denken?

»Es muss dir nicht peinlich sein«, sagte er, »in unserer WG herrscht sexuelle Freizügigkeit. Jeder darf mitbringen, wen er will, ausgenommen lebende Tiere.«

Damit nahm er seine Kaffeetasse und stieß mit mir an.

»Auf die Erfindung der Litfaßsäule!«

Ich lachte. »Auf den Seitenaufprallschutz von BMW. Apropos, wo ist Nicki?«

»Tut Buße bei seinem Alten. Ich glaube, der hat ihm vierzig Stunden Gartenarbeit aufgebrummt. Wenn er's übersteht, wird er hinterher so gesund ausschauen wie noch nie in seinem Leben.«

Hartmann trank seine Tasse leer und stand auf. »Sieht man sich wieder?«

Ich zuckte die Schultern und warf einen verstohlenen Blick auf Rilke.

»Keine Ahnung, das Leben ist voller Überraschungen.«

»Mami, ich bin ganz schlimm krank«, krächzte Jonas' Stimme aus dem CALL-YOUR-BANK-Telefon, »bitte komm!«

Ob das ein Trick von Queen Mum war, um mich heimzulocken? »Was hast du denn, mein Schätzchen?«, fragte ich.

»Eine Lungenentzündung«, sagte er, und es klang, als hätte er das Wort gerade auswendig gelernt. Trotzdem war ich beunruhigt.

»Hol mir mal Omi ans Telefon«, bat ich.

Queen Mum meldete sich Sekunden später, offenbar stand sie direkt daneben.

»Da siehst du, was du angerichtet hast«, plärrte sie statt einer Begrüßung, »das ist alles psychosomatisch.«

Klar, ich war mal wieder schuld, wer denn sonst.

»Warst du mit ihm beim Arzt?«

»Natürlich waren wir beim Arzt, Jonas hat fast vierzig Fieber. Die ganze Nacht hat er nach dir gerufen und geweint, aber man kann dich ja nirgends erreichen, außer in der Bank.«

Jonas hatte tatsächlich dichtgehalten und nicht mal im Fieberrausch meine Handynummer verraten! So dringend hätte er mich heute Nacht gebraucht, während ich mich mit dem jungen Dichtergenie auf der Matratze gewälzt habe. Was war ich bloß für eine Rabenmutter. Schuldgefühle krochen in mir hoch.

»Ich komme«, sagte ich und legte auf.

Jonas war in einem erbarmungswürdigen Zustand. Mit hochroten Bäckchen und fiebrig glänzenden Augen lag er im Bett und schnaufte.

»Ich bin so froh, dass du da bist, Mami«, sagte er.

Queen Mum weidete sich an meinem schlechten Gewissen. Sie wusste genau, dass die Kinder mein schwacher Punkt waren und ich es nicht fertig gebracht hätte, meinen kranken Sohn im Stich zu lassen. Wahrscheinlich hatte sie ihn absichtlich barfuß und ohne Jacke nach draußen geschickt.

Lucy kam angeschlichen.

»Hallo, Mami«, begrüßte sie mich mit Kinderstimmchen.

Ich gab ihr einen Kuss. Ich wusste, dass ich wegen der Party noch mit ihr schimpfen müsste, aber im Moment hatte ich dazu einfach nicht die Energie.

Ich würde die nächsten Tage und Nächte hier verbringen müssen, Jonas' Krankheit ließ mir keine Wahl. Heute war das noch kein Problem, aber morgen würde Friedrich zurückkommen. Und ich hatte auf alles in der Welt Lust, nur nicht darauf, diesem Mann zu begegnen.

Ich überlegte kurz, dann fasste ich einen Entschluss.

Ich holte die zwei größten Koffer aus dem Abstellraum und packte ein, was von Friedrichs Sachen reinpasste, dann bestellte ich den Schlüsselschnelldienst.

Eine Stunde später montierte ein freundlicher Italiener unser Haustürschloss aus und ersetzte es durch ein neues. Die Rechnung in Höhe von DM 428,13 ließ ich an Doros Adresse schicken, zu Händen Herrn Friedrich Schrader.

Kathrin und Sabine lachten, als ich meine Reisetaschen wieder abholte.

»Jetzt wohnst du seit drei Tagen bei uns und hast nicht ein einziges Mal hier geschlafen. So einen unsichtbaren Gast hatten wir noch nie«, sagte Sabine.

»Wenn's Probleme gibt, kannst du jederzeit wieder kommen«, sagte Kathrin. »Übrigens, ich glaube, du hast abgenommen.«

»Echt?«

Ich sah an mir herunter, fühlte meinen Hosenbund. Tatsächlich, er war ziemlich locker.

»Kann ich mich schnell wiegen?«

Ich flitzte ins Bad, zog mich splitternackt aus (sogar meine Uhr legte ich ab) und stellte mich auf die Waage. Ich hatte drei Pfund abgenommen, einfach so, ohne was dafür zu tun.

»Du hast Recht, Kathrin, drei Pfund weniger!«, jubelte ich, fuhr wieder in meine Kleider und stürmte aus dem Bad.

»Der Rest geht auch noch weg, wirst sehen«, sagte Kathrin und drückte mir eine Tüte in die Hand. »Schenk ich dir.«

Es war der schwarze Hosenanzug. Ich umarmte erst Kathrin, dann Sabine, die den Kopf schief legte und mich prüfend ansah.

»Wenn du mich fragst, ich glaube, bei dir geht's erst richtig los.«

»Ach, Quatsch«, wehrte ich ab. »Ich bin doch nur eine übergewichtige, faule Hausfrau.«

Sabine grinste. »Und denk dran: Das Leben ist kein Reihenhaus!«

Sie hatte Recht. Das Leben war kein Reihenhaus. Es war bedeutend unübersichtlicher. Aber vielleicht musste man auch gar nicht wissen, wo das Klo war, wo die Küche, und wo die Schlafzimmer …

Am nächsten Abend stellte ich Friedrichs Koffer vor die Haustür.

Wir saßen beim Essen, als es an der Tür kratzte. Jemand versuchte, den Schlüssel ins Schloss zu kriegen.

Es klingelte. Ich tat, als hörte ich nichts.

Queen Mum trug den Ausdruck höchster Missbilligung im Gesicht. Lucy kaute mit gesenktem Blick auf einer Brotscheibe herum. Jonas, der in eine dicke Decke gewickelt auf der Küchenbank saß, schaute ängstlich zu mir.

Ich hatte die Devise ausgegeben, dass Friedrich das Haus nicht betreten dürfte, solange ich da wäre. Und ich hatte beschlossen dazubleiben. *Er* war der Ehebrecher, es bestand überhaupt kein Grund, dass ich das Haus verließ.

»Und wenn er wieder lieb ist?«, fragte Jonas zaghaft.

Es gab mir einen Stich. Aber solange Friedrich es mit Doro trieb, sollte er bleiben, wo der Pfeffer wächst.

»Ich rede bald mit Papa, dann werde ich sehen, ob er wieder lieb ist«, beruhigte ich Jonas.

»Man kann doch nichts dafür, wenn man sich verliebt«, warf Lucy ein.

Da konnte ich ihr schlecht widersprechen.

Die Haustürglocke war verstummt, ich hörte ein Auto wegfahren. Kurz darauf klingelte das Telefon. Ich ließ es klingeln.

Das Klingeln hörte auf. Und wenn es doch Rilke war? Nervös umkreiste ich das Telefon. Wenig später klingelte es wieder.

Ich riss den Hörer von der Gabel.

Friedrich.

»Anna, was soll das, warum sperrst du mich aus?«

Er war hochgradig erregt, seine Stimme drohte zu kippen.

»So weit ich mich an Doros Wohnung erinnere, ist dort Platz für zwei. Auf jeden Fall ist das Bett groß genug.«

»Hör auf, Anna! Lass uns miteinander reden.«

»Klar reden wir miteinander. Aber ich entscheide, wann.« Damit legte ich auf. Den Rest des Abends ignorierte ich das Telefon, das noch ein paar Mal klingelte.

Als ich allein in unserem Ehebett lag, war meine muntere Überlegenheit wie weggeblasen. Quälende Fragen rotierten in meinem Kopf.

Was war es, das ihn sechzehn Jahre Ehe aufs Spiel setzen ließ? War es das erste Mal, oder hatte es vor Doro andere Frauen gegeben? Hatte er wenigstens ein schlechtes Gewissen?

Hatte ich denn eins? Nein, ich hatte nicht die Spur eines schlechten Gewissens. Was sich zwischen mir und Rilke abgespielt hatte, war etwas völlig anderes als Friedrichs hinterhältiger Treuebruch. Er hatte mich, ohne Grund und aus niederen Motiven, mit meiner besten Freundin betrogen. Ich hatte mich schuldlos und ohne Absicht, in einen anderen Mann verliebt. Das konnte man nicht vergleichen.

»Mami, darf ich reinkommen?« Lucy steckte den Kopf durch die Tür.

Ich hob die Bettdecke hoch, sie schlüpfte zu mir und kuschelte sich an mich.

»Es tut mir so Leid«, flüsterte sie erstickt.

Ihr Körper bebte. Ich streichelte sie sanft.

»Was tut dir Leid?«

»Alles. Das mit Papa, dass ich so eklig zu dir war, dass du immer mit Omi streitest.«

Ich seufzte tief. »Mir tut es auch furchtbar Leid. Ich wollte alles richtig machen, und jetzt sieht es so aus, als hätte ich alles verbockt.«

»Aber es ist nicht deine Schuld. Ich bin so sauer auf Papa, dass ich ihn am liebsten umbringen würde.«

Ich küsste ihr tränennasses Gesicht.

»Das verstehe ich. Aber wir müssen jetzt cool bleiben. Versprichst du mir, dass du's versuchst?«

Lucy nickte. »Du bist voll cool, Mami. Wie du Papa am Telefon hast abfahren lassen - hätte ich dir echt nicht zugetraut.«

Ich lächelte wehmütig. »Ich mir auch nicht, Lucy.«

Eine Weile lagen wir schweigend da. Es war so tröstlich, sie zu spüren, meine große, kleine Tochter. Ich hatte schon das Gefühl gehabt, sie verloren zu haben. Sie strich mit der Hand über meine Hüfte.

»Du hast abgenommen! Man spürt schon die Knochen.«

»Aber du hungerst hoffentlich nicht mehr?«, erwiderte ich.

»Nö.«

»Bist du wieder verliebt?«

»Mmh.«

»In den Kerl mit den Koteletten?«

»Mmh.«

»Wie heißt er denn?«

»Jojo. Joachim.«

»Ist er lieb zu dir?«

»Total lieb.«

»Habt ihr … hast hast du … meine …«

»Ob wir zusammen geschlafen haben? Noch nicht. Aber ich glaube, er ist der Richtige. Bei Marco wollte ich noch nicht. Deshalb hat er mich auch sitzen lassen. Aber mit Jojo ist es ganz anders.«

»Wie wollt ihr verhüten?«

Ich kam mir blöd vor bei dieser typischen Mutter-Frage, aber Lucy schien es in Ordnung zu finden.

»Mit Gummi natürlich, wie denn sonst? Jojo ist zwanzig, er hat Erfahrung.«

Ich zog sie an mich.

»Lucy, egal, was passiert, ich hab dich lieb. Und ich bete darum, dass wir uns später mal besser verstehen als Omi und ich.«

»Weißt du, ich glaube, Omi liebt dich auch. Sie hat nur eine komische Art, es zu zeigen.«

Eng aneinander geschmiegt wie zwei Löffelchen schliefen wir ein.

Es dauerte nicht lange, da war es vorbei mit der Nachtruhe. Jonas weinte. Schlaftrunken torkelte ich in sein Zimmer. Ein Griff an seine Stirn und ich wusste: Das Fieber war wieder gestiegen. Er hustete heftig und klagte über Kopfschmerzen.

Ich schleppte eine Schüssel mit kaltem Wasser und einen Stapel Handtücher in sein Zimmer und machte ihm, trotz seines erbitterten Widerstands, Wadenwickel. Er brüllte und strampelte, mit Mühe und Not gelang es mir, ihm die nasskalten Tücher um die Beine zu wickeln. So bezaubernd Jonas sonst war, wenn es ihm schlecht ging, war er unausstehlich. Ich kramte in der Hausapotheke nach Hustensaft, stellte fest, dass massenhaft abgelaufene Medikamente auf sachgerechte Entsorgung warteten, und legte unauffällig ein Fieberzäpfchen bereit. Wenn Jonas das kleine, silbern verpackte Ding entdeckte, würde er die ganze Straße zusammenbrüllen.

Die Wadenwickel zeigten zum Glück Wirkung, Jonas beruhigte sich und dämmerte daumenlutschend vor sich hin.

Ich schlich in mein Bett zurück und hoffte, dass ich weiterschlafen könnte. Lucy drehte sich grunzend um, als ich unter die Decke glitt. Kaum lag ich, rief Jonas nach mir. Wieder stand ich auf und beruhigte ihn.

Als ich dachte, er sei eingeschlafen, schlich ich rückwärts Richtung Türe. Kaum war ich draußen, brüllte er: »Mami, bleib da, ich will nicht allein sein!«

So hatte das keinen Zweck. Ich weckte Lucy und schickte sie zurück in ihr Bett, dann packte ich Jonas mitsamt Decke, Kissen und Kuscheltier und legte ihn neben mich.

Die nächsten Stunden verbrachte ich in unruhigem Halbschlaf. Jonas schreckte ständig hoch, weinte, verlangte nach Wasser oder musste aufs Klo. Gegen Morgen wurde er ruhiger, und ich schlief endlich ein.

Als ich aufwachte, fühlte ich mich wie vom Panzer überrollt. Meine Glieder schmerzten, ich bekam kaum meine Augen auf. Mit letzter Kraft schleppte ich mich in die Küche und braute mir eine Kanne Kaffee.

»Guten Morgen«, ertönte Queen Mums Stimme, »das war wohl eine ziemlich unruhige Nacht?«

»Kann man wohl sagen«, brummte ich, »ein bisschen Hilfe hätte ich gut gebrauchen können.«

»Du hättest mich nur zu rufen brauchen«, sagte sie mit sanfter Stimme und einem Lächeln, mit dem man Brot hätte schneiden können.

Ich überlegte kurz, ob es wohl schwierig wäre, eine Leiche verschwinden zu lassen.

13

Ich führte ein ziemlich anstrengendes Doppelleben. Tagsüber ging ich brav in die Bank und machte meinen Mama-Job, nachts schlich ich mich so oft wie möglich aus dem Haus und fuhr zu Rilke. Frühmorgens kam ich nach Hause, machte Frühstück und weckte die Kinder. »Bist du Frühaufsteherin geworden?«, wunderte sich Lucy, die ähnlich schwer aus dem Bett kam wie ich. »Du bist neuerdings morgens so munter.«

»Ja, stell dir vor, ich fahre jeden Morgen mit dem Fahrrad«, log ich, »man muss was für sich tun in meinem Alter.«

Queen Mum warf mir einen anerkennenden Blick zu. »Das ist sehr vernünftig, Anna-Kind!«

Wenn sie wüsste.

Aber offensichtlich interessierten sie die Vorgänge im Haus derzeit nicht allzu sehr, sonst hätte sie längst was merken müssen. Sie schien mit ihren Gedanken woanders zu sein. Neuerdings telefonierte sie ständig; sie war schlimmer als Lucy. Das Telefon war ganze Abende lang blockiert, die Telefonrechnung stieg in astronomische Höhen. Ich nahm an, sie plauderte mit ihren Mitjüngern über die neuesten Erleuchtungstechniken. Aber weil sie ansonsten friedlich war, ließ ich sie in Ruhe. Bloß keinen Streit vom Zaun brechen!

Meine Leidenschaft für Rilke wirkte wie ein Fitness-Programm. Ich hatte weitere sechs Pfund Gewicht verloren, kam mit der Hälfte meines früheren Schlafpensums aus und strotzte vor Energie. Die brauchte ich auch, denn die Nächte mit Rilke waren anstrengend.

Meist gingen wir aus, besuchten Lesungen oder Konzerte und verbrachten viele Stunden im Probenkeller, wo er mit seiner Band neue Stücke einstudierte. Eines Tages drückte er mir ein Mikro in die Hand.

»Sing!«, forderte er mich auf.

»Ich kann nicht«, wehrte ich ab.

»Klar kannst du, du traust dich bloß nicht.«

Er hatte Recht. Aber wovor hatte ich Angst?

Davor, bei den Jungs von der Band einen schlechten Eindruck zu machen? Geschenkt, die fanden es ohnehin völlig schrill, dass Rilke mit so einer Alten rumzog. Vor Rilke? Der hatte mich in weit intimeren Situationen erlebt, vor ihm musste ich mich nicht schämen.

»Also gut.«

Ich stellte mich gerade hin, nahm das Mikro hoch und röhrte: »Oh Lord, won't you buy me a Mercedes Benz …«

Die Jungs standen rum und lauschten. Als ich geendet hatte, applaudierten sie.

Kim, der Schlagzeuger, der mich immer besonders arrogant behandelt hatte, sagte überrascht: »Echt cool, Bella. Schade, dass du schon so alt bist.«

»Werd du erstmal so alt, wie du aussiehst«, gab ich zurück.

Die anderen lachten.

»Wenn Janis noch leben würde, wäre sie jetzt so alt wie meine Oma«, sinnierte Pit, der Bassist. »Ich wette, sie würde immer noch auf der Bühne stehen.«

»Dann hab ich ja noch Zeit«, stellte ich fest und gab Rilke das Mikro zurück.

»Hättest du nicht Lust, mal aufzutreten?«, fragte er, »ich schwöre dir, es ist das geilste Gefühl überhaupt.«

»Kann ich mir nicht vorstellen«, grinste ich anzüglich.

Rilke schenkte mir ein Lächeln, dass mich wünschen ließ, wir stünden nicht in einem zugigen Probenkeller herum, sondern lägen zu Hause auf seiner Matratze.

Ich begehrte den Kerl, dass es fast wehtat. Ich konnte nicht genug kriegen von seiner Unbekümmertheit, seiner Zartheit, seiner Wildheit. In den Nächten mit ihm begriff ich, dass das, was ich bisher für ein ausgefülltes Liebesleben gehalten hatte, eben doch nur der ganz normale, Zwei-bis-drei Mal-die-Woche-Hetero-Sex gewesen war.

Aber es war nicht nur der Sex mit ihm, der mich halb wahnsinnig machte vor Glück. Ich liebte es, mit ihm durch die Bars zu ziehen, mit wildfremden Leuten Diskussionen über den Sinn der menschlichen Existenz zu führen, ausgeflippte Kunst-Aktionen zu planen, in seiner WG-Küche zwischen leeren Bierflaschen und ungewaschenen Tellern zu hocken und zuzuhören, wie er mir Gedichte vorlas. Welche seine eigenen waren und welche nicht, bekam ich nach wie vor nicht raus. Er machte sich einen Spaß daraus, mich im Unklaren darüber zu lassen.

Bald spielte der Altersunterschied keine Rolle mehr. Ich hätte mich in Rilke auch verliebt, als ich zwanzig war. Ich war doch noch dieselbe Person. Nur ein paar Jahre älter. Hatte ich deshalb kein Recht mehr, in ihn verliebt zu sein? Ich fühlte mich jung, weil ich mich ihm nah fühlte. Und er hatte, trotz seiner Jugend, etwas sehr Erwachsenes. Anfangs machte ich mir Gedanken, was andere denken oder sagen könnten, wenn sie uns zusammen sahen. Nach kurzer Zeit interessierte es mich nicht mehr.

In manchen Nächten konnte ich nicht bei ihm sein, weil er Taxi fuhr, Nachtwachen machte oder Briefe sortierte. Oft war er auch mit Dingen beschäftigt, über die er mir nichts sagte. Dann lag ich zu Hause im Bett, fröstelnd vor Übermüdung, aber unfähig, zur Ruhe zu kommen. Ich war wie auf Drogen, ich nehme an, Koks oder Amphetamin haben eine vergleichbare Wirkung.

Friedrich und Doro wurden mir immer gleichgültiger. Ich war fast froh darüber, dass alles so gekommen war, sonst hätte ich Rilke ja nicht getroffen. Friedrich fehlte mir überhaupt nicht.

Eines Tages erwartete mich Doro vor der Bank.

Sie hatte mir eine Reihe von Rechnungen für Teppichreinigung, Reinigung von Sitzbezügen und Kissen, Neubezug eines Polsterbettes und Kauf von Frotteehandtüchern in Höhe von über viertausend Mark zukommen lassen. Ich hatte sie kommentarlos zurückgeschickt. Jetzt wollte sie wohl ihr Geld persönlich eintreiben.

Oder sollte es eine dieser berühmten Aussprachen zwischen Ehefrau und Geliebter werden, in der darum gerungen wurde, wer weiter Tisch und Bett mit dem begehrten Mann teilen durfte?

»Du darfst ihn behalten«, warf ich ihr hin und ging weiter.

»Ich will ihn aber nicht«, hörte ich ihre Stimme hinter mir.

Überrascht drehte ich mich um.

»Was soll das heißen? Erst spannst du mir den Mann aus, und jetzt willst du ihn nicht?«

»Ach, Anna, es tut mir so schrecklich Leid!«, rief Doro und stürzte sich in meine Arme.

Das wurde ja immer besser. Jetzt sollte ich, die betrogene Ehefrau, sie auch noch trösten!

Ich blieb stocksteif stehen und wartete. Schniefend schlug sie vor, in ein Café zu gehen, um in Ruhe über alles zu reden. Ich stimmte zu, mehr aus Neugierde, als aus dem Drang heraus, mich auszusprechen.

»Du siebst gut aus«, sagte Doro unsicher lächelnd, als wir uns in einem halb leeren Café gegenübersaßen, »irgendwie ... strahlend. Abgenommen hast du auch.«

Ich reagierte nicht.

»Also was passt dir an Friedrich nicht?«, wollte ich wissen.

»Er will immer nur das gleiche.«

»Das ist bei Männern so, die sind eben triebhaft.«

»Nein, das ist es nicht. Er will immer nur reden, reden, reden.«

»Wie bitte?« Ich starrte sie verblüfft an.

»Ja, ich verstehe es auch nicht. Am Anfang war alles ganz toll, aber wenn ich jetzt mit ihm schlafen will, erzählt er mir von seinen Laborversuchen, aus seiner Kindheit oder von dir. Ich komme mir allmählich vor wie seine Analytikerin.«

Ich konnte es kaum glauben. So kannte ich meinen Friedrich gar nicht. Ich hatte immer den Eindruck gehabt, dass er guten Sex einem guten Gespräch alle Mal vorzöge; oft genug hatte ich es selbst bedauert, dass wir so wenig miteinander redeten.

»Er sagt, ich bin die erste Frau, die ihn wirklich versteht. Dabei wollte ich nur eine Affäre. Im Bett ist er nämlich echt klasse.«

»Na ja, es geht«, schränkte ich ein.

»Wenn ich schon niemanden fürs Heiraten und Kinderkriegen finde, möchte ich wenigstens Sex. Reden kann ich mit jedem.«

Klar, zum Beispiel mit der betrogenen Frau deines Liebhabers, dachte ich grimmig. Die Frau hatte echt Nerven!

»Warum musste es ausgerechnet Friedrich sein, warum der Mann deiner Freundin?«

Sie senkte den Blick.

»Ich war so einsam. An dem Wochenende habe ich das erste Mal gespürt, wie es ist, eine Familie zu haben.«

Fast tat sie mir Leid, aber nur ganz kurz.

»Und jetzt soll ich Friedrich wieder zurücknehmen, oder wie stellst du dir das vor?«

»Ich weiß es nicht. So wie jetzt kann es jedenfalls

nicht weitergehen. Meine Wohnung ist zu klein. Er geht mir auf die Nerven …

Empörung regte sich in mir. So abfällig musste sie über meinen Mann nun auch wieder nicht reden. Um ein Haar hätte ich ihn in Schutz genommen.

»Tja, Doro«, sagte ich statt dessen, »das ist nun leider dein Problem. Mir geht es sehr gut ohne Friedrich, und wenn du keine Verwendung für ihn hast, musst du dir für seine Entsorgung was einfallen lassen. Mir kommt er nicht mehr ins Haus …«

Damit stand ich auf und wandte mich zum Gehen.

»Und mein Geld? Du hast meine Einrichtung ruiniert!«

Ich drehte mich um und warf ihr einen großäugigen Unschuldsblick zu.

»Ich? Deine Einrichtung? Ich habe keine Ahnung, wovon du sprichst.«

Zu Hause drückte mir Jonas, der nach seiner Krankheit das erste Mal wieder im Kindergarten gewesen war, einen Brief in die Hand. Darin hieß es, leider seien alle Bemühungen des Elternbeirates und anderer engagierter Eltern gescheitert, die Gruppenzusammenlegung zu verhindern. Ab nächster Woche wären daher 44 Kinder in einer Gruppe. Man bedauere, aber der Zwang zum Sparen hätte die Maßnahme unvermeidlich gemacht.

Mein Gewissen regte sich. Ich hatte die Kiga-Kampftruppe im Stich gelassen, weil mein Beziehungschaos alle Energien erfordert hatte. Jetzt fühlte ich mich mitschuldig am Scheitern der Initiative.

Am Nachmittag ging ich rüber zu Wiltrud. Mit gestresster Miene öffnete sie, von oben hörte man Bastian und Goofy lautstark streiten.

»Ach, du bist's.«

»Darf ich kurz reinkommen?«

Sie nickte und ging mir voraus in die Küche.

Dort saß Marthe. Auf dem Boden hockte ein pummeliges Mädchen mit abstehenden Zöpfen und schüttete Wasser von einem Plastikbecher in einen anderen. Das musste Marthes Tochter sein.

»Hallo, lange nicht gesehen«, grüßte ich freundlich.

»Hallo.«

»Tut mir echt leid, dass es schief gelaufen ist«, sagte ich verlegen. »Ich hoffe, ihr seid nicht sauer auf mich.«

»Deine Unterstützung wäre schon wichtig gewesen«, sagte Wiltrud mit vorwurfsvollem Gesicht und stellte mir eine Tasse Kaffee hin. »Als du mit dem Renz geredet hast, sah es noch richtig gut aus.«

»Wer weiß«, sagte Marthe spitz, »vielleicht hat dein Sit-in die Sache ja auch versaut. Man soll Beamte eben nicht unter Druck setzen. Warum hast du uns überhaupt von einem auf den anderen Tag hängen lassen?«

»Sie hat 'ne Ehekrise«, erklärte Wiltrud, und man sah ihr an, dass sie vor Neugierde platzte.

Statt sie auf den neuesten Stand zu bringen, erkundigte ich mich, was denn so über mich und Friedrich geredet wurde.

»Alles mögliche. Dass er dich geschlagen hat, zum Beispiel.«

Dieses Gerücht war ja nun nicht neu, vermutlich hatte Wiltrud es selbst gestreut.

»Was noch?«

»Dass du ihn geschlagen hast.«

Ich musste grinsen.

»Es heißt auch, dass er sich an Lucy vergriffen hat und du ihn deshalb rausgeschmissen hast. Andere behaupten, er hätte was mit deiner Mutter angefangen. Die meisten glauben, dass er was mit einer Kollegin hat. Und manche sagen sogar, du hättest 'nen jungen Freund!«

Staunend hörte ich zu. Dann trank ich meine Tasse leer und stand auf.

»Also, ich muss dann wieder.«

»Jetzt warte doch mal, Anna!«, rief Wiltrud, »was stimmt denn nun?«

Lächelnd sagte ich. »Also: Friedrich treibt es mit seinem Chef, Lucy geht auf den Strich, meine Mutter hat einen Puff eröffnet und ich habe eine Affäre mit dem Nachbarhund.«

Mit offenem Mund gafften mich die beiden an.

»Schönen Tag noch«, wünschte ich und trat raus auf den Flur.

Von oben war nichts mehr zu hören. Ich hoffte, dass Goofy seinen widerlichen Bruder erwürgt hatte.

Queen Mum war auffallend guter Stimmung. Nichts regte sie auf, weder Jonas' laute Musik noch Lucys neuer Minirock noch die Rindsrouladen, die ich statt der versprochenen Gemüseplätzchen gekocht hatte.

Sie erwartete Besuch. Martin, ein alter Schulfreund, den sie auf dem Klassentreffen wieder gesehen hatte, sollte für ein paar Tage vorbeikommen und bei uns wohnen. Mit vereinten Kräften hatten wir den Abstellraum freigeräumt, die Hälfte des Plunders weggeschmissen, die andere im Keller deponiert. Irgendwo fand sich ein altes Klappbett, und fertig war das Gästezimmer.

Dass der kleine Raum wieder benutzbar war, gefiel mir.

Weniger gefiel mir, dass meine Mutter mich inständig gebeten hatte, den Abend mit ihr und ihrem Gast zu verbringen. Ich hatte Rilke drei Tage nicht gesehen und brannte darauf, die Nacht bei ihm zu verbringen. »Ich möchte Martin doch so gerne meine Familie vorstellen, flehte Queen Mum, als ich etwas von einer Verabredung nuschelte.

»Soll ich ihm auch erzählen, warum dein Schwiegersohn nicht dabei ist?«, erkundigte ich mich angelegentlich.

»Das kannst du halten, wie du willst. Übrigens, Friedrich hat angerufen.«

»Und, was wollte er?«

»Ich glaube, er hat seinen Fehler eingesehen. Er möchte zurückkommen.«

Ich behielt für mich, dass nicht Friedrich seinen Fehler eingesehen, sondern Doro ihn vermutlich vor die Tür gesetzt hatte. Dass er jetzt versuchte, Queen Mum für sich einzuspannen, fand ich ganz schön ungeschickt. Er wusste doch, wie allergisch ich auf ihre Vorschläge reagierte.

»Und warum sagt er das nicht mir?«

»Er hat Angst vor dir. Du hast ihn neulich derartig abblitzen lassen, dass er sich nicht traut.«

»Mir kommen gleich die Tränen«, sagte ich ungerührt. »Möchtest du blaue oder weiße Servietten?«

Damit war das Thema für mich beendet. Von mir aus konnte Friedrich ins Hotel gehen oder sich eine Wohnung nehmen. Nichts interessierte mich derzeit weniger.

»Ich bin aber mit Jojo verabredet«, maulte Lucy, als Queen Mum auch sie bat, am Abend dazubleiben.

Das ist ungerecht, dachte ich, wenn ich Rilke nicht sehen darf, dann kann Lucy auch mal einen Abend ohne Jojo auskommen. Im nächsten Moment schämte ich mich.

»Du kannst ja zum Essen bleiben und dich später mit Jojo treffen«, schlug ich vor. »Du darfst ausnahmsweise bis halb zwei wegbleiben.«

Dankbar umarmte mich Lucy, und Queen Mum nickte beifällig.

Na bitte, ich entwickelte doch noch diplomatische Fähigkeiten.

Martin war eine ausgesprochen angenehme Überraschung. Er war ein gepflegter Herr Anfang Sechzig mit hervorragenden Manieren.

Er hatte auffallend schöne Hände, Chirurgenhände, wie sich später herausstellte. Als Kind hatte er die parallele Jungenklasse in Queen Mums Schule besucht, beim Klassentreffen waren sie sich nach über vierzig Jahren das erste Mal wieder begegnet. Die letzten zwanzig Jahre hatte er in Südafrika, in Durban, gelebt, als Chef eines großen Krankenhauses. Vor ein paar Jahren war seine Frau gestorben, die erwachsenen Kinder waren in alle Winde zerstreut. Da hatte er beschlossen, in seine alte Heimat zurückzukehren.

»Es ist merkwürdig, nach so langer Zeit wieder an die Orte der Kindheit zu kommen«, erzählte er. »Alles erscheint kleiner, die Wege sind kürzer, die Häuser niedriger. Die Zeit der Abwesenheit schnurrt zu einem Augenblick zusammen, und man fragt sich, wie die Nachbarin in so kurzer Zeit so stark altern konnte.«

Er lachte. »Aber wie die Deutschen dieses Klima ertragen, ist und bleibt ein Rätsel für mich. Ich werde melancholisch, wenn ich länger als drei Tage die Sonne nicht sehe. Übrigens, ganz exzellent, diese … wie heißen sie noch … Rinderrollen?«

»Rindsrouladen«, verbesserte Jonas und kicherte über die Wortschöpfung.

Staunend beobachtete ich, wie Queen Mum ein Stück von einer Roulade abschnitt und probierte.

»Wirklich gut«, lobte sie.

Es war das erste Mal seit ungefähr vierzig Jahren, dass sie Fleisch aß.

»Das mit der Sonne, das liegt an der Zirbeldrüse«, erklärte Lucy, »wenn die nicht genug Licht kriegt, kann sie einen bestimmten Stoff nicht herstellen, den wir brauchen, um gut drauf zu sein.«

»Stimmt genau«, sagte Martin, »das klingt, als wärst du eine sehr aufmerksame Schülerin.«

Lucy wurde rot. Die Schule war ihr wunder Punkt,

seit klar war, dass sie die Klasse wiederholen musste. Sie graulte sich davor, zu den Jüngeren zu kommen.

Martin war neugierig geworden. »Was möchtest du später machen? Willst du Ärztin werden?«

»Bloß nicht«, platzte Lucy raus, »nichts Naturwissenschaftliches. Vielleicht Werbung oder was mit Medien.«

Irgendwas, wo man wenig arbeitet und viel verdient, meinte sie wohl. Es zeichnete sich immer mehr ab dass Lucy vom Ehrgeiz nicht gerade zerfressen war.

»Ich werde Ornithologe«, trumpfte Jonas auf, »ich kenne schon zweihundert Vogelarten.«

Nach der Sonne kamen wir auf den Mond zu sprechen. Jonas gab seine gesammelten Erkenntnisse zum Besten:

»Bei Ebbe trinkt der Mond das Wasser und bei Flut spuckt er's wieder aus. Bei Vollmond schreien die Katzen, und die Erwachsenen können nicht schlafen. Und die Verliebten küssen sich die ganze Nacht.«

Es wurde ein angenehmer Abend. Queen Mum war aufgeräumt wie selten, und Martin unterhielt uns mit spannenden Erzählungen aus Afrika. Zwischendurch schlich ich mich raus, um Rilke anzurufen und unsere Verabredung abzusagen. Ich verging vor Sehnsucht, aber ich konnte mich jetzt nicht verdrücken.

Gegen Mitternacht gingen wir alle schlafen.

Ich las im Schein meiner Nachttischlampe in einem Gedicht band, den Rilke mir geschenkt hatte. »Die jungen Wilden in der Lyrik« hieß das Buch, und auf Seite 41 hatte Rilke ein Gedicht angekreuzt und dazugeschrieben: »Für Bella, die Schöne, für Anna, das Tier. Ich begehre dich. R.«

Dunkler Dezember.
Im Süden noch ein Hauch von Sommer
den ich trotzig einfing
wohl wissend
dass es nur ein kurzer Rausch sein würde.

Noch immer
auf der Suche nach dem Ort zum Überleben.
Vielleicht gibt es sie doch
die Abenteuer, Augenblicke
in denen alles möglich ist.
Der Sturz in eine andere Welt, die wir
erschaffen
und für Momente kann ich dein Gefährte sein.

Ich ließ das Buch sinken. Nur ein kurzer Rausch. Was wollte Rilke damit sagen? War das Gedicht überhaupt von ihm?

Ich suchte nach dem Namen des Verfassers. »F. Mittermaier« stand in Klammern unter dem Gedicht. Ob das Felix war? Ich wusste tatsächlich nicht, wie sein Nachname war.

Weiter hinten im Buch wurde ich fündig.

In kurzen Selbstporträts stellten sich die Autoren vor. »Felix Mittermaier, Künstlername ›Rilke‹, geb. 1974 in Würzburg. Student, Taxifahrer, Dichter, Musiker, Party-Löwe, Existenzialist. Liebt Fast Food, Flaschenbier, intelligente Computerprogramme und ebensolche Frauen.«

Ich ließ das Buch sinken. Wie viele Frauen hatte es in seinem Leben schon gegeben? Eine kleine Angst, eine eklige, bohrende Eifersucht regten sich in mir.

Rilke gewährte mir nur zu einem Teil seines Lebens Zutritt. Er war neugierig auf andere, sprach aber ungern über sich. Ich hatte es ziemlich schnell aufgegeben, Fragen zu stellen.

Wenn wir uns sahen, dann auf seine Initiative hin. Ich wagte kaum, ihn anzurufen, weil ich Angst vor einer Zurückweisung hatte. Es quälte mich, meist nicht zu wissen, wo er war, was er tat und wann wir uns wieder sehen würden. Aber es gab keine Chance, das zu ändern. Diese Liebesgeschichte funktionierte zu seinen Bedingungen. Ich hatte nur die Möglichkeit, das zu akzeptieren oder ihn zu verlieren.

Ich hörte ein Geräusch. Es kam von draußen, durchs geöffnete Fenster. Ein Rascheln, dann Schritte, ein trockenes Klacken. Ich schaltete die Lampe aus und schlich mit klopfendem Herzen ans Fenster. Ob das ein Einbrecher war? Gott sei Dank war Martin im Haus, er wirkte rüstig genug, um einen Fassadenkletterer in die Flucht schlagen zu können. Vielleicht war es auch Friedrich, der sich auf diesem Weg Einlass ins Haus verschaffen wollte?

Aufgeregt spähte ich in die Dunkelheit. Ich entdeckte einen Schatten, der sich bewegte. Neben meinem Kopf zischte ein Kiesel vorbei und knallte an den Fensterladen. In diesem Moment trat eine Gestalt aus der Dunkelheit. Fast hätte ich aufgeschrien. Es war Rilke.

»Was machst du denn hier?«, flüsterte ich.

Er warf mir Kusshände zu, drückte die Hände an sein Herz, zeigte auf seine Leibesmitte, zeichnete mit den Händen einen riesigen Penis und gab mir mit allen Mitteln der Pantomime zu verstehen, dass er sich einen Strick nehmen würde, wenn ich ihn nicht sofort in mein Schlafgemach ließe.

Da hatte ich mir ja was eingefangen mit diesem jugendlichen Liebhaber! Eine Nummer wie aus Romeo und Julia, zweifellos romantisch, aber doch ziemlich unpraktisch. Was sollte ich hier mit ihm, wo jeden Moment eins meiner Kinder oder gar meine Mutter auftauchen könnte?

Plötzlich war mir das alles ganz egal. Ich wollte ihn in den Armen halten, jetzt sofort. Schnell gab ich ihm ein Zeichen, dass ich runterkommen würde. Schon an der Terrassentür packte er mich, drückte mich an sich und küsste mich heftig. Die Geilheit fuhr wie eine Stichflamme in mich hinein.

Ich zog ihn hinter mir die Treppe hinauf und schloss das Schlafzimmer von innen ab. Wir stürzten aufs Bett und rissen uns gegenseitig die Kleider herunter. Er drang sofort in mich ein. Statt, wie ich erwartet und gehofft hatte, wild draufloszuvögeln, hielt er inne, sah mich an und begann, sich ganz sachte in mir hin und herzubewegen. In immer größer werdenden Wellen schwappte die Erregung über mich, bis ich dachte zu explodieren. Dass alles schweigend vor sich gehen musste, steigerte die Intensität noch. Ich kam mit einer Heftigkeit, die mich fast besinnungslos werden ließ. Leicht und elegant erreichte kurz danach Rilke seinen Höhepunkt.

Ich weiß nicht, wie lange wir danach Arm in Arm dalagen und schwiegen. Immer wieder dämmerte ich kurz ein, kam wieder zu mir, spürte seine Nähe, die Wärme seines Körpers.

Irgendwann tappte ich aufs Klo. Ob Lucy schon wieder da war? Ich war zu müde, um nachzusehen.

»Ich mache mich gleich auf den Weg«, flüsterte Rilke, als ich ins Bett zurückkam. Ich nickte. Sekunden später war ich eingeschlafen.

»Mami, wer ist der Mann?«

Ich fuhr hoch. Jonas stand neben dem Bett und zeigte anklagend auf Rilke. Der hatte offenbar seinen Abgang verpasst und schlief den Schlaf des Gerechten.

»Ich erklär dir alles später«, flüsterte ich erschrocken, »bitte geh in dein Zimmer und leg dich noch mal hin.«

»Ich kann aber nicht mehr schlafen«, trötete Jonas.

»Mensch, sei doch leise«, fauchte ich, »du weckst ja das ganze Haus auf!«

Diesen Tonfall war Jonas nicht gewöhnt. Er fing an zu heulen.

Ich saß im Bett und raufte mir die Haare. Was sollte ich bloß tun? Wenn Jonas nicht aufhörte zu plärren, würden alle aufwachen, und Rilkes Fluchtweg wäre abgeschnitten.

Ich zog ihn ins Bett und nahm ihn in den Arm.

»Bitte, Jonas, sei leise«, flehte ich.

Er steckte den Daumen in den Mund, was so wirkte, als hätte man ihn mit einem Korken verstöpselt. Sein Weinen klang gedämpfter, in der Stille des Morgens kam es mir aber immer noch vor wie der Lärm eines Düsenjets.

Rilke drehte sich um und klappte die Augen auf.

»Scheiße.« Er gab Jonas die Hand. »Morgen, Kollege, wie geht's?«

»Bist du ein Schornsteinfeger?«, fragte Jonas interessiert und hörte schlagartig auf zu heulen.

Rilke setzte sich auf und grinste. »Wie kommst du denn auf die Idee?«

»Die geben einem immer die Hand, weil sie Glück bringen.«

»Glück bringe ich auch«, versicherte Rilke.

Und jede Menge Scherereien, dachte ich.

»Warum hast du bei Mami geschlafen?«, wollte Jonas jetzt wissen.

Rilke kratzte sich am Kopf, dann sagte er mit todernstem Gesicht: »Weil in meinem Bett ein Tiger liegt. Und Tiger schnarchen so laut.«

Jonas dachte nach. »Zeigst du mir den Tiger?«

»Dieser Tiger hat Angst vor kleinen Jungen. Aber deine Mama geht sicher mal mit dir in den Zirkus und zeigt dir die Tiger dort.«

»Au ja, Mami, machst du das?«, rief Jonas und hatte völlig das Interesse an der Frage verloren, wie der Fremde ins Bett seiner Mutter geraten war. Ich nickte ergeben.

»Das erzähl ich Lucy!« Er lief aus dem Zimmer.

»Und was machen wir jetzt?« Verzweifelt rang ich die Hände.

»Keine Ahnung, du bist der Boss. Wenn du willst, springe ich aus dem Fenster.«

Er schlüpfte in seine Jeans. Ich hielt ihn am Arm fest. »Bloß nicht!«

Jonas kam mit ratlosem Gesicht zurück. »Wo ist Lucy?«

Ich schoss in die Höhe. »Was soll das heißen, ist sie nicht in ihrem Zimmer?«

»Nein, und ihr Bett ist ganz ordentlich.«

Ruhig bleiben, dachte ich. Bestimmt ist sie noch bei Jojo. Wenn was passiert wäre, hätten wir es schon erfahren.

Jetzt musste erst mal Rilke verschwinden. Meine Mutter würde mich umbringen, wenn sie ihn erwischte, besonders, weil sie gestern vor Martin so mit ihrer Familie angegeben hatte. Friedrich hatten wir der Einfachheit halber auf Geschäftsreise geschickt. Was würde das für einen Eindruck machen, wenn ich jetzt mit einem jungen Kerl aus dem Schlafzimmer käme?

Ich ging vor, um zu sehen, ob die Luft rein war. Die Tür von Queen Mums Zimmer und das Gästezimmer waren geschlossen.

»Komm«, flüsterte ich, und Rilke schlich hinter mir her. Wir hatten fast die Treppe erreicht, da öffnete sich die Tür zum Zimmer meiner Mutter. Queen Mum kam heraus. Ihr auf dem Fuß folgte Martin.

Ich riss die Augen auf. Was, zum Teufel, hatten die zwei Alten da drin getrieben? Die würden doch nicht

… Nein, das konnte einfach nicht sein. Und noch dazu in meinem Haus!

Vor Aufregung bekam ich einen Schluckauf.

Queen Mums Gesichtszüge entgleisten. Rilke unterdrückte einen Lachanfall. Nur Martin behielt die Fassung. Fröhlich winkte er uns zu: »Guten Morgen, sehen wir uns gleich?«

Ich murmelte ebenfalls einen Guten-Morgen-Gruß und schob Rilke die Treppe hinunter. Jonas tanzte um meine Mutter und Martin herum.

»Ich darf in den Zirkus, ich darf in den Zirkus!«

Als Rilke und ich an der Haustüre angekommen waren, prusteten wir los. »Das Leben ist voller Überraschungen«, grinste Rilke und küsste mich.

»Hicks«, antwortete ich.

Der verdammte Schluckauf hörte nicht auf. Rilke schwang sich auf sein Rad und sauste los. Versonnen sah ich ihm nach.

Ein Wagen näherte sich. Es war ein riesiger, uralter Opel Kapitän, rot, mit weißem Dach. Scharfes Teil, dachte ich und wollte gerade die Haustür schließen, da hielt der Wagen, die Beifahrertür öffnete sich und Lucy entstieg dem Monstrum.

Wieder hickste ich. Mit verklärtem Gesichtsausdruck schwebte Lucy auf mich zu und umarmte mich, ohne ein Wort zu sagen.

»Ist es passiert?«, fragte ich leise.

Sie nickte.

»Bist du stolz?«

Sie nickte heftiger.

»War es schön?«

Sie sah mich an und lächelte unsicher. »Ich weiß nicht so genau ...«

Ich drückte sie an mich und hickste ein letztes Mal.

»Eines kann ich dir versprechen: Es wird immer besser.«

Sie lachte und schmiegte sich zärtlich an mich.

Arm in Arm gingen wir ins Haus. Ich war gerührt und nachdenklich zugleich. Jetzt war es also so weit, meine große, kleine Tochter wurde erwachsen.

Beim Frühstück taten alle so, als wäre nichts gewesen. Queen Mum kicherte albern wie ein junges Mädchen, Martin gab den Kavalier, der schweigend genießt. Lucy hatte Sternchen in den Augen und begriff sowieso nichts. Jonas blätterte in einem mit Tierbildern illustrierten Kalender und traktierte uns mit Fragen.

»Können Tiger schnarchen?«, wollte er wissen.

»Manche schon«, sagte ich schnell und hoffte, er würde das Thema wechseln.

»Der Wievielte ist heute?«, fragte er.

»Der Dreizehnte«, antwortete Martin.

»Dann war heute Nacht Vollmond«, teilte Jonas uns mit.

»Stimmt«, lächelte Martin, »ich habe die Katzen schreien hören!«

14

Wer ist der Junge?«, fragte Queen Mum bei nächster Gelegenheit.

»Er heißt Rilke, ist fünfzehn Jahre jünger als ich und der beste Liebhaber, den ich je hatte«, antwortete ich wahrheitsgemäß.

Jetzt, wo alles herausgekommen war, hatte ich beschlossen, mit offenen Karten zu spielen. Ich würde mich nicht mehr verstecken. Und ich würde mich auch nicht rechtfertigen.

»Und wie soll das weitergehen?«

»Ich verstehe die Frage nicht.«

Meine Mutter verlor ihre mühsam bewahrte Beherrschung. Wie früher, wenn ich bockig war, begann sie zu keifen. Ich hasste ihre überschnappende Stimme, diesen schneidenden Tonfall.

»Willst du allen Ernstes weiter mit einem Jungen ins Bett gehen, der fast dein Sohn sein könnte?«

Ihr Busen wogte vor Empörung.

»Allerdings will ich das.«

»Ja, schämst du dich denn gar nicht?«, kreischte sie.

»Nein, keine Spur. Du schämst dich jaauchnichtdafür, dass Martin neulich aus deinem Schlafzimmer kam.«

Meine Mutter zog hörbar die Luft ein, und ich sah ihr an, dass sie mir am liebsten eine geknallt hätte. Aber ihr war klar, dass diese Zeiten vorbei waren.

»Lenk nicht ab! Jetzt geht es um *dich, deinen* Mann und *deinen* Liebhaber.«

»Du sagst es, Mummy. Und deshalb geht es *dich* einen feuchten Dreck an, verstanden?«

»Irrtum! Ich bin die Großmutter deiner Kinder, und ich werde nicht dulden, dass du ihnen den Vater nimmst!«

Jetzt verlor auch ich die Beherrschung. »Und ich werde nicht dulden, dass du dich weiter in mein Leben mischst! Ich bin sieben-und-drei-ßig Jahre alt!«, schrie ich und stampfte mit dem Fuß auf.

»Dann benimm dich auch so!«, schrie sie zurück.

Wir standen uns gegenüber wie zwei Ringkämpfer, zitternd vor Wut, die Fäuste geballt, im Begriff, einander zu zerfleischen. Nach einigen Sekunden, die sich dehnten wie ein schlechter Film, hatte ich mich wieder in der Gewalt.

Ich trat einen Schritt zurück, holte tief Luft und fragte: »Also, was willst du?

»Ich will, dass du mit Friedrich sprichst. Das bist du ihm schuldig.«

Ich zögerte einen Moment, dann stimmte ich zu. Um dieses Gespräch würde ich ohnehin nicht herumkommen, also konnte ich genauso gut Queen Mum das Gefühl geben, einen Sieg davongetragen zu haben.

Wir trafen uns im Stadtpark, bei einer Bank, die früher schon unser Treffpunkt gewesen war. Friedrich hatte es so vorgeschlagen. Zuerst hatte ich mich gewehrt, ich wollte keine Erinnerung an glückliche Zeiten aufkommen lassen. Aber dann hatte ich beschlossen, dass ich über solchen Äußerlichkeiten stünde.

Ich fühlte mich so gut wie schon seit Jahren nicht mehr, hatte mein Idealgewicht erreicht, trug fast zwei Kleidergrößen weniger und hatte mir erlaubt, einen größeren Betrag von unserem gemeinsamen Konto abzuheben, um mich neu einzukleiden. Das Haar trug ich jetzt noch ein Stück kürzer, was mich einige Jahre jünger erscheinen ließ.

Schon von weitem sah ich Friedrich auf unserer Bank sitzen. Er schaute suchend an mir vorbei. Erst als ich direkt vor ihm stand, erkannte er mich. Seine Augen weiteten sich.

»Anna, du?«, stammelte er verwirrt.

Ich setzte mich neben ihn. Auch er hatte abgenommen, aber es ließ ihn nicht jünger, sondern älter erscheinen. Die Haut in seinem Gesicht war faltig, seine Wangen wirkten eingefallen. Er beugte sich zu mir, küsste mich zur Begrüßung. Ich ließ es freundlich geschehen, ohne den Kuss zu erwidern.

»Wie geht's dir?«, fragte ich.

Plötzlich war ich überhaupt nicht mehr wütend. Ich sah ihn als das, was er war: ein netter, ziemlich durchschnittlicher Mann, der es in seinem Leben nicht besonders weit gebracht hatte und aus dem Gefühl heraus, sich etwas beweisen zu müssen, fremdgegangen war.

»Ganz gut«, antwortete Friedrich bemüht locker. »Wie geht's den Kindern?«

»Sie fragen nach dir.«

Er fuhr sich mit der Hand durchs Haar. »Verdammt, ich vermisse die beiden. Dich übrigens auch.«

Er sah mich nicht an.

»Also los«, forderte ich ihn freundlich lächelnd auf, »sag einfach, dass es dir Leid tut.«

»Was?«

»Dass du mit meiner besten Freundin gevögelt hast, was denn sonst!«

»Darum geht's doch gar nicht«, wiegelte Friedrich ab. »Es hat doch vorher schon nicht mehr gestimmt zwischen uns.«

»Und was hat nicht gestimmt?«

»Du warst nur noch mit dir und deiner Mutter beschäftigt, du hast dich nicht mehr um mich gekümmert, du warst ständig gereizt und nervös.«

»Und deshalb bist du mit Doro ins Bett?«

»In gewisser Weise ja. Ich habe die Zuwendung bei ihr gesucht, die ich bei dir nicht gefunden habe.«

Es war nicht zu fassen! Jetzt versuchte dieser Mistkerl doch glatt, *mir* die Schuld für seinen Seitensprung in die Schuhe zu schieben!

»Aber deswegen kann es dir ja trotzdem Leid tun«, rief ich so laut, dass eine vorbeigehende Spaziergängerin erschrocken einen Satz machte.

»Es tut mir ja Leid«, sagte er unbeholfen. »Ich habe Mist gebaut und entschuldige mich bei dir. Ich möchte, dass es zwischen uns wieder wie früher wird.«

Ich schüttelte den Kopf.

»Es kann nicht mehr werden wie früher. Auch bei mir hat sich was verändert.«

Friedrich nickte ungeduldig.

»Ich weiß, ich weiß. Deine Mutter hat mir erzählt, dass da irgend so ein Junge aufgetaucht ist.«

»Es ist nicht irgend so ein Junge«, sagte ich heftig, »ich habe mich verliebt. Und ich werde diese Liebe ausleben, koste es, was es wolle!«

Ich erschrak selbst, als ich mich das sagen hörte.

Friedrich nahm meine Hände in seine und sah mich eindringlich an. »Und was ist mit uns?«

Ich hatte keine Ahnung. Ich konnte jetzt, hier, auf dieser Parkbank, nicht entscheiden, was mit uns war. Mein Leben war aus den Fugen, ich wusste nicht im entferntesten, wie es weitergehen sollte. Ich wusste nur eines: So wie früher würde es nie mehr werden, weder mit noch ohne Friedrich. Ich lehnte meinen Kopf an seine Schulter und schloss die Augen. Für einen Moment stellte sich die alte Vertrautheit ein. Nein, ich konnte nicht so tun, als hätte Friedrich keine Bedeutung mehr für mich. Aber ich sah keinen Platz für ihn in meinem Leben.

Ich setzte mich aufrecht hin und sagte: »Ich möchte, dass wir uns trennen. Wir müssen uns ja nicht gleich scheiden lassen. Du kannst die Kinder sehen, sooft du willst, nur nicht bei uns zu Hause. Ich wünsche mir, dass wir Freunde bleiben.«

Friedrich war rot angelaufen. Er sprang auf und lief hin und her.

»Freunde?«, bellte er, »ich bin nicht dein Freund, ich bin dein Mann. Und ich bin der Vater von Lucy und Jonas. Ich habe einen Fehler gemacht, ich habe mich entschuldigt, was willst du denn noch?«

Auf jeden Fall nicht mehr dieses langweilige, festgefahrene Nebeneinander, das wir seit Jahren gelebt haben. Den ritualisierten Sex, die kleinen Lieblosigkeiten des Alltags, die Berechenbarkeit unserer Beziehung. Die immer gleichen Diskussionen, ob der Urlaub ans Meer oder in die Berge gehen soll, die immer gleichen Geschenkgutscheine zu Weihnachten und zum Geburtstag, die immer gleichen Floskeln zur Begrüßung und zum Abschied.

Lieber wollte ich zu Grunde gehen an der Leidenschaft zu Rilke, an der Sprunghaftigkeit und Kindlichkeit seines Wesens, an der Unsicherheit und Unberechenbarkeit seines Verhaltens, an der Ungewissheit, ob er mich morgen noch wollte.

»Tut mir Leid«, sagte ich leise und stand auf. »Mehr habe ich dir nicht zu sagen.«

»Und du traust dich wirklich?«, fragte Rilke und sah mich skeptisch an.

Wir saßen in seiner Küche, Hartmann und Nicki waren im Kino, wir waren endlich mal wieder allein.

»Ja. Ich habe beschlossen, dass ich von nun an all die Dinge tun werde, vor denen ich mich fürchte«, sagte ich mit fester Stimme.

»Also gut. In zehn Tagen haben wir den nächsten Auftritt im ›Easy Club‹. Bis dahin proben wir vier Mal. Such dir ein paar Songs raus, damit du mitproben kannst.«

Ich nickte aufgeregt. Ich würde vor zweihundert Leuten auf einer Bühne stehen und das tun, wovon ich insgeheim geträumt hatte: Ich würde singen! Und ich würde endlich etwas mit Rilke zusammen machen. Ich wäre nicht mehr nur Gast in seinem Leben.

Rilke nahm einen Schluck aus der Bierflasche und kippelte auf seinem Stuhl. Gedankenverloren griff er nach einem Literaturmagazin, in dem zwei seiner Gedichte abgedruckt waren. Stolz wie ein Kind hatte er sie mir gezeigt, als ich vorhin gekommen war. Jetzt hatte er die Seite wieder gefunden und schwelgte im Anblick der Worte, die seiner Fantasie entsprungen waren. Ich verstand ihn so gut. Es musste wunderbar sein, Anerkennung zu bekommen.

Er legte die Zeitschrift weg und sah mich an.

»Wusstest du, dass es in Japan Künstler gibt, die alle paar Jahre ihren Namen ändern? Sie beginnen wieder ganz von vorn, um nicht Sklaven ihres Erfolges zu werden.«

Ich lachte. »Du solltest dringend darüber nachdenken.«

»Das mache ich bereits«, sagte er und grinste, »irgendwelche Vorschläge?«

Ich überlegte laut. »Münchhausen? Artaud? Bogart?« Interessiert hörte Rilke zu.

»Du hältst mich also für einen coolen Typen, der am Rande des Irreseins entlangbalanciert und Lügengeschichten erzählt«, fasste er meine Vorschläge zusammen. »Na, warte!« Er griff nach dem Magazin, rollte es zusammen und jagte mich durch die Wohnung. Schreiend und lachend fielen wir auf sein Bett. Er riss den Reißverschluss meiner schwarzen Lederjeans auf, die ich Lucy wieder abgequatscht hatte, zog sie ein Stück runter und schlug mir mit der Papierrolle auf den nackten Po. Ich quietschte empört auf, empfand in Wahrheit aber eine angenehme Mischung aus Schmerz und Lust. Ich war überrascht, was für Gefühle dieser Kerl in mir hervorrufen konnte.

»Liest du mir was vor?«, fragte Jonas, wie jeden Abend beim Ins-Bett-Gehen.

»Mach ich. Welches Buch?«

Wie aus der Pistole geschossen antwortete er: »Vom Maulwurf, der wissen wollte, wer ihm auf den Kopf gemacht hat.« Das war sein Lieblingsbuch. Er lachte sich scheckig über die Geschichte des kleinen Maulwurfs, der herausfinden will, welches Tier die merkwürdige Verunreinigung auf seinem Kopf verursacht hat. Überhaupt fand er – wie alle Kinder seines Alters – die schiere Erwähnung von Begriffen wie »Pipi«, »Kacka« oder »Popo« wahnsinnig witzig. Mit seinen Kindergartenfreunden konnte er ganze Nachmittage darüber kichern.

Also las ich, wie jeden Abend, sang ihm sein Schlaflied vor und küsste ihn auf die Stirn.

»Nicht küssen«, murmelte er, schob den Daumen in den Mund und war im nächsten Moment eingeschlafen.

Lucy wollte kein Schlaflied hören und auch keine Gute-Nacht-Geschichte.

»Sag mal, Mami, stimmt das, was Jonas mir erzählt hat?«

»Was denn?«

»Dass neulich morgens ein fremder Typ in deinem Bett lag.« Schnell fügte sie an: »Ich meine, ich traue ihm zu, dass er so was erfindet. Aber die Geschichte klang ziemlich echt.«

Ich hatte befürchtet, dass sie mich das fragen würde. Vor ihrer Reaktion hatte ich die größte Angst. Jonas verstand noch nicht, was los war, Queen Mum regte sich zwar immer noch schrecklich auf, war aber immerhin eine erwachsene Frau. Was die Neuigkeit bei Lucy auslösen würde, die in einer so schwierigen Phase steckte, wusste ich nicht.

Ich holte tief Luft. »Ja, Lucy, es stimmt. Ich habe mich in einen anderen Mann verliebt, und Jonas hat uns sozusagen in flagranti erwischt.«

»Aber Jonas sagt, der Typ war ein Schornsteinfeger. Was meint er denn damit? Ist es ein Schwarzer?«, fragte Lucy weiter.

Ich lachte. »Nein, das mit dem Schornsteinfeger hat er sich ausgedacht. Rilke ist ein ... ein ganz normaler, netter, junger Typ.«

»Wie jung?«

»Na ja, ziemlich jung. Dreiundzwanzig.«

»Dreiundzwanzig?« Lucy setzte sich ruckartig auf. »Dann ist er ja nur ein bisschen älter als Jojo! Findest du das nicht peinlich?«

»Nein, finde ich nicht. Und ehrlich gesagt habe ich auch nicht erwartet, dass du so spießig bist«, sagte ich leicht gekränkt.

»Dreiundzwanzig«, wiederholte Lucy fassungslos. Dann sah sie mich an.

»Liebst du ihn?«

»Was heißt lieben. Ich bin sehr verliebt. Und ich möchte dieses Gefühl genießen, solange ich kann.«

Lucy überlegte. Ich merkte ihr an, dass sie ziemlich durcheinander war.

»Und … Papa? Liebst du den nicht mehr?«

»Mit Papa verbindet mich sehr viel, und ich hoffe, dass wir gute Freunde bleiben.«

»Hast du … ich meine, habt ihr wirklich Sex miteinander, dieser junge Typ und du?«, fragte sie mit einem Gesicht, das regelrecht Abscheu ausdrückte. Fast hätte ich lachen müssen.

»Du wirst es nicht glauben, Lucy, aber auch Mütter haben Sex«, versicherte ich ihr lächelnd.

»Ja, aber … mit so einem jungen Typen … also irgendwie finde ich das unanständig!«

Ich durchstöberte meine Plattensammlung. Was sollte ich bei meinem Auftritt singen? Stundenlang hörte ich mich durch die alten Scheiben und entschied mich dann für einige Songs, die ich probieren wollte. Gegen Mitternacht sollte ich Rilke in der »Wunderbar« treffen, ich war gespannt, wie er meine Auswahl finden würde.

Plötzlich stand meine Mutter vor mir. Ich hatte sie nicht reinkommen hören. Sie hielt eine Zigarette zwischen den Fingern und rauchte hektisch. Dabei bewegte sie den Mund, an ihrer Miene konnte ich ablesen, dass es mal wieder grundsätzlich wurde.

Unsere Beziehung war an einem Tiefpunkt angekommen, sie kritisierte und nörgelte nur noch an mir herum. Vor allem ließ sie keine Gelegenheit aus, sich abfällig über Rilke zu äußern. Dass die von ihr herbeigeführte Aussprache mit Friedrich nicht zur Versöhnung geführt hatte, kreidete sie mir als besondere Niederträchtigkeit an.

»Warte, ich hör doch überhaupt nichts«, sagte ich und nahm den Kopfhörer ab. »So, jetzt. Was ist los?«

»Ich ziehe aus«, sagte sie.

Na, endlich! dachte ich und fühlte eine große Erleichterung.

Im nächsten Moment begriff ich, was das hieß: Ich hätte niemanden mehr, der nachts die Kinder beaufsichtigte. Ich konnte Jonas aber noch nicht allein lassen, und auf Lucy war kein Verlass. Es bedeutete, dass ich Rilke nicht mehr sehen würde.

»Aber warum denn, Mummy? Deine Wohnung ist noch längst nicht fertig!«

»Weil ich es nicht mehr ertrage, zuzusehen, wie du deine Familie zerstörst«, sagte sie mit pathetischer Stimme und zerquetschte ihre Kippe im Aschenbecher. Aufrecht und unnahbar wie eine Statue stand sie im Raum. Ich war aufgesprungen und hatte ihre Handgelenke gepackt.

»Aber was tue ich denn? Ich habe mich verliebt, genau wie du. Du müsstest mich doch verstehen!«

Flehend sah ich sie an, aber ihr Gesichtsausdruck blieb unerbittlich.

»Der große Unterschied ist, dass ich keinen Mann und keine kleinen Kinder habe«, dozierte sie. »Jonas und Lucy brauchen ihren Vater.«

»Aber sie sehen ihren Vater! Er wohnt nur nicht mehr hier.« Ich hielt sie fester. Ärgerlich schüttelte sie meine Hände ab.

»Das ist mir egal. Ich werde nicht länger dafür sorgen, dass du nachts zu deinem Liebhaber verschwinden kannst. Ich gehe, und zwar sofort.«

Ich folgte ihr auf den Flur, wo eine ihrer Taschen stand. Verzweiflung packte mich. In einer halben Stunde wartete Rilke auf mich. Ohne nachzudenken schubste ich meine Mutter in ihr Zimmer, drehte den Schlüssel herum und steckte ihn ein.

»Annabelle, mach sofort auf!«

Sie hämmerte mit der Faust gegen die Tür. Ich rannte die Treppe hinunter und aus dem Haus. Wie von Sinnen raste ich zur »Wunderbar«.

Rilke saß mit Freunden am Tisch, ich zog ihn in den Vorraum und warf mich in seine Arme.

»Bella, was ist los?«

»Bin ich dir wirklich wichtig?«, schluchzte ich.

»Was soll die Frage?«

»Was würdest du tun, um mich weiter sehen zu können?«

»Was müsste ich dafür tun?«

»Komm zu mir!«, wollte ich schreien, »leb mit mir, bleib immer bei mir!«

Im letzten Moment biss ich mir auf die Lippen. »Wer liebt, ist schwach«, hatte er mal gesagt, »deshalb habe ich beschlossen, nicht zu lieben, nur zu begehren.«

Ich liebte. Ich war schwach. Aber ich durfte diese Schwäche nicht zeigen.

»Nichts«, sagte ich, »entschuldige. Geh zu den anderen, ich komme gleich.«

Er sah mich aufmerksam, fast warnend an. Das letzte, was er sich wünschte, war eine hysterische Alte, die ihm vor seinen Freunden eine Szene machte.

Auf dem Klo kühlte ich meine verheulten Augen, puderte meine Nase und zog meine Lippen nach. Ich hatte mir angewöhnt, mich zu schminken. Ich wollte an jedem Tag, in jedem Moment so gut aussehen wie irgend möglich. Die Zeit war so knapp.

Dann setzte ich mich zu Rilke und seinen Freunden und bestellte einen Wodka Orange. Ich versuchte, cool und entspannt zu wirken, obwohl ich völlig durcheinander war. Ich nahm sogar die Zigarette an, die mir Fixi, ein Mädchen aus der Runde, anbot. Rilkes Clique bestand aus einem harten Kern von Freunden, darunter die Jungs von der Band und ein paar Leute von der Uni. Heute war auch die doofe Daisy dabei, die einzige, die ich nicht leiden konnte. Sie hatte den Verstand einer Zimmerpflanze, quasselte pausenlos dummes Zeug und kam sich toll dabei vor. Angeblich kannte sie irgendwelche wichtigen Leute, ich wusste aber nicht, welche. Man redete über Filme, wer welchen Lieblingsfilm hatte, und warum. »Blade Runner«, »Thelma und Louise«, »Pulp Fiction«, »Romeo und Julia« – Titel und Namen schwirrten durch die Luft. Ich konnte dem Gespräch nicht folgen.

»Was ist dein Lieblingsfilm, Bella?«, wollte Fixi wissen. Erwartungsvoll sahen mich fünf Jugendliche an.

»Ah ... Easy Rider«, stammelte ich.

Die fünf lächelten nachsichtig, als hätte ihre Oma sie gebeten, einen Volksmusiksender am Radio einzustellen.

»Aber ›Knockin' on heaven's door‹ finde ich auch gut!«, beeilte ich mich zu sagen. Das machte die Sache nicht besser.

»Der ist doch völlig infantil«, quäkte Daisy.

»Dann müsste er dir doch gefallen«, gab ich zurück.

Die anderen lachten, fanden aber, dass Daisy Recht hatte. War heute nicht mein Tag.

Ob Queen Mum noch in ihrem Zimmer saß und an die Tür klopfte? Sie würde doch hoffentlich nicht versuchen, sich aus dem ersten Stock abzuseilen! Unwillkürlich musste ich kichern. Als ich an die vielen Nachmittage meiner Kindheit dachte, die ich wegen Hausarrests heulend in meinem Zimmer zugebracht hatte, fand ich es ganz in Ordnung, dass meine Mutter die Erfahrung auch mal machte.

Nur blöd, dass ich mir monatelang gewünscht hatte, sie würde endlich verschwinden, und jetzt, wo sie gehen wollte, brauchte ich sie so dringend.

Ob ich sie zum Bleiben überreden könnte?

Ich trank mein Glas aus und verabschiedete mich. Rilke sah mich fragend an, machte aber keinen Versuch, mich aufzuhalten. Ich hätte ihn gerne zum Abschied geküsst, aber er stand nicht darauf, Zärtlichkeiten vor anderen auszutauschen.

Zu Hause war es ganz still, Lucy und Jonas schliefen. Ich steckte den Schlüssel ins Schloss des Gästezimmers und drehte ihn. Am liebsten wäre ich einfach in mein Zimmer gegangen und hätte so getan, als wäre nichts gewesen. Plötzlich war ich nicht mehr so überzeugt, dass das Ganze eine gute Idee gewesen war. Aber dann öffnete ich doch Queen Mums Türe.

Sie lag auf dem Bett. Ein aufgeschlagenes Buch lag neben ihr, die Nachttischlampe brannte.

Sie drehte den Kopf und sah mich ruhig an.

»Es tut mir Leid, Mummy«, sagte ich zerknirscht.

Sie erhob sich vom Bett, schlüpfte in ihre Pantoffeln und kam auf mich zu. Unwillkürlich hielt ich die Hände vors Gesicht. Sie hatte mich selten geschlagen, aber offenbar hatte ich in diesem Moment das Gefühl, eine Ohrfeige verdient zu haben.

Stattdessen umarmte sie mich.

»Warum läuft es so schief zwischen uns, mein Anna-Kind?«, sagte sie, und ihre Stimme klang traurig.

Diese Reaktion traf mich so unvorbereitet, dass ich von einer Sekunde zur nächsten in hilfloses Weinen ausbrach. Ich hielt sie umklammert, wie früher, wenn ich nicht wollte, dass sie wegging.

»Ich weiß es auch nicht«, schluchzte ich.

Wir setzten uns engumschlungen nebeneinander aufs Bett, sie wiegte mich und streichelte mein Haar.

Es war das erste Mal in all den Monaten, dass es eine zärtliche Berührung zwischen uns gab.

»Warum läuft es so schief?«, wiederholte sie.

»Du mischst dich zu viel in mein Leben ein«, sagte ich.

»Das ist keine Einmischung, das ist meine Art, Anteil an deinem Leben zu nehmen. Ich wünsche mir doch nur, dass es dir gut geht!«

»Aber du erdrückst mich!«

Sie schwieg und streichelte mich weiter.

Widerstreitende Gefühle überfielen mich. Einerseits wollte ich wieder ein kleines Kind sein und von ihr gewiegt werden, andererseits wollte ich endlich als erwachsene Frau behandelt werden.

»Ich finde, du hast einfach kein Recht, immer bei allem mitzureden«, ergriff ich wieder das Wort. »Egal, ob es meine Eheprobleme sind, meine Essgewohnheiten oder meine Erziehungsmethoden, zu allem gibst du deinen Senf dazu. Ich ertrage diese ständige Bevormundung nicht mehr!«

Ich spürte, dass sie aufbrausen wollte, aber dann beherrschte sie sich. Sie schwieg einen Moment, dann holte sie Luft und sprach mit ruhiger Stimme, nach Worten suchend, weiter.

»Ich kann doch sagen, was ich will, du ... du empfindest alles als Bevormundung. Du empfindest schon meine Anwesenheit als lästig, das habe ich genau gespürt in den letzten Monaten. Du hast mich geduldet, mehr nicht. Was glaubst du, wie demütigend das für mich war.«

Es gab mir einen Stich. Ich hatte mich wirklich bemüht. Aber es stimmte natürlich, sie ging mir wahnsinnig auf die Nerven.

»Tut mir Leid, Mummy. Ich habe einfach das Gefühl, dass ich nichts richtig machen kann. Alles stößt nur auf deine Missbilligung.«

Sie schüttelte energisch den Kopf. »Das stimmt doch nicht, Anna. Du bist es, die immer Bestätigung von mir erwartet. Und wenn ich sie dir verweigere, versuchst du, mich zu provozieren.«

Es war sinnlos. Wir fühlten uns unverstanden. Für

jedes Beispiel gab es ein Gegenbeispiel, jede Verletzung war nur die Antwort auf eine vorausgegangene Kränkung. Obwohl wir zum ersten Mal überhaupt über unsere Gefühle sprachen, gab es keine Annäherung. Wir teilten die Trauer über unsere Fremdheit, aber wir konnten sie nicht überwinden.

»Ruf mir bitte ein Taxi«, bat Queen Mum irgendwann erschöpft.

»Wo willst du denn jetzt noch hin?«

»Martin hat sich eine Wohnung in der Stadt genommen. Ich fahre zu ihm. Und ich bleibe dort, bis die Renovierung abgeschlossen ist. Kann ich meine Möbel solange hier lassen?«

Ich nickte.

»Ich fahre dich, Mummy«, bot ich an.

»Lass nur, du sollst die Kinder nicht allein lassen.«

Als das Taxi da war, begleitete ich sie hinaus. Ich verstaute ihre Tasche im Kofferraum, dann umarmte ich sie. Ich schluckte.

»Mach's gut, Mummy.«

»Mach's gut, mein Anna-Kind.«

Ich bin fünf Jahre alt. Der Wagen mit meinen Eltern entfernt sich, links winkt der Arm meines Vaters zum Fenster raus, rechts der meiner Mutter. Ich stehe an der Hand einer Erzieherin vor einem idyllisch gelegenen Kinderheim im Schwarzwald, wo mich meine Eltern während ihrer Asienreise für vier Wochen untergebracht haben.

Schwärzeste Einsamkeit senkt sich über mich. Der helle Sommertag wird grau, die Farbe scheint aus allen Gegenständen zu weichen.

»Komm!«, fordert mich die Erzieherin auf.

Meine Beine zittern, ich weiß nicht, wie ich sie bewegen soll. Sie zieht mich ins Haus, die Treppe hoch, in einen Schlafraum mit acht Kinderbetten. Die Wände sind holzgetäfelt, der Boden aus dunklen Dielen. Auf den Betten liegen ordentlich zusammengelegte Pyjamas und Nachthemden, daneben Puppen und Kuscheltiere.

Niemand außer uns ist im Raum, von draußen hört man Kinderstimmen. Winzige Staubpartikel tanzen in der Spätnachmittagssonne, die durch die vielfach unterteilten Scheiben des Fensters fällt. Dahinter erstrecken sich grüne Hügel, unterbrochen von größeren Waldstocken und gesprenkelt mit Bauernhöfen, die so klein und putzig in der Landschaft stehen wie die Faller-Häuschen in der elektrischen Eisenbahnanlage unseres Nachbarjungen.

Die Erzieherin wuchtet meinen Koffer auf ein Bett und beginnt, meine Kleider in einen Schrank zu räumen, dessen Fächer mit gestreiftem Papier ausgeschlagen sind. Ich lege meine Puppen und Kuscheltiere in einer Reihe aufs Kopfkissen und mich daneben.

Ich ziehe die Knie an die Brust, stecke meinen Daumen in den Mund und schließe die Augen. So will ich liegen bleiben, bis die vier Wochen um sind.

»Steh auf, es ist Vesperzeit. Jetzt lernst du die Kinder kennen.«

Ich kneife die Augen zusammen und schüttle den Kopf.

»Jetzt komm schon«, wiederholt sie und will mich vom Bett ziehen.

»Neiiiin«, schreie ich und beginne, wild um mich zu schlagen. »Mama, Mama, Mama, Mama!«

Ich schreie und schreie, die Erzieherin läuft aus dem

Schlafraum, kommt wenig später mit einer älteren Dame zurück, ratlos stehen die beiden vor dem Bett. Ich trete in ihre Richtung und schreie noch lauter.

»Lassen wir sie«, flüstert die Ältere, »sie wird sich schon beruhigen.«

»Ist gut«, höre ich die Stimme der anderen, »ich seh dann nach ihr.«

Ich schreie weiter, bis ich nicht mehr kann. Schluchzend und schluckend bleibe ich auf dem Bett liegen und hoffe, dass ich einschlafe und erst wieder aufwache, wenn meine Eltern zurück sind.

Immer wieder nähert sich die Erzieherin.

»Willst du was essen?«, fragt sie oder: »Möchtest du jetzt runterkommen?«

Ich nehme keine Notiz von ihr.

Das Sonnenlicht wandert weiter, irgendwann ist es verschwunden. Der Raum wird dämmrig, ich schlafe ein. Als ich aufwache, ist es stockfinster. Ich weiß nicht, wo ich bin, spüre nur, dass der Raum fremd ist, höre Geräusche, die ich nicht kenne.

Außer mir vor Angst schreie ich wieder los, eilige Schritte nähern sich, das Licht wird angeknipst, verschlafene Kinder fahren in ihren Betten hoch. Die Erzieherin schießt zu mir, jetzt reißt ihr der Geduldsfaden.

»Gibst du jetzt Ruhe, du ungeratenes Gör?«, faucht sie mich an.

Statt einer Antwort übergebe ich mich.

Kreischend weicht sie zurück, stampft aus dem Raum, kommt mit Eimer und Wischlappen zurück und entfernt schimpfend die kläglichen Reste meines Mittagessens von Bett und Boden. Dabei hatten mich meine Eltern zum Ab-

schied noch mal extra fein ins Restaurant eingeladen. Königsberger Klopse mit Reis, danach ein großes Erdbeereis mit Sahne.

Die Erzieherin zerrt mich ins Bad, setzt mich aufs Klo, reißt mir die Kleider herunter und streift mir ein Nachthemd über. Wimmernd krümme ich mich wenig später wieder in meinem Bett zusammen.

»Mama, Mama, Mama«, weine ich leise vor mich hin. Die Sehnsucht sprengt meinen Kinderkörper, ich habe das Gefühl, in Einzelteile zu zerfallen. Es ist ein Schmerz, so tief und hoffnungslos, wie ich ihn noch nie empfunden habe.

15

Wo ist Omi?«, fragte Jonas beim Frühstück.

Ich erklärte ihm, dass sie zu Martin gezogen sei, schön grüßen lasse und sicher bald zu Besuch käme, »Finde ich echt Scheiße, einfach so abzuhauen«, beschwerte sich Lucy.

»So ist das eben, wenn Leute sich verlieben«, erklärte Jonas, »dann wollen sie zusammen sein.«

»*Was* hast du getan?«

Friedrich starrte mich fassungslos an.

»Ich habe sie in ihr Zimmer gesperrt, damit sie nicht weggeht.«

»Aber du hast dir monatelang nichts anderes gewünscht!«

»Genau darüber will ich mit dir reden.«

Wir saßen in der scheußlichen möblierten Wohnung, die Friedrich in aller Schnelle mieten musste, als Ehefrau und Geliebte ihn vor die Tür gesetzt hatten.

Zuerst wollte er nicht mal mit mir sprechen. Er knallte sofort den Hörer auf, als ich mich am Telefon meldete. In den letzten Wochen hatten nur die Kinder mit ihm telefoniert und Treffen verabredet. Ich hatte ihn zwei Mal kurz an der Haustür gesehen, ohne dass wir ein Wort miteinander gewechselt hätten. Mein Wunsch, wir könnten Freunde bleiben, war nicht in Erfüllung gegangen. Friedrich war zutiefst verletzt.

Ich suchte nach Worten. »Ich weiß, es … es kommt überraschend, aber ich möchte, dass du nach Hause zurückkommst.«

»Wie bitte?«

»Ja, ich meine es ernst. Ich möchte, dass du wieder zu Hause wohnst.«

Friedrich sah mich an, als würde ich ihm einen unanständigen Antrag machen.

»Du willst wieder mit mir leben?«

»Nicht direkt, ich … ich ziehe woanders hin.«

Ich hatte mich bewusst vage ausgedrückt, aber Friedrich schaltete schnell.

»Verstehe ich das richtig, du willst, dass ich wieder nach Hause komme, damit du zu deinem Liebhaber ziehen kannst?«

»Ja, Einer muss schließlich bei den Kindern sein. Und ich finde, jetzt bist du mal dran.«

Friedrich sprang von einem der zwei schmuddeligen Polstersessel auf, die gemeinsam mit einem ebenso zerschlissenen Sofa und einem wackeligen Tisch aus Kunstmarmor die Sitzgarnitur bildeten. Wie er es in dieser Siffbude nur einen Tag ausgehalten hatte, war mir ein Rätsel.

Wie immer, wenn er sich aufregte, lief er hin und her. Der Teppich in seinem Büro war schon ganz abgewetzt, jetzt war er im Begriff, die Auslegeware dieses Appartements zu ruinieren.

»Wie kannst du es wagen?«, schrie er und blieb zitternd vor Wut stehen. »Am liebsten würde ich dich schlagen, weißt du das?«

»Du kannst auch die Scheidung haben«, bot ich

ihm an und versuchte, unbeeindruckt zu wirken. »Dann zahlst du mehr Unterhalt, und ich nehme mir ein Aupair-Mädchen.«

Er packte mich an den Schultern und schüttelte mich. »Warum? Was habe ich dir getan?«

Ich senkte den Blick.

»Es ist keine Rache oder so was, falls du das denken solltest. Was ich mit Rilke erlebe, erlebe ich zum Ersten und wohl auch zum letzten Mal in meinem Leben. Ich muss es einfach durchziehen, verstehst du das nicht?«

»Wie heißt der Typ?«

»Rilke«, wiederholte ich, und Friedrich lachte höhnisch auf.

Er ließ sich auf seinen Sessel fallen, beugte den Oberkörper nach vorn und sah mich mit waidwundem Blick an.

»Anna, was ist nur los mit dir? Du bist nicht mehr die Frau, die ich kenne.«

Ich schnaubte verächtlich. »Ein Glück! Es war höchste Zeit, dass ich mich verändert habe.«

Er rieb sich mit beiden Händen das Gesicht. Es war eine Geste der Erschöpfung, der Resignation.

»Also, was ist jetzt?« Ich sah ihn herausfordernd an. »Und wenn ich mich weigere?«

»Dann gehe ich trotzdem.«

»Und die Kinder?«

Ich zuckte bedauernd die Schultern. »Tja ...«

Das war ein Trick. Ich war keineswegs so abgebrüht, wie ich tat. Natürlich würde ich die Kinder nicht sich selbst überlassen. Aber verwirrt, wie Friedrich war glaubte er das vielleicht. Ich hoffte jedenfalls, ihn damit erpressen zu können.

»Dann zeige ich dich beim Jugendamt an«, drohte er, »im Fall einer Scheidung kannst du das Sorgerecht vergessen.«

»Du bist derjenige, der seine Familie verlassen hat, um zu seiner Geliebten zu ziehen. Denkst du etwa, du kriegst die Kinder?«

Er schlug mit der flachen Hand auf den Kunstmarmor, dass der Tisch wankte.

»Ach, Scheiße! Das führt uns doch alles nicht weiter!«

Das fand ich auch. Ich war eigentlich der Ansicht, dass ich ihm ein ziemlich faires Angebot gemacht hatte. Er konnte aus diesem Loch raus, zurück in unser Haus. Und er konnte täglich mit seinen Kindern zusammen sein, die er angeblich so vermisste.

»Wer soll mittags kochen?«

»Du natürlich. Du nimmst dir deine Büroarbeit mit, bist ab mittags zu Hause und versorgst die Kinder.«

»Und wenn ich abends ausgehen will?«

»Dann musst du dich eben um einen Babysitter bemühen. Aber so oft kommt das meiner Erinnerung nach nicht vor.«

Wenn er solche Fragen stellte, dachte er immerhin darüber nach, frohlockte ich innerlich.

»Soll das eine Dauerlösung sein?«, fragte er weiter.

Ich drehte die Augen zum Himmel. »Bin ich Hellseherin? Ich habe keine Ahnung.«

Friedrich grübelte mit finsterer Miene vor sich hin,

dann beugte er sich wieder zu mir und nahm meine Hände. Er war blass, kleine Schweißperlen standen auf seiner Stirn. Ich hatte nie gewusst, wie einfach es war, ihn an seine Grenzen zu bringen.

»Also, ich mache es, aber nur den Kindern zuliebe. Und unter einer Bedingung: Du betrachtest das Ganze als Probezeit für unsere Beziehung. Du sollst deine Affäre haben, ich hatte auch eine. Aber ich bin überzeugt, dass wir noch eine Chance haben, deshalb will ich auf keinen Fall die Scheidung.«

Ich war überrascht über seine Entschiedenheit. Plötzlich wirkte er nicht mehr schwach. Ich hatte es geschafft.

Der Saal war qualmgeschwängert, von den schätzungsweise zweihundert Leuten mussten dreihundert Raucher sein. Ich saß mit Lucy und Jojo an einem der hinteren Tische des »Easy Club«.

Rilke und die Jungs hatten gerade angefangen zu spielen. In der Pause würde ich hinter die Bühne gehen, dann würde Rilke mich als »Special Guest« ankündigen. Ich hatte ihn gebeten, mich so anzusagen, als sei ich ein alter Hase in der Branche. Die Leute würden sich wundern, dass sie meinen Namen noch nie gehört hatten, aber jeder würde denken, er sei der einzige, der Bella Schrader nicht kannte.

Nervös verknotete ich meine Füße unter dem Tisch und hielt mich an meiner Cola fest. Kein Alkohol vor dem Auftritt, hatte Rilke mir eingeschärft, und ich hielt mich brav daran. Lucy warf mir aufmunternde Blicke zu. Jojo, der sich als ganz sympathischer Typ entpuppt hatte, fühlte sich ein bisschen deplaziert. Kein Wunder, er war ein ausgemachter Techno-Fan.

Ich musterte ihn aus den Augenwinkeln. Er hatte ein offenes Gesicht, eine ziemlich große, gebogene Nase und dunkle Haare. Er sah ein bisschen orientalisch aus und eigentlich nicht schlecht. Wenn nur die Koteletten nicht gewesen wären! Ich beugte mich zu ihm.

»Hast du Araber in deiner Familie?«

Er sah mich überrascht an und lächelte. »Mein Großvater ist Perser. Hat Lucy Ihnen das nicht erzählt?«

Ich schüttelte den Kopf. Ich war in letzter Zeit so sehr mit meiner Eroberung beschäftigt gewesen, dass ich Lucy zu ihrem neuen Freund längst nicht so intensiv verhört hatte, wie ich es sonst zu tun pflegte.

Ich sah mich um, so weit das durch den Rauch und die Dunkelheit ging, und versuchte, die Leute im Saal einzuschätzen. Manche hörten aufmerksam zu, andere quatschten und betrachteten die Musik als unvermeidliche Störquelle.

Das Publikum war ziemlich gemischt. Ein paar punkige junge Mädchen hockten zwischen schwarz gekleideten Typen in Lederjacken. Am Nebentisch lallte ein besoffener Altfreak, am Tresen lehnte eine Gruppe von relativ jungen Leuten im Siebziger-Jahre-Look.

»Heartbeat«, wie Rilkes Gruppe hieß, stand offensichtlich über den Trends. Die Musik grenzte niemanden aus, sie war nicht extrem, aber auch nicht mainstreamig. Es war eben einfach »gute« Musik, wie Rilke selbstbewusst gesagt hatte. Je länger die Band spielte, desto konzentrierter hörten die Leute zu. Manche tippten mit dem Fuß den Takt mit, wer stand, bewegte sich rhythmisch. Man bekam Lust zu tanzen, aber es war nicht genug Platz.

Je näher die Pause rückte, desto aufgeregter wurde ich. Wir hatten intensiv geprobt, und es war gut gelaufen. Aber allein mit den Jungs in einem Probenkeller zu stehen, war etwas anderes als hier vor einem Saal voller Leute. Mein Hals war trocken, ich trank meine lauwarm gewordene Cola in einem Zug aus und bestellte gleich danach ein Mineralwasser.

»Trink nicht zu viel, sonst musst du während deines Auftritts pinkeln«, warnte mich Lucy. Es machte ihr offensichtlich Spaß, mein Lampenfieber zu verstärken. Pause. Der Beifall war freundlich gewesen, jetzt bestellten die Leute neue Getränke und unterhielten sich.

»Also los«, forderte Lucy mich auf.

Ich stand auf. Schlagartig hatte ich panische Angst. Ich gehe nicht hinter die Bühne, ich gehe einfach raus, dachte ich. Wie konnte ich nur auf eine so bescheuerte Idee kommen, mich freiwillig vor zweihundert Leuten zu blamieren! Dass es eine Blamage werden würde, erschien mir plötzlich völlig sicher.

»Kriegst du Schiss, Mami?«

Mit sicherem Blick hatte Lucy meinen Zustand erfasst. Ich nickte.

»Da musst du jetzt durch«, sagte sie, und es klang ziemlich schadenfroh.

Du Biest, dachte ich, dir werde ich zeigen, dass

deine Mutter kein Auslaufmodell ist, ohne Sex and Drugs and Rock 'n' Roll! Außerdem wollte ich ja ab jetzt lauter Sachen machen, vor denen ich Angst hatte. Nach dem Treffen mit Friedrich war dieser Auftritt die passende Fortsetzung.

Ich schlängelte mich zwischen den Tischen hindurch, bis ich neben der Bühne angekommen war, schob den schweren braunen Vorhang zur Seite und schlüpfte in den Backstage-Bereich.

Rilke und die anderen saßen auf Bierbänken an einem langen, schmalen Tisch, rauchten und tranken aus Maßkrügen Mineralwasser. Dass die Jungs von »Heartbeat« bei einem Auftritt abstinent blieben, überraschte mich. Ich hatte mir immer vorgestellt, dass alle Musiker sich mit irgendwas die Birne vollknallten, um gut drauf zu kommen.

»Hi, Bella, wie sieht's aus?«

»Alles klar«, sagte ich gespielt munter. Mir war flau zu Mute, am liebsten hätte ich einen Schnaps gekippt. »Setz dich her.« Rilke rutschte ein Stück. »Also, wir spielen das kurze Ding zum Aufwärmen, dann sage ich dich an und wir beginnen mit ›Gloria‹. Danach ‚Back on the chain gang«, das bringt Stimmung. Dann was Ruhiges, da nehmen wir …«

»Summertime«, schlug ich vor.

»O. k. Dann ›Half Moon‹, und zum Schluss ›Till victory‹. Wenn's eine Zugabe gibt, nehmen wir ›Bye, Bye Baby‹.«

»Lieber den Faithfull-Song«, sagte ich.

»Wie du willst, entscheiden wir dann spontan. Alles klar?«

Vier Köpfe nickten artig. Rilke hatte als Bandleader unbestreitbar Autorität.

Ein Mitarbeiter des »Easy Club« streckte seinen Kopf durch den Vorhang.

»Noch fünf Minuten.«

Endlich standen die Jungs auf, streckten sich und stiegen hintereinander die kleine Treppe zur Bühne hoch. Applaus erklang, die Unterhaltung versiegte, die ersten Takte perlten durch den Raum. Ich schloss die Augen und atmete tief durch. Ich hatte nichts zu verlieren. Außer meiner Selbstachtung.

»Und nun, liebe Leute, ist es mir eine besondere Freude, euch einen Gast anzukündigen. Es ist nicht irgendein Gast, sondern eine Künstlerin, deren ungewöhnliche Stimme man gehört haben muss. Sie ist schon seit vielen Jahren im Geschäft, und wenn ihr den Namen nicht kennt, dann liegt es an euch, nicht an ihr. Begrüßt mit mir: The one and only Bella Schrader!«

Ich tat einen tiefen Atemzug und versuchte, meinen Kopf auszuschalten. Energisch schritt ich die Stufen hoch und trat ins Scheinwerferlicht. Zögernder Beifall begrüßte mich. Die Leute flüsterten miteinander, fragten sich offensichtlich, wer zum Teufel diese Bella Schrader wäre, die ihnen da überraschend serviert wurde.

Die Jungs legten los und ich schmetterte die Patti-Smith-Version von »Gloria«. Kein besonders anspruchsvoller Titel, aber gut, um reinzukommen. Der Beifall war äußerst verhalten. Rilke und ich tauschten einen Blick. »Nur ruhig«, schien er mir zu sagen, »das wird schon.«

Aber es wurde nicht. Auch der Pretenders-Ohrwurm riss niemanden vom Hocker. Es wurde geklatscht, aber es klang eher höflich als begeistert.

Mir brach der Schweiß aus. Was machte ich falsch? Der nächste Song war »Summertime«, eine Janis-Joplin-Nummer. Bei Janis fühlte ich mich sicher, da kam der Blues in meiner Stimme am besten zum Tragen.

Diesmal klatschten die Leute ein bisschen stärker, aber auch nur kurz.

Zum Glück konnte ich wegen der Scheinwerfer niemanden sehen. Das Publikum war eine amorphe Masse irgendwo vor mir im Dunkeln. Hätte ich Gesichter gesehen, Blicke, die auf mich gerichtet waren, hätte ich vermutlich sofort die Flucht ergriffen. So stand ich da wie gelähmt und fragte mich verzweifelt, warum der Funke nicht übersprang.

Bei der Probe hatte alles so gut geklappt, aber offensichtlich merkten die Leute meine fehlende Bühnenerfahrung. Ich suchte die Blicke der Band. Kim und Pit schauten weg, Michel, der Keyboarder, schaute Hilfe suchend zu Rilke, der auf seiner Unterlippe kaute. Wenn mein Auftritt ein Flop wurde, musste er es dem Veranstalter gegenüber verantworten. Ich war die einsamste Frau im Universum. Ich segelte durch den Raum, ohne Verbindung zu einem anderen Stern. Da ist er also, der schlimmste Moment deines Lebens, dachte ich überrascht. So hatte ich ihn mir nicht vorgestellt. Und alles nur, um meinen jungen Lover zu beeindrucken.

Jetzt hilft nur noch die Flucht nach vorn, schoss es

mir durch den Kopf. Ich nahm das Mikrofon aus der Halterung und ging, mit dem Kabel kämpfend, ein paar Schritte Richtung Publikum. Ich richtete den Blick in die raunende Dunkelheit zu meinen Füßen und räusperte mich.

»Ich weiß, was ihr denkt«, begann ich. Meine Stimme hallte durch den Raum. »Ihr alle fragt euch: Wer ist diese Person? Woher kommt sie, wo ist sie schon aufgetreten, warum kennen wir sie nicht?«

»Genau, verrat's uns«, rief jemand.

»Ich werde es euch verraten. Bella Schrader ist keine bekannte Künstlerin. Genau genommen ist sie überhaupt keine Künstlerin, sondern nur eine Frau mit einer ganz guten Stimme.«

»Yeah«, johlte einer, und ein anderer rief: »Was soll das?«

»Um euch die Wahrheit zu sagen: Dieser Auftritt ist der erste Auftritt meines Lebens. Ich bin eine stinknormale Hausfrau, und ich habe mein Leben lang davon geträumt zu singen. Und da habe ich beschlossen, es einfach zu tun. Ich habe kapiert, dass ich nur einmal lebe. Und dass jeder Traum, den ich mir nicht erfülle, eine vertane Chance ist. Und ich will euch noch was verraten: Es hat mich einen verdammten Scheiß-Mut gekostet, auf diese Bühne zu gehen! Und dass ich es geschafft habe, darauf bin ich stolz!«

Die letzten zwei Sätze hatte ich laut ausgerufen. Ich drehte mich um und ging nach hinten ab. Rilke, Kim, Pit und Michel glotzten mir verdattert nach.

Hinter der Bühne fiel ich auf die Bierbank und vergrub das Gesicht in den Händen.

Es war ganz still. Dann begannen ein paar Leute zu klatschen. Der Applaus steigerte sich zögernd, wurde lauter.

»Bella, Bella!«, riefen einige, andere Rufer fielen ein, und schließlich brüllten zweihundert Leute meinen Namen.

Rilke kam hinter die Bühne geschossen und zog mich von der Bank. »Los, komm!« Als ich die Bühne betrat, brüllten die Leute noch lauter. Ich verstand gar nichts mehr. Rilke reichte mir das Mikrofon und sah mich auffordernd an. »Try« flüsterte ich ohne nachzudenken.

Die Band spielte die ersten Takte, und ich sang unter Tränen den wunderbaren Song, der als Motto über dem Leben von Janis Joplin stehen könnte und vielleicht auch über meinem. »Try … Just a little bit harder …«

Als ich geendet hatte, stolperte ich von der Bühne und fiel in die Arme von Lucy, die backstage auf mich wartete.

Das Publikum tobte und schrie nach einer Zugabe.

»Ich bin so stolz auf dich«, flüsterte Lucy.

»Findest du mich nicht oberpeinlich?«

Sie schüttelte heftig den Kopf. »Von deinem Mut kann sich jeder hier eine Scheibe abschneiden.«

Ich drückte sie an mich.

»Ich liebe dich, mein kleines, großes Mädchen.«

Später in der Nacht lag ich wach und überdreht neben Rilke.

Der hatte mich nach dem Konzert vor allen Leuten

geküsst, und das war vielleicht das noch größere Glücksgefühl als die Gewissheit, meine Selbstachtung behalten zu haben.

Auch Rilke schlief nicht, er lag auf dem Rücken und hatte die Arme unter dem Kopf verschränkt. Die Fenster waren weit geöffnet, sommerliche Nachtluft strömte herein.

Ich schmiegte meinen Kopf in seine Achselhöhle.

»Sängerin werde ich also nicht mehr.«

Rilke küsste mich aufs Ohr.

»Nee, sieht nicht so aus. Aber ich fand dich trotzdem klasse.«

Plötzlich musste ich kichern.

»Bella, die singende Hausfrau! So was haben die sicher in ihrem Leben noch nicht gesehen.«

Viele Leute hatten mich angesprochen, mir auf die Schulter geklopft und mich beglückwünscht. »Hätte ich mich nie getraut«, hatte eine nett aussehende Frau mit wilden, roten Haaren gesagt. »Aber seit Jahren träume ich davon, mit dem Fallschirm abzuspringen. Und das mach ich jetzt!«

Rilkes Blick wurde auf einmal abwesend. Er stand auf und setzte sich an seinen Computer. Ohne weiter auf mich zu achten, hackte er in die Tasten.

Ich kannte das schon, wenn er einen Einfall hatte, vergaß er alles um sich her und hasste Störungen. Ich schlich aus dem Zimmer, holte mir in der Küche ein Bier aus dem Kühlschrank, setzte mich ans Fenster und schaute auf die nächtliche Straße.

Ein alter Mann mit einem Krückstock in der Hand zog, vor sich hinschimpfend, einen verfetteten Dackel hinter sich her. Jemand versuchte unaufhörlich, sein Auto in eine viel zu kleine Parklücke zu manövrieren.

Ich dachte an zu Hause. Vor drei Tagen war Friedrich wieder eingezogen. Schweigsam und abweisend lief er seither durchs Haus, sein Blick ein einziger Vorwurf. »Und, wann ziehst du jetzt zu deinem Romeo?«, hatte er einmal feindselig gefragt und das Thema danach nicht mehr angeschnitten.

Wenn ich das nur selbst wüsste. Ich hatte Friedrich von meinem Plan erzählt, obwohl Rilke von seinem Glück noch gar nichts wusste. Jetzt wartete ich auf einen günstigen Moment, ihn davon zu überzeugen. Das Problem war nur, ich traute mich plötzlich nicht mehr. Was wäre, wenn er ablehnte?

Dann müsste ich mich weiter mit dem grollenden Friedrich arrangieren, der keine Gelegenheit ausließ. den Gekränkten rauszuhängen.

»Wo soll ich schlafen, solange du noch da bist?«, hatte er am ersten Tag gefragt.

»In deinem Bett natürlich, wo sonst?«

»Mein Bett ist bekanntlich auch dein Bett, und ich will nicht neben dir schlafen.«

Ich zuckte die Schultern. »Wenn du ein Problem damit hast, schlafe ich eben in der Kammer.«

Queen Mums Zimmer roch immer noch nach kaltem Rauch, und ich hatte bisher keine Zeit gefunden, es neu zu streichen. Also bezog ich den ehemaligen Abstellraum und nächtigte auf der Klappliege. Ich bekam Kreuzschmerzen von der durchgelegenen Matratze und dachte sehnsüchtig an meine bequeme Betthälfte.

Es war offensichtlich, dass Friedrich in seinem männlichen Stolz so verletzt war, dass er mir um jeden Preis beweisen musste, wie desinteressiert er an mir war. Vermutlich hätte ich in schwarzer Reizwäsche einen Schleiertanz vor ihm aufführen können, ohne eine Wirkung hervorzurufen.

Rilke war geräuschlos in die Küche gekommen. Er legte von hinten die Arme um meinen Hals und flüsterte: »Woran denkst du, meine Schöne?«

»Mein Mann wohnt wieder zu Hause. Ist 'ne ziemlich komische Situation.«

»Hat er seine Freundin noch?«

»Nein. Sie hat ihn rausgesetzt. Jetzt will er unbedingt, dass zwischen uns alles wird wie vorher. Er bemüht sich wahnsinnig um mich, aber ich will nicht.«

Rilke pustete mir eine Haarsträhne aus der Stirn und nahm einen Schluck aus meiner Bierflasche.

»Schlaft ihr miteinander?«

Ich sah ihn überrascht an. Dass er so direkt fragen würde, hatte ich nicht erwartet.

»Er hat es versucht«, behauptete ich. »Eigentlich schläft er im Gästezimmer, aber gestern Nacht stand er plötzlich im Schlafzimmer und jammerte, die Matratze sei so unbequem. Kaum lag er neben mir, wurde er zudringlich.«

Das Mondlicht fiel so auf Rilkes Brillengläser, dass sie hell aufblinkten. Ich konnte seine Augen nicht sehen.

»Was … was löst das bei dir aus?«, fragte er und seine Stimme klang ausdruckslos.

»Ich weiß nicht«, antwortete ich zögernd, »sexuell haben wir uns eigentlich immer ganz gut verstanden. Aber zur Zeit habe ich keine Lust auf ihn.«

Rilke trank die Flasche in einem Zug leer und ließ sie geräuschvoll in die Kiste zurückfallen.

»Ich bin müde. Lass uns schlafen.«

Arm in Arm lagen wir auf seiner Matratze, nur mit einem Laken zugedeckt, weil es so schwül war.

Ich war fast schon eingeschlafen, da hörte ich seine Stimme an meinem Ohr.

»Wenn dich dein Typ nervt, kannst du ja für eine Weile hier wohnen.«

Mein Gesicht verzog sich zu einem zufriedenen Lächeln.

»Ist das dein Ernst?«, war Hartmanns erste Frage, als Rilke ihm und Nicki beim Frühstück seinen Vorschlag unterbreitete.

»Ist nur vorübergehend«, erklärte Rilke.

Hartmann sah mich staunend an. »Was hast du denn mit dem gemacht? Bisher durfte sich kein weibliches Wesen länger als eine Nacht in dieser Wohnung aufhalten.«

»Also, wenn es euch nicht recht ist ...«, fing ich an.

»Nein, ist schon o.k.«, unterbrach mich Hartmann. »Kannst du kochen?«

Ich bejahte.

»Wie lange brauchst du im Bad?«, fragte Nicki.

»Kürzer als die meisten Frauen, nehme ich an. Zum Beispiel viel kürzer als meine Tochter.«

»Wie alt ist deine Tochter?«, fragte Nicki neugierig.

»Fünfzehn«, sagte ich, »aber derzeit ist sie vergeben.«

»Macht nichts, hat ja Zeit«, grinste Nicki. Seit er die Strafstunden bei seinem Alten abgeleistet hatte, war er wieder obenauf.

»Sonst irgendwelche unangenehmen Hobbys, geheime Leidenschaften oder schlechte Eigenschaften?«

Die drei sahen mich prüfend an.

»Ich … ich glaube nicht«, stotterte ich verlegen. Das war ja wie bei der Gesinnungsprüfung für Beamtenanwärter!

»Also dann, wieso nicht?«, sagte Hartmann und streckte mir die Hand hin. »Willkommen in der Chaos-Community. Wohnst du mit bei Rilke im Zimmer?«

»Nein«, sagte ich schnell, »ich würde mir gerne das vordere Zimmer herrichten, wenn ihr nichts dagegen habt.«

Auch hier gab es nämlich eine Rumpelkammer, und da es in der übrigen Wohnung nicht viel besser aussah, konnte man die dort gelagerten Gegenstände problemlos verteilen, ohne dass es auffallen würde.

»Falls du streichen solltest, bitte nur Kalkfarbe, ich bin allergisch«, bat Nicki.

Ich nickte und lächelte Rilke an, der abwesend in seinem Kaffee rührte.

16

Hier CALL YOUR BANK, mein Name ist Annabelle Schrader, was kann ich für Sie tun?«, rasselte ich herunter und nahm gelangweilt die Daten für einen Dauerauftrag und zwei Überweisungen entgegen. Noch immer saß ich jeden Vormittag in der Bank, obwohl es mich anödete. Aber ich brauchte dringend das Geld. Das Leben mit Rilke war bedeutend kostspieliger als mein Hausfrauendasein. Also saß ich die Stunden am Telefon ab und machte Dienst nach Vorschrift. Kurz vor Arbeitsende kam eine Kollegin aus der Personalabteilung an meinen Tisch.

»Sie sollen zu Hübner kommen«, richtete sie mir ohne weitere Erklärung aus.

Ich packte meine Sachen zusammen und fuhr mit dem Lift nach oben. Hübner war ein öliger Mensch mit einem laschen Händedruck und breiten, schrecklich gemusterten Krawatten. Er gehörte zu den Aufsteigern in der Bank, die vor lauter Anpassung schon runde Schultern hatten. Keiner von uns konnte ihn leiden, aber er hatte einen unbestreitbaren Platzvorteil: Er war der Chef.

»Bitte setzen Sie sich doch, Frau Schrader«, säuselte er und rückte mir einen Stuhl zurecht. »Wie geht es Ihnen? Haben Sie zur Zeit irgendwelche persönlichen Schwierigkeiten, gibt es gesundheitliche Probleme?«

Überrascht verneinte ich. Wie kam der dazu, mich so was zu fragen? Als hätte er mir angesehen, was ich dachte, fuhr er fort.

»Ich frage, weil allgemein aufgefallen ist, dass Ihre Leistungen nicht mehr so sind wie früher. Sie waren immer eine unserer motiviertesten Mitarbeiterinnen im Telefon-Bank-Bereich, deshalb haben wir uns ja kürzlich auch mit einem exklusiven Erholungs-Wochenende erkenntlich gezeigt, nicht wahr? Aber es hat … ich möchte nicht sagen Beschwerden, aber doch Hinweise gegeben.«

»Was für Hinweise?«, fragte ich verständnislos.

»Nun, einige Kunden haben sich enttäuscht gezeigt über Ihren wenig verbindlichen Ton. Und im Kollegenkreis hat man sich auch schon gefragt …«

»Wissen Sie was«, sagte ich und stand abrupt auf, »ich habe sowieso keine Lust mehr. Geben Sie meinen Job doch einfach einer anderen frustrierten Mutti, ich brauche ihn nicht mehr.«

Damit verließ ich das Büro.

Unten stieß ich mit Sabine zusammen, die zwei Tage vorher braun gebrannt aus dem Urlaub zurückgekommen war.

»Wo kommst du denn her?«, fragte sie, als ich aus dem Lift stieg. Ich machte mit dem Kopf eine Bewegung nach oben.

»Vom Chef. Ich habe gekündigt.«

»Du hast gekündigt? Aber wieso denn?«

Ich überlegte kurz. »Weil ich seine grässlichen Krawatten einfach nicht mehr sehen kann.«

Wir lachten.

»Komm, ich lade dich zum Mittagessen ein«, schlug Sabine vor.

»Nein, ich lade *dich* zum Mittagessen ein«, verbesserte ich und fühlte mich plötzlich wie befreit.

Kurz vor meinem Umzug befielen mich die schlimmsten Zweifel. Ich musste verrückt geworden sein, wie konnte ich nur meine vertraute Umgebung und meine Familie verlassen. Andererseits zog es mich so sehr zu Rilke, dass ich keinen anderen Weg sah. Ich wusste nicht, ob ich in mein Glück oder in mein Unglück rannte; ich wusste nur, dass ich es tun musste.

Am meisten hatte ich mich davor gefürchtet, Jonas und Lucy meinen Entschluss mitzuteilen. Einige Tage, bevor Friedrich zurückkommen sollte, hatte ich sie ins Auto geladen und war mit ihnen in eine Pizzeria gefahren. Genüsslich hatten sich beide mit Pizza, Pasta und Eis voll gestopft und jede Menge Cola dazu getrunken. Ich selbst kaute lustlos an einem Schnitzel, mein Magen war wie verknotet, und ich brachte kaum einen Bissen herunter.

»Hört mal, ihr zwei, ich muss was mit euch besprechen.«

Zwei Köpfe hoben sich gleichzeitig vom Teller, zwei Augenpaare sahen mich erwartungsvoll an.

»Papa kommt wieder heim.«

»Echt?« Lucy schien nicht besonders begeistert. Sie war Friedrich gegenüber in den letzten Wochen sehr distanziert gewesen und wollte ihn selten sehen. Jonas dagegen hatte ihn vermisst. Er freute sich.

»Aber das ist noch nicht alles«, fuhr ich fort und merkte, wie mir heiß wurde. »Ich werde für eine Weile zu Rilke ziehen.«

Die beiden sahen mich groß an.

»Zu dem Schornsteinfeger?«

Ich nickte.

»Wieso willst du denn bei dem wohnen, du kannst ihn doch besuchen?«, sagte Jonas.

»Ich muss herausfinden, ob ich ihn wirklich so lieb habe, wie ich im Moment glaube. Und das kann ich nur, wenn ich bei ihm wohne.«

»Also, ich rufe dich dann wieder auf dem Handy an«, verkündete Jonas, wie um sich selbst zu trösten.

»Du hast ein Handy?«, fragte Lucy überrascht.

Ich nickte.

»Also, dann will ich endlich auch ein Quix oder ein Skyper, alle in der Schule haben schon eins.«

»Ein was?«

»So eine Nachrichtenbox, wo man sich gegenseitig Grüße und Telefonnummern schicken kann.«

Wenn das ihr größtes Problem war, dann war es ja gut. Offensichtlich hatte meine Mitteilung sie nicht besonders getroffen.

»Seid ihr gar nicht sauer?«, fragte ich verwundert.

Lucy und Jonas wechselten einen Blick, als wollten sie sich vergewissern, was der andere dachte.

»Also, sauer bin ich nicht«, erklärte Jonas, »ich find's bloß komisch, dass immer nur einer von euch zu Hause ist. Entweder du oder Papa oder Omi. Ich mag am liebsten alle zusammen.«

»Und du, Lucy?«

»Ich kann's doch eh nicht ändern, wenn ihr Erwachsenen spinnt.«

Sie hielt den Blick gesenkt und zeichnete mit ihrer Gabel Striche aufs Tischtuch.

Innerhalb weniger Tage war die Rumpelkammer in der WG leergeräumt und frisch gestrichen. Natürlich mit Kalkfarbe, wie Nicki sich ausbedungen hatte. Ich stellte nur wenige Möbel rein, damit Rilke keinen Schreck bekäme. Er verstand meine Anwesenheit als Provisorium, und so sollte es auch aussehen. Als er mir die beiden Wohnungsschlüssel überreichte, war ich fast so ergriffen, als hätte er mir einen Verlobungsring angesteckt.

Ich sah mich in meinem neuen Zuhause um. Die hohe Zimmerdecke war ungewohnt; die Räume unseres Hauses waren viel niedriger. Wenn ich auf meinem Klappbett lag und nach oben sah, kam es mir vor, als könnten die Gedanken weiter schweifen, weil sie mehr Platz hatten.

Die Frage war nun, wie ich an Geld kommen sollte. Friedrich überwies kein Haushaltsgeld mehr auf unser gemeinsames Konto, weil ja er jetzt den Haushalt führte. Zunächst hoffte ich, dass noch ein kleines Polster drauf wäre, beim Blick auf die Kontoauszüge stellte ich aber fest, dass er über viertausend Mark an Doro überwiesen hatte. Jetzt war das Konto bis auf ein paar Mark leer.

Ersparnisse hatte ich keine, mein väterliches Erbteil hatte Queen Mum einkassiert. In einem Augenblick geistiger Umnachtung hatte ich ihr eine Vollmacht erteilt, weil sie mir eingeredet hatte, ich müsste das Geld vor Friedrichs Zugriff schützen.

Ich wälzte die Stellenangebote. Keine Chance. Mit fast vierzig und einer abgebrochenen Banklehre konnte ich nicht mal mehr Barfrau werden, von qualifizierteren Tätigkeiten ganz abgesehen.

Mutlos ließ ich meinen Blick über die Bleiwüste mit Angeboten wandern, die alle an Menschen gerichtet waren, die mehr aus ihren Möglichkeiten gemacht hatten als ich.

Und dann stieß ich doch auf einen Text, der interessant klang: »Selbstständige Tätigkeit, auch für Ungelernte. Freie Zeiteinteilung möglich, Voraussetzungen: Freundliches, selbstbewusstes Auftreten, Engagement und Freude an der Sache. Monatlicher Verdienst bis DM 10000,– möglich.«

Freundlich war ich, Selbstbewusstsein konnte ich spielen, und die Freude an der Sache würde sich bei zehntausend Mark monatlich von selbst einstellen.

Ich wählte die angegebene Telefonnummer. Eine Frau meldete sich und begrüßte mich so überschwänglich, als wäre ich eine alte Freundin.

»Wie schön, dass unsere kleine Anzeige Sie angesprochen hat. Sie werden sehen, Frau Schrader, dieser Anruf wird Ihr Leben verändern. Am besten, wir machen gleich einen Termin aus und lernen uns persönlich kennen! Wie wäre es morgen Früh um acht?«

Ich schluckte. Wenn ich schon arbeitslos war, wollte ich wenigstens morgens ausschlafen.

»Geht auch zehn?«, fragte ich mutig.

»Aber ja, selbstverständlich! Freie Zeiteinteilung ist einer der großen Vorteile unserer Tätigkeit.«

»Um was handelt es sich denn?«, forschte ich nach. Die Stimme lachte perlend.

»Das erzähle ich Ihnen alles morgen. Bis dahin, Frau Schrader, ich freue mich auf Sie!«

Ich schrieb mir die Adresse auf. Tulpenweg, das war ja ganz in der Nähe unseres Hauses. Es war auch eine dieser Straßen mit schmucken Vorgärten und Reihenhäusern, die sich nur durch die Farbe ihrer Fensterläden und die mehr oder weniger verzierten Haustüren voneinander unterschieden. Leute mit wenig Geld hatten die Standardtür mit einfachem Drehgriff und diagonal eingesetzter Milchglasscheibe. Leute mit mehr Geld hatten aufwendig gearbeitete Sonderanfertigungen mit teuren Sicherheitsschlössern, Schnitzereien und Speziallackierungen. Die glücklichen Eckhausbesitzer mit den etwas größeren Grundstücken hatten in der Regel einen angebauten Wintergarten, der das Wohnzimmer erweiterte.

Seit ich in der chaotischen Bude von Rilke, Hartmann und Nicki wohnte, erschien es mir zunehmend unverständlicher, wie man sich in diesen genormten Kästchen wohl fühlen konnte.

Ich liebte die verwinkelten Gänge der Altbauwohnung, deren Stuck verblichen und deren Parkettboden verkratzt war. Ich mochte diese Spuren vergangenen Lebens und ertrug sogar die tausend Provisorien und Mängel, die mich früher rasend gemacht hätten.

Im Klo musste man auf einen Hocker steigen, um an die Spülung zu kommen, und der Klorollenhalter hing nur an einer Schraube. In der Küche durfte man ein Fenster nicht öffnen, weil es sonst aus den Angeln brach. Das Badezimmer konnte man nicht abschließen, dafür gab eine Schicht abbröckelnder Ölfarbe den Blick auf Original-Fliesen aus den zwanziger Jahren frei. Die uralten Armaturen hatten zwar Liebhaberwert, leider kam das Wasser aber nur tropfenweise aus der Dusche.

Auch das in der gesamten Wohnung herrschende Durcheinander fand ich eher pittoresk als lästig.

Der Boden im Bad war zum Beispiel immer mit Kleiderbergen bedeckt, die darauf warteten, in die Waschmaschine gesteckt zu werden. Da die vier über der Badewanne gespannten Leinen aber nicht ausreichten, den Ansturm zu bewältigen, entstand ein Dauerstau. Der Flur war mit einer Sammlung ausrangierter Kinositze möbliert, die Hartmann irgendwo günstig erworben hatte, daneben standen zwei alte Schaufensterpuppen und ein Flipper, dessen Herkunft im Dunkeln lag.

Die Ausstattung der einzelnen Zimmer entsprach dem unterschiedlichen Temperament ihrer Bewohner. Der Ordentlichste war zweifellos Hartmann. In seinem Zimmer standen richtige Möbel, selbst gebaut, wie ich erfuhr. Hartmann ging als Einziger einer geregelten Tätigkeit nach, er arbeitete in einer Schreinerei. An den Wänden hingen wunderschöne filigrane Radierungen, die Urzeitmonster, Echsen und anderes Getier darstellten.

»Aus meiner künstlerischen Phase«, erklärte er wegwerfend.

»Warum hast du nicht weitergemacht?«, fragte ich.

»Brotlose Kunst. Ich hab keine Lust, nachts Taxi zu fahren.«

Nicki war von den dreien der größte Schlamper. In seinem Zimmer stand zwar die teuerste Anlage, er hatte die meisten CDs und den besten Computer, aber um von der Tür zum Fenster zu kommen, wäre ein Schaufelbagger nötig gewesen.

»Dabei könnte mir mein Alter locker mal die Putzfrau rüberschicken«, beklagte er sich.

»Und warum will er nicht?«

»Aus pädagogischen Gründen«, lachte Nicki.

Er war einziger Sohn aus reichem Elternhaus und nach der Scheidung bei seinem Vater, einem Textilunternehmer, aufgewachsen. Er war verwöhnt und launisch, konnte aber auch charmant und großzügig sein, sodass man ihm nie lange böse war. Hin und wieder leierte er seinem alten Herrn einen größeren Betrag aus dem Kreuz und spendierte eine Party oder ein teures Essen für alle. Er jobbte in einer Casting-Agentur, weil er sich nicht entschließen konnte, ob er studieren und in die väterliche Firma einsteigen oder nach Südostasien auswandern sollte.

Rilke lag, was das Chaos betraf, im Mittelfeld. Sein Zimmer war das spartanischste von allen und weil wenig drin war, konnte keine allzu schlimme Unordnung entstehen. Warum er überhaupt nichts an den Wänden hängen hätte, wollte ich von ihm wissen. »Weil Abbildungen meine Fantasie behindern«, erklärte er. Beim Dichten wolle er auf weiße Wände sehen, die würden zu Projektionsflächen seiner inneren

Bilder werden. Rilke stammte aus einem kleinen Kaff in der Nähe von Würzburg, was er nach Möglichkeit verschwieg, und hatte zwei ältere Schwestern, die »voll langweilig« drauf waren, wie er sich ausdrückte.

»Was meinst du mit voll langweilig?«, fragte ich ihn. »Mann, Kinder, Eigenheim, Zweitwagen und Urlaub aus dem Katalog.«

»Also so wie ich«, stellte ich fest.

Er lächelte sein unwiderstehliches Jungenlächeln.

»Stimmt, genau wie du. Echt komisch, dass du so anders bist. In deinem Inneren bist du wahrscheinlich …«

»… eine Rockerin«, vollendete ich seinen Satz.

Oder eine hoffnungslose Traumtänzerin, dachte ich, als ich meinen jugendlichen Geliebten ansah. Er war so wild, so wunderbar und besonders. Warum nur hatte er sich mich ausgesucht? Wie lange konnte das gut gehen?

Rilke packte mit einem Griff mein Haar im Nacken und bog meinen Kopf weit zurück, um mich zu küssen.

Ich schob die düsteren Gedanken schnell weg. Ich war hier, bei ihm, ich liebte unser Zusammensein, und ich würde jede Sekunde genießen.

Pünktlich um zehn am nächsten Morgen klingelte ich an der Tür des Hauses Tulpenweg 14. Es war kein Reihenhaus, sondern eines der wenigen allein stehenden Häuser mit eigener Auffahrt. Vor der Garage stand ein neuer Mercedes.

Eine Frau meines Alters in einem perfekt gebügelten, karierten Hemdblusenkleid öffnete. Bei meinem Anblick erstrahlte ein Lächeln auf ihrem – ebenfalls perfekt – geschminkten Gesicht. Eine perfekt geschnittene Frisur vervollständigte das Bild eines Frauentyps, den ich bislang nur aus Hochglanz-Magazinen kannte, dessen reale Existenz ich aber immer angezweifelt hatte.

Sie führte mich ins Wohnzimmer, über dessen Tür der auf Leinen gestickte Spruch: »Tritt ein, bring Glück herein« prangte.

Der Raum war möbliert wie aus dem Kaufhauskatalog. Eine helle Sitzgruppe ohne den kleinsten Fleck, dekorativ verstreute Deckchen, Schälchen und Vasen, an den Wänden aus Strohblumen geflochtene Kränze und Zierteller. Nur zwei Fotos auf dem Fernseher und ein vergessenes Spielzeugauto verrieten, dass dem Haushalt Kinder angehörten. Spontan empfand ich Mitleid für die armen Wesen, die in einer solchen Umgebung aufwachsen mussten. »Darf ich Ihnen etwas zu trinken anbieten, Frau Schrader?

Ich nickte.

»Einen Schluck Mineralwasser vielleicht?«

»Ja, gern.«

Die Frau verschwand und kehrte mit einem Tablett wieder, auf dem zwei bis auf den Millimeter genau gleich eingeschenkte Gläser standen, die sie formvollendet auf Untersetzern aus Zinn servierte.

»Ich freue mich so, dass Sie Interesse für unser Produkt zeigen«, sagte sie und strahlte mich an.

»Ähm, also … das weiß ich ja nicht so genau, ich kenne doch das Produkt noch nicht.«

Sie schlug ihre perfekt manikürten Händen geziert zusammen und lachte ihr perlendes Lachen.

»Ach ja, richtig. Ich werde Ihnen alles erklären.«

Aus einer Schublade holte sie einen Stapel Prospekte, aus einem Schrankfach eine Anzahl Dosen.

»Wir haben hier das perfekte Produkt«, sagte sie.

Na, das passt ja, dachte ich, innerlich grinsend.

»Jeder von uns will schön, schlank und gesund sein, nicht wahr?«, fuhr sie fort.

Ich stimmte zu.

»Sehen Sie, und mit »Beautyline« kann es jeder schaffen.«

Wie bitte, »Beautyline«? Das kannte ich doch.

Ich griff nach einer der Dosen. Tatsächlich. Es war dieses supergeile, schweineteure Wunderpulver aus Amerika, das ich von Doro geschenkt bekommen hatte.

»Das gibt's jetzt in Deutschland?«, fragte ich verblüfft. Die Frau nickte eifrig. »Ja, wir haben den Exklusivvertrieb übernommen. Sie kennen ›Beautyline‹ bereits?« Sie sah mich aufmerksam an, als wollte sie an meinem Gesicht ablesen, was ich von ihrem Produkt hielte.

»Ja, ich hab's mal von einer Freundin gekriegt. Die Wirkung war nicht schlecht. Aber dass man auf einen Schlag schön, schlank und gesund wird, ist doch ein bisschen übertrieben.«

»Die Werbung neigt zu Übertreibungen«, räumte sie höflich ein. »Aber es freut mich, dass Sie schon gute Erfahrungen mit ›Beautyline‹ gemacht haben. Umso leichter wird es Ihnen fallen, unser Produkt überzeugend zu vertreten.«

»Was ist da eigentlich genau drin?«, fragte ich neugierig.

»Nun, es handelt sich um eine Wirkstoffkombination, die fettabbauend, entgiftend und stoffwechselfördernd wirkt. In erster Linie sind es Vitamine und Mineralien, aber auch ausgewählte Enzyme, die den Regenerationsprozess beschleunigen. Es handelt sich um ein völlig natürliches Produkt, dessen Wirkung wissenschaftlich erwiesen ist und das von Millionen Frauen verwendet wird«, rasselte sie herunter.

Das war wohl einer der Sprüche, die man drauf haben musste, wenn man eine überzeugende »Beautyline«-Vertreterin sein wollte.

»Und wieso ist das Zeug so teuer?«

Sie sah mich irritiert an. Auf solche Fragen war sie offenbar nicht vorbereitet.

»Die Wirkung rechtfertigt den Preis«, antwortete sie streng. »Hier in Deutschland können wir die Dose für rund sechzig Mark anbieten, das ist sicher ein angemessener Preis.«

Wow! Das war ja weniger als die Hälfte des amerikanischen Preises! Hundertfünfzig Mark hatte Doro in Amerika für eine Dose bezahlt. Das war ja ein Superdeal!

»Und was genau hätte ich zu tun?«, fragte ich und versuchte, mir meine Begeisterung nicht allzu sehr anmerken zu lassen.

»Sie werden ›Beautyline‹-Unternehmerin«, erklärte die Frau. »Sie erwerben einen Vorrat an ›Beautyline‹-Produkten und suchen im Kreis Ihrer Freunde und Bekannten zunächst nach Käufern, dann nach Subunternehmern. In kurzer Zeit haben Sie ein Netzwerk aufgebaut, und dann geht's ans Verdienen!

Klang gut. Aber wenn das so einfach wäre, wieso waren dann nicht alle Leute »Beautyline«-Unternehmer?

Wieder schien sie meine Gedanken zu erraten.

»Sie fragen sich, warum nicht jeder bei diesem Angebot zugreift? Das kann ich Ihnen sagen. Erstens stehen wir noch ganz am Anfang unserer Deutschland-Offensive. Und zweitens hat nicht jeder die Ausstrahlung und Kompetenz, ein solches Produkt erfolgreich zu verkaufen. Sie, liebe Frau Schrader, haben beides, das spürt man.«

Das hörte ich natürlich gerne. Allerdings war ich sicher, dass es nicht besonders schwer sein könnte, etwas zu verkaufen, was eine so positive Wirkung hatte. Noch nie hatte ich so schöne Haare und so glatte Haut gehabt wie in der Zeit meiner beiden »Beautyline«-Kuren. Ich hatte eine bessere Verdauung bekommen, einige Kilo abgenommen und sogar weniger Schlaf benötigt. Wenn die Amis bereit waren, hundertfünfzig Mark pro Dose hinzulegen, würde man mir das Zeug für den halben Preis aus den Händen reißen!

»Wie hoch ist die Verdienstspanne?«, erkundigte ich mich und kam mir sehr professionell vor.

»Am Anfang bei fünfundzwanzig Prozent. Je mehr Sie verkaufen, desto höher wird Ihre Provision.«

Die Frau spürte wohl, dass sie mich eingefangen hatte. »Lassen Sie uns konkret werden«, forderte sie mich auf, »wie viel Eigenkapital haben Sie zur Verfügung?«

»Eigenkapital? Eigentlich gar keines.«

»Könnten Sie einen kleinen Kredit aufnehmen?«

»Na ja, fünf- oder sechstausend Mark würde ich vielleicht kriegen.«

»Das ist nicht die Welt, aber für den Anfang reicht's«, tröstete sie mich. »Sie investieren dieses Geld, bauen Ihr kleines Netzwerk auf, und mit dem Verdienst können Sie dann immer wieder neu investieren.«

»Und wenn es doch nicht funktioniert?«

Sie legte ihre Hand auf meinen Arm, wie eine Talk-Show-Moderatorin, die einen heulenden Gast beruhigen will.

»Es wird funktionieren. Und wenn nicht, dann verkaufen Sie einfach Ihren Vorrat oder essen ihn selber auf«, meinte sie lachend.

»In Ordnung«, sagte ich. »Ich mache es.«

Die perfekte Frau nahm meine Hand und schüttelte sie ausgiebig. Mit einer schnellen Bewegung griff sie hinter sich und legte mir ein Papier vor.

»Bitte unterschreiben Sie hier!«

»Das kann nicht dein Ernst sein!«

Ungläubig starrte Rilke auf die Kartons mit den insgesamt hundert Dosen, die zwei Tage später geliefert wurden.

Mein freundlicher Kollege bei der Bank hatte mir

anstandslos einen persönlichen Kleinkredit in Höhe von sechstausend Mark eingeräumt, und schon war ich stolze »Beautyline«-Unternehmerin.

Hartmann, der in Unterhose und T-Shirt aus seinem Zimmer kam, nahm neugierig eine der Dosen in die Hand.

»Beautyline?« Er brach in wieherndes Gelächter aus. »Was ist denn das für ein Zeug? Aphrodisiakum für abgeschlaffte Dichterliebchen?«

Ich schleuderte ihm einen wütenden Blick entgegen, zog es aber vor, den Mund zu halten. Rilke packte mich am Arm und zerrte mich in mein neues Zimmer.

»Sag mal, du bist doch wohl nicht auf eine dieser Betrügerfirmen reingefallen, die den Leuten Wunder was erzählen, wie reich sie werden können?«

»Aber keine Spur«, sagte ich selbstsicher. »Das Zeug wird sich verkaufen wie warme Semmeln, du wirst sehen!«

Ich erklärte ihm, wie das »Beautyline«-Konzept funktionierte, dass in kürzester Zeit andere für mich arbeiten würden und dass ich persönlich die Wirksamkeit schon getestet hätte.

»Ich schwöre dir, es gibt Tausende, die darauf warten, dass es das Pulver endlich in Deutschland gibt. Das ist 'ne Goldgrube, darauf wette ich!«

»Und wie viel hast du dafür abgedrückt?«

»Sechstausend.«

Rilke schüttelte den Kopf und seufzte.

»Wie kann man nur so naiv sein, Bella! Du wirst darauf sitzen bleiben, das schwöre ich dir.«

»Das werde ich nicht«, sagte ich angriffslustig. »Was hast du denn schon für eine Ahnung, worauf Frauen stehen!«

Er grinste anzüglich. »Oh, bisher dachte ich, davon sehr wohl eine Ahnung zu haben!« Wütend streckte ich ihm die Zunge raus. Ich konnte es auf den Tod nicht leiden, wenn Rilke mir das Gefühl gab, mir trotz seines jugendlichen Alters an Lebenserfahrung voraus zu sein.

17

Ich saß mit einer Horde Zwanzigjähriger in einem dunklen, engen Keller und kam mir dämlich vor.

Eine Underground-Band spielte merkwürdige, abgehackte Melodien, dazwischen lasen junge Dichter ihre Texte. Eine Jury hielt nach jeder Darbietung Schilder mit Noten zwischen eins und zehn hoch, wie beim Eiskunstlauf.

Poetry Slam nannte man diese Art von Veranstaltung, die sich unter Rilke und seinen Freunden zunehmender Beliebtheit erfreute. Je ausgefallener die Orte waren, wo die Slams stattfanden, desto besser. Leer stehende Fabrikhallen, Abbruchhäuser, U-Bahn-Schächte – kein Ort konnte schräg genug sein. An diesem Abend hatte ich Glück gehabt, wir befanden uns im Keller einer leer stehenden Villa, es gab Strom, Getränke und halbwegs bequeme Stühle.

Die Darbietungen waren sehr unterschiedlich; manche der jungen Poeten delirierten im Stil der frühen Beatniks, es gab peinliche Selbstentblößungen, unbeholfen formulierte Gesellschaftskritik und bewusst provokante Texte, die an die Ekelgefühle des Publikums appellierten.

Ich fühlte mich mal wieder zu alt. Die meisten Leute hier waren jung wie Rilke oder sogar jünger, und ich kam mir vor wie auf einem Kindergeburtstag. Ich hasste dieses Gefühl, ausgeschlossen zu sein.

Ich sehnte mich danach, zu Rilkes Welt zu gehören, Erfahrungen mit ihm zu teilen. Trotzig versuchte ich deshalb, mich wie Mitte Zwanzig zu fühlen. Aber heute gelang es mir einfach nicht.

Ein dickes Mädchen mit Rasta-Locken und abgerissenen Punk-Klamotten stellte sich mitten auf die kleine Bühne und schaute mindestens eine Minute lang schweigend mit halbgeschlossenen Augen ins Publikum. Ich erwartete, dass gleich ein wütender, postpunkiger Wortsalat aus ihr herausbrechen würde. Stattdessen sagte sie mit heller, leiser Stimme:

»Ihr fürchtet die Explosion eines Atom-
kraftwerkes.
Ich fürchte die Explosion in mir.«

Dann ging sie von der Bühne. Manche lachten, ein paar Leute klatschten, die meisten schwiegen irritiert. Die Jury hielt ihre Schilder hoch. Die Bewertungen lagen zwischen zwei und acht; auf drei Schildern war nur ein diagonaler Strich zu sehen.

Jetzt war Rilke dran. Mit schlaksigen Bewegungen ging er zu einem Hocker, vor dem ein Mikrofon aufgebaut war.

Er legte einige Blätter Papier darauf ab und putzte in aller Ruhe seine Nickelbrille. Ich lächelte in mich hinein. Das Brilleputzen kannte ich. Es war eine rituelle Handlung, mit der er sich beruhigte.

»Ist er nicht süß?«, hörte ich eine weibliche Stimme hinter mir flüstern.

Ein kalter Hauch überzog meinen Rücken. Vorsichtig drehte ich mich um. Zwei Mädchen mit halb langen, dunklen Haaren, die eine im schwarzen Rolli, die andere mit einer hellen Wildlederjacke über dem T-Shirt, steckten die Köpfe zusammen. Ich kannte sie nicht. Was soll's, dachte ich, sie hat ja Recht. Rilke hatte sich hingesetzt und las eines seiner Gedichte.

»Ein Augenblick
der zwei in ein Magnetfeld führt
Einverständnis
unausgesprochen, unaussprechbar
Selbstverständlichkeit
durch nichts in Frage gestellt
Empfindungen
so leicht und zart und schützend
Gegenwart
die sich selbst genügt
Begrenzung
die kein Leiden schafft
Unsere Sprache ist
Sehen mit geschlossenen Augen.«

Ich hörte ein Seufzen.

»Warum schreibt mir niemand solche Gedichte?«, sagte die Stimme hinter mir.

Es rührte mich, dass ausgerechnet Rilke, der beschlossen hatte, nicht zu lieben, meistens Liebesgedichte schrieb. Vielleicht konnte er das ja nur, solange er nicht liebte, sondern nur verliebt war, so wie zur Zeit in mich.

Es war wohl ein Gefühl, über das er sich manchmal selbst ärgerte, das gegen seinen Willen von ihm Besitz ergriffen hatte und das ihm manchmal fast lästig zu sein schien. Er war dann ruppig und ungeduldig, zog sich ohne äußeren Anlass von mir zurück und näherte sich irgendwann wieder mit der ganzen Weichheit und Zartheit, deren er fähig war.

Ich litt in den Momenten seiner Zurückweisung und blühte auf, wenn er wieder auf mich zukam. Mit einer Duldsamkeit, die mich selbst erschreckte, unterwarf ich mich seinen Bedürfnissen und Launen. Ich glaube, es war meine Verlässlichkeit, die ihn immer wieder zu mir zurückbrachte. Ich war das stabile Element in seinem Leben, in dem sich alles ständig änderte: Die Trends, die Jobs, die Menschen, die Gefühle. Außerdem stand er aus unerfindlichen Gründen einfach auf mich. Immer wieder war ich überrascht, dass er meinen Körper den glatten, unverbrauchten Körpern seiner Altersgenossinnen vorzog.

Rilke hatte seine Lesung beendet, die Leute klatschten, die Band spielte eine schräge Melodie. Wieder wurden Schilder hochgehalten, er bekam eine respektable Gesamtnote von neun und einen spontanen Extraapplaus vom Publikum.

Lächelnd kam Rilke auf mich zu. Ich hatte mir gewünscht, ohne seine ganze Clique hierher zu kommen, und er hatte mir den Gefallen getan. Ich war erfüllt von Zärtlichkeit und Stolz.

Bevor er mich erreicht hatte, rumpelte hinter mir ein Stuhl, das Mädchen mit der Lederjacke sprang auf und drängte sich an mir vorbei. Sie umfasste Rilkes Hände und hauchte ihm einen Kuss auf die Wange.

»Ich finde so toll, was du schreibst. Ich schreibe auch, weißt du. Könnten wir uns nicht mal treffen?«

Rilke war offenkundig geschmeichelt. Er kritzelte seine Telefonnummer, nein, unsere Telefonnummer, auf einen Bierdeckel. Beglückt zog das Mädchen ab.

»Du hast ja richtige Fans«, stellte ich mit gezwungenem Lächeln fest.

»Das passiert immer wieder bei Lesungen und Konzerten, dass Mädels was in einen hineinfantasieren«, meinte er wegwerfend. »Ich nehm das nicht ernst.«

Er setzte sich neben mich, und wir hörten weiter zu. Ich war nicht bei der Sache.

Plötzlich gab es Unruhe. Der schmächtige Japaner, der gerade zu lesen angesetzt hatte, brach verwirrt ab. Ein Typ in meinem Alter mit sich lichtendem, dunkelgelocktem Haar, modischer Brille und viel zu schickem Anzug hatte den Keller betreten. Die Leute drehten die Köpfe und fingen an zu tuscheln.

»Das ist ja Marian Pakleppa, der Kritiker«, flüsterte Rilke mir aufgeregt zu. »Es gibt keinen Autor hier, der sich nicht wünscht, mal von ihm verrissen zu werden.«

»Verstehe ich nicht«, flüsterte ich zurück.

»Ein Verriss von Pakleppa ist mehr wert als eine Hymne von jedem anderen Kritiker. Aber mit Anfängern wie uns gibt der sich überhaupt nicht ab.«

»Warum ist er dann hier?«

»Vielleicht will er ein Mädel abschleppen. Angeblich steht er auf junges Gemüse.«

Der berühmte Kritiker sah sich herausfordernd um. Er schien die Aufregung zu genießen, die sein Erscheinen unter dem jugendlichen Publikum ausgelöst hatte. Er ließ sich auf einen hölzernen Klappstuhl sinken und machte eine auffordernde Handbewegung Richtung Bühne. Der verschreckte Japaner nahm stotternd seinen Vortrag wieder auf.

Die Veranstaltung war noch längst nicht vorbei, als Rilke und ich den Keller verließen. Interessiert sahen wir uns im Eingangsbereich der verlassenen Villa um. Man sah die Reste vergangener Pracht; üppigen Stuck und weiß-goldene Täfelungen an den Wänden, einen Boden aus rosafarbenem Marmor. Irgendein Neureicher hatte das Haus bewohnt und wurde es nicht mehr los, vermutlich, weil es unbezahlbar war. Hier und da vermietete er Teile für Partys oder Lesungen. Eine Absperrung vor der breiten Treppe, die nach oben führte, sollte Neugierige abhalten. »Betreten verboten« stand in großen Buchstaben auf einem Schild.

»Gehen wir«, sagte ich und wollte Rilke zum Ausgang ziehen. Der starrte fasziniert die Treppe hoch, wo ein gigantischer Kristall-Lüster im Halbdunkel geheimnisvoll schimmerte.

»Möchte wissen, wie's da oben aussieht«, murmelte er.

In Sekundenschnelle hatten wir die Absperrung aus Holzlatten überwunden und schlichen Hand in

Hand die Treppe hoch. Ein angenehmes Kribbeln erfasste mich. Ich war es nicht gewohnt, Verbotenes zu tun.

Wir öffneten eine Tür nach der anderen und staunten über die riesigen, leeren Räume. Durch die hohen Fenster fiel Mondlicht, was die Stimmung noch unwirklicher machte, fast wie auf einer leeren Bühne. Jeden Moment erwartete man kostümierte Gestalten, die durch eine Tür hereinquellen und eine dekadente Endzeitparty entfesseln würden.

Der schönste Raum sah aus wie ein venezianischer Salon, mit rot marmorierten Wänden und dunklem Eichenparkett, das von goldglänzenden Metallintarsien durchzogen war. Hier standen, unter einer Abdeckung aufeinander gestapelt, einige Möbelstücke.

Neugierig spähte Rilke unter die Plastikplane. Ich wanderte weiter, erreichte ein Ankleidezimmer und ein Bad, wie ich es nur aus Filmen kannte. Eine runde Badewanne war in der Mitte des Raumes in den Boden eingelassen; die Wände waren weiß, türkis und goldfarben gefliest. Über den zwei Waschtischen prangte ein barocker Spiegel.

»Das wären doch die angemessenen Räumlichkeiten für die Chaos-Community«, grinste ich Rilke an, der mir gefolgt war. »Hier wäre wenigstens genug Platz für ein paar zusätzliche Wäscheleinen!«

Rilke antwortete nicht. Er nahm sein Halstuch ab und verband mir mit einer schnellen Bewegung die Augen.

»Zieh dich aus!«, befahl er. »Wenn du fertig bist,

komm rüber in den roten Salon. Aber ohne das Tuch abzunehmen, verstanden?«

Was war das für ein Spiel?

Ich hörte, wie er das Bad verließ, und begann folgsam meine Kleider auf den Boden fallen zu lassen. Als ich nackt war, tastete ich mich in die Richtung, in der ich die Tür vermutete. Auf dem Flur ging ich an der Wand entlang, bis ich den zweiten Türrahmen auf der rechten Seite erfühlte. Meiner Erinnerung nach musste hier das rote Zimmer sein.

Jede Faser meines Körpers war gespannt, meine Haut schmerzte fast vor Erwartung, meine Brustwarzen waren steil aufgerichtet. Die Vorstellung, nackt und schutzlos in einem fremden, leeren Haus umherzugehen, nicht zu wissen, ob mich jemand beobachtete oder mich gleich berührte, erfüllte mich mit einer nie gekannten Erregung.

Ich drückte die Metallklinke herunter und glitt in den Raum, von dem ich hoffte, dass es der richtige war.

Langsam setzte ich einen Fuß vor den anderen. Das Holz fühlte sich warm an, die Metallstreben dazwischen kalt.

Ich fühlte, dass der Raum nicht leer war. Obwohl ich wusste, dass nur Rilke es sein konnte, der mich erwartete, kostete es mich große Überwindung weiterzugehen. Mit jedem Schritt wuchs meine Anspannung.

Jemand packte mein Handgelenk. Ich schrie auf, die Berührung war zu plötzlich, zu unvermittelt gekommen. Ich wurde ein Stück geführt, bis ich mit dem Fuß an etwas stieß. Ein Stuhl, nahm ich an, aber es war eine Art Kanapee.

Rilke sprach kein Wort, ich hörte nur seinen Atem.

Ich versuchte, mich zu entspannen, da fühlte ich, wie er meine Hände und Füße festband. Sofort empfand ich den natürlichen Impuls, mich zu befreien.

Gefesselt zu werden gehörte nicht zum Repertoire meiner Fantasien.

So ausgeliefert zu sein widerstrebte mir, aber es war zu spät.

»Rilke?«, fragte ich zaghaft ins Dunkel.

Wenn es nun gar nicht Rilke war, der mich festgebunden hatte? Wenn er selbst überwältigt worden und ich in der Gewalt eines Fremden war? Benno Hinterseer fiel mir ein, und schlagartig erfasste mich Panik.

»Rilke!«, schrie ich.

»Pssst«, hörte ich und eine Hand strich beruhigend über meinen Körper.

Dann spürte ich Lippen auf meinen und eine Zungenspitze, die ohne jeden Zweifel zu dem Mann gehörten, den ich am wildesten begehrte.

Was sich anschließend abspielte, werde ich mein Leben lang nicht vergessen. Rilke trieb mich von einem Höhepunkt zum nächsten. Er spielte auf meinem Körper wie auf einem Instrument, und wenn er anfangs noch zaghaft war, so wurde er mit der Zeit immer sicherer und wagemutiger.

Unser Stöhnen hallte durch den riesigen Raum; nach wie vor sah ich nichts und versank umso tiefer in Ekstase.

»Schscht«, machte Rilke plötzlich und hielt mir die Hand vor den Mund.

Zitternd lag ich in seinem Arm und lauschte. Schritte näherten sich und leise Stimmen.

Mit einem Ruck zog Rilke die Plastikplane über uns, und wir verhielten uns still. Die Tür ging auf.

»Boah, geil. Stell dir vor, was für Feten man hier feiern könnte«, sagte eine männliche Stimme.

Die Schritte gingen im Raum hin und her. Ich starb fast unter der Plane. Erstens vor Hitze und zweitens vor unterdrücktem Lachen. Die Situation war zu grotesk. Plötzlich fiel mir ein, dass meine Klamotten noch im Bad lagen. Hoffentlich kam keiner von denen auf die Idee, sie mitgehen zu lassen.

Von unten hörten wir jemanden rufen.

»Wir kommen schon«, antwortete die Stimme, und die Schritte entfernten sich.

Im Morgengrauen stiegen Rilke und ich im Erdgeschoss aus einem Fenster, weil der Ausgang verschlossen war. Barfuß, mit den Schuhen in der Hand, liefen wir über die feuchte Wiese. Ich war sicher, nie in meinem Leben so glücklich gewesen zu sein.

Voller Energie und angetrieben von meinem täglich wachsenden Schuldenberg, stürzte ich mich in meinen »Beautyline«-Job. Ich erstellte eine Liste mit Namen von potenziellen Käufern sowie eine zweite mit möglichen Subunternehmern. Beide Listen wurden bei weitem nicht so lang, wie ich mir vorgestellt hatte. Aber ich zählte auf den Schneeballeffekt. Jeder

Kundenkontakt würde weitere Kontakte nach sich ziehen, da war ich sicher.

Die Jungs in der WG hörten nicht auf, mich zu verarschen. Nicki brachte es dann aber doch fertig, mir eine Dose Schönheitspulver für seinen neuen Schwarm, eine junge Schauspielerin, abzuschwatzen. »Ich zahl sie später«, sagte er und weg war er.

Nickis Zahlungsmoral ließ grundsätzlich zu wünschen übrig, er hatte bei allen Schulden.

Hartmann aß mit affektiert abgespreiztem Finger ein Löffelchen »Beautyline« und verzog das Gesicht in gespielter Verzückung. »Mmh, einfach köstlich«, flötete er und warf Rilke die Dose zu.

Ich hatte beschlossen, mich nicht aus der Ruhe bringen zu lassen, und ignorierte ihre Späße geflissentlich.

Mit meinem Auto voller »Beautyline«-Dosen machte ich mich auf den Weg. Als erstes wollte ich eine ehemalige Kollegin aufsuchen, die ich aus meiner Zeit als Empfangsdame bei einer großen Versicherung kannte. Ich hatte dort angefangen zu arbeiten, als Lucy in die Schule kam und wieder aufgehört, als ich schwanger mit Jonas war.

»Mensch, Anna, altes Haus, wie geht's dir?«, begrüßte mich Bärbel. Sie war eine der Vorstandssekretärinnen, eine aparte Anfangvierzigerin, die dem Beruf zuliebe auf Familie verzichtet hatte.

»Wie viele Kinder hast du denn jetzt? Erzähl doch mal, was machst du so?«

Ich schluckte und speiste sie mit ein paar Floskeln ab: »Alles in Ordnung, die Kinder werden groß, man sucht sich neue Aufgaben.« Der eigentliche Grund meines Besuches war mir wichtig.

»Beautyline?« Bärbel verzog leicht die Lippen. »Nein, noch nie gehört, aber mit dieser Art Wundermittelchen wird man doch bloß übers Ohr gehauen.«

Ich schilderte ihr die erstaunliche Wirkung des Pulvers, aber sie schien nicht überzeugt.

»Schon gut, ich nehme eine«, unterbrach sie schließlich meinen Redefluss.

Sie legte einen Hunderter auf den Tisch und würdigte die Dose keines Blickes. Das Geld, das ich ihr zurückgeben wollte, schob sie mir diskret wieder hin, so wie man einem Hausierer ein Almosen zusteckt. Ich hätte in den Erdboden versinken können.

Als nächstes wollte ich zu Sabine und Kathrin. Die zwei Fitness-Fanatikerinnen würden mein Produkt zu schätzen wissen, davon war ich überzeugt.

Sabine war, wie sich herausstellte, gerade auf Ibiza. Aber Kathrin, die für ihr Examen büffelte, freute sich sehr, mich zu sehen.

»Hey, wow, du siehst einfach super aus! Ich wette, der schwarze Hosenanzug ist dir inzwischen zwei Nummern zu groß.«

Ich nickte lachend. »Ihr hattet wirklich Recht. Bei mir hat sich alles verändert. Das Gewicht, der Job und der Mann.«

Ich erzählte ihr, was alles so passiert war, dann zog ich eine »Beautyline«-Dose raus.

»Klar, das kenne ich«, meinte Kathrin, »ist ein Superzeug. Das würde ich dir kistenweise abnehmen, aber mein Vater bringt es mir immer aus Amerika mit.«

»Stell dir vor, ich arbeite jetzt für die Firma, die den Exklusivvertrieb für Deutschland hat«, prahlte ich, »ich kann dir einen sehr günstigen Preis machen.«

»Ist echt lieb von dir, aber weißt du, mein Daddy schenkt sie mir, das ist noch günstiger!«

Wir lachten beide, wobei mein Lachen etwas gezwungen ausfiel.

Mein dritter Besuch führte mich zu Wiltrud. Die war so scharf auf Neues, dass ich ihr vielleicht eine Dose aufschwatzen könnte. Allmählich hatte ich dringend ein Erfolgserlebnis nötig.

»Was willst du für die Dose? Sechzig Mark?« Wiltrud brach in kreischendes Gelächter aus.

»Das ist ein fairer Preis, in Amerika ist das Mittel fast doppelt so teuer«, gab ich beleidigt zurück.

»Ach ja?«

Wiltrud stand auf und ging ins Nebenzimmer. Mit zwei Dosen im Arm kam sie wieder zurück und stellte sie vor mir auf.

»So, das ist das amerikanische Original. Kostenpunkt: Beim derzeitigen Wechselkurs knapp vierzig Mark. Und das hier ist eine deutsche Version, die du seit ein paar Monaten in jedem Reformhaus unter dem Namen »Beautyline« kaufen kannst. Da haben sie einen der Inhaltsstoffe rausgelassen, weil dadurch die Lizenz billiger war. Preis: Vierundzwanzig Mark fünfzig. Und jetzt nenn mir einen Grund, warum ich dir sechzig Mark für deine Dose hinblättern soll.«

Befriedigt lehnte sie sich zurück und verschränkte die Arme.

»Woher weißt du das alles?«, fragte ich verblüfft.

»Erinnerst du dich an Horst? Das ist der Mann, mit dem ich verheiratet bin. Ich sehe ihn ziemlich selten, deshalb vergesse ich es manchmal selbst. Jedenfalls …«

»… ach, richtig, der ist ja Vertreter von diesem Pharma-Kram«, dämmerte es mir jetzt.

In meinen Schläfen pulsierte das Blut. Ich nahm langsam erst die eine, dann die andere Dose in die Hand und studierte die Deklaration. Es stimmte, bis auf ein Detail waren die Inhaltsstoffe identisch.

»Das verstehe ich einfach nicht«, murmelte ich. »Doro hat mir erzählt, dass es ›Beautyline‹ nur in Amerika gibt. Und dass sie hundertfünfzig Mark pro Dose bezahlt hat.«

»Ist Doro die Freundin, die mit deinem Mann geschlafen hat?«

Ich nickte.

»Na, dann solltest du ja eigentlich wissen, ob du ihr trauen kannst oder nicht«, lächelte Wiltrud maliziös.

18

Da saß ich nun auf meinen siebenundneunzig »Beautyline«-Dosen. Eine Dose reichte für vier Wochen, ich hatte also für siebeneinhalb Jahre Pulver zum Selberessen.

»Ich sag jetzt nicht, dass ich es dir gleich gesagt habe«, feixte Rilke.

Ich war stinksauer. Nicht genug, dass Rilke Recht behalten hatte, ich ärgerte mich auch über mich selbst. Aber eigentlich war ja Doro schuld, dieses Miststück. Wenn die nicht so angegeben hätte mit ihrem ach so großzügigen Geschenk, wäre mir das nie passiert.

Den größten Hass richtete ich aber auf die Person, die mir das überteuerte Zeug angedreht hatte.

»Wir könnten ihr einen Hausbesuch machen«, schlug Hartmann vor und krempelte sich demonstrativ die Ärmel auf.

Ich muss zugeben, ich hatte große Lust, der perfekten Frau ihren wohl geformten Hals umzudrehen.

»Wir verpassen ihr einen kleinen Denkzettel. Lass mich nur machen«, grinste Hartmann.

Am nächsten Tag kam er mit einer Tüte an, deren Inhalt er uns nicht zeigte. Er nahm zwei Dosen »Beautyline«-Pulver und steckte sie ebenfalls ein.

Wir nahmen mein Auto.

»Park in der Nähe ihres Hauses, aber nicht direkt vor der Tür«, befahl Hartmann.

Ich stellte den Wagen schräg gegenüber ab, und wir warteten. Die Garage von Nummer vierzehn war leer, offenbar war niemand zu Hause.

»Was hast du vor, Hartmann?«, fragte ich.

»La-hass di-hich über-rraschen!«, sang Hartmann, Rudi Carells holländischen Akzent imitierend.

»Ich will aber nichts Verbotenes machen«, sagte ich ängstlich. »Ich hab schon genug Ärger.«

»Unter anderem wegen der Alten hier«, erinnerte mich Rilke.

Er hatte Recht. Sechstausend Mark in den Sand gesetzt, die sollte wirklich was erleben.

Um uns die Zeit zu vertreiben, spielten wir Karten, aßen Chips und tranken Dosenbier.

»Du musst uns sagen, wann sie kommt«, befahl Hartmann, und ich schaute brav immer wieder zum Fenster hinaus. Nach über zwei Stunden näherte sich der Mercedes und fuhr in die Garage von Nummer vierzehn.

»Jetzt!«, rief ich.

Hartmann riss vier Faschingsmasken aus der Tüte und drückte jedem von uns eine in die Hand. Ich war Donald Duck, Rilke war Micky, und die zwei anderen waren Panzerknacker. Wir prusteten vor Lachen, als wir uns gegenseitig ansahen.

»Ruhe!«, befahl Hartmann.

Die Frau war ausgestiegen. Sie holte einen Einkaufskorb vom Beifahrersitz.

»Gleich geht's los«, flüsterte Hartmann. Wir starrten wie gebannt auf die Frau, die jetzt eigentlich auf das Haus hätte zugehen müssen. Stattdessen öffnete sie die hintere Tür, und zwei Kinder im Grundschulalter sprangen heraus.

»Scheiße!«, fluchte Hartmann, während ich ein Gefühl der Erleichterung nicht unterdrücken konnte.

Aber die Kinder liefen nicht ins Haus Nummer vierzehn, sondern ins Nachbarhaus. Die Frau blieb stehen und sah ihnen nach, bis sie verschwunden waren. Dann nahm sie ihren Korb.

»Los!«, zischte Hartmann.

Wir sprangen gleichzeitig aus dem Auto und liefen auf sie zu. Die drei Jungs schoben sie zurück in die Garage und hielten sie fest. Hartmann holte eine Strickmütze aus seiner unerschöpflichen Tüte, zog sie ihr über den Kopf und rollte sie runter bis über die Augen. Dann drückte er mir eine »Beautyline«-Dose und einen Löffel in die Hand und nickte auffordernd.

Ich zögerte nur einen Augenblick.

»Mund auf!«, befahl ich. Dann fütterte ich ihr den ersten Löffel. Sie hustete.

»Iss!«, befahl ich der verschreckten Frau.

Folgsam aß sie zwei weitere Löffel, dann hielt sie den Mund geschlossen.

»Weiter, weiter! Willst du etwa nicht schön, schlank und gesund sein?«, sagte ich und gab ihr einen Stoß.

Verzweifelt schluckte die Frau das staubtrockene Pulver. Zwischendurch hielt Hartmann ihr eine Flasche Mineralwasser an den Mund.

Als die Dose leer war, wankte sie. Sie griff ins Leere, bekam schließlich den Rückspiegel ihres Wagens zu fassen und klammerte sich wimmernd daran fest. Sie stieß auf.

»Na, na, wer rülpst denn da so ekelhaft«, rügte Hartmann.

Mit einer blitzschnellen Bewegung fesselte er ihre Hand an den Spiegel.

Ich öffnete die Autotür und verstreute mit Schwung den Inhalt der zweiten »Beautyline«-Dose im Inneren des Wagens. Das Zeug haftete an den Polstern wie der Teufel.

Hartmann und ich nickten den anderen beiden zu, und wir liefen so schnell wir konnten zum Auto. Als wir außer Sichtweite waren, löste sich unsere Anspannung, und wir platzten fast vor Lachen.

»Rache ist süß«, grinste Hartmann und fragte: »Na, wie fühlst du dich jetzt, Donald?«

»Ungefähr wie nach einem Bankraub«, sagte ich und nahm meine Karnevalsmaske ab.

Ich war zwar nicht, wie nach Banküberfällen üblich, reicher als vorher, sondern immer noch um sechstausend Mark ärmer, trotzdem empfand ich ein tiefes Gefühl der Genugtuung nach diesem kindischen Streich.

Friedrich hatte begonnen, eine subtile Form des Telefonterrors auszuüben. Mehrmals in der Woche rief er unter der WG-Nummer an und verlangte seine Frau zu sprechen. Mich fragte er dann, wo die Käsereibe sei, ob noch Mottenkugeln im Haus wären oder in welchem Ordner sich die Nebenkostenabrechnungen befänden.

Immer wieder bat ich ihn, mich unter der Handynummer anzurufen, aber er ignorierte meine Bitte. Offenbar wollte er meine Mitbewohner, insbesondere Rilke, mit Nachdruck auf seine Existenz hinweisen.

Lucy und Jonas hingen fast jeden Tag bei mir herum, und so erfuhren die Jungs die neuesten Nachrichten aus dem Hause Schrader.

»Kannst du Papa nicht mal ein paar Rezepte geben?«, bat Lucy verzweifelt. »Er bringt uns noch um mit seinen Kochkünsten.«

Jonas beklagte sich, dass er zwar viel mehr fernsehen dürfe als bei mir, dass Friedrich aber versuche, ihn immer so früh ins Bett abzuschieben. »Dabei kommen die guten Sendungen doch erst später«, maulte er.

»Sag deinem Vater, du sollst nicht so viel glotzen«, befahl ich.

»Und wann muss ich ins Bett?«

»Bis halb neun darfst du aufbleiben. Mindestens.«

Jonas wiegte sorgenvoll den Kopf.

»Das steht Papa nicht durch. Er sagt, es sei so anstrengend mit uns. Ab sechs fragt er immer, ob ich nicht langsam müde werde.«

Ich lachte zufrieden in mich hinein. Meine Kinder leisteten offenbar ganze Arbeit.

Seit die Kindergartengruppe doppelt so groß war, streikte Jonas morgens. Es war ihm zu laut dort. Friedrich hatte seine liebe Mühe, das widerstrebende Kind loszuwerden, um zur Arbeit zu kommen.

»Papa ist total gestresst«, berichtete auch Lucy regelmäßig, wenn ich mich nach seinem Befinden erkundigte.

»War er abends eigentlich schon mal weg?«, wollte ich wissen.

Lucy verneinte. »Der fällt um zehn in die Kiste und schläft vor den Nachrichten ein.«

Ich war voller Schadenfreude; endlich erlebte Friedrich am eigenen Leib, wie es mir in den letzten Jahren ergangen war.

Je länger ich in der WG wohnte, desto mehr nervte mich das Chaos. Ich begann, unauffällig dafür zu sorgen, dass die Wäscheberge abgebaut und hie und da Staub gesaugt wurde.

»Oh, gute Idee«, kommentierte Nicki, als er mich eines Tages auf einer Trittleiter beim Fensterputzen antraf.

Er machte keinerlei Anstalten, mir behilflich zu sein; zum Beispiel die wackelige Leiter zu halten oder einen Eimer frisches Wasser zu holen. Er war es gewöhnt, dass Frauen für ihn putzten. Im Haus seines Vaters gab es jede Menge Personal.

Hartmann war sicher ohne Personal aufgewachsen, aber auch er konnte ungerührt zusehen, wie ich den Küchenboden schrubbte oder zwei Zentner Altpapier runterschleppte. Ihn konnte ich zur Mitarbeit nur bewegen, wenn ich im Gegenzug etwas kochte. Er aß gerne, konnte aber selbst nicht mal eine Tütensuppe zubereiten.

Rilke hingegen versuchte, mich zu bremsen. »Lass

doch«, sagte er, wenn ich das Geschirr von vier Tagen in die Spülmaschine räumen wollte, »ich mach das nachher schon.«

Natürlich machte er es weder nachher noch sonst irgendwann. Er vergaß es einfach, weil er etwas aufschreiben musste, weil ein wichtiger Anruf kam, weil er Taxi fahren oder irgendeinen anderen seiner tausend Jobs machen musste.

Eigentlich war Rilke immer beschäftigt. Ich sah ihn kaum öfter als früher. Inzwischen kam es sogar manchmal vor, dass er auch nachts verschwunden blieb. Ich wusste selten, wo er war, mit wem er sich traf, wann er zurückkommen würde. Er sagte einfach nichts; entweder er war da, oder er war nicht da. Ich hätte mich nie getraut zu fragen. Aber die Ungewissheit bohrte in mir.

Wenn wir aber zusammen waren, wurde ich für alles entschädigt. Es war immer noch wie ein Rausch, und ich wunderte mich nur, dass meine Lust auf ihn nicht weniger, sondern mehr wurde. Einerseits machte mich das glücklich, andererseits war es quälend.

Das Schlimme war, dass die Sehnsucht nach ihm auch durch seine Anwesenheit nicht gestillt wurde. Selbst in Momenten größter Nähe hatte ich das Gefühl, er bestünde aus flüchtiger Materie. Manchmal wusste ich nicht, ob ich ihn mehr vermisste, wenn er da war oder wenn er weg war.

An einem der Abende, als er mal wieder unterwegs war, tigerte ich ruhelos durch die Wohnung. Ich putzte und räumte ein bisschen herum, aber die Unruhe ließ nicht nach. Als auch Bügeln nicht half, setzte ich mich mit einer Flasche Wein in die Küche vor den Fernseher und zappte von einer Comedy-Show in die Nächste. Lief denn überhaupt nichts anderes mehr als dieser Schwachsinn? Die Kühlschranktür ging, Hartmann holte sich eine Flasche Bier und setzte sich neben mich. Mit unbewegter Miene starrte er auf die quasselnden Gestalten, deren Geschwätz nur durch das ständig wiederkehrende Lachen eines unsichtbaren Publikums unterbrochen wurde.

»Das ist ja nicht auszuhalten.«

Ich drückte auf den Stumm-Knopf. Jetzt zappelten die Typen ohne Ton.

Ich nahm mein Glas, Hartmann hielt mir die Bierflasche zum Anstoßen hin.

»Auf dich. Bist 'ne starke Frau.«

Wir nahmen beide einen Schluck.

Ich wurde nicht schlau aus Hartmann. Mit seinen millimeterkurzen Haaren und dem kantigen Schädel sah er ziemlich bedrohlich aus, und seit unserer Beautyline-Strafaktion wusste ich, dass er nicht immer so sanftmütig war, wie ich ihn vorher erlebt hatte. Zweifellos war er aber ein sensibler Typ, der Menschen genau beobachtete. Er war sicher einsam, außer Nicki und Rilke schien er keine Freunde zu haben. Seit ich hier wohnte, hatte er nie ein Mädchen mitgebracht, während Nicki drei Mal in der Woche mit einem neuen Mädel beim Frühstück auftauchte.

»Schon genervt von der Chaos-Community?«

»Nein, wieso?«

»Siehst irgendwie fertig aus.«

»Nö, alles in Ordnung.«

Wir schauten schweigend auf die Mattscheibe, wo gerade Werbung lief. Ein riesiger roter Frauenmund verleibte sich einen Löffel Joghurt ein, fröhliche Kinder tanzten um einen gedeckten Tisch, ein gut aussehender Typ steckte einer leichtbekleideten Frau einen Ring an.

»Rilke ist ein harter Brocken, was?«

Ich sah ihn überrascht an.

»Ich kenne ihn ziemlich gut, weißt du.« Er lachte kurz auf. »Rilke ist echt der einzige Typ, in den ich als Frau nicht verliebt sein möchte.«

»Woher kennst du ihn?«

Hartmann stand auf und setzte sich mir gegenüber auf einen anderen Stuhl, um mich besser ansehen zu können.

»Du wirst es nicht glauben, aber er hat mir sozusagen das Leben gerettet. Vor drei Jahren steckte ich ziemlich tief in der Scheiße, Drogen und so. Er hat mich rausgeholt. Wir sind fünf Monate durch Australien gefahren, haben die härtesten Jobs gemacht. Bäume fällen, Schlachthof, Baustelle, Autos verschrotten. Danach war ich clean.«

Ich schwieg beeindruckt. Davon hatte Rilke mir nie erzählt. Aber was erzählte der schon.

»Du hast Recht«, sagte ich, »Rilke ist ein harter Brocken. Er ist vielleicht der beste Typ, den ich in meinem Leben getroffen habe, und wie du weißt, bin ich ein paar Tage älter als du. Aber manchmal frage ich mich, ob ich ihn vielleicht besser nicht getroffen hätte.«

»Er lässt keinen wirklich an sich ran, ist es das?«

Ich nickte. »Er sagt, er hat beschlossen, nicht zu lieben, nur zu begehren. Dadurch ist er unverletzbar.«

Hartmann lachte kurz auf. »Das wäre er vielleicht gerne. Ich verrate dir was: Seine letzte Freundin, seine ganz große Liebe, ist aus dem Fenster gesprungen. Das hat er bis heute nicht gepackt.«

Mit großen Augen sah ich ihn an, während er den Rest seines Bieres herunterstürzte.

»Danke, dass du's mir gesagt hast«, murmelte ich und stand auf.

Ich zögerte kurz, dann ging ich in Rilkes Zimmer und legte mich in sein Bett. Ich hüllte mich in seine Decke, schloss die Augen und wühlte meinen Kopf in sein Kissen.

»Du ahnst nicht, was heute in der Post war.«

Friedrich war mal wieder am Telefon, und ich hatte gute Lust, ihm zu sagen, er solle mich endlich mit seinen kindischen Störmanövern verschonen. Aber Lucy und Jonas zuliebe riss ich mich zusammen.

»Du bist befördert worden«, riet ich.

»Nein.«

»Jemand ist gestorben?«

»Nein.«

»Jemand hat ein Kind gekriegt.«

»Alles falsch. Jemand heiratet.«

Das war mir scheißegal, aber um ihm eine Freude zu machen, spielte ich die Erstaunte.

»Ach nein, ehrlich? Wer traut sich denn das heutzutage noch?«

»Deine Mutter.«

Die Überraschung war gelungen. Ich sagte nichts.

»Jetzt bist du platt, was?«, triumphierte Friedrich am anderen Ende der Leitung.

»Ah … ja, also ehrlich gesagt, schon. Wann und wo soll denn das stattfinden? Sind wir überhaupt eingeladen?«

»Klar sind wir eingeladen.«

Er nannte mir das Datum und sagte: »Sie heiraten auf dem gleichen Standesamt wie wir damals.«

»Hoffentlich bringt ihnen das mehr Glück.«

Friedrich schwieg einen Moment, ich spürte, dass ich ihn verletzt hatte.

»Tut mir leid, ist mir so rausgerutscht. Danke, dass du Bescheid gesagt hast.«

Das war also Freitag in zwei Wochen. Standesamt um elf, danach Essen in einem noblen Gasthof auf dem Land. Womöglich war Martin auch noch reich, und Queen Mum hatte auf ihre alten Tage eine gute Partie gemacht.

Ich hatte das dumpfe Gefühl, ich müsste bei meiner Mutter anrufen und ihr gratulieren. Wir hatten seit ihrem überstürzten Abgang nicht mehr miteinander gesprochen, und mir war unwohl bei dem Gedanken, den ersten Schritt zu machen. Abgesehen davon fand ich diese Hochzeit voreilig, um nicht zu sagen überflüssig. Wozu um alles in der Welt musste sie heiraten?

Den halben Tag schlich ich unschlüssig ums Telefon herum, schließlich gab ich mir einen Ruck.

»Hallo, Mummy, ich wollte mich für die Einladung bedanken.«

»Hallo-ho, mein Anna-Kind, schön, dass du anrufst! Kommt ihr denn zu unserer kleinen Feier?«

Ihre Stimme strotzte vor Fröhlichkeit.

»Klar kommen wir.« Blieb uns ja wohl nicht viel anderes übrig.

»Du klingst so … so missmutig?«

»Nein. gar nicht. Es ist nur ein bisschen ungewöhnlich, auf die Hochzeit der eigenen Mutter zu gehen.«

»Freust du dich denn nicht für mich?«

»Natürlich freue ich mich. Ich verstehe es nur nicht.«

»Was verstehst du nicht?«

»Na, dass du in deinem Alter noch mal heiraten musst. Ihr könntet doch so zusammenleben. Man ist da heute nicht mehr so.«

Queen Mum lachte.

»Ich mache das keineswegs aus Gründen der Konvention. Du wirst es nicht glauben, mein Anna-Kind, aber ich *will* Martin einfach gerne heiraten!«

Dagegen konnte ich schlecht was sagen. Ich empfand es irgendwie als Verrat an meinem toten Vater, aber das würde sie nicht verstehen. Also beglückwünschte ich sie, betonte mehrmals, wie sympathisch ich Martin fände {was sogar den Tatsachen entsprach) und verabschiedete mich. Mit dem Gefühl, irgendwie verwaist zu sein, legte ich den Hörer auf.

Was sollte ich den beiden bloß schenken? Vielleicht einen Tantra-Kurs für Senioren? Einen Ratgeber »Glücklich im Alter«? Eine Jahreslieferung »Doppelherz«?

Ich schämte mich für meine hämischen Gedanken und beschloss, ein besonders schönes und teures Geschenk zu kaufen.

Die Frage war nur von welchem Geld. Meine finanzielle Lage war bedenklich, ich musste schnellstens einen Job finden. Das erste Mal überlegte ich, was ich eigentlich gerne tun würde. Natürlich! Die Kindergeschichten.

Ich fragte Rilke, ob ich seine Anlage benutzen dürfte, und nahm in tagelanger Arbeit eine Demo-Kassette auf. Ich hatte mir von Jonas und Lucy einen Stapel Kinder- und Jugendbücher ausgeliehen und las jeweils ein Kapitel aus jeder Geschichte. Ich suchte ganz unterschiedliche Bücher heraus, weil man hören sollte, dass ich spannende Geschichten genauso gut lesen konnte wie lustige und traurige. Ich zog fünfzehn Kopien und verschickte sie an Audiofirmen und Verlage.

»Schick doch auch ein paar an die Radiosender. Die brauchen immer Sprecher«, schlug Rilke vor.

»Dafür braucht man sicher eine spezielle Ausbildung«, zweifelte ich.

»Versuch's wenigstes«, beharrte er, aber ich traute mich nicht.

Tagelang passierte nichts. Ich lauerte auf den Briefträger und raste jedes Mal ans Telefon, wenn es klingelte. Klar, an Sprechern war sicher kein Mangel, die konnten sich Zeit lassen.

Nach einer Woche kam die erste Absage, danach folgten fast täglich welche. Es waren immer die gleichen, nichts sagenden Floskeln. Leider habe man derzeit keinen Bedarf, aber natürlich werde man gegebenenfalls gern auf mich zurückkommen. Wütend knüllte ich die Briefe in den Papierkorb. Nicht mal meine Kassetten hatten sie zurückgeschickt, diese Ignoranten.

19

Ich hatte die Hoffnung auf einen Job fast schon aufgegeben und studierte bereits die Stellenangebote für Reinigungspersonal, da meldete sich zu meiner Überraschung ein Radiosender. Dort hatte ich gar keine Kassette hingeschickt. Sollte Rilke vielleicht ohne mein Wissen …?

»Hier Radio Süd, mein Name ist Wüster, spreche ich mit Bella Schrader?«, fragte eine weibliche Stimme.

Ich war überrascht, mit meinem »neuen« Namen angesprochen zu werden.

Frau Wüster (die Arme, hoffentlich sah sie nicht aus, wie sie hieß) bedankte sich für die Kassette und fragte, ob ich Zeit für ein kurzes Probesprechen hätte.

»Sie haben eine gute Stimme, aber natürlich müssen wir testen, ob sie sich fürs Radio eignet.«

Viel versprach ich mir nicht davon, aber ich hatte wahrhaftig nichts Besseres zu tun, also sagte ich zu.

Ein paar Tage später fand ich mich in einem kleinen Aufnahmestudio wieder, Kopfhörer auf den Ohren und ein Stehpult mit eingebautem Mikrofon vor mir. Durch eine Glasscheibe sah ich in einen zweiten Raum, in dem sich lauter Apparate befanden, die von einer Technikerin bedient wurden. Ich konnte ein Gefühl der Bewunderung nicht unterdrücken. Es sah einfach toll aus, wie sie mit den vielen Schaltern und Knöpfen umging.

Frau Wüster, die ganz gegen meine Erwartungen eine hübsche junge Frau mit einer kecken Igelfrisur war, gab mir Anweisungen über Kopfhörer.

»Also, der Text heißt: ›Hallo, hier ist Radio Süd. Heute um drei gibt's wieder den Radio-Talk am Nachmittag. Zuhören, Anrufen und Mitdiskutieren unter der Nummer 8 88 42 34.‹ Schaffen Sie das?«

Ob ich es schaffte, drei Sätze aufzusagen? Das war ja lächerlich. Ich nickte und verkniff mir eine spitze Antwort.

»Wenn das rote Licht vor Ihnen leuchtet, fangen Sie an.« Ich starrte auf die Lampe an der Studiowand und wartete.

Als das Licht plötzlich aufleuchtete, erschrak ich so, dass ich erst mal nicht wusste, was ich sagen sollte.

Beim zweiten Anlauf kamen wenigstens Teile des Textes heraus.

»Hallo, hier ist Radio Süd. Morgen … äh, heute um drei gibt's wieder die Radio-Talk-Show am Nachmittag. Rufen Sie an und diskutieren Sie mit unter 8 88 42 34.«

»Bitte halten Sie sich genau an den Text«, forderte mich Frau Wüster auf. Ich sagte den Spruch zum zweiten Mal, zum dritten Mal.

»Das klang noch ein bisschen wie eingeschlafene Füße«, hörte ich Frau Wüsters fröhliche Stimme, »aber machen Sie ruhig weiter, das wird schon.«

Ich sprach den Satz in allen denkbaren Variationen.

Feurig, freundlich, auffordernd, marktschreierisch, sanft, verführerisch, höflich. Ich sprach ihn langsam, schnell und mittelschnell; ich betonte einmal »Radio Süd«, beim nächsten Mal »Radio-Talk«, beim dritten Mal »Anrufen«. Ich verhaspelte mich mehrmals bei der Telefonnummer und versuchte, die Zahlen so zu sprechen, dass sie sich gut einprägten. Nach ungefähr dreißig Versuchen war Frau Wüster zufrieden. Oder tat jedenfalls so.

»Das war doch schon ganz prima, dafür, dass Sie so was noch nie gemacht haben! Vielen Dank für heute, wir melden uns.«

Sie schüttelte mir die Hand, und schon blinzelte ich ins helle Sonnenlicht, das mir nach der Stunde im düsteren Studio grell in die Augen stach.

Das war ja keine besonders ermutigende Erfahrung. Vermutlich hatte ich mehr Talent zur Putzfrau. Ich beschloss, das Thema Radio abzuhaken. Aber die Frage, wie ich an Kohle kommen sollte, blieb.

Ich erinnerte mich daran, dass ich bis vor nicht allzu langer Zeit eine relativ wohlhabende Mittelstandsgattin war. Es musste doch irgendwas in meinem Besitz Befindliches geben, das man zu Geld machen konnte?

Am nächsten Vormittag, als alle meine Lieben ausgeflogen waren, fuhr ich in unser Haus. Ich durchwühlte die Schubladen nach den paar Wertsachen, die mir gehörten.

Zu blöd, dass ich mir nichts aus Klunkern machte. All die Jahre war Friedrich nie etwas eingefallen, das er mir hätte schenken können, aber ich war nicht auf die Idee gekommen, mir Schmuck zu wünschen. So besaß ich nur einen Stapel Gutscheine für allerhand Kurzreisen und Fortbildungsmaßnahmen, von denen ich nie Gebrauch gemacht hatte. Sein einziges »richtiges« Geschenk, die blau-grüne Obstschale aus der Toskana, war bezeichnenderweise zu Bruch gegangen. Schließlich fand ich das Rubinarmband, das mir Friedrichs Eltern zur Hochzeit geschenkt hatten, unseren Verlobungsring, der angesichts unserer damaligen finanziellen Verhältnisse eher bescheiden ausgefallen war, und eine goldene Krawattennadel von meinem Vater mit einem Brilli drin. Wenigstens die musste doch was wert sein! Halt, das silberne Besteck, das ich von Tante Elisabeth zur Taufe bekommen hatte, musste auch mit. Und die drei Jugendstilgläser, die ich für ein Schweinegeld bei einem Antiquitätenhändler in Wien erstanden hatte. Eigentlich sollten sie ein Geschenk zu unserem siebten Hochzeitstag sein, aber Friedrich hatte an diesem Tag seine Brieftasche im Hotel vergessen, und so bezahlte ich. Das Geld hatte er mir nie wieder gegeben.

Ich raffte meine Beute zusammen und verließ das Haus, das in einem erstaunlich sauberen Zustand war.

»Wir haben jetzt eine Putzfrau«, prahlte Jonas bei seinem nächsten Besuch.

Klar, dafür war Geld da. Und ich musste meine letzten Erinnerungen an bessere Zeiten verkloppen, um über die Runden zu kommen. Ich sollte mich bei Friedrich um die Stelle bewerben, dachte ich ärgerlich. Dann würde ich das Gleiche machen wie früher, nur dass ich jetzt dafür bezahlt würde.

Ich trug das Zeug zu einem Händler, der nach langem Hin und Her zweitausenddreihundert Mark rausrückte. Sicher war es fast doppelt so viel wert, aber das würde ich nirgendwo bekommen. Egal, ich würde die nächsten Wochen überleben, ohne noch mehr Schulden machen zu müssen.

Es war Sonntag. Friedrich hatte auf einem freien Tag bestanden und die Kinder bei mir abgeliefert – natürlich schon um halb neun, um mich zu ärgern. Nun nervten die beiden rum, weil der versprochene Zirkus erst nachmittags stattfand.

Lucy hörte Rilkes Platten durch und maulte, weil nichts dabei war, das ihrem Geschmack entsprach. Klar, mit »Tic Tac Toe« konnte man Rilke meilenweit jagen, während Lucy Lenny Kravitz zum Einschlafen fand.

Jonas hing vor der Glotze und stritt mit Hartmann, der keine Lust auf »Käptn Blaubär« oder anderen Kinderkram hatte.

»Ich will aber was Lustiges sehen«, schrie Jonas.

»Dann schau in den Spiegel«, empfahl ihm Hartmann.

»Du bist kein Hartmann, sondern ein Blödmann«, kreischte Jonas und feuerte die Fernbedienung in den Müll.

Ich war genervt, weil ich fürchtete, die Kinder könnten Rilke nerven. Und Rilke war genervt, weil er unter die Dusche wollte und das Bad seit einer Stunde von Doreen, Nickis Schauspieler-Flamme, blockiert war.

Endlich öffnete sich die Tür und Doreen schwebte

heraus. Neugierig starrte ich sie an, weil ich sie bisher noch nicht gesehen hatte. Heute Nacht hatte sie das erste Mal hier geschlafen.

Sie war – natürlich – superschlank, hatte einen lasziven Schmollmund und dunkle Ponyfransen, die ihr dekorativ über die Augen hingen. Angeblich spielte sie eine tragende Rolle in einer Vorabendserie, ich wusste aber nicht, in welcher. Verwirrt sah Doreen in die Runde; offensichtlich gelang es ihr nicht, die Anwesenden zu sortieren. Endlich gab sie sich einen Ruck und kam mit ausgestreckter Hand auf mich zu. »Hallo, ich bin Doreen, Sie sind sicher Nickis Mutter.«

Ich schluckte kurz.

»Nein, bin ich nicht, auch wenn ich anscheinend heute besonders alt aussehe.«

»Ach?« Sie machte ein rundes Mündchen vor Erstaunen.

Nicki verdrehte die Augen, und Rilke tat so, als hätte er nichts gehört.

Jonas kam mit schokoladeverschmiertem Gesicht ins Zimmer; Hartmann hatte ihn mit einem Glas Nutella bestochen, damit er endlich in Ruhe fernsehen konnte.

»Bist du auch 'ne Freundin von Rilke?«, wollte er von Doreen wissen. Er fand wohl, sie würde altersmäßig besser zu ihm passen.

»Das ist übrigens mein Sohn«, klärte ich Doreen auf, »und das meine Tochter.«

Lucy starrte Doreen mit verklärtem Blick an.

»Du bist doch … du bist die Julie aus ›Liebe verboten‹, hab ich recht?«

Doreen nickte geschmeichelt.

»Oh, Wahnsinn, das sehe ich jeden Tag!«

Na, prima, damit war ja dann klar, womit meine Tochter ihre Freizeit verbrachte, anstatt für die Schule zu büffeln.

Doreen und Lucy unterhielten sich schnatternd über den Fortgang der Serie; Lucy war natürlich entzückt, aus erster Hand zu erfahren, wie es weitergehen würde.

Dann sah sich Doreen, immer noch verwirrt, um. »Wohnt ihr alle hier?«

Bevor jemand anfangen konnte, ihr die Zusammenhänge zu erklären, sprang Rilke auf.

»Ich hab eine Verabredung«, murmelte er und rannte aus dem Zimmer.

»Wir wollten doch in den Zirkus gehen«, rief Jonas ihm enttäuscht nach.

»Ich hab keinen Bock auf Family life.«

Rilke riss seine Jacke vom Kleiderhaken. Jonas fing an zu heulen. Mein Mutterinstinkt meldete sich.

»Hey, du hast es versprochen«, rief ich Rilke zu.

»Lass mich in Ruhe«, fuhr er mich an, und mit einem Rums fiel die Wohnungstür hinter ihm ins Schloss.

»Scheißkerl«, presste ich zwischen den Zähnen hervor. Das erste Mal, seit wir uns kannten, war ich richtig sauer auf ihn.

»Und nun sind sie mann und frau herzlichen glückwunsch!«

Es war tatsächlich der Standesbeamte, der Friedrich und mich getraut hatte, der nun auch Martin und meine Mutter zu einem Ehepaar machte.

Friedrich warf mir einen Blick zu, ich lächelte kurz zurück. Ganz konnte ich mich einer wehmütigen Anwandlung nicht entziehen. Ich erinnerte mich, wie ich damals auf dem Platz gesessen hatte, auf dem jetzt Queen Mum saß, gebeutelt von der Morgenübelkeit, aufgeregt und verliebt. Damals wie heute war die Trauungszeremonie bar jeder Romantik, aber immerhin hatte der Tag eine ziemliche Bedeutung für mein weiteres Leben gehabt.

»Bis dass der Tod euch scheidet.«

Schaudernd hatte ich auf diesen Satz gewartet, und dann hatte ihn der Standesbeamte gar nicht gesagt. Vielleicht kam er nur in amerikanischen Filmen vor, oder er war aus der Mode gekommen, weil die Erfahrung gezeigt hatte, dass die meisten Paare es sowieso nicht so lange schafften.

Angesichts eines Hochzeitspaares um die sechzig könnte man über die Wiederaufnahme des Satzes in die Ansprache nachdenken; die beiden hatten bedeutend bessere Chancen, durch den Tod geschieden zu werden als durch einen Familienrichter. Vielleicht sollte man überhaupt nur noch Leute in diesem Alter miteinander verheiraten, dachte ich angesichts meiner eigenen Ehemisere.

Queen Mum sah fantastisch aus. Sie trug ein elegantes, helles Kostüm und einen Hut, statt in Gesundheitsschuhen steckten ihre Füße in modischen Pumps. Ihre Augen war zart geschminkt, ihr immer noch sinnlicher Mund mit hellrotem Lippenstift betont. Sie wirkte um Jahre verjüngt und himmelte ihren neuen Ehemann an wie ein Schulmädchen.

Martin trug einen sommerlichen Anzug mit Fliege und Einstecktuch, sein kurz geschnittenes, graues Haar und der sorgsam gestutzte Schnauzbart gaben ihm etwas Dandyhaftes.

Ein schönes Paar, dachte ich und sehnte mich nach Rilke. Wir hatten uns nach einem heftigen Streit wieder versöhnt, und ich hatte kurzzeitig mit dem Gedanken gespielt, ihn heute mitzubringen. Aber dann war ich doch nicht mutig genug gewesen, ihn zu fragen; vermutlich hätte er sich ohnehin geweigert. Dabei wäre es sicher spaßig gewesen, meine Mutter und ihre Hochzeitsgesellschaft ein bisschen zu schockieren.

Außer mir, Friedrich und den Kindern hatte Queen Mum ihre älteste Freundin Elisabeth und einige ihrer ehemaligen Mitschülerinnen eingeladen sowie ein paar Freaks aller Altersstufen, die sie aus ihren Selbstfindungskursen kannte.

Von Martins Seite waren zwei Töchter angereist; die eine hatte ihren grässlich steifen Banker-Ehemann und zwei unnatürlich wohlerzogene Kinder mitgebracht, die andere war frisch geschieden und kinderlos. Außerdem gehörten zwei wie Offiziere aussehende ältere Herren dazu, auf die Queen Mums Mitschülerinnen begehrliche Blicke warfen.

Die soeben getrauten Eheleute schritten zur Unterschrift. Die Trauzeugen, Tante Elisabeth und einer von Martins Freunden, folgten ihnen.

»Nun bist du also eine von Randow«, bemerkte

Elisabeth ehrfürchtig. Richtig, Martin war ein von und zu; womöglich war meine Mutter jetzt sogar Freifrau oder Gräfin.

Die Zeremonie war beendet, eine merkwürdig künstliche Euphorie machte sich breit, alle begannen, sich gegenseitig abzuküssen und zu beglückwünschen, obwohl sie sich zum größten Teil gar nicht kannten. Der Standesbeamte wünschte alles Gute und komplimentierte uns hinaus; draußen wartete schon die nächste Hochzeitsgesellschaft.

»Weißt du noch?« Tante Elisabeth lächelte mir zu, als wir zum Ausgang drängten. »Du hast bezaubernd ausgesehen damals, genau wie Edda heute. Heiraten scheint den meisten Frauen doch ganz gut zu bekommen. Manchmal tut's mir fast ein bisschen Leid, dass ich mich immer gedrückt habe.«

»Ach, weißt du, Tante Elisabeth, es hat dir sicher auch 'ne Menge Ärger erspart«, tröstete ich sie.

Ihr Blick wurde eindringlich. »Du und Friedrich, ihr werdet euch doch zusammenraufen? Ihr müsst! Schon der Kinder wegen.«

Ich nickte unbestimmt und gab keine Antwort. Ich mochte Tante Elisabeth, aber ich hatte keine Lust, meine Eheprobleme mit ihr zu diskutieren.

Draußen hatte ich endlich Gelegenheit, meiner Mutter und ihrem neuen Mann zu gratulieren. Ich umarmte beide und murmelte irgendwelche Glückwunschfloskeln, die in der allgemeinen Heiterkeit untergingen. Dann nahmen alle Aufstellung fürs Gruppenfoto; ich konnte nicht verhindern, dass Lucy wieder ihr Ich-hasse-es-fotografiert-zu-werden-Gesicht aufsetzte und Jonas Augen und Mund mit den Fingern zu einer Fratze verzerrte.

Mit mehreren Autos fuhren wir die idyllische Strecke bis zum Landgasthof Wimmer, einem für seine herausragende Küche bekannten Nobelladen. Im Schatten riesiger Kastanienbäume waren die Tische zu einem U angeordnet und geschmackvoll mit Rosengestecken und lose verstreuten Blütenblättern dekoriert.

Galliger Neid stieg in mir hoch. Wie lieblos und popelig war damals meine Hochzeit abgefeiert worden; mitten im Winter, in einem düsteren Gasthaus, und noch dazu mit Leuten, die mir nichts bedeuteten.

Ich studierte die Tischkärtchen. Wenn ich mir die Namen richtig gemerkt hatte, saß ich zwischen einem Selbsterfahrungsheini und einem der Offizierstypen. Mir gegenüber waren, zwecks ständiger Überwachung, Jonas und Lucy platziert. Wir sollten ja nicht unangenehm auffallen.

Doch genau das hatte Lucy sich offenbar vorgenommen. Sie zog ein muffiges Gesicht, mäkelte an jedem Gang herum und presste schlecht gelaunt eine Antwort heraus, wenn jemand sie ansprach. Als der Hauptgang abgetragen wurde, zog sie ein Päckchen Zigaretten heraus und steckte sich eine an.

Mir fielen fast die Augen aus dem Kopf. Seit wann, bitte, rauchte meine Tochter?

»Schmeiß die Kippe weg«, knurrte ich sie über den Tisch an. Sie ignorierte mich.

»Lucy, du sollst die Zigarette ausmachen!«, verlangte ich mit deutlich lauterer Stimme.

»Willst du einen Streit anfangen, jetzt, hier, bei Mummys Hochzeit?« Provozierend sah Lucy mich an.

Ich kochte innerlich.

»Ich finde, deine Mutter hat Recht«, meldete sich von links der Offizier.

»Lass sie doch, sie muss ihre Erfahrungen selbst machen«, säuselte von rechts der Esofreak.

Der Nachtisch wurde serviert. Lucy rauchte genüsslich weiter. Am liebsten hätte ich die Fluppe in ihrem Himbeerparfait ausgedrückt und wäre gegangen, aber genau darauf legte sie es vermutlich an.

»Ist was mit Jojo?«, fragte ich leise über den Tisch.

»Lass mich in Ruhe«, kam es patzig zurück.

Jonas hatte sich unbemerkt von seinem Platz entfernt und rührte mit einem Löffel in der einzigen Pfütze weit und breit. Gerade als ich ihm zurufen wollte, er solle sich nicht schmutzig machen, ließ er sich aus der Hocke auf beide Knie fallen. Ich konnte zusehen' wie der Schlamm sich in seine Hose fraß.

Wo saß eigentlich Friedrich? Warum konnte der nicht mal auf seine missratene Brut aufpassen? Ich sah mich suchend um und entdeckte ihn im angeregten Gespräch mit Christina, der kinderlosen, jüngeren Tochter von Martin.

Sie warf ihr flattriges Blondhaar umher und lachte girrend. Komisch, dass Friedrich bei anderen Frauen so gesprächig war, während er bei mir jahrelang kaum die Zähne auseinander bekommen hatte.

Nachdem Martin zwischen Suppe und Hauptgang ein paar launige Worte verloren hatte, stand nun Queen Mum auf und klopfte an ihr Glas.

»Liebe Freunde, liebe Familie. Auch ich möchte euch danken, dass ihr heute gekommen seid, um diesen Tag mit Martin und mir zu feiern. Manche von euch haben einen langen Weg auf sich genommen, wie Christina, die extra aus London gekommen ist, oder Annette, die mit ihrer Familie in Zürich lebt. Auch meine lieben Schulfreundinnen sind aus dem Norden Deutschlands angereist, und nicht zu vergessen Ewald und Kurt, Martins Freunde aus Kindertagen.«

Queen Mum erzählte aus ihrem Leben, dem Leben von Martin, und wie sie sich beim letzten Klassentreffen wiederbegegnet waren. Sie vergaß auch nicht, meinen Vater zu erwähnen und Martins verstorbene Frau.

»Ich bin sicher, die beiden würden unsere Wahl gutheißen.« Sie wandte sich Martin zu, der ihr die Hand küsste.

Ich fühlte eine leichte Beklommenheit. Musste das sein? Konnte sie die Toten nicht ruhen lassen? Ich blickte zu Christina und Annette, die beide betreten vor sich hinsahen. Aber wie es so Queen Mums Art war, sie merkte davon nichts. Ungerührt fuhr sie im Programm fort.

»Und jetzt möchte ich euch mein Geschenk für Martin präsentieren. Wie ihr alle wisst, hat er viele Jahre in Afrika gelebt, und ich habe das Gefühl, dass ihn manchmal das Heimweh plagt. Deshalb habe ich etwas vorbereitet, das ihn an die Zeit dort erinnern soll.«

Sie machte ein Zeichen Richtung Restaurant. Aus der gleichen Tür, aus der vorhin die Kellner gehuscht waren, um uns das Hochzeitsmahl zu servieren, schritten nun fünf Schwarze in afrikanischen Kostümen, von denen jeder eine Buschtrommel hielt.

Sie liefen im Gänsemarsch bis zur offenen Seite des Us und stellten sich dort auf. Dann entfesselten sie ein mitreißendes Trommelgewitter, das zwar in diesem deutschen Gartenlokal reichlich deplaziert war, seine Wirkung aber dennoch nicht verfehlte.

Die Leute starrten fasziniert auf die Musiker, die virtuos von einem Rhythmus in den nächsten wechselten, einander zuspielten, sich voneinander entfernten, letztlich aber immer zurückfanden zu dem Rhythmus, den ihnen ihr Anführer vorgab.

Queen Mum war unbemerkt aufgestanden und ins Haus gegangen. Als der Applaus für das erste Stück verklungen war, stieß einer der Männer einen heiseren Ruf aus, die anderen begannen erneut, ihre Trommeln zu schlagen, und mein Blick fiel auf meine Mutter, die, nun ebenfalls kostümiert, aus dem Restaurant heraustänzelte.

Mir schoss das Blut ins Gesicht vor Verlegenheit, am liebsten hätte ich mich verkrochen, mir das Tischtuch über den Kopf gezogen, mich in Luft ausgelöst. Die Kellner hatten grinsend Aufstellung bezogen und betrachteten amüsiert das Spektakel.

Queen Mum war bei den Trommlern angekommen. Sie stampfte im Takt mit ihren nackten Füßen auf den Boden, kreiste mit dem Becken und schwang die Arme. Ihre Bewegungen waren durchaus nicht planlos, sondern wirkten streng durchchoreografiert. Wo hatte sie das bloß gelernt? Sicher hatte sie wieder einen Workshop besucht.

Sie trug eine Art Bastrock über schwarzen Leggings und ein gewebtes Oberteil, unter dem ihr gewaltiger Busen auf- und abwogte. Die Trommler feuerten sie mit Rufen an, ihre Bewegungen wurden schneller und schneller. Mit blitzenden Augen und entrücktem Lächeln auf dem Gesicht tanzte meine Mutter in ihre zweite Ehe hinein, und hätte ich mich nicht so geschämt, wäre ich stolz auf ihre erstaunliche Kondition gewesen. Aber ich fand es einfach nur zum Sterben peinlich.

Nicht so die anderen Anwesenden, zumindest ließen sie es sich nicht anmerken. Die Freaks sprangen entfesselt von ihren Stühlen, Queen Mums Freundinnen schienen ebenfalls entzückt, sogar die Kellner applaudierten. Christine und Annette klatschten höflich, Gottfried, Annettes steifem Banker-Gatten, stand der Mund offen. Die beiden wohlerzogenen Monsterkinder glotzten, Jonas sprang begeistert auf und ab und schrie »Zugabe!«, Lucy kaute Kaugummi.

Martin war aufgestanden und zu seiner Frau gegangen, die ihn völlig außer Atem und mit glühenden Wangen erwartete. Es war unmöglich zu erkennen, was in ihm vorging. Er nahm Queen Mum in den Arm, hielt sie einen Moment umschlungen, dann löste er sich von ihr.

»Ein wunderbares Geschenk, liebste Edda, ich danke dir von Herzen«, sagte er mit bewegter Stimme, und es klang ehrlich.

»Übrigens«, fügte er dann trocken hinzu, »ich weiß nicht, ob es Auswirkungen haben wird, aber das war ein Fruchtbarkeitstanz!«

Die Festgäste brachen in fröhliches Gelächter aus, ich beobachtete, wie meine Mutter einen Moment um Fassung rang.

Den Rest des Nachmittags tröstete ich mich mit Prosecco und lauschte den Ausführungen meines erleuchteten Tischherrn zur Rechten. Nachdem er mir die Heilwirkung von Rosenquarz in den Schuhen und die Erfolge des Handauflegens nahe gebracht hatte, schwärmte er mir vor, was Queen Mum für eine tolle Person sei.

»So wach und interessiert, ganz untypisch für Frauen in dem Alter. Ich wünschte …«

»… deine Mutter wäre auch so und würde nicht den ganzen Tag zu Hause sitzen und jammern.«, vollendete ich seinen Satz.

»Woher weißt du das?«, fragte er verblüfft.

»Telepathie«, erklärte ich.

»Ach ja, logisch. Ich wusste nicht, dass du das drauf hast«, meinte er so selbstverständlich, als sprächen wir übers Fahrradfahren oder eine ähnlich verbreitete Fähigkeit.

Verblüfft sah ich ihn an. Glaubte der Spinner wirklich, ich könnte Gedanken lesen?

»Weißt du, deine Mutter hat wenige Ängste«, fuhr er fort.

»Vielleicht hat sie kapiert, dass das Leben zu kurz ist, um sich all das nicht zu trauen, was man eigentlich gerne tun möchte.«

20

Ich war schon wieder pleite. Die zwei seidenen Morgenmäntel im Partnerlook, mein Hochzeitsgeschenk für Martin und Queen Mum, hatten den Erlös meiner Verkaufsaktion endgültig aufgefressen.

Ich sah keinen anderen Weg, als Friedrich um Geld zu bitten. Der nutzte die Gelegenheit, mir einen reinzuwürgen.

»*Ich* soll *dir* Geld geben? Ich denke ja gar nicht daran. Erst zahlst du die viertausend Mark zurück, die ich Doro für ihre versaute Einrichtung geben musste.«

Ich zerbrach mir den Kopf, wie ich an Geld kommen könnte, aber außer Raub, Erpressung und Glücksspiel fiel mir nichts ein.

Meine Suche nach einem Sprecherjob war erfolglos geblieben, auch ein paar andere halbherzige Bewerbungen hatten nichts ergeben. Es war mir einfach nicht gelungen, glaubwürdig rüberzubringen, dass ich als Fahrradbotin arbeiten wollte. Und der Aushilfsjob in einer Blumenhandlung scheiterte daran, dass ich Chrysanthemen nicht von Astern unterscheiden konnte.

Als ich kurz davor war, meinen netten Kollegen bei der Bank um einen weiteren persönlichen Kleinkredit zu bitten obwohl ich die Zinsen für den alten schon länger nicht mehr bezahlt hatte), erhielt ich einen Anruf.

»Hier Wüster, Radio Süd«, tönte es eines Tages aus dem Telefon.

Das war ja eine Überraschung. Ich hatte meinen zweifelhaften Erfolg als Ansagerin schon fast verdrängt.

»Ich wollte Ihnen nur sagen, dass der Spot gut angekommen ist. Hätten Sie nicht Lust, an einem unserer Moderatoren-Trainings teilzunehmen?«

Das war zwar schmeichelhaft, klang aber nicht gerade nach Geldverdienen. Womöglich kostete so ein Training sogar was. Außerdem hatte ich das Gefühl, dass ich nicht zur Moderatorin geboren war. Ich hatte ja kaum die paar Sätze für den Spot rausgekriegt.

»Ich glaube, im Moment habe ich keine Zeit«, wehrte ich ab.

»Das ist aber schade, Sie haben wirklich eine gute Stimme. Außerdem muss es ja nicht gleich sein. Wollen Sie nicht wenigstens unseren Programmdirektor, Herrn Bammer, kennen lernen?«

Ich konnte mir nicht vorstellen, welche magischen Überzeugungskräfte sie Herrn Bammer zutraute, aber da ich auch nicht unhöflich sein wollte, ließ ich mir einen Termin geben.

»Ich freue mich, Sie kennen zu lernen«, strahlte Herr Bammer, ein drahtiger Typ mit kugelrundem Kopf und angehender Platte. »Sie haben da einen sehr hübschen Spot gesprochen, Ihre Stimme ist gut. Was haben Sie denn bisher so gemacht?«

Ich erzählte Herrn Bammer von den beruflichen Stationen meines Lebens und versuchte, den Eindruck zu erwecken, nicht nur gescheitert zu sein, was ziemlich schwierig war.

»Also eine Frau mit Lebenserfahrung«, fasste er gnädig zusammen und zwinkerte mir zu.

Ich versuchte angestrengt, mein rechtes Bein zu verstecken. Eine Sekunde, bevor ich in das Büro getreten war, hatte ich nämlich eine Laufmasche entdeckt, die sich breit und unübersehbar wie eine helle Schneise durch das schwarze Gewebe zog.

»Also, wie sieht's aus, haben Sie Lust, ein Moderatoren-Training mitzumachen?«, erkundigte sich Herr Bammer.

»Ich bin … ich kann das sicher nicht. Ich habe so was noch nie gemacht«, sagte ich und wickelte meine Wade um das Stuhlbein.

»Aber Sie haben wirklich eine gute Stimme. Wenn man Sie sprechen hört, kriegt man Lust, Ihnen sein ganzes Leben zu erzählen. Solche Leute brauchen wir beim Radio«, sagte Herr Bammer und folgte meinem Bein mit den Augen.

Wer hatte so was zuletzt gesagt?

Benno. Benno Hinterseer. Angeekelt schob ich die Erinnerung weg.

»Nein, ich glaube nicht, dass ich das kann«, sagte ich noch mal.

Herr Bammer hob den Blick von meinem Bein und sah mich überrascht an.

»Ja, aber warum haben Sie uns dann Ihre Kassette geschickt?«

»Ich wollte eigentlich Kindergeschichten vorlesen«, erklärte ich resigniert.

»Dann liegt wohl ein Missverständnis vor«, bedauerte Herr Bammer und reichte mir die Hand.

Ich schraubte mich aus meinem Stuhl und ging schnell zur Tür. Als ich draußen war, lief ich Frau Wüster in die Arme.

»Und?«, fragte sie und sah mich erwartungsvoll an, ob der magische Herr Bammer mich rumgekriegt hatte.

Ich schüttelte den Kopf. »Es ist wirklich nichts für mich, vielen Dank.«

»Schade«, meinte sie, »Sie haben so eine tolle Stimme.«

»Bist du wahnsinnig?« Rilke sah mich ungläubig an. »Die bieten dir eine Sprecherausbildung an, und du lehnst ab?«

Wir lagen gemeinsam in der Badewanne. Rilke baute Skulpturen aus Schaum, und ich nuckelte an einem Milchshake. Zwischendurch erzählten wir uns, was in den letzten Tagen so los gewesen war.

Ich nickte beschämt. »Ich hab für die paar Sätze neulich schon ewig gebraucht und mich ständig versprochen. Vorlesen ist eine Sache, frei sprechen eine andere. Ich traue mir das nicht zu.«

Rilke schlug mit der Hand auf den Schaum, dass es spritzte.

»Wolltest du nicht lauter Sachen machen, vor denen du Angst hast? Gesungen hast du doch auch!«

Ich konnte ihm nicht sagen, dass ich es nur für ihn getan hatte. Weil ich mir so gewünscht hatte, dass die Musik etwas wäre, das uns miteinander verbindet. Damals hatte die Liebe mir Flügel verliehen. Aber noch mal würde ich eine solche Blamage nicht überstehen.

»Du musst wissen, was du tust«, sagte Rilke, »auf jeden Fall muss Geld ins Haus, wir sind völlig pleite.«

Ich saugte schuldbewusst an meinem Strohhalm, bis der letzte Tropfen verschwunden war und ein obszönes Geräusch ertönte. Immerhin, er hatte »wir« gesagt. Er betrachtete uns also noch immer als zusammengehörig. Das war viel wichtiger als ein Job. Trotzdem war mir klar, dass ich was unternehmen musste.

Wir stiegen aus der Wanne, trockneten uns gegenseitig ab und betrachteten uns im Spiegel.

»Ein schönes Paar«, bemerkte Rilke.

»Ein ungleiches Paar«, verbesserte ich.

»Ja, aber trotzdem schön.«

Rilke spielte mit der Zunge an meinem Ohr, seine Hände glitten über meinen Rücken und krallten sich in meinen Po. In Sekundenschnelle hatte er eine Erektion. Er drängte mich gegen die Tür, stemmte mich ein Stück hoch und wenig später dröhnte die Tür rhythmisch gegen den Rahmen.

»Himmel noch mal«, beschwerte sich Hartmann, als wir aus dem Bad kamen, »müsst ihr beim Rammeln immer so einen verdammten Lärm machen?«

»Ich geh nicht mit dir. Ich bin sauer auf dich.«

Mit beleidigter Miene hockte Jonas auf einer Mauer vor dem Kindergarten und weigerte sich, mich anzusehen.

Ich kniete mich vor ihn. »Was ist los, Schätzchen, warum bist du sauer auf mich?«

»Ich bin nicht mehr dein Schätzchen.«

»Und warum nicht?«

»Rilke ist dein Schätzchen. Den hast du viel lieber als mich.«

Ich wollte ihn umarmen, er schob mich weg. Ich erklärte ihm, dass die Liebe zu einem Mann eine ganz andere Liebe sei als die zu einem Sohn. Dass meine Liebe zu Rilke nichts wegnähme von meiner Liebe zu ihm. Es half nichts.

»Du sollst endlich heimkommen. Eine Mama, die nicht bei ihren Kindern wohnt, ist keine Mama.«

»Wer sagt das?«

»Ich sag das.« Er machte eine Pause »Und die Mama von Goofy.«

Wiltrud! Die hatte es nötig.

»Und wie ist das mit den Papas? Ist Goofys Papa zum Beispiel ein richtiger Papa?«

»Klar!«

»Aber der ist ganz oft weg von zu Hause, wegen seiner Arbeit. Findest du das o. k.?«

Jonas war verwirrt. Irgendwo in seinem Kopf geisterte die Vorstellung, dass Mamas und Papas unterschiedliche Jobs hatten. Und der Mama-Job fand seiner Erfahrung nach zu Hause statt, da interessierten ihn fünfundzwanzig Jahre Frauenbewegung nicht. Klar, lange genug hatte ich ja selbst so gedacht.

»Und was machen wir jetzt? Ich kann dich ja nicht allein hier sitzen lassen.«

Jonas schwieg trotzig und malte mit der Schuhspitze Kreise aufs Straßenpflaster.

»Wollten wir nicht ins Vogelmuseum gehen?«, erinnerte ich ihn.

»Das heißt Vögelmuseum.«

»Wer hat dir denn das beigebracht?«

»Rilke.«

Ich musste grinsen. »Einigen wir uns auf ornithologisches Museum, in Ordnung?«

Er nickte, rutschte von der Mauer und ging schweigend neben mir her mit zum Auto.

»Aber ich bin immer noch sauer auf dich«, stellte er klar, bevor er einstieg.

Es war so ekelhaft. Ich putzte seit kurzem in einer Berufsschule, und in den Klassenräumen sah es jeden Tag aus wie auf einer Müllkippe.

Auf den Tischen lagen angefressene Brote, Apfelreste und ausgespuckte Kirschkerne; vom Boden entfernte ich festgetretene Kaugummis und verkohlte Kippen. An den Wänden fanden sich ständig neue, mit Lippenstift gemalte Graffiti, die kaum abgingen. Die Klos sahen auch nicht besser aus, ich schrubbte mit zwei Paar Gummihandschuhen übereinander und angehaltenem Atem.

Wäre ich doch bei der Bank geblieben und hätte nicht in einem Anfall von Größenwahn Herrn Hübner meinen Job vor die Füße geschmissen! Die Arbeit bei CALL YOUR BANK erschien mir rückblickend wie das Paradies, von der Bezahlung ganz zu schweigen.

Ich schämte mich so für meinen Putzjob, dass ich Rilke und die Jungs angelogen hatte. Ich hatte behauptet, ich würde in einer Kneipe aushelfen. Trotzdem war ich froh, dass ich wenigstens wieder was zum Haushalt beisteuern konnte.

Nach drei Wochen zeigten sich an meinen Händen rote, heftig juckende Stellen. Der Hautarzt diagnostizierte eine Allergie.

»Aber wogegen denn?«, fragte ich erstaunt. »Ich trage bei der Arbeit Gummihandschuhe.«

»Eben«, meinte er, »und gegen die sind Sie allergisch.«

Jetzt stand ich wieder da. Kein Job, keine Kohle. Es war zum Verrücktwerden.

Jetzt hatte ich nur noch eine Möglichkeit. Ich musste meine Mutter anpumpen. Widerstrebend wählte ich ihre Nummer. Es meldete sich Martin.

»Annabelle, wie schön, dich zu hören. Willst du uns nicht endlich mal besuchen?«

Ich war tatsächlich noch nie in ihrer Wohnung gewesen, und angesichts meiner verzweifelten Lage nahm ich die Einladung sofort an. Vielleicht wäre Martins Anwesenheit ja hilfreich bei meinem Bittgang.

Die Wohnung der beiden lag in einem teuren Viertel der Stadt und war so ausgestattet, dass ich fast die Schuhe ausgezogen hätte, um das edle Parkett nicht zu beschmutzen.

»Aber nicht doch«, winkte Martin ab, »wir haben ja keine krabbelnden Kleinkinder!«

Erlesene Antiquitäten und Erinnerungsstücke an Martins Zeit in Durban hatten zum Glück Queen Mums vernünftige Möbel fast vollständig verdrängt. Nur vereinzelt entdeckte ich Gegenstände, die ihr gehörten. Sieh mal an, dass sie sich so dezent im Hintergrund halten würde, hätte ich ihr gar nicht zugetraut. »Deine Mutter kommt gleich, sie hat noch Einkäufe gemacht und verspätet sich etwas«, entschuldigte Martin sich höflich und bot mir einen Platz an.

Er hatte bereits Tee gekocht und reichte mir eine silberne Schale mit Gebäck, das eindeutig nicht aus dem Naturkostladen stammte. Vielleicht würde er meiner Mutter ja tatsächlich noch Geschmack beibringen.

»Wie war eure Hochzeitsreise?«, erkundigte ich mich. Die beiden waren zwei Wochen durch Südafrika gereist; Martin hatte Queen Mum unbedingt seine langjährige Heimat zeigen wollen.

Er erzählte ein bisschen, aber er wirkte abwesend. Plötzlich sagte er: »Annabelle, du weißt, dass deine Mutter eine wunderbare Frau ist, sonst hätte ich sie nicht geheiratet. Aber sie hat ein paar seltsame Eigenschaften.«

Oh, dachte ich, Schnellmerker.

»Ach ja? Welche denn?«, fragte ich unschuldig.

»Nun ja, dass sie immer ihre Brille verlegt und mich verdächtigt, ich hätte sie versteckt, ist eher eine liebenswerte Schrulle. Dass sie dem Buddhismus zuneigt, Japanisch lernt und morgens immer ihre Gliedmaßen verrenkt, ist auch nicht weiter ungewöhnlich.

Was mich wirklich beunruhigt hat, war, dass sie neulich alle Möbel umgestellt hat. Denkst du, da steckt so eine esoterische Spinnerei dahinter?«

Ich grinste in mich hinein. Hatte sie also mal wieder irgendwelche Strahlungen ausgemacht. Nun ja, wie sollte ich ihm das erklären, ohne seine Frau als meschugge hinzustellen?

»Kein Grund zur Sorge«, sagte ich beruhigend. »Ich weiß nicht, ob sie es dir erzählt hat, sie hat ja früher als Innenarchitektin gearbeitet. Tja, und manchmal überkommt es sie einfach, dann räumt sie alles um. Das hat gar nichts mit Esoterik zu tun, glaub mir.«

Die Haustüre ging und Queen Mum erschien.

»Anna-Kind, wie schön, dich zu sehen!«, sagte sie überschwänglich und küsste mich auf beide Wangen. Dann zog sie einen kleinen Kasten aus einer Tüte und hielt ihn hoch.

»Ratet, was ich hier habe!«

Martin und ich sahen uns fragend an.

»Keine Ahnung, Edda«, sagte Martin, »sieht aus wie ein Geigerzähler.«

»Ein Gerät zum Aufspüren von gefährlichem Elektrosmog«, sagte sie triumphierend.

»Elektrosmog?« Martin wirkte verwirrt. »Meines Wissens ist die Existenz von Elektrosmog wissenschaftlich noch nicht erwiesen.«

»Hast du eine Ahnung!« Queen Mum rollte unheilvoll mit den Augen.

Das durfte nicht wahr sein! Schon wieder so ein Hokuspokus, und ausgerechnet jetzt.

Martin wollte es nun offenbar genau wissen und sagte: »Warum hast du mir eigentlich nie erzählt, dass du mal als Innenarchitektin tätig warst, Edda?«

Meine Mutter sah ihn verständnislos an. »Ich, als Innenarchitektin? Wer hat dir denn das erzählt?«

Ich spürte Martins Blick auf mir und wurde rot. »Äh … ich. Du hast doch immer wieder mal mit Papa zusammengearbeitet, wenn es um die Innenraumgestaltung ging und so«, sagte ich in beschwörendem Tonfall.

»Ich habe höchstens überprüft, ob gefährliche Strahlungen in den Räumen sind«, sagte Queen Mum energisch und machte alle meine Rettungsversuche zunichte. Nun würde Martin seine Frau für eine Spinnerin halten und mich für eine Lügnerin. Und natürlich für eine Schnorrerin, denn in Wahrheit war ich ja gekommen, weil ich um Geld bitten wollte.

»Du musst mir unbedingt aus Afrika erzählen, Mummy«, forderte ich sie schnell auf.

Das ließ Queen Mum sich nicht zwei Mal sagen. Wie ein Wasserfall sprudelte sie los, und ich ließ die ganze Hochzeitsreise noch mal über mich ergehen. Als sie ihre Schilderung beendet hatte, passte ich einen geschickten Moment ab und brachte mein eigentliches Anliegen vor.

»Du brauchst Geld?«, fragte sie verständnislos, »aber du hast doch einen Job.«

»Nein, den habe ich nicht mehr, und bis ich was Neues gefunden habe, bräuchte ich ein bisschen Unterstützung.«

»Verdient Friedrich denn nicht genug?«, erkundigte sich Martin erstaunt.

Schnell schaltete Queen Mum sich ein, weil sie fürchtete, dass ich die Wahrheit über Friedrich und mich ausplaudern könnte. Martin wusste immer noch nicht, dass wir getrennt lebten. Die ganze Zeit über hatte sie ihr Friede-Freude-Eierkuchen-Szenario aufrechterhalten.

»Das müssen wir ja auch nicht jetzt besprechen«, sagte sie und bedachte mich mit einem warnenden Blick. »Doch«, beharrte ich, »es ist dringend.«

Martin sah aufmerksam von ihr zu mir. Der Mann war nicht blöd, der merkte, dass was im Busch war. Dieser Umstand kam mir zugute.

»Also gut, dann regeln wir es eben schnell«, lenkte Queen Mum, die aus der Gefahrenzone wollte, ein. Sie holte ihre Handtasche und schrieb einen Scheck aus. Dreitausend Mark, immerhin. Ich atmete auf.

Ich zahlte die aufgelaufenen Bankzinsen und meine Schulden in der WG. Lange würde der Rest nicht reichen, deshalb beschloss ich, den Sprung ins kalte Wasser zu wagen.

Ich rief bei Radio Süd an und verlangte Herrn Bammer.

»Ich wollte Ihnen nur sagen, ich habe es mir überlegt, ich würde doch gerne das Moderatoren-Training machen.«

»Schön, Frau Schrader. In drei Monaten können Sie anfangen.«

Ich schluckte. »So spät? Gibt es nicht irgendeine Möglichkeit, früher einzusteigen?«

»Also, Sie sind eine merkwürdige Person. Erst wollen Sie gar nicht, und dann kann es nicht schnell genug gehen. Ich werde sehen, was sich machen lässt.«

»Eine Frage noch«, sagte ich schüchtern, »ist das Training … ähm, ich meine, kostet das was?«

»Nein, wir bilden den Nachwuchs ja für uns aus, das ist unsere Investition in die Zukunft des Radios«, erklärte Herr Bammer stolz.

Dass ich mit fast vierzig zum Nachwuchs zählen sollte, fand ich zwar überraschend, ansonsten erleichterte mich die Auskunft aber natürlich.

»Munnimanni munnimanni muuuh! Ha ha, ho ho, hu hu!«

Ich stand aufrecht da, mit der rechten Hand auf dem Zwerchfell, und machte komische Geräusche. Das nannte sich »Stimmbildung«, und Frau Kranz, die Ausbilderin, nickte mir aufmunternd zu. Es war meine zweite Stunde und nachdem ich meine anfänglichen Hemmungen abgelegt hatte, fing es an, richtig Spaß zu machen.

»Stoßen Sie den Atem richtig aus, so: Ho! ha! hu!«, befahl Frau Kranz und machte es mir so übertrieben vor, dass wir beide lachen mussten.

Die nette Frau Wüster, die aus irgendeinem merkwürdigen Grund einen Narren an mir gefressen hatte, musste sich so vehement für meine vorzeitige Aufnahme ins Moderatoren-Training eingesetzt haben, dass Herr Bammer kapituliert hatte.

Ich bedankte mich bei ihr mit einem Blumenstrauß. »Wissen Sie«, erklärte sie, »ich habe selbst davon geträumt, Sprecherin zu werden, aber mir fehlen alle Voraussetzungen. Wenn jemand so eine wunderbare Stimme hat wie Sie, wäre es ein Jammer, nichts daraus zu machen.«

So besuchte ich also nun drei Mal in der Woche Kurse in Stimmbildung, Interviewtechnik und praktischer Radioarbeit. Ich lernte, wie man seine Atmung kontrolliert, wie man eine müde Stimme munter klingen lässt und wie man einen schweigsamen Gesprächspartner zum Reden bringt. Ich übte den Umgang mit Plattenspieler, Kopfhörer und Studiotelefon und lernte, wie man einen aufgezeichneten Beitrag schneidet. Ich sprach unendlich viele Jingles, Spots und Ansagen, und bald kam Frau Wüster und sagte: »Demnächst sind Sie reif für eine Probesendung.«

»Radiomoderatorin? Was ist das denn wieder für eine Spinnerei?«

Missmutig hackte Friedrich die Gabel in den selbst gebackenen Kuchen, den ich zu meinem ersten offiziellen Besuch zu Hause mitgebracht hatte. Ich wollte die Situation so gut es ging entspannen und hegte außerdem die heimliche Hoffnung, Friedrich dazu bewegen zu können, etwas Geld rauszurücken.

»Es ist keine Spinnerei, ich mache eine Sprecherausbildung und bald schon meine erste Sendung.«

»Echt, Mami, können wir dich dann im Radio hören?«, fragte Lucy beeindruckt.

Ich nickte, Friedrich verdrehte die Augen.

»Ich verstehe nicht, wieso du mit fast vierzig alles machen musst, was andere mit Anfang Zwanzig machen.«

»Erstens bin ich erst siebenunddreißig und außerdem … vielleicht muss ich ein paar Sachen nachholen, gerade weil ich sie mit Anfang Zwanzig nicht gemacht habe.«

»Das ist doch lächerlich«, brummte Friedrich und nahm sich ein zweites Stück Kuchen.

»Schön, dass dir mein Kuchen schmeckt«, lächelte ich ihn an.

Das kannst du wenigstens, gab er zurück.

Ich ermahnte mich innerlich zur Zurückhaltung. Er war in seinem männlichen Stolz gekränkt, so viel war klar. Und wenn Männer sich schwach fühlen, werden sie bösartig.

»Ich hoffe, du laberst dann nicht so viel Mist wie die meisten Moderatoren«, sagte Lucy.

Ich grinste. »Ich bin ja nicht mehr Anfang Zwanzig. Zum Glück.«

Später machte ich mit Jonas und Lucy einen Spaziergang.

Lucy gab mir Tipps.

»Wenn du Zeit gewinnen willst, wiederholst du einfach, was der andere gesagt hast. Und wenn jemand was Saublödes sagt, fragst du: Habe ich das richtig verstanden, dass Sie meinen … dann muss der noch mal drüber nachdenken, ob er den Mist weiter vertritt.«

Ich war erstaunt. Wie genau Lucy offenbar hinhörte. Ich hatte immer gedacht, ihr ginge es nur um die Musik.

Jonas lief voraus und probierte, mit einem Schmetterlingsnetz Vögel zu fangen. Glücklicherweise waren sie schneller als er. Was den kleinen Kerl an den Biestern bloß so faszinierte?

»Und wenn du eine Musik ansagst, dann sag nicht einfach, das ist der Titel Soundso aus der neuen CD, sondern gib dir ein bisschen Mühe. Erzähl was über die Band oder über deine Erinnerungen an das Lied, irgendwas Persönliches.«

»Ich werde dran denken«, sagte ich ernsthaft, »danke für die Tipps!«

21

Zwei Tage vor der Probesendung überfiel mich höllisches Lampenfieber. Es war Abend, ich brütete über meinem Fragenkatalog zum Thema: »Liebe am Arbeitsplatz.«

Ich würde zwei Expertinnen im Studio haben und mit Anrufern sprechen; die Musik, die zwischendurch laufen würde, sollte ich selbst aussuchen. Das war das kleinste Problem gewesen, ich hatte einfach eine Reihe meiner Lieblingssongs aufgelistet und zu jedem dazugeschrieben, warum ich ihn mochte.

»Die Sendung richtet sich vorwiegend an Frauen zwischen sechzehn und sechzig«, hatte Herr Bammer mir beim Vorbereitungsgespräch erklärt. »Sie stehen altersmäßig genau in der Mitte, wahrscheinlich haben Sie eine Mutter um die Sechzig und könnten eine sechzehnjährige Tochter haben.«

»Ich habe eine sechzehnjährige Tochter«, stellte ich fest.

»Na, umso besser. Dann wissen Sie ja, wie man mit jungen Leuten spricht. Es soll so persönlich und locker wie möglich werden. Stellen Sie sich vor, Sie plaudern mit den Frauen bei einer Tasse Kaffee.«

Ich stellte mir literweise Kaffee und plaudernde Frauen vor, aber die Aufregung blieb.

Als ich in Rilkes Zimmer schlich, um mich von ihm moralisch aufrüsten zu lassen, telefonierte er.

Diskret wollte ich mich zurückziehen, aber im gleichen Moment beendete er das Gespräch.

»Bis später«, hörte ich. Seine Stimme klang weich, seine Augen glänzten.

»Gehst du noch weg?«

»Mmh.«

Ich wurde traurig und gleichzeitig wütend.

Nie war er da, wenn ich ihn brauchte. Nie fragte er, wie es mir ginge oder ob er etwas für mich tun könnte. Er redete mit mir, wenn er wollte. Er schlief mit mir, wenn *er* wollte. Und er ließ mich alleine, wenn *er* wollte.

»Könntest du nicht heute mal zu Hause bleiben?«, fragte ich und schämte mich wegen meines unterwürfigen Tonfalls.

»Tut mir Leid, hab mich gerade verabredet.«

»Immer sind die anderen wichtiger als ich.«

»Bella, ich bin nicht mit dir verheiratet«, sagte Rilke. »Stimmt«, gab ich zurück. »Aber unter diesen Umständen hätte ich gleich bei meinem Mann bleiben können.«

Pfui Teufel, wie frustriert das klang! Fehlte nur, dass Rilke jetzt sagte: »Dann geh doch zurück.«

Aber er sah mich nur an und bat: »Mach es nicht kaputt, Bella.«

Ich wusste, jedes weitere Wort würde alles noch schlimmer machen. Ich biss mir auf die Lippen.

Später hörte ich von meinem Zimmer aus, wie Rilke sich duschte und die Zähne putzte. Sein Schrank klappte auf und zu, wenig später fiel die Wohnungstür ins Schloss.

Es gab kein Zurück mehr. Punkt fünfzehn Uhr würde die Sendung beginnen. Herr Bammer hatte mir mitgeteilt, dass live gesendet werden würde, wegen der Anrufer.

»Und wenn ich kein Wort rauskriege?«

»Dann legen wir schnell ein vorbereitetes Band ein«, beruhigte er mich.

Es war kurz nach vierzehn Uhr

Frau Wüster tanzte um mich herum wie ein Boxtrainer um seinen Schützling und versuchte, mir alle Wünsche von den Augen abzulesen.

Ob ich mit den Expertinnen vorher schon mal reden wollte? Ob ich während der Sendung lieber ein Glas Wasser hätte oder einen Kaffee? Ob ich die Platten selbst auflegen oder das der Technikerin überlassen wollte? Wie viel Information ich zu den Anrufern jeweils wollte? Mir drehte sich der Kopf.

»Ich hätte gerne zehn Minuten meine Ruhe«, stöhnte ich, und sofort zauberte Frau Wüster den Schlüssel zu einem ungenutzten Aufnahmeraum hervor, in den ich mich zurückziehen konnte. Dort lief ich auf und ab und versuchte, mich mit Atemübungen zu beruhigen. Ich hatte sowieso eine Menge anderer Probleme zur Zeit. Rilke, der sich immer mehr zurückzog. Jonas, der vehement meine Heimkehr forderte. Und Friedrich, der sich weiterhin weigerte, mich finanziell zu unterstützen. Es war seine Art, sich zu rächen.

Außerdem hatte er offenbar angefangen, unserer Trennung angenehme Seiten abzugewinnen. Von Lucy wusste ich, dass er kürzlich mit Christina ausgegangen war, seiner langmähnigen Tischdame von der Hochzeit. Sie war zu Besuch bei ihrem Vater gewesen und hatte ihn einfach angerufen.

Ich überlegte, ob Christina jetzt meine Stiefschwester wäre oder in welchem verwandtschaftlichen Verhältnis wir zueinander stünden. Und was, wenn Friedrich sie heiratete? Könnte sie gleichzeitig meine Schwester und meine Schwägerin sein? Ich wurde mir nicht klar darüber, eigentlich war es mir auch egal.

Die einzige, die mir zur Zeit keine Schwierigkeiten machte, war Queen Mum. Die war mit ihrem neuen Ehemann ausgelastet. Momentweise war ich fast ein bisschen neidisch auf ihr ungetrübtes Glück.

»Sind Sie fertig, Bella?«

Ich schreckte aus meinen Gedanken. Draußen stand Frau Wüster und klopfte gegen die Tür.

»Ich komme«, rief ich.

Ich begrüßte die beiden Expertinnen, die Personalchefin einer großen Firma und eine Psychologin, und wir machten es uns gemütlich, so weit man in dem sterilen, schallgedämmten Raum von Gemütlichkeit sprechen konnte. Mit einer entspannten Kaffeeklatschsituation hatte das Ambiente ungefähr so viel Ähnlichkeit wie mit einem Aufenthalt auf dem Operationstisch.

Die Zeiger der riesigen Studiouhr rückten unbarmherzig nach vorne. Ich stülpte meine Kopfhörer über. »Noch drei Minuten, dann Werbung, Wetter und Nachrichten. Nach den Verkehrsmeldungen der ›Talk-am-Nachmittag‹-Jingle, dann Begrüßungsmoderation und die erste Musik. Alles klar?«, hörte ich die Stimme von Frau Wüster.

Ich nickte mechanisch. Die Zeit dehnte sich. Ich versuchte ein bisschen Small Talk mit meinen Gästen, aber denen hatte die ungewohnte Situation die Sprache verschlagen.

Die Nachrichten und Verkehrsmeldungen rauschten an mir vorüber, die Erkennungsmelodie der Sendung erklang. Mit dem letzten Ton leuchtete unter der Studio-Uhr eine rote Lampe auf.

Jetzt. Ich war dran. Genau in dieser Sekunde wartete der leere Äther darauf, von meiner Stimme gefüllt zu werden.

»Einen wunderschönen Nachmittag, liebe Hörerinnen und Hörer, ich freue mich, dass Sie dabei sind bei unserer Talkrunde zum Thema Liebe am Arbeitsplatz. Ich habe zwei Expertinnen im Studio, und natürlich können und sollen Sie anrufen, um uns über Ihre Erfahrungen mit dem Thema zu berichten. Gleich geht's los, zum Einstieg Gute-Laune-Musik: Manfred Mann's Earth Band mit ›Davy's on the road again‹.«

Mein Herz klopfte zum Zerspringen, meine Hände waren schweißnass. Aber immerhin hatte ich die erste Moderation ohne Fehler rübergebracht.

Ich warf einen Blick auf meinen Spickzettel. »Telefonnummer«, stand da. Und »Vorstellung Gäste, erste Frage.«

Ich fühlte, wie meine Bluse unter den Armen feucht wurde. Das rote Licht ging wieder an, ich sagte noch mal das Thema an, gab die Telefonnummer durch und stellte die beiden Expertinnen vor.

Plötzlich kam es mir so vor, als hätte ich die Namen der zwei Frauen verwechselt. Welche hieß jetzt Maifarth, war das die Psychologin oder doch die andere? Und wie war noch der zweite Name, Simbuck oder Simbach? Panisch sah ich von der einen zur anderen. Beide verzogen keine Miene.

Ich fragte die Personalchefin, wie oft es passiert, dass Kollegen etwas miteinander anfangen; von der Psychologin wollte ich wissen, wie haltbar solche Beziehungen sind.

Plötzlich klingelte mein Telefon zum ersten Mal. Oh Gott, was musste ich jetzt tun? Wohin mit dem Hörer? Mir fiel ein, dass ich nur einen Knopf drücken musste, dann würde ich die Stimme im Kopfhörer hören.

Frau Wüster hielt einen Zettel gegen die Scheibe. »Tanja, 26 Jahre.«

»Hallo, Tanja, schön, dass Sie anrufen! Was sind Sie von Beruf?«

»Ich arbeite in einer Werbeagentur«, piepste ein verschüchtertes Stimmchen.

»Und welche Erfahrungen haben Sie dort mit der Liebe gemacht?«

»Na ja, ich bin in einen Kollegen verliebt. Aber der reagiert gar nicht.«

Die Psychologin erklärte, dass viele Männer Angst vor einer Verbindung am Arbeitsplatz hätten, weil sie Nachteile für ihre Karriere befürchteten.

Die Personalchefin sagte, eine »prickelnde« Atmosphäre am Arbeitsplatz könne nicht schaden; die Unternehmen hätten meist nichts gegen solche Verbindungen.

Wir gaben Tanja den Rat, etwas offensiver um den Kollegen zu werben, und mit flatternden Fingern drückte ich alle möglichen Knöpfe, um die Verbindung zu beenden. Ich war ein Nervenbündel; am liebsten wäre ich geflüchtet.

Der zweite Anrufer suchte Rat, weil er sich von seiner Chefin erotisch verfolgt fühlte.

Ich musste grinsen. »Wie sieht sie aus?«, fragte ich.

»Ähm … na ja, ganz gut.«

»Na, dann greifen Sie doch zu!«

»Nein, lieber nicht«, schaltete sich Frau Maifarth ein. Oder war es doch Frau Simbach? »Hierarchieübergreifende Affären sind problematisch. Wenn Macht ins Spiel kommt, kann es gefährlich werden.«

Als ich einwand, viele Sekretärinnen würden doch ihren Chef heiraten, brach im Studio eine heftige Diskussion über die Geschlechterrollen im Arbeitsleben aus. Ich hatte Mühe, die zwei Damen zu bremsen und verabschiedete schnell den Anrufer.

Ein Blick auf die Studiouhr: noch nicht mal die Hälfte der Zeit war vorbei. Meine Anspannung war so stark, dass ich einen steifen Nacken bekam und den Kopf kaum noch bewegen konnte. Wie eine Schildkröte drehte ich den Hals hin und her, wenn ich mit meinen Studiogästen sprach.

Endlich waren zwei Stunden vorbei. Ich bedankte mich bei den Zuhörern und den Expertinnen, der Ausstiegs-Jingle erklang, und da flog auch schon die Tür auf, und Frau Wüster stürmte herein.

»Fantastisch«, rief sie, »als hätten Sie Ihr Leben lang nichts anderes gemacht!«

Gemäßigteren Schrittes war ihr Programmdirektor Bammer gefolgt.

»Glückwunsch, Frau Schrader. Sie sind ein echtes Naturtalent.«

Ich war fix und fertig. Die Schwitzflecken unter meinen Armen hatten die Taille erreicht, meine Hände zitterten, ich fühlte mich, als wäre ich dem Schleudergang der Waschmaschine entstiegen.

»Nie wieder«, stieß ich hervor, »das ist ja schlimmer als die Abiturprüfung!«

Alle lachten.

»Man hat Ihnen die Nervosität überhaupt nicht angemerkt«, sagte die Psychologin bewundernd, »übrigens, mein Name ist Simbuck, nicht Simbach.«

Wenn das mein einziger Fehler gewesen war, konnte ich wirklich froh sein, wenn man bedenkt, was noch alles hätte schief gehen können. Ich war plötzlich ganz schön stolz auf mich.

»Wie viele Leute haben die Sendung jetzt ungefähr gehört?«, fragte ich neugierig.

Herr Bammer lächelte nachsichtig.

»Liebe Frau Schrader! Glauben Sie wirklich, wir hätten eine blutige Anfängerin live auf Sendung gelassen? Das war natürlich eine Aufzeichnung. Wir haben Sie glauben lassen, wir seien live, um Ihre Nerven zu testen.«

Ich traute meinen Ohren nicht. »Und die Anrufer?«

»Hier aus dem Sender. Alles liebe Mitarbeiter von uns.«

Ich schnappte nach Luft. »Soll das heißen, ich habe

mich völlig umsonst aufgeregt? Ich habe die ganze Zeit in eine Mülltüte geredet, und kein Schwein hat's gehört?«, kreischte ich hysterisch.

Frau Wüster, Herr Bammer und die zwei Damen schauten betreten beiseite.

Dann nickte Herr Bammer.

»Es war zu Ihrem eigenen Schutz. Viele halten den Stress beim ersten Mal nicht durch.«

Die trauen mir's also doch nicht zu, dachte ich wütend. Ich fühlte mich hintergangen und gedemütigt. Was sollte ich den Kindern sagen, die umsonst vor dem Radio gesessen hatten, und was Friedrich? Der würde sich doch schlapplachen, wenn er die Geschichte hörte.

»Sonst noch Überraschungen?«, fragte ich.

»Ja«, meinte Bammer, »wenn Sie wollen, machen wir bald die nächste Sendung. Die geht dann garantiert nach draußen.«

»Das muss ich mir erst noch überlegen«, schnauzte ich und verließ grußlos das Studio.

»Was zahlen sie?«, wollte Rilke als erstes wissen.

»Keine Ahnung. Ich weiß wirklich nicht, ob ich es mache, so wie die mich verarscht haben.«

»Sei bloß nicht zickig. Die haben dich vor einer möglichen Blamage bewahrt, du solltest denen dankbar sein.«

Er griff nach einem Buch und begann zu blättern.

Wir lagen nackt auf seinem Bett, gerade hatten wir zusammen geschlafen, und er schien so weit weg, als säße er auf dem Mars.

»Rilke, was ist los mit dir?«, fragte ich. »Du hast dich verändert.«

Er ließ das Buch sinken, legte es aber nicht weg.

»Ich habe mich nicht verändert, es hat sich verändert.«

»Es?«

Ich spürte, dass er nicht reden wollte. Aber ich hielt es nicht aus, innerlich so getrennt von ihm zu sein. Ich fuhr ihm mit der Hand durch die Haare, wollte mit der Berührung die Distanz überwinden.

»Was meinst du mit ›es‹?«, fragte ich noch mal.

»Das zwischen uns«, antwortete Rilke widerwillig. »Die Spannung ist weg, der Alltag erdrückt uns. Am Anfang war alles leicht. Jetzt diskutieren wir über Geld und streiten uns, weil du eifersüchtig bist.«

Das war ungerecht. Nie hatte ich versucht, ihn einzuengen, seine Bewegungsfreiheit zu beschränken. Dass ich ihn begehrte und ihm nahe sein wollte, konnte er mir doch nicht zum Vorwurf machen!

»Du hast vorgeschlagen, dass ich bei dir wohnen soll«, erinnerte ich ihn.

»Für eine Weile. Bis du was anderes gefunden hast. Du hast ja überhaupt nicht gesucht.«

Ich war wie vom Donner gerührt. Zugegeben, wir hatten die »Weile« nie genau definiert, aber ich hatte immer den Eindruck gehabt, es sei in Ordnung für ihn, dass ich da war. Jetzt tat er so, als hätte ich mich unter Vorspiegelung falscher Tatsachen bei ihm eingenistet. Gut, das mit Friedrichs Annäherungsversuch war geschwindelt gewesen. Aber anders hätte

Rilke sich doch nie einen Ruck gegeben und seine verdammte Angst vor Nähe überwunden.

»Soll ich gehen?«, fragte ich.

»Nein, so habe ich es nicht gemeint. Nur, irgendwas muss sich ändern. Mir ist das zu … zu spießig.«

Ohne ein weiteres Wort zog ich mich an und ging rüber in mein Zimmer. Dort legte ich mich aufs Bett und starrte an die Decke. Spießig. Ich war ihm zu spießig. Ich wusch seine Klamotten, weil sie im Bad rumflogen, und das war spießig. Ich kaufte ein und kochte, weil ich gerne was anderes aß als Tiefkühlpizza, und das war spießig. Ich vermisste ihn, wenn er weg war und freute mich, wenn er kam, und das war spießig.

Irgendwann wurde mir klar, dass es um etwas anderes ging.

Er war jung und neugierig und hatte alles noch vor sich. Ich war nicht mehr jung und ziemlich abgeklärt und hatte das meiste schon hinter mir. Er suchte das Abenteuer, das Neue, noch nie Erlebte. Und ich konnte ihm, obwohl ich so gerne gewollt hätte, dabei nicht folgen. Manche Reisen kann man nur mit jemandem machen, der am gleichen Punkt steht wie man selbst. Wir standen an völlig unterschiedlichen Punkten unseres Lebens.

Und trotzdem war ich so in den Kerl verliebt, dass ich es kaum ertrug. Was sollte ich bloß machen?

22

Ich hatte beschlossen, mich tot zu stellen.

Ich ließ Rilke so weit in Ruhe, wie es nur möglich war und versuchte, mich unsichtbar zu machen. Ich hoffte, das, was zwischen uns war, würde sich auf Dauer als stärker erweisen als seine Zweifel.

Aber die Leidenschaft, diese bislang so verlässliche Verbindung zwischen uns, wurde schwächer. Früher hatten wir fast jeden Tag zusammen geschlafen, an manchen Tagen sogar mehrmals. Inzwischen vergingen oft viele Tage, bis wir wieder Sex hatten. Im gleichen Bett hatten wir schon lange nicht mehr übernachtet; meist schlich ich irgendwann zurück in mein Zimmer und lag wach und unglücklich da, bis es hell wurde.

Tagsüber ging ich kaum noch aus dem Haus, sondern lauerte darauf, dass er käme und mir ein paar Minuten Zeit und Zuwendung schenkte. Oft wartete ich vergeblich.

Ich kompensierte meinen Kummer mit manischem Putzen; die Wohnung war sauber und aufgeräumt wie vermutlich noch nie seit Bestehen der WG.

»Übertreib's nicht«, brummte Hartmann gutmütig, wenn er mich mit Staubsauger und Wischlappen hantieren sah, »ich fühl mich allmählich selbst wie ein Schmutzfleck inmitten von so viel Sauberkeit.«

»Könntest du mal eben auch durch mein Zimmer gehen?«, bat hingegen Nicki.

Ich schaffte Ordnung in seinem Saustall, so wie ich es bei Lucy gemacht hatte. Es war eine Art Sühneaktion, denn mehr und mehr plagten mich Schuldgefühle.

»Eigentlich finde ich es ziemlich Scheiße von dir, dass du von deinen Kindern weg bist«, hatte Nicki irgendwann gesagt. »Meine Mutter ist auch wegen einem anderen Kerl abgehauen, da war ich gerade zehn. Ich hab gelitten wie ein Tier. Aber was willste machen, wenn eine Mutter meint, sie müsste sich selbst verwirklichen.«

Verzweifelt schrubbte ich sein Zimmer und fragte mich, ob ich eine Rabenmutter wäre. Ja, es stimmte, ich hatte meine Kinder verlassen wegen eines Kerls. Aber tat ich nicht alles, um ihnen die Trennung erträglich zu machen? Und hatte ich nicht nach so vielen Jahren auch ein Recht auf ein eigenes Leben?

Andererseits: Unterschied sich mein Leben jetzt eigentlich so sehr von dem vorher? Die Jungs hatten sich schnell daran gewöhnt, dass ich mich ums Wäschewaschen, Einkaufen und Kochen kümmerte, meist trug ich auch den Müll runter und fuhr das Altglas zum Container. Ich machte das Gleiche wie früher, nur dass die Kinder, die ich versorgte, nicht »Mami« zu mir sagten. Es sah so aus, als könnte ich machen, was ich wollte, ich blieb die Hausfrau und Mutter.

Schluss mit dem Selbstmitleid! befahl ich mir eines Tages und beschloss, ein Fest zu organisieren. Ich musste endlich etwas Positives tun, statt mich weiter mit Ängsten und Zweifeln zu martern.

»Ich koche was Tolles, und jeder von euch lädt ein paar Freunde ein«, schlug ich den Jungs vor und fühlte mich wie eine Kindergartentante, die ihre lustlosen Schützlinge aufmuntern will.

»Wer wäscht ab?«, wollte Nicki wissen.

Er bevorzugte Lieferungen durch einen Party-Service, der auch gleich das gebrauchte Geschirr wieder mitnahm.

»Na, wer schon?«, fragte ich zurück. Als hätte Nicki einmal abgespült, seit ich dort wohnte.

Hartmann war natürlich einverstanden; gegen ein gutes Essen, egal in welcher Gesellschaft, hatte er nie was einzuwenden.

»Lieb von dir«, sagte auch Rilke und küsste mich.

Mein Herz machte einen Sprung. Alles würde gut werden.

Ich übertraf mich selbst. Zwei volle Tage kochte ich, bis die beiden zum Büffet umfunktionierten Tapeziertische auf dem Flur sich unter den Köstlichkeiten bogen. Lachslasagne, gegrillte Austernpilze, Spinat in Blätterteig, Meeresfrüchte, Fleischpasteten und Salate standen neben einer Platte mit feinstem Käse und exotischen Früchten. Eine Mandelbaisertorte und eine Schokoladenmousse bildeten den süßen Abschluss.

Hartmann schlich wie ein hungriger Kater um das Essen herum, lange bevor die Gäste eintreffen sollten. Immer wieder musste ich eingreifen, weil er durch seine Nascherei meine dekorativen Arrangements zerstörte.

Ich hatte die Wohnung mit Kerzen dekoriert und mehrere Sitzgruppen aufgebaut, damit die Gäste zwanglos miteinander reden könnten. Das Wohnzimmer hatten wir leergeräumt und Rilkes Anlage aufgebaut; vielleicht würden wir ja später Lust haben zu tanzen.

Ich freute mich und war aufgeregt wie vor den wenigen Partys meiner Teeniezeit, die ich im Hobbykeller meiner Eltern feiern durfte. In wochenlanger Arbeit hatte ich damals den ganzen Raum mit bemalten Eierkartons ausgekleidet, damit meine Eltern nicht gestört werden sollten. Kurz bevor meine Freunde kamen, zogen sie sich immer zum Fernsehen zurück, und ich schleppte schnell zwei alte Matratzen in den Partyraum, für die »Knutschecke.«

Um kurz vor elf mussten die Matratzen wieder verschwunden sein, weil Punkt elf mein Vater in der Tür stand, in die Hände klatschte und gegen den Lärm anrief: »Danke für euren Besuch, kommt gut nach Hause!« Misstrauisch schnüffelnd untersuchte er dann den ganzen Raum, ob nicht doch jemand heimlich geraucht und die Kippe womöglich nicht richtig ausgedrückt hatte.

Es klingelte, die ersten Gäste kamen. Es waren Pit, Kim und Michel, die Jungs von der Band. Bald darauf kam Doreen mit zwei Freundinnen, gefolgt von Rilkes Clique und ein paar anderen, die ich nicht kannte. Es wurde schnell voll, ich war heilfroh, dass ich so reichlich gekocht hatte.

Als die Haustür wieder mal aufging, erspähte ich plötzlich ein bekanntes Gesicht: Marian Pakleppa. Der berühmte Kritiker betrat die Wohnung. Im einen Arm hielt er eine Champagnerflasche, im anderen die doofe Daisy.

Rilke blieb der Mund offen stehen. Vor Schreck lief er weg, statt seinen Gast zu begrüßen. Nicki und Hartmann sahen sich verständnislos an, flüsternd klärte ich sie auf.

»Wer ist denn hier der Gastgeber?«, dröhnte Pakleppas Stimme zu uns rüber.

Ich ging auf ihn zu, reichte ihm die Hand und sagte: »Ich. Guten Abend, Herr Pakleppa. Ich freue mich sehr, dass Sie uns die Ehre geben.«

Er sah mich gelangweilt an, drückte mir die Flasche in die Hand und deutete mit einer nachlässigen Bewegung auf seine Begleiterin. Natürlich, sie hatte ihn mitgeschleppt, um vor ihren Freunden anzugeben.

»Daisy«, stellte Pakleppa sie vor.

Ich nickte. »Wir kennen uns.« Das »leider« verschluckte ich.

Ich bedankte mich für die Flasche, wünschte einen schönen Abend und verdrückte mich. Worüber sollte ich mit so einem reden? Ich würde ihn doch nur langweilen.

Die Leute, die ihn kannten, starrten das Paar mit unverhohlener Neugierde an. Alle fragten sich, wie Daisy zu einem so prominenten Begleiter käme, zumal es kaum ihre intellektuellen Fähigkeiten sein konnten, die ihn an ihr interessierten. Nun ja, vielleicht lagen ihre Stärken auf anderem Gebiet.

Ich holte mir ein Bier und ein Stück von meiner Lachslasagne und setzte mich das erste Mal an diesem Tag hin. Die Leute sprachen angeregt miteinander, die Stimmung war gut, die Jungs schienen ihren Spaß zu haben. Ich sah mich um. Wo war eigentlich Rilke?

Ich entdeckte ihn, an einen Türrahmen gelehnt, im Gespräch mit einem Mädchen. Ein ungutes Gefühl beschlich mich. Wo hatte ich die schon gesehen? Sie hatte halb lange, dunkle Haare und trug eine helle Wildlederjacke.

Richtig, bei der Lesung. »Süß« hatte sie Rilke gefunden und ihm unsere Telefonnummer abgeschwatzt. Die beiden sprachen ziemlich vertraut miteinander, es sah nicht so aus, als würden sie sich heute erst zum zweiten Mal begegnen.

Schlagartig schmeckte mir mein Essen nicht mehr. Ich stellte den Teller ab. Dann versuchte ich, in eine andere Richtung zu sehen. Rilke sollte nicht merken, dass ich ihn beobachtete. Aber wie unter Zwang drehte ich immer wieder den Kopf in seine Richtung.

Schließlich stand ich auf und ging in die Küche.

Dort führte Nicki einen Balztanz vor Doreen auf, die so tat, als interessiere sie sich für Hartmann. Der hockte unbeteiligt auf dem Fensterbrett und aß von einem randvoll gefüllten Teller. Doreens affektiertes Schauspielerinnengetue ließ ihn völlig kalt. Als er mich sah, zeigte er mit der Gabel auf sein Essen und bedeutete mir, wie köstlich es sei. Ich lächelte ihm zu und wanderte weiter.

Ein paar Leute saßen im Bad und kifften; ein Typ mit einer tätowierten Glatze und einem Ring durch die Nase hielt mir den Joint entgegen. Ich schüttelte den Kopf. Mir war schon schlecht. Und ich hasste gepiercte Leute, die mussten einfach pervers sein.

Schließlich erreichte ich das Wohnzimmer. Dort wurde bereits heftig getanzt, ich war gespannt, wie lange es dauern würde, bis die Bullen vor der Tür stünden. Konnte mir wurscht sein, war ja nicht meine Wohnung. Ich entdeckte Rilke und das Mädchen. Sie tanzten. Und anders als die meisten Paare, die sich nur gleichzeitig im Takt bewegten, tanzten sie wirklich zusammen. Sie fassten sich an den Händen, ließen sich wieder los, berührten sich und lösten sich, sahen sich in die Augen, lachten sich an und riefen sich Bemerkungen zu.

Ich stellte mir plötzlich vor, wie sie miteinander schliefen. Ob er die ganze Zeit, in der wir zusammen waren, auch mit anderen geschlafen hatte? Ich hatte den Gedanken immer verdrängt, hatte versucht, die Eifersucht nicht zuzulassen. Plötzlich überrollte sie mich mit aller Macht.

Ich musste irgendwas tun, was ihn mir wieder nahe brachte. Irgendwas, das er toll fand. Oder wofür er mir wenigstens dankbar sein müsste.

Ich straffte meinen Körper und ging wie zufällig in die Richtung von Pakleppa, der an einem Tisch saß und Meeresfrüchte verspeiste. Akribisch piekte er einen Bissen nach dem anderen mit der Gabel auf und steckte ihn in den Mund. Seine Zähne mahlten unnatürlich schnell, er sah aus wie ein mümmelnder Hase. Die doofe Daisy saß daneben und plapperte irgendetwas Belangloses; ganz offensichtlich hörte er nicht zu. Mechanisch fuhr er mit seiner linken Hand ihren Oberschenkel rauf und runter.

»Ich hoffe, Sie fühlen sich wohl, Herr Pakleppa«, lächelte ich ihn an und ließ mich ihm gegenüber auf einem Stuhl nieder. Daisy war verstummt, als hätte jemand auf den Aus-Knopf gedrückt.

Pakleppa nickte zwischen zwei Bissen, unterbrach seine Mahlzeit aber nicht.

»Ich muss Ihnen gestehen, dass ich eine große Bewunderin Ihres Stils bin«, schleimte ich los. »Es ist ein Genuss, Ihre Rezensionen zu lesen. Meistens übrigens ein größerer als die Lektüre der Werke selbst!«

Er lauschte mir geschmeichelt, ließ sich aber nicht zu einer Antwort herab.

Leider würden viel zu viele Leute sich heute zu Dichtern berufen fühlen, fuhr ich fort. Leute, die keine Ahnung vom Leben und noch weniger Ahnung vom Dichten hätten. Der Wert von Lyrik schlechthin sei dadurch in Frage gestellt, deshalb sei es so eminent wichtig, dass kompetente Kritiker wie er die Spreu vom Weizen trennten.

»Weizen?«, schnaubte er jetzt, »ich sehe weit und breit nur Spreu. Unter Zentnern von leeren Halmen und wertlosen Hülsen findet sich hie und da ein Weizenkörnchen. Sie können mir glauben, es deprimiert mich.«

Ich ließ fallen, dass ich eine Radiosendung moderierte und schon lange den Wunsch hätte, ihn einzuladen. Zwei Stunden nur über moderne Dichtung und er als mein Gast, ob er sich das vorstellen könne?

Das erste Mal verzog sich sein Gesicht zu einer Art

Lächeln. »Ich denke doch, ich hätte eine Menge zu sagen«, meinte er selbstgefällig.

»Davon bin ich überzeugt«, gurrte ich.

Wenn Bammer das wüsste! Ich hatte noch nicht mal zugesagt, eine zweite Sendung zu machen. Na ja, egal, Pakleppa würde sicher nicht auf die Idee kommen, nachzufragen.

»Übrigens, ich habe bei meinen Recherchen zufälligerweise ein Weizenkörnchen entdeckt«, sagte ich beiläufig.

Daisy schien sich zu langweilen und verschwand Richtung Klo.

»Ach ja?«, fragte Pakleppa, »um wen handelt es sich?«

»Um einen jungen Autor, Felix Mittermaier. Ich kenne ihn persönlich nicht, er hat bisher kaum etwas veröffentlicht, aber das wenige, das man lesen konnte zeugt von erstaunlichem Talent.«

»Wo hat er veröffentlicht?«

Ich nannte den Namen des Blattes, wo Gedichte von Rilke abgedruckt waren.

»Ich glaube, ich habe zufällig ein Exemplar da, ich hol's Ihnen schnell.«

Ich flitzte in Rilkes Zimmer und riss zwei Seiten aus dem Magazin. Dann griff ich nach ein paar losen Blättern, von denen Rilke neulich abgelesen hatte, und drückte Pakleppa alles in die Hand.

»Sie können ja bei Gelegenheit mal reinschauen. So viel ich weiß, ist im Verlag Lyrik & Co. ein kleiner Band in Vorbereitung, falls Sie noch mehr lesen wollen.«

Pakleppa steckte die Seiten ein und pickte die letzte Krabbe von seinem Teller.

»Ausgezeichnet, der Meeresfrüchtesalat«, lobte er und wischte sich mit dem Handrücken das Öl von den Lippen.

Schon stand Daisy mit einem vollen Teller neben ihm und fütterte ihn mit einem Austernpilz. Ich nutzte die Gelegenheit, die beiden sich selbst zu überlassen.

Wenn das klappte, würde Rilke mir bis ans Ende seiner Tage dankbar sein, denn eine Kritik von Pakleppa bedeutete den Durchbruch für einen Autor, ganz egal, ob sie gut oder schlecht war.

»Du verdammte Idiotin!«, brüllte Rilke ein paar Tage später und knallte mir die Zeitung hin.

Mein Blick fiel auf eine Überschrift im Literaturteil. »Liebestrunkenes Lallen« stand über einer zweispaltigen Glosse, in der Pakleppa sich über den neuen Romantizismus in der Lyrik lustig machte. Mittendrin schilderte er, wie die alternde Geliebte eines jungen angeblichen Dichtergenies namens Felix Mittermaier ihm, dem Rezensenten, die peinlichen Ergüsse des angebeteten Knaben zugespielt hatte. Es waren nur ein paar Zeilen, aber die strotzten vor Bosheit. Meine Augen füllten sich mit Tränen, die Schamröte stieg mir ins Gesicht.

»Wie konntest du das bloß tun?«, schrie Rilke und lief wie ein verletztes Raubtier hin und her. »Du hast mich diesem Kerl zum Fraß vorgeworfen, mich lächerlich gemacht! Das verzeihe ich dir nicht. Niemals!«

»Aber du hast selbst gesagt, du wünschst dir, mal von Pakleppa verrissen zu werden«, versuchte ich eine schwache Verteidigung.

»Das ist kein Verriss, das ist eine Hinrichtung«, brüllte er, rannte in den Flur und donnerte die Wohnungstür hinter sich zu.

Zitternd blieb ich zurück.

Hartmann torkelte verschlafen in die Küche, er strich mit der Hand über seine Haarstoppeln und griff nach der Kaffeekanne.

»Was ist denn in den gefahren?«

Ich schob ihm wortlos den Artikel hin. Er schenkte sich eine Tasse voll und begann zu lesen. Sein Gesicht verzog sich zu einem Grinsen, das immer breiter wurde.

»Das ist ja zu komisch«, lachte er schließlich. »Das hast du wirklich gemacht? Du hast diesem Wichtigtuer Rilkes Sachen zu lesen gegeben?«

»Ja, hab ich. Und was ist daran komisch? Rilke ist so wütend, wie ich ihn noch nie gesehen habe.«

»Der beruhigt sich schon wieder.«

»Glaubst du wirklich? Ich hatte eher Angst, er bringt mich um.«

»Auf diesen ganzen Kritikerquatsch darf man doch nichts geben. Dieser Typ, dieser Pakleppa, ist doch nur ein eingebildetes Großmaul. Ich begreife nicht, wie man sein Gesülze überhaupt ernst nehmen kann.«

Damit biss er in ein Marmeladenbrot und griff sich den Sportteil.

Er hat Recht, dachte ich. Rilke wird sich beruhigen.

Eigentlich war das Ganze sogar ziemlich komisch, wenn man davon absah, dass ich die lächerliche Figur in dem Artikel war. Wie war der Scheißkerl bloß dahinter gekommen, dass Rilke und ich liiert waren? War ich wirklich so eine miserable Schauspielerin? Vielleicht hatte es ihm die doofe Daisy gesteckt. Egal. Jetzt konnte ich es auch nicht mehr ändern.

Mit etwas Humor müsste man das Ganze als das sehen können, was es war: Das Gegeifere eines Kerls, der vielleicht selbst gerne Dichter geworden wäre und es nur bis zum Kritiker gebracht hatte. Sicher wäre auch Rilke selbstbewusst genug, darüber zu lachen, sobald sein Zorn verraucht war. Ich hoffte, er würde bald zurückkommen.

Aber er kam nicht. Diese Nacht nicht und auch die folgende nicht. Ich lief wie von Sinnen durch die Wohnung und machte Nicki und Hartmann verrückt.

»Der taucht schon wieder auf«, winkten die beiden genervt ab.

»Hat sicher seinen Kummer ertränkt und ist irgendwo hängen geblieben«, vermutete Nicki.

»Oder er hat Pakleppa die Eier abgeschnitten und schmort im Knast«, feixte Hartmann.

Ich wusste überhaupt nicht mehr, was ich denken sollte, aber ich hatte ein ganz mieses Gefühl.

Am dritten Tag stand Rilke plötzlich in der Wohnung. Er war nicht alleine. Bei ihm war das Mädchen mit der Wildlederjacke.

»Hi, Bella, alles klar?«

Ich stand da wie festgeschraubt und sah ihn an.

»Das ist Sandrine.«

Er zeigte auf seine Begleiterin, die unbefangen lächelte.

Sicher hatte sie nicht die geringste Ahnung, in welcher Beziehung Rilke und ich zueinander standen. Vermutlich hielt sie mich auch für seine Mutter. Oder für die Haushälterin.

Die beiden verschwanden Arm in Arm in Rilkes Zimmer. Wenig später hörte man Sandrine kichern.

»Tja, dumm gelaufen.«

Ich drehte mich um, hinter mir stand Hartmann und sah mich mitfühlend an. »Ich hab dir gesagt, er ist ein harter Brocken.«

Ich machte einen Satz zu Rilkes Zimmertür. Bevor ich die Klinke runterdrücken konnte, legte sich eine Hand auf meine. Ich hörte Hartmanns Stimme.

»Ich glaube, es ist besser, wenn du jetzt gehst. Besser für dich, meine ich.«

Ich taumelte aus der Wohnung.

»Stunk mit deinem Lover?«, fragte Lucy im Vorbeigehen, als ich schniefend den Gartenweg entlangkam. Sie blieb nicht stehen. Auf der Straße stellte sie sich auf ihr Skateboard und sauste weg.

Auch Friedrich und Jonas waren im Aufbruch.

»Hallo, Mami, schade, dass du jetzt kommst, wir gehen gerade«, begrüßte mich Jonas.

Friedrich warf mir nur einen Blick zu und sagte gar nichts. Ich lief die Treppe hinauf und warf mich auf mein Bett.

Wie lange war ich weg gewesen? Es schien mir, als sei eine Ewigkeit vergangen, dabei waren es nur ein paar Wochen.

Ich hatte es verbockt. Eigentlich gab es nichts, was ich in letzter Zeit nicht verbockt hätte.

Ich hatte meine Kinder vernachlässigt, meine Ehe ruiniert und mich bei meinen Bekannten blamiert. Ich hatte sechstausend Mark in den Sand gesetzt und eine Sendung moderiert, die niemand gehört hatte. Der große Ausbruch aus meinem kleinen Reihenhausleben war kläglich gescheitert; als betrogene Ehefrau hatte er begonnen und als betrogene Geliebte geendet. Ich hatte das Gefühl, keine Luft zu bekommen. Ich konnte nicht weinen, nicht schreien, nur ein merkwürdiges Krächzen kam aus meinem Hals. Ohne nachzudenken stand ich auf, lief ins Bad und öffnete den Medikamentenschrank.

Ich drückte fünfzehn Valium aus der Packung und schüttete sie in den Mund. Mit einem Zahnputzglas voller Wasser spülte ich sie hinunter. Schlafen. Ich wollte schlafen. Ob ich jemals wieder aufwachen würde, war mir völlig egal.

23

Ich wachte ziemlich bald wieder auf, und zwar davon, dass Friedrich mich über die Kloschüssel hielt und ohrfeigte. Ich kotzte, er schlug, ich kotzte, er schlug.

»Das würde dir so passen, du feiges Luder!«, schrie er außer sich. Die Tränen liefen ihm übers Gesicht. »Deine Kinder im Stich zu lassen wegen irgend so einem Scheißtypen!«

Peng! Wieder knallte er mir eine. Ich gurgelte hilflos. Endlich hatte mein Magen alles von sich gegeben, und ich sackte kraftlos am Boden zusammen.

Friedrich lief aus dem Bad. Draußen hörte ich Jonas und Lucy weinen. Beruhigend sprach Friedrich auf sie ein.

»Stirbt die Mami?«, fragte Jonas schluchzend.

Mir drehte sich gleich noch mal der Magen um. Was hatte ich bloß angerichtet, ich blöde Kuh!

Ein Wagen bremste quietschend vor dem Haus, es klingelte, Sekunden später polterten Schritte die Treppe hoch. Die Badezimmertür flog auf, jemand kniete sich neben mich auf den Boden, fühlte meinen Puls und hob eines meiner Augenlider an.

»Was hat sie geschluckt?«, hörte ich eine Männerstimme.

»Valium«, sagte Friedrich. »Aber ich glaube, sie hat alles wieder erbrochen.«

»Wir müssen sie trotzdem mitnehmen«, sagte die Stimme.

O nein, nicht ins Krankenhaus, dachte ich. Ich machte einen Versuch, mich zu wehren, aber ich war zu schwach.

Ich fühlte, wie mein Körper auf eine Trage gebettet, die Treppe hinuntergetragen und im Krankenwagen verstaut wurde. Auf der Fahrt kämpfte ich gegen die Übelkeit.

In der Klinik wurde mir der Magen ausgepumpt. Hätte ich geahnt, wie ekelhaft das ist, hätte ich sicher ein paar Pillen weniger genommen. Oder mich einfach nur zugesoffen. Danach wurden noch ein paar Untersuchungen vorgenommen, die ich stumm über mich ergehen ließ. Ich hielt die Augen fest geschlossen, wollte niemanden sehen, niemandem ins Gesicht sehen müssen.

Endlich wurde ich in ein Zimmer gebracht. Die nächsten Stunden dämmerte ich vor mich hin.

Immer wenn ich wach wurde, versuchte ich, ganz schnell wieder einzuschlafen. Nur in diesem halbbetäubten Zustand glaubte ich, meinen Kummer ertragen zu können.

Irgendwann hörte ich, wie sich leise die Tür öffnete. Ich stellte mich schlafend.

»Anna?«

Es war Friedrich. Er setzte sich aufs Bett und nahm meine Hand.

»Warum hast du das getan, Anna?«, sagte er mehr zu sich als zu mir. »Wir haben doch eine Chance. Warum willst du alles wegwerfen?«

Wimmernd drehte ich mich um und entzog ihm meine Hand.

»Lass mich«, bat ich ihn.

Er blieb noch eine Weile schweigend sitzen, dann strich er mir übers Haar und stand auf.

»Ich komme, wenn du mich brauchst«, flüsterte er.

Bis zum nächsten Tag verharrte ich in meinem Dämmerzustand. Irgendwann konnte ich bei aller Anstrengung nicht mehr schlafen.

Ich lag da und starrte vor mich hin.

Der Raum sah nicht aus wie ein Krankenhauszimmer. Ein paar bunte Bilder hingen an der Wand, und mein Blick fiel auf fröhlich gemusterte Vorhänge. Die sollten wohl den gescheiterten Selbstmördern die Lust am Leben zurückgeben.

Hatte ich überhaupt sterben wollen? Wenn ich ehrlich war, nein. Ich war nur so unendlich erschöpft gewesen, als ich erkannt hatte, dass mein vermeintlich neues Leben bloß eine schlechte Kopie des alten war. Dass ich mich nur im Kreis gedreht hatte und an genau derselben Stelle wieder angekommen war, wo meine Flucht begonnen hatte.

Eigentlich hatte ich nur eine Weile nichts mehr fühlen wollen. Aber dafür waren fünfzehn Valium vielleicht ein bisschen übertrieben gewesen.

Ein freundlicher Krankenhauspsychologe wollte herausfinden, was die Hintergründe meiner Tat waren. Ich beruhigte ihn nach Kräften. Das Ganze sei ein Unfall gewesen, sagte ich, und ich hätte nicht die Absicht, mich von dieser Welt zu entfernen. Gleich danach teilte ich dem Arzt mit, ich würde nun gerne das Krankenhaus verlassen, und nach Rücksprache mit dem Psychologen stimmte er zu.

Friedrich holte mich ab. Schweigend fuhren wir nach Hause. Er fragte nichts, machte mir aber auch keine Vorwürfe. Hie und da warf er mir einen scheuen Seitenblick zu.

Ich war ziemlich klapprig und legte mich sofort wieder hin. Friedrich versorgte mich mit Essen und Trinken, ich rührte kaum etwas an, war aber dankbar für seine Zuwendung.

Lucy und Jonas schlichen auf Zehenspitzen an mein Bett. Sie sahen mich prüfend an, als wollten sie sich vergewissern, dass ich wirklich lebte.

»Wirst du bald wieder gesund?«, wollte Jonas wissen. Ich nickte.

»Was hast du denn?«, fragte er weiter.

»Liebeskummer«, meinte Lucy, »stimmt's, Mami?«

Ich versuchte ein Lächeln. »Lebenskummer passt besser.«

Am nächsten Tag legte Friedrich mir kommentarlos einen Brief hin. Es war Rilkes Schrift.

Mit zitternden Fingern öffnete ich den Umschlag und entnahm ihm ein handbeschriebenes Blatt. Es war – was sonst – ein Gedicht.

Vergeblich war es
dich zu suchen
weil ich dich niemals wirklich fand

Als ich versuchte
dich zu sehen
hab ich dich nicht einmal erkannt

Als ich versuchte
mich zu nähern
hab ich mich immer mehr entfernt

Als ich versuchte
dich zu spüren
zerfloss dein Bild in meiner Hand

Darunter stand: »Verzeih mir. Danke für alles. Viel Glück, Dein Felix.«

Ich weinte nicht. Ich hielt das Papier ganz fest und wunderte mich, warum Rilke das aufgeschrieben hatte, was ich fühlte. Mit dem Brief in der Hand schlief ich ein.

Ich erwachte von lauten Stimmen im Haus und lauschte, um zu verstehen, was los war. Bevor ich die Stimmen unterscheiden konnte, öffnete sich die Tür und Queen Mum stand im Zimmer.

»Anna, was ist das für eine Geschichte? Ich komme extra von meinem Yoga-Wochenende zurück, weil Friedrich mir sagt, du hättest einen Suizidversuch unternommen, und nun höre ich, es ist alles in Ordnung?!«

»Tut mir Leid, Mummy, nächstes Mal sorge ich dafür, dass du nicht umsonst kommst.«

Sie war näher gekommen und setzte sich auf die freie Betthälfte.

»Wolltest du wirklich … ich meine, wolltest du dich ernsthaft umbringen? Ich versteh dich einfach nicht, du hast doch alles! Wie konntest du nur auf eine so furchtbare Idee kommen!«

Sie sah so gesund und glücklich aus. Seit sie mit Martin zusammen war, schien sie immer jünger zu werden und strahlte noch mehr Kraft und Vitalität aus als vorher.

Wie sollte ich ihr klar machen, was mit mir los war? Wie traurig ich war. Wie sehr ich mich schämte. Dass ich nicht wusste, wie es weitergehen sollte mit Friedrich, den Kindern, meinem ganzen Leben.

»Oder ist es etwa wegen dieses Jungen?«, fragte Queen Mum ungläubig.

Ich machte eine abwehrende Handbewegung. »Ich will nicht darüber sprechen, Mummy.«

»Du willst nie über irgendwas sprechen!«, sagte sie heftig. »Lieber bringst du dich um, was? Man kann nicht vor sich selbst davonlaufen, Anna! Ich bin wirklich enttäuscht von dir.«

Das war mir ja nun völlig schnurz, außerdem war es wahrhaftig nichts Neues.

»Im übrigen hast du mir einen schlimmen Schrecken eingejagt«, fuhr sie mit leiserer Stimme fort und wischte sich eine Träne aus dem Auge. »Aber es hat dich ja noch nie gekümmert, was du bei anderen anrichtest.«

Dann stand sie auf. An der Tür drehte sie sich noch mal um. »Es tut mir Leid, dass es dir so schlecht geht, Anna. Aber bitte finde heraus, welchen Anteil du selbst daran hast. Wenn ich irgendetwas für dich tun kann, lass es mich wissen.«

Damit schloss sie leise die Schlafzimmertür.

Es ist eine Woche vor meinem achtzehnten Geburtstag, und ich bin bei der ersten Beerdigung meines Lebens.

Umringt von Mitschülern stehe ich vor einem frisch ausgehobenen Grab und versuche mir vorzustellen, wie jemand aussieht, der einen tödlichen Motorradunfall hatte.

Julian, der Junge der mich entjungfert hat, ist vor ein paar Tagen achtzehn geworden. Das erste, was er gemacht hat, war die Führerscheinprüfung. Das zweite der Unfall. Er ist mit seiner Maschine unter einen Lastwagen gekommen.

Wir sind schon lange nicht mehr zusammen, und ich habe in der Zwischenzeit mindestens mit Acht anderen Jungen geschlafen. Sex erscheint mir als unkompliziertes Vergnügen, es kostet nichts, ist leicht zu bekommen und dank der Pille ein Genuss ohne Reue.

Obwohl Julian und ich uns selten gesehen haben, habe ich das Gefühl einer besonderen Verbindung, eines Geheimnisses zwischen uns gehabt. Und nun ist er tot. Sein Leben als Erwachsener hat kaum begonnen, da ist es schon beendet.

Neben mir schluchzt das Mädchen, mit dem er zuletzt gegangen ist. Uns gegenüber, auf der anderen Seite des Grabes, stützt sich eine verzweifelt weinende Frau auf einen Mann, dessen Gesicht völlig erstarrt ist. An seinen anderen Arm klammert sich ein ungefähr fünfzehnjähriges Mädchen. Der Mann wankt, fast stürzt er unter dem Ansturm des Leids.

Die Situation hat etwas Unwirkliches, es kommt mir vor, als handele es sich um einen Irrtum, einen bedauerlichen Regiefehler. Jeden Moment erwarte ich eine Stimme, die sagt: »Stopp, Blödsinn, steh auf, Julian, du bist nicht tot. Doch nicht mit achtzehn, wem fällt denn so etwas ein!«

Aber die Stimme kommt nicht.

Wir schaufeln ein bisschen Erde auf Julians Sarg, und ich wundere mich, wie hohl es beim Aufprall klingt. Meine Mitschüler sehen bloß und erschrocken aus. Man sieht ihnen an, dass sie dankbar sind, dass es sie nicht getroffen hat.

Eine Woche später feiern wir meinen Geburtstag.

Von den dreißig Gästen sind elf mit dem Motorrad gekommen. Und ich bewerbe mich in aller Form bei Panne um die Aufnahme in den Rocker-Club. Der Tod geht uns nichts an. Der Tod ist etwas für die anderen.

Die großen Ferien waren da. Kein Kindergarten, keine Schule, die Kinder hingen den ganzen Tag zu Hause herum und stritten. Es herrschte eine lähmende Hitze, die einem fast das Gehirn rausbrannte.

Friedrich hatte Urlaub genommen, weil ich wie ein Schatten meiner selbst durch die Gegend schlich und nicht in der Lage war, den Haushalt zu führen und die Kinder zu versorgen.

»Willst du nicht doch mal zum Arzt?«, fragte er immer wieder, aber ich winkte ab. Es war mir egal, wie es mir ging. Es war mir auch egal, wie es den anderen ging. Mir war alles egal.

Zwischen Friedrich und mir hatte sich eine neue

Rollenverteilung herausgebildet. Anders als früher war er plötzlich sehr fürsorglich und kümmerte sich rührend um mich. Er machte mir keine Vorwürfe mehr, und seine Wut war einer stillen Traurigkeit gewichen.

Ich dagegen war launisch und reizbar, manchmal verfiel ich in depressive Stimmungen oder zog mich unvermittelt ganz zurück. Zum ersten Mal seit Jahren hatte ich aufgehört, mich verantwortlich zu fühlen. Ich überließ Friedrich die Organisation des Alltags, die Kämpfe mit den Kindern, das Schwätzchen mit den Nachbarn. Ich kümmerte mich um nichts, tat nichts und wollte nichts.

Eines Tages klingelte es an der Tür. Friedrich war nicht da, ich dachte nicht daran, zu öffnen. Bevor ich ihn daran hindern konnte, rannte Jonas zur Tür.

»Da ist eine Frau, die will zu dir«, meldete er.

»Schick sie weg«, befahl ich.

Er kam wieder.

»Die will nicht gehen.«

Seufzend erhob ich mich vom Sofa und schlurfte zur Tür.

Es war Frau Wüster. Sie hielt einen Blumenstrauß in der Hand und sah mich verschüchtert an.

»Ich wollte nicht stören, am besten ich gehe doch wieder.«

»Schon gut, kommen Sie rein«, sagte ich und versuchte zu lächeln. Ich nahm ihr die Blumen ab und stellte sie in eine Vase.

Mein Blick fiel in den Garderobenspiegel. Ich sah

zum Fürchten aus. Ich hatte seit Tagen meine Haare nicht gekämmt, war blass und aufgequollen.

Ich bat Frau Wüster, sich einen Moment zu gedulden, und ging ins Bad. Dort machte ich mir eine Art Frisur, legte Rouge und Lippenstift auf und besprühte mich mit Parfüm. Ich holte tief Luft und ging aufrecht die Treppe herunter.

»Mir geht's zur Zeit nicht so gut«, entschuldigte ich mich, »aber ich freue mich, Sie zu sehen.«

Das war nicht mal gelogen, ich freute mich wirklich, dass es jemanden gab, der sich an mich erinnerte. Und Frau Wüster mit ihrer direkten Art und der frechen Stachelfrisur war mir von Anfang an sympathisch gewesen.

»Was fehlt Ihnen denn?«, fragte sie und musterte mich, ob irgendwelche Krankheitssymptome zu erkennen waren.

»Ach, nur ein bisschen Weltschmerz«, sagte ich wegwerfend. Es klang, als hätte ich meine Tage und nicht die Nachwehen einer Überdosis Valium.

»Das mit der Sendung lässt mich einfach nicht los«, sagte Frau Wüster. »Es hat mir wirklich leid getan, dass Sie so wütend waren, wir haben es doch nur gut gemeint.«

»Schon o. k.«, winkte ich großmütig ab, »längst vergessen.«

»Ich wollte Sie fragen, ob Sie nicht vielleicht doch Lust hätten? Der Radio-Talk soll jetzt täglich laufen, wir brauchten noch jemanden fürs Moderatorenteam.«

Ohne nachzudenken schüttelte ich den Kopf. Die Vorstellung, dass ich in meinem Leben noch mal was anderes tun sollte, als auf dem Sofa zu liegen und alles schrecklich zu finden, überforderte mich völlig.

Jetzt ging plötzlich eine merkwürdige Veränderung mit Frau Wüster vor sich. Die sonst so sanfte Frau setzte sich aufrecht hin, sah mich streng an und schimpfte: »Mensch, Bella, verdammt noch mal! Tausende von Leuten wünschen sich diesen Job, und Ihnen tragen wir ihn auf dem Silbertablett nach! Das ist Ihre letzte Chance, und wenn Sie jetzt nicht zugreifen, können Sie mich mal gern haben.«

Sie machte Anstalten aufzustehen.

»Halt, warten Sie doch!« Ich hielt sie am Arm fest.

Sie hatte ja Recht. Ich war eine dumme Gans. Nur weil ich mich fürchtete, wollte ich nicht mehr moderieren. Was hatte ich mir mal vorgenommen? Ich wollte all das tun, wovor ich Angst hatte. Eine Menge davon hatte ich schon getan. Warum nicht auch das?

»Wie oft wäre ich denn dran?«, fragte ich.

»Einmal in der Woche. Das schaffen Sie spielend.«

»Ich brauche ein bisschen Zeit, um mich zu erholen«, bat ich, »aber dann versuche ich es. Sagen wir in drei Wochen?«

»In drei Wochen«, sagte Frau Wüster und schien sich richtig zu freuen.

Eifrig erkundigte sie sich, ob ich Themenvorschläge hätte und welche Gäste ich mir vorstellen könnte. Ich wollte gerade antworten, da kam Lucy ins Zimmer, griff sich grußlos eine Hand voll Kekse vom Tisch und wollte wieder verschwinden.

»Könntest du bitte Guten Tag sagen«, forderte ich sie auf.

»Guten Tag«, äffte sie mich nach.

Ich sah sie an und traute meinen Augen nicht.

In ihrer Oberlippe, leicht rechts von der Mitte, hing ein kleiner, silberner Ring. Die Haut um die Stelle, wo das Metall sich durch das Fleisch bohrte, war rot und angeschwollen.

Sie hatte sich tatsächlich piercen lassen. Sie wusste genau, wie ich das hasste. Natürlich war sie genau jetzt ins Zimmer gekommen, damit ich es sehen sollte.

Ich tat ihr nicht den Gefallen, vor meinem Gast auszuflippen, sondern plauderte locker noch ein bisschen mit Frau Wüster.

»Vielleicht sollten wir ›Mütter und Töchter‹ als erstes Thema nehmen«, sagte ich zum Abschied.

Ich hatte es scherzhaft gemeint, aber Frau Wüster fand, das sei eine tolle Idee.

»Ich melde mich«, versprach sie und stieg in ihr kleines rotes Auto.

Aufreizend stolzierte Lucy vor mir auf und ab. Ich sah ihr an, wie sie auf meine Reaktion brannte.

»Jetzt soll ich dir wahrscheinlich erzählen, wie beschissen ich Piercing finde«, sagte ich ruhig.

»Du sollst mir gar nichts erzählen. Oder ich erzähle dir mal, was ich alles beschissen an dir finde.«

Lucy war Aggression pur. Sie strafte mich für meine Abwesenheit und für die Sache mit dem Valium, obwohl ich ihr längst erklärt hatte, dass ich keineswegs die Absicht gehabt hätte, mich umzubringen.

Am meisten aber strafte sie mich für meine Affäre mit Rilke, die sie als Eindringen auf ihr Territorium wertete. Dreiundzwanzigjährige waren ihre Welt, was hatte ihre Mutter dort zu suchen?

Ich erinnerte mich an einen Moment, als wir uns einmal zufällig im »Rio«, ihrem Stammcafé, getroffen hatten. Ihre Augen waren vor Entsetzen geweitet, als sie mich und Rilke gesehen hatte. Sie war aufgestanden und rausgelaufen, so sehr hatte sie sich vor ihren Freunden für mich geschämt.

Seit ich aus dem Krankenhaus zurück war, ließ sie mich für alles büßen. Ich fühlte mich zu geschwächt, um den Kampf mit ihr aufzunehmen, und meine Zurückhaltung provozierte sie nur noch mehr.

»Warum musste das jetzt auch noch sein, dass sie sich einen Ring durch die Lippe treiben lässt wie ein Stück Vieh?«, fragte ich Friedrich verzweifelt.

Er sah mich nachdenklich an. »Vielleicht hatte sie das Bedürfnis, wenigstens einmal selbst zu entscheiden, wer ihr wehtut.«

24

Eines Tages war Lucy verschwunden.

Es war nicht wie damals, als sie einfach bei Jojo geblieben war. Sie hatte ihren Weggang geplant, hatte Sachen eingepackt, Geld aus der Küchenschublade genommen und einen Brief hinterlassen.

»Ich ertrage Euch nicht mehr. Neben Euch könnte ich verrecken und Ihr würdet es nicht mal merken, so beschäftigt seid Ihr mit Eurer Ehe-Scheiße. Sucht nicht nach mir, ich komme schon durch. Lucy.«

Es war wie eine kalte Dusche, die mich dazu brachte, endgültig aufzuwachen. Friedrich sah mich an, den Brief in der Hand.

»Welcher Tag ist heute?«

Ich griff nach der Zeitung. »Der Zweiundzwanzigste.«

»Weißt du, was das für ein Tag ist?«

Ich nickte. In der gleichen Sekunde wie ihm war es mir eingefallen.

»Lucys Geburtstag!«, rief Friedrich. »Wir haben den Geburtstag unserer Tochter vergessen.«

Eine lähmende Angst breitete sich in mir aus.

So, wie Lucy drauf war, würde sie bestimmt nicht auf sich aufpassen, sondern sich eher noch absichtlich in Gefahr bringen.

Ein erster panischer Anruf bei Jojo ergab, was ich insgeheim erwartet hatte.

»Nee, weiß nicht, wo sie steckt. Wir haben uns nicht oft gesehen in letzter Zeit.«

Fieberhaft überlegten wir weiter, was wir machen sollten. Ich war so außer mir, dass ich keinen klaren Gedanken fassen konnte.

»Ich gehe zur Polizei«, sagte Friedrich schließlich.

Mir war alles recht. Hauptsache, er unternahm irgendwas. Aufgelöst lief ich durchs Haus. Wie konnten wir es nur so weit kommen lassen! Ich machte mir schreckliche Vorwürfe.

Ich telefonierte Lucys Freundinnen durch, in der Hoffnung, sie hätte etwas über ihre Pläne fallen gelassen. Aber entweder wussten die Mädels wirklich nichts, oder sie hielten dicht. Ich erfuhr jedenfalls nichts von Bedeutung, außer, wie wenig ich von meinem Kind wusste.

Sie hatte nichts von ihrem Krach mit dem Mathelehrer erzählt und nichts davon, dass ihre beste Freundin Natalie umgezogen war. Die Freundschaft zu Jojo war schon seit längerem in der Krise, und sie war darüber sehr unglücklich. Außerdem hatte sie angefangen, sich für eine Umweltschutzgruppe zu engagieren und in ihrer Freizeit Unterschriften zu sammeln. Nicht mal davon hatten wir etwas mitbekommen.

Wir hatten seit Wochen nicht miteinander gesprochen, nur, um uns zu streiten. Sie musste sich total verlassen gefühlt haben.

Friedrich gab sich optimistisch, als er von der Polizei zurück war.

»Sie sagen, neunzig Prozent der Vermissten tauchen in den ersten zwei Tagen nach ihrem Verschwinden wieder auf. Wir sollen uns nicht verrückt machen.«

Das sagte sich leicht.

Als das Telefon klingelte, riss ich den Hörer hoch.

»Lucy, bist du's?«

»Nein, hier ist Wüster, störe ich?«

»Nein, ich hatte nur einen anderen Anruf erwartet, entschuldigen Sie bitte.«

»Ich wollte fragen, ob Sie die Unterlagen bekommen haben?«

Welche Unterlagen? Oh, verdammt, übermorgen hatte ich meine erste Sendung. Daran hatte ich überhaupt nicht mehr gedacht!

»Ja, die sind angekommen. Ich bin gerade dabei, sie zu lesen.«

Ich kramte in meinem Poststapel, bis ich den Umschlag gefunden hatte.

»Dann bleibt's also morgen bei unserem Vorgespräch?«

»Selbstverständlich.«

Mir blieb auch nichts erspart.

Ich sah das Material durch. Das sollte ich alles bis morgen lesen! Wie war das Thema? Natürlich, »Mütter und Töchter«. Hatte ich ja selbst vorgeschlagen.

In dieser Nacht lagen Friedrich und ich zum ersten Mal wieder nebeneinander im Bett. Die Zeit davor hatte er im Gästezimmer geschlafen. Aber als wir uns an diesem Abend verabschiedeten, ertrug ich den Gedanken nicht, die ganze Nacht allein mit meiner Angst um Lucy zu sein.

»Komm mit zu mir.« bat ich und ergriff seine Hand. Er zögerte.

»Bitte, Friedrich. Ich mache mir solche Sorgen, ich halte das Alleinsein nicht aus.«

Schließlich gab er nach und legte sich im Bademantel auf seine Bettseite. Ich stellte das Telefon auf den Nachttisch.

Wir schauten eine Weile schweigend in den Fernseher, als käme von dort die Antwort auf unsere brennende Frage. Irgendwann stellte ich den Kasten genervt aus.

»Wo kann sie bloß sein?«, zerbrach ich mir zum hundertsten Mal den Kopf.

Friedrich zuckte die Schultern. »Ich weiß es doch auch nicht. Sie kann überall sein.«

»Und wenn ihr was passiert?«, fragte ich leise.

»Das würde ich mir nie verzeihen.«

»Und mir auch nicht, stimmt's?«

Er sah mich an, und ich spürte, wie er litt. Er schüttelte den Kopf.

»Ich mache dir keinen Vorwurf. Wir haben es beide zu verantworten.«

In einer plötzlichen Gefühlsaufwallung beugte ich mich zu ihm und umarmte ihn.

»Sie wird wieder kommen, ganz bestimmt«, versuchte ich, uns beiden Mut zuzusprechen.

Fast erstaunt bemerkte ich, dass er meine Umarmung erwiderte. Aufschluchzend schmiegte ich mich an ihn. Ich war nicht allein. Friedrich war immer noch da, komischerweise.

Auch der nächste Morgen brachte keine Nachricht von Lucy. Ich nahm all meine Kraft zusammen und vertiefte mich in die Vorbereitung der Sendung. Wie sollte ich das bloß schaffen?

»Was machst du da, Mami?«, erkundigte sich Jonas, als er von Goofy zurückkam, wo er die letzten zwei Tage verbracht hatte.

»Ich habe eine neue Arbeit.«

»Lesen? Und dafür kriegst du Geld?«

Ich lächelte. »Nein, fürs Lesen nicht. Ich rede hinterher im Radio mit Leuten darüber.«

»Ach so, du machst jetzt doch diese Talk-Show?«

»Genau.«

»Mensch, das ist ja irre! Kann ich dich diesmal hören?«

Jonas war ganz aufgeregt.

»Das will ich hoffen!«

Ich versuchte, mich erneut zu konzentrieren, aber Jonas schlich weiter um den Küchentisch herum.

»Wo ist denn Lucy?«

Mist, was sollte ich ihm bloß sagen? Ich überlegte kurz, dann beschloss ich, ihm die Wahrheit zu sagen. Er würde sowieso mitkriegen, dass etwas nicht stimmte.

Ich klappte meinen Ordner zu und sah ihn ernst an.

»Lucy ist abgehauen, Jonas. Wir wissen nicht, wo sie ist.«

»Echt?« Jonas riss die Augen auf. »Ist sie ganz allein?«

»Das wissen wir auch nicht. Hat sie dir irgendwas gesagt? Dass sie verreisen will oder so?«

Jonas dachte angestrengt nach.

»Sie hat gefragt, ob ich ihr mein Taschenmesser leihe. Ich hab sie gefragt, warum, aber sie wollte es mir nicht sagen.«

»Hast du's ihr gegeben?«

Jonas nickte.

Was wollte sie mit einem Taschenmesser? Sich die Pulsadern aufschneiden? Sich gegen Angreifer verteidigen?

»Sie hat mich gefragt, ob ein Flaschenöffner dran ist«, ergänzte Jonas.

»Ist dir noch irgendwas aufgefallen?«

»Ja, neulich habe ich zugehört, wie sie telefoniert hat. Ich glaube, mit Natalie. Da hat sie geschimpft, dass Zugfahren so teuer ist.«

Aufgeregt berichtete ich Friedrich von meiner Unterhaltung mit Jonas. »Das könnte doch eine Spur sein! Vielleicht ist sie zu Natalie gefahren!«

»Wohin ist Natalie denn gezogen?«, fragte Friedrich, aber ich konnte mich nicht erinnern. Ich rief sofort bei ihren Mitschülerinnen an. Leider erreichte ich nur eine von ihnen, und die war sich nicht sicher.

»Irgendwo nach Franken, glaube ich. Amberg, Bamberg, Nürnberg?«

»Wer könnte das denn genau wissen?«, bohrte ich nach.

»Kati und Johanna.« Das waren die zwei, mit denen ich am Vortag auch gesprochen hatte. »Aber die sind heute zusammen in die Ferien gefahren.«

Ich versuchte, mich zu erinnern, wie Natalie mit Familiennamen hieß. Es war irgend so ein komplizierter Doppelname, den ich mir schon aus Prinzip nicht gemerkt hatte. Für uns war sie immer Natalie gewesen, und ihre Mutter und ich hatten uns zwar gesiezt, aber bei den Vornamen genannt.

Es war aussichtslos. Ich bat Friedrich, die wenigen Informationen an die Polizei weiterzugehen. Vielleicht konnten die doch irgendwas damit anfangen.

Ich raste in die Stadt zu meiner Redaktionsbesprechung.

»Sie sehen müde aus«, bemerkte Frau Wüster.

»Gut, dass wir kein Fernsehen machen, was?«, scherzte ich mühsam. Ich hatte mir vorgenommen, nichts über Lucy zu sagen. Private Dinge hatten in einer Redaktionskonferenz nichts zu suchen, fand ich.

Mit aller Kraft versuchte ich, mich aufs Thema zu konzentrieren. Aber Lucy ging mir nicht aus dem Kopf.

Mal war ich zuversichtlich, dass sie bald zurückkommen oder sich melden würde, dann überfielen mich Schreckensvisionen, wie sie vergewaltigt und ermordet am Straßenrand lag, weil sie getrampt war, statt mit dem Zug zu fahren.

Wenn wir nur rauskriegen könnten, wo Natalie wohnte, dann wären wir vielleicht einen kleinen Schritt weiter.

Plötzlich hatte ich *die* Idee.

»Kann man im Radio nicht Suchmeldungen durchgeben?«, platzte ich Frau Wüster ins Wort, die mir gerade den Beziehungsknatsch unserer Studiogäste auseinander setzte.

»Äh … wie bitte?«

Ich vergaß meinen guten Vorsatz und erklärte ihr, was passiert war. Vielleicht könnte man Lucy übers Radio bitten, zu Hause anzurufen, oder Natalie auffordern, sich zu melden.

»Natürlich können wir das machen, ich rufe gleich den zuständigen Redakteur an«, sagte Frau Wüster und sah mich eindringlich an.

»Können Sie unter so schwierigen Umständen morgen überhaupt moderieren? Bitte sagen Sie's ehrlich, noch können wir einen Ersatz organisieren.«

»Ich glaube, ich schaffe es schon«, sagte ich und versuchte ein Lächeln. Diesmal würde ich nicht weglaufen.

Auf dem Heimweg stellte ich mein Autoradio auf »Radio Süd« ein. Und tatsächlich, zwischen zwei Songs hörte ich plötzlich den Moderator.

»So, und das ist eine dringende Suchmeldung. Seit gestern wird die sechzehnjährige Lucy Schrader aus Trudering vermisst. Sie hat eine schwarze Reisetasche bei sich und trägt vermutlich eine neongrüne Windjacke. Lucy, falls du uns hörst, bitte ruf deine Eltern an! Falls sonst jemand etwas über den Verbleib von Lucy weiß, bitte melden Sie sich bei uns oder bei jeder Polizeidienststelle.«

Kaum war ich zu Hause, klingelte das Telefon. Queen Mum.

»Warum sagt mir niemand, dass Lucy verschwunden ist? Das ist ja furchtbar!«

»Ja, Mummy, wir machen uns auch große Sorgen. Aber ich habe keinen Sinn darin gesehen, dich zu ängstigen. Die Polizei sagt, die meisten kommen innerhalb von zwei Tagen wieder.«

»Und seit wann ist sie weg?«

Ich stockte. »Seit anderthalb Tagen.«

»Ich komme zu euch.«

Nein, wollte ich rufen, bitte nicht, aber sie hatte schon aufgelegt.

Ich ließ mir von Friedrich die Nummer der Polizeiwache geben, bei der er Lucys Verschwinden gemeldet hatte. Ich hoffte, es gäbe inzwischen eine Spur von Natalie, aber der Beamte musste mich enttäuschen.

»Ohne den Nachnamen und ohne den Wohnort können wir nichts machen«, sagte er bedauernd, »aber wir haben die Kollegen in Franken informiert. Wenn ihre Tochter dort aufgegriffen wird, hören Sie sofort von uns.«

Ich wich nicht vom Telefon.

Wiltrud meldete sich und heuchelte Anteilnahme; in Wahrheit platzte sie mal wieder vor Neugierde. Ich erklärte ihr, dass ich die Leitung freihalten müsse.

Es klingelte wieder.

»Hi, Bella«, hörte ich Rilkes Stimme. Ich zuckte zusammen.

»Ich will dich nicht nerven«, sagte er schnell, »ich hab nur im Radio von Lucy gehört. Ich wollte dir sagen, am Wochenende ist eine gigantische Techno-Party in Frankfurt. Raver aus ganz Deutschland treffen sich dort, vielleicht wollte Lucy da hin.«

»Danke«, sagte ich und meine Stimme klang heiser.

»Sonst alles klar?«

»Alles klar, Rilke. Mach's gut.«

»Mach's besser, Bella.«

Ich ließ den Hörer sinken.

»Wer war das?«, rief Friedrich aus dem Nebenzimmer, wo er über einer Deutschlandkarte brütete.

»Ein Freund von Lucy. Er denkt, sie könnte nach Frankfurt zu einer Techno-Party gefahren sein.«

»Steht sie denn noch auf Techno?«

»Keine Ahnung.«

Zum x-ten Mal ging ich in ihr Zimmer, wo ich schon Stunden damit zugebracht hatte, nach irgendwelchen Hinweisen zu fahnden.

Ihr Adressbuch war weg, ihr Tagebuch ebenso. Es waren keine Briefe da, die Aufschluss über ihren Aufenthaltsort gegeben hätten. Nichts, absolut nichts.

Es klingelte an der Tür, Queen Mum stürmte ins Haus, einen Henkelkorb in der Hand.

»Kann ich etwas tun?«, fragte sie ohne Begrüßung.

Ja, wieder gehen, dachte ich. Ich schüttelte den Kopf. »Habt ihr schon gegessen?«

Ich verneinte noch mal.

»Dann werde ich euch was richten, ihr müsst was essen, trotz allem.«

Damit verschwand sie fürs Erste in der Küche.

Ich ging zu Friedrich ins Wohnzimmer. Blass und mit angespanntem Gesicht wanderte er durch den Raum, wie immer, wenn er sich aufregte. Er hatte tiefe Ringe unter den Augen.

»Irgendwas Neues?« Hoffnungsvoll richtete er den Blick auf mich.

»Ich glaube, nicht. Das mit der Techno-Party halte ich für unwahrscheinlich. Jojo stand auf Techno, aber seit sie mit ihm nicht mehr zusammen ist, habe ich sie nie mehr davon reden hören. Zuletzt hörte sie wieder diesen Teenie-Kram, ›Tic, Tac, Toe‹ und so was.«

Er nickte und zeigte auf die Karte.

»Ich habe Kringel um die Orte gemacht, wo wir irgendjemanden kennen, und die Namen daneben geschrieben. Vielleicht sollten wir mal rundrufen.«

Ich bezweifelte, dass es viel Sinn hätte. Wenn Lucy bei Verwandten oder Bekannten aufgetaucht wäre, hätten wir es doch längst erfahren. Andererseits, wenn Lucy schwindelte und einfach behauptete, wir wüssten Bescheid?

Außerdem wollte ich das Telefon nicht blockieren; jeden Moment hoffte ich auf den erlösenden Anruf. Halt, ich hatte ja das Handy!

Hektisch wechselte ich den Akku und telefonierte Friedrichs Liste durch. Niemand wusste etwas von Lucy, aber natürlich versprachen alle, sich zu melden, falls sie auftauchten sollte.

»Nun stärkt euch erst mal«, forderte Queen Mum uns auf, die mit einem vollen Tablett aus der Küche kam. »Es bringt keinem was, wenn einer von euch zusammenklappt.«

Die Vorstellung, irgendwelche Körnerpampe zu verspeisen, machte mich überhaupt nicht an, obwohl ich eigentlich Hunger hatte.

Umso erfreuter war ich, als ich mich an den Tisch setzte und sah, was meine Mutter zubereitet hatte.

Auf einer Platte lagen hauchdünne Scheiben luftgetrockneten Schinkens und feinster Salami, dekoriert mit winzigen Tomaten und Oliven, dazu italienisches Weißbrot. Dampfende Canelloni, mit Käse überbacken, bildeten den Hauptgang.

Sie stellte eine Flasche Rotwein dazu und erklärte: »Das Fleisch ist übrigens von einem Bio-Bauernhof.«

»Isst du nicht mehr vegetarisch?«, fragte ich verblüfft. »Nein, Martin hat mir die fleischlichen Genüsse wieder nahe gebracht. Dafür rauche ich nicht mehr.«

Schlagartig wurde mir klar, was mich schon bei der Hochzeit so irritiert hatte. Die ganze Zeit hatte ich gegrübelt, was sich an Queen Mum verändert hatte, aber ich war nicht draufgekommen. Klar, sie hatte während der ganzen Feier kein einziges Mal eine Zigarette in der Hand gehalten.

Dankbar griffen Friedrich und ich zu. Es war tröstlich, mit gutem Essen und Wein verwöhnt zu werden, wenn man so voller Sorge und erschöpft war wie wir.

Die Atmosphäre war ruhig, geradezu friedlich. Seit dem Schock über Lucys plötzliches Verschwinden war zwischen Friedrich und mir eine Art Waffenstillstand eingetreten, ganz von allein und ohne dass wir darüber gesprochen hätten. Wir hatten beide begriffen, dass die Situation ernst war, sehr ernst. Und dass wir sie nur würden ertragen können, wenn wir zusammenhielten.

Queen Mum räumte schweigend ab, während wir unsere Gläser leer tranken, jeder in Gedanken versunken. Es ging auf Mitternacht zu.

»Bist du mir böse, wenn ich versuche, ein bisschen zu schlafen?«, fragte Friedrich.

Ich schüttelte den Kopf. Er stand auf, ging hinter mir vorbei, und seine Hand strich dabei zaghaft über meinen Kopf. Ich hielt sie fest und presste einen Moment meine Wange in seine Handfläche.

Dann ging ich auf die Terrasse und setzte mich in einen Liegestuhl.

Es war ein windstiller Spätsommerabend, immer noch ziemlich warm, aber angenehm. Ich stützte den Kopf in die Hände und starrte in die Dunkelheit. Aus der Küche hörte ich meine Mutter mit dem Geschirr klappern. Das Leben könnte so schön sein, dachte ich plötzlich. So was hatte ich schon lange nicht mehr gedacht.

Aber da war dieser bohrende Schmerz in der Magengegend, diese Angst, die immer wieder aufflammte, diese quälenden Schuldgefühle. Ich war es, die Lucy zu dieser Verzweiflungstat getrieben hatte, durch meinen kindischen Weltschmerz, meinen egoistischen Rückzug.

Ich hatte wirklich auf der ganzen Linie versagt. Als Mutter, als Tochter, als Ehefrau und als Geliebte. Nicht zu vergessen als Sängerin und »Beautyline«-Unternehmerin.

Und morgen würde ich noch mal Gelegenheit haben, mich als Moderatorin zu blamieren, nachdem mir das aus unerfindlichen Gründen beim ersten Mal nicht gelungen war.

Ich war drauf und dran, mich in einer Woge von Selbstmitleid zu ertränken, als meine Mutter sich neben mich setzte, ein Glas Wein in der Hand.

»Ich weiß, wie du dich fühlst, mein Anna-Kind.«

Ich sah sie fragend von der Seite an.

»Erinnerst du dich? Du bist auch mal abgehauen, damals, als du Schauspielerin werden wolltest.«

»Waaas?« Ich konnte mich überhaupt nicht daran erinnern.

»Du bist mit dem Nachtzug nach Berlin gefahren, weil du die Aufnahmeprüfung an der Schauspielschule machen wolltest. Weil du nicht volljährig warst, haben sie dich postwendend zurückgeschickt.«

Oh, Scheiße, sie hatte Recht. Es war eine so furchtbare Niederlage gewesen, dass ich das Erlebnis völlig verdrängt hatte. Mir fiel ein, wie die Typen in der Schauspielschule mich ausgelacht hatten, und ich spürte, wie mein Gesicht rot vor Scham wurde. Aus dieser Erfahrung resultierte wohl meine Angst vor öffentlichen Auftritten, gepaart mit einem merkwürdig masochistischen Zwang, es doch immer wieder zu probieren.

»Du hast damals nicht mal einen Brief hinterlassen. Ich bin fast gestorben vor Angst.«

Ich drückte ihre Hand.

Ob Lucy wusste, was sie mir und Friedrich mit ihrem Verschwinden antat? Wahrscheinlich nicht. Wenn ich mich zurückerinnerte, wie ich mich damals gefühlt hatte, konnte ich mir plötzlich vorstellen, was Lucy empfand.

Sie war, wie alle in ihrem Alter, davon überzeugt, dass ihr nichts zustoßen könnte. Sie war außerdem der Meinung, erwachsen zu sein und ihre Entscheidungen selbst treffen zu können. Sie war wütend auf uns, weil wir uns anmaßten, immer wieder in ihr Leben einzugreifen. Und sie hasste sich dafür, dass sie trotzdem so an uns hing.

Vor allem aber konnte sie sich nicht vorstellen, wie hilflos und verzweifelt man als Mutter sein Kind liebt. Dass man eher sterben würde, als zuzulassen, dass diesem Kind etwas passiert.

Ich lehnte meinen Kopf an Queen Mums Schulter.

»Bist du glücklich, Mummy?«, fragte ich leise.

»Wenn du Martin meinst, ja, mit ihm bin ich glücklich. Sehr sogar. Über anderes in meinem Leben bin ich nicht so glücklich.«

»Vielleicht sollten wir aufhören, uns gegenseitig immer ändern zu wollen«, schlug ich vor.

»Oder immer zu glauben, der andere wolle uns ändern«, lächelte sie.

Spätestens an diesem Punkt hätten wir früher angefangen zu streiten. Jetzt erkannte ich, wie dumm und sinnlos das gewesen war. Meine Mutter würde sich nicht mehr ändern. Ich musste sie nehmen, wie sie war. Besitzergreifend, rechthaberisch, anstrengend. Aber auch großzügig, spontan und unkonventionell. Natürlich mischte sie sich ständig in mein Leben ein, und natürlich hatte sie dazu eigentlich kein Recht. Aber vielleicht war es ja wirklich nur ihre komische Art, ihre Liebe zu zeigen.

Was mich betraf, hatte ich sicher noch einiges zu lernen. Ob das Resultat meiner Mutter gefallen würde oder nicht, konnte mir herzlich egal sein, ich brauchte ihre Bestätigung nicht mehr. Es war mein Leben, und ich wusste, ich würde es irgendwie über die Runden bringen.

Queen Mum erhob sich. Fröstelnd zog sie die Jacke um ihre Schultern enger.

»Ich fahr zurück in die Stadt, Anna-Kind.«

Ich rief ihr ein Taxi und begleitete sie hinaus, wie neulich, als sie mitten in der Nacht zu Martin geflüchtet war.

Ich stellte ihren Korb auf den Rücksitz. Dann umarmte ich sie. Es war ungewohnt, dass sie nicht mehr nach Zigaretten roch. Ich hatte das Gefühl, zum ersten Mal ihren eigenen Duft wahrzunehmen.

»Danke für alles, Mummy.«

Sie drückte mich kurz, dann stieg sie ins Auto und ließ die Scheibe runter.

»Bitte ruft mich sofort an, wenn ihr Nachricht von Lucy habt.«

Ich nickte. Sie begann, die Scheibe raufzukurbeln.

»Mummy?«

Sie hielt inne.

»Ja, Anna-Kind?«

»Ach nichts.«

Ich lächelte. Sie lächelte zurück. Ich sah, dass sie Tränen in den Augen hatte.

25

Es war die Hölle.

Ich war fast die ganze Nacht schlaflos durchs Haus gewandert. Irgendwann war ich erschöpft auf dem Sofa eingeschlafen.

Frühmorgens war ich aufgewacht mit dem Gefühl, jemand habe mir in den Magen getreten. Es war die Angst, die schlagartig zurückgekehrt war.

»Lucy!«, schrie ich auf und brach das erste Mal, seit sie weg war, in verzweifeltes Weinen aus.

Es war jetzt genau zwei Tage her, seit sie verschwunden war. Statistisch gesehen sank ab sofort die Chance, dass sie zurückkommen würde, auf zehn Prozent.

Wie ein geprügeltes Tier schlich ich ins Badezimmer, in die Küche, zu meinen Unterlagen. Als Friedrich aufstand, hatte ich schon zwei Stunden versucht, irgendwelche Informationen in mein Hirn zu pressen. Als er zu mir kam, stand ich auf und warf mich in seine Arme.

»Ich halte diese Ungewissheit nicht mehr aus«, schluchzte ich. Er streichelte mich, und ich merkte, dass er selbst weinte.

Ich hatte so gehofft, die Radio-Durchsage würde einen Erfolg bringen. Aber mit jeder Stunde, die danach vergangen war, war meine Zuversicht geschwunden. Ich wollte nur diese verdammte Sendung hinter mich bringen und dann … Ja, was dann?

»Ihr sollt nicht weinen«, ertönte ein zartes Stimmchen.

Wir lösten uns aus der Umarmung und bemühten uns beide, zu lächeln.

»Habt ihr euch wieder lieb?«, fragte Jonas hoffnungsvoll.

»Ich glaube, wir haben nie aufgehört uns lieb zu haben«, sagte Friedrich, »aber manchmal ist das eben nicht genug.«

Wir frühstückten und gaben uns alle den Anschein, als wäre es ein ganz normaler Morgen.

»Wollen wir eine Radtour machen?«, schlug Jonas vor und fügte leise an: »Wir könnten Lucy suchen.«

Ich tauschte einen Blick mit Friedrich.

»Pass auf«, sagte er, »wir beide machen eine Radtour, damit Mami in Ruhe arbeiten kann. Und heute Nachmittag hören wir uns zusammen ihre Sendung an.«

Das leere, ruhige Haus steigerte noch meine Verzweiflung.

Ich versuchte zu arbeiten und lauschte die ganze Zeit mit halbem Ohr, ob nicht vielleicht doch das Telefon klingelte. Mindestens zehn Mal kontrollierte ich, ob der Hörer richtig auflag, ob der Stecker drin war, ob die Klingel laut gestellt war. Das verdammte Ding rührte sich nicht.

Gegen Mittag fuhr ich in den Sender. Dort herrschte die gleiche Hektik wie beim letzten Mal.

»Ist Ihre Tochter aufgetaucht?«, fragte Frau Wüster in einem ruhigen Augenblick.

Ich presste die Lippen zusammen und schüttelte den Kopf. Mir war klar, dass ich nicht länger daran denken durfte, sonst würde ich die zwei Stunden nicht durchstehen.

Ich hatte drei Studiogäste: eine Mutter um die fünfzig mit ihrer vierundzwanzigjährigen Tochter und einen sympathisch aussehenden Arzt und Psychotherapeuten, der auf Familientherapie spezialisiert war.

Frau Dankwart und ihre Tochter Anita waren sich nicht mal einig, ob sie Kaffee oder Mineralwasser wollten, sie konnten sich nicht entscheiden, wer auf welchem Stuhl sitzen und wer die erste Antwort geben sollte. Bei unserem kurzen Vorgespräch wurde klar, dass es kein Thema gab, das die beiden nicht erst mal ausdiskutieren mussten.

Professor Lanz lächelte unmerklich in sich hinein, als er ihnen zuhörte. Die wären sicher ein gefundenes Fressen für seine Praxis, aber als ich nachfragte, ob sie schon mal eine Therapie gemacht hätten, waren sie sich das erste Mal an diesem Nachmittag einig. Eine Therapie? Niemals, sie waren doch nicht gestört!

Der Countdown lief: Werbung, Nachrichten, Wetter, Verkehrsdurchsage. Statt, wie beim letzten Mal, immer nervöser zu werden, wurde ich plötzlich ganz ruhig. Nichts war wirklich wichtig, schon gar nicht eine Radio-Talk-Show. Wichtig war nur, dass meine Tochter zurückkam.

Der Anfangs-Jingle lief. Eine männliche Stimme

sprach in die Musik hinein: »Und nun die Radio-Talk-Show auf Radio Süd, heute mit Bella Schrader.«

Ich schluckte vor Schreck, meinen Namen zu hören, dann machte ich die Begrüßung und sagte die erste Musik an.

Mutter und Tochter rutschten unruhig auf ihren Stühlen hin und her, der Doc lächelte weiter unergründlich vor sich hin.

»Fragen Sie mich ruhig, was mich an meiner Mutter nervt«, platzte Anita heraus.

»Das erzählst du ja sowieso jedem, egal, ob du gefragt wirst oder nicht«, giftete Frau Dankwart zurück.

»Verschießen Sie Ihr Pulver nicht«, lächelte ich. »Wir sind noch gar nicht auf Sendung.«

Nach »Radar Love«, einem meiner Lieblings-Oldys, stellte ich meine Gäste vor und forderte die Zuhörer zum Anrufen auf.

Dann hetzte ich als erstes die zwei Streithennen aufeinander, die wie auf Knopfdruck anfingen zu zetern. Anschließend befragte ich den Professor nach den typischen Konflikten zwischen Müttern und Töchtern. Er stellte anschaulich dar, welche falschen Erwartungen und Missverständnisse das Mutter-Tochter-Verhältnis belasten können, und ich hätte am liebsten bei jedem seiner Worte zustimmend genickt. Der Mann blickte durch.

Das Telefon lief heiß. Offenbar hatten wir mit diesem Thema in ein Wespennest gestochen. Wütende Töchter, enttäuschte Mütter, genervte Ehemänner und verständnislose Söhne nutzten die halb anonyme Situation, um Dampf abzulassen. Ich war überrascht, wie offen die Anrufer von ihren Problemen sprachen. Im Radio konnte man eben nicht gesehen werden. Ob die Leute ihren richtigen Namen sagten oder nicht, konnten wir nicht nachprüfen, und so fiel manche Hemmschwelle.

Ich kam kaum dazu, ein paar Musiktitel zu spielen, da war die erste Stunde schon um.

Die zweite Stunde stand unter dem Motto: Einschneidende Erlebnisse zwischen Müttern und Töchtern. Sie sollte Gelegenheit geben, sich an gemeinsam Erlebtes zu erinnern, auch an Positives.

Frau Dankwart erzählte, wie unendlich glücklich sie sich gefühlt hatte, als sie nach einer schweren Kaiserschnittgeburt ihre Tochter das erste Mal im Arm gehalten hatte.

»Da konnte ich mir noch nicht vorstellen, wie viel Kummer mir die Kleine später machen würde«, sagte sie mit traurigem Lächeln.

Ihre Tochter sah starr vor sich hin.

»Und du, Anita, an welches wichtige Erlebnis kannst du dich erinnern?«, fragte ich sie sanft.

»Ich ... ich weiß nicht. Einmal wollte ich alles hinschmeißen und von zu Hause weglaufen.«

Ich schluckte.

»Warum hast du es nicht getan?«

Sie lachte auf.

»Ich hatte schon alles vorbereitet, meine Tasche gepackt, meine Sparbüchse aufgebrochen, Brote geschmiert und versteckt. Dann kriegte ich Fieber. Ich lag mindestens 'ne Woche im Bett. Meine Mutter hat mich total lieb gepflegt. Später hat sie verwundert gefragt, was die verschimmelten Brote im Briefkasten zu bedeuten hätten.«

Alle lachten. Beim Versuch, ebenfalls zu lachen, kamen mir die Tränen. Ich schlug die Hände vors Gesicht.

»Frau Schrader, was ist denn?«

Professor Lanz sah mich erschrocken an.

»Nichts«, stammelte ich, »meine Tochter ist vor zwei Tagen abgehauen. Ich mache mir große Sorgen, wissen Sie.«

Er nickte. »Das verstehe ich sehr gut. Haben Sie eine Ahnung, warum Ihre Tochter das getan hat?«

»Ich glaube schon. Ich habe sie ziemlich im Stich gelassen in letzter Zeit; mir ging's selbst nicht so gut, und da habe ich mich wohl nicht genug um sie gekümmert.«

Ich konnte die Tränen nicht mehr zurückhalten.

Frau Dankwart und Anita sahen mich eingeschüchtert an. Das war nicht vorgesehen, dass die Moderatorin in Tränen ausbrach. Warum knallte die verdammte Technikerin keine Musik rein, bis ich mich beruhigt hatte? Im Technikraum schienen alle zu Salzsäulen erstarrt zu sein.

Ich schluchzte und schluckte und kämpfte mit aller Kraft gegen das Weinen an. Dass mein Make-up an fing, sich aufzulösen, war nicht so schlimm, schlimmer war, dass ich meine Stimme nicht unter Kontrolle hatte.

Das Telefon klingelte.

Ausgerechnet jetzt mussten die mir ein Gespräch

reinlegen! Ich drückte den Annahmeknopf, in der Hoffnung, der Anrufer würde so lange reden, bis ich mich wieder gefasst hätte.

»Hallo?«, brachte ich heraus.

Am anderen Ende der Leitung atmete jemand.

»Wer ist denn da?«

»Mami … ich bin's, Lucy.«

Ich brachte kein Wort heraus.

»Mami, hörst du mich?«

»Ja, Lucy, ich hör dich«, krächzte ich endlich.

»Ich wollte dir nur sagen, es ist alles o. k. Macht euch keine Sorgen.«

»Lucy, leg nicht auf! Wo bist du?«

»Ich melde mich wieder. Tschüss.«

Klack. Die Leitung war unterbrochen.

O Gott, war ich erleichtert!

Im Studio redeten jetzt alle durcheinander, ich weinte und lachte gleichzeitig.

Endlich kam die Schlaftablette von Technikerin auf den glorreichen Gedanken, Musik einzuspielen.

Ich weiß nicht, wie ich den Rest der Sendung hinter mich gebracht habe, irgendwann lag ich jedenfalls in den Armen von Frau Wüster.

»Es ist das reine Wunder, dass sie überhaupt durchgekommen ist«, sagte sie. »Die Leitungen waren so überlastet, wir hatten Angst, sie würden zusammenbrechen. Dann hatte ich dieses junge Mädchen an der Strippe, das sagte: ›Ich muss Frau Schrader was Wichtiges sagen.‹ Irgendwie wusste ich, das kann nur Ihre Tochter sein!«

Dankbar drückte ich sie an mich. »Die Sendung war wohl nicht ganz so, wie Sie und Herr Bammer sich das vorgestellt hatten; was?«, fragte ich.

Sie sah mich eindringlich an. »Ich arbeite seit vielen Jahren beim Radio, und noch nie habe ich mir vor Aufregung fast in die Hose gemacht. Das war ein Stück richtiges Leben, und das verirrt sich sonst selten zu uns!«

Ich verstand nicht genau, was sie meinte. »Ist das jetzt gut oder schlecht?«

Sie lachte. »Ich würde mich freuen, wenn wir uns in Zukunft duzen würden«, sagte sie statt einer Antwort, »ich finde, Sie sind eine tolle Frau.«

»Du bist auch eine tolle Frau«, erwiderte ich und fuhr ihr mit der Hand durch die Igel-Haare.

Als ich aus dem Sender kam, warteten Friedrich und Jonas auf mich.

»Sie ist in Nürnberg. Bei Elisabeth«, sagte Friedrich. »Waaas?«

»Kurz bevor die Sendung losging, rief sie an. Ich nehme an, Elisabeth hat sie dazu gebracht. Ich sagte ihr, wo du bist, und danach muss sie die Idee gehabt haben, sich bei dir zu melden.«

Offenbar war unsere Vermutung richtig gewesen, und Lucy war zu ihrer Freundin Natalie getrampt. Die beiden hatten zwei Tage und Nächte bei irgendwelchen Freunden zugebracht, dann hatten sie sich gestritten. Weil Lucy kein Geld mehr hatte und nicht wusste, wohin, war sie auf Tante Elisabeth verfallen, die in der Nähe wohnte.

»Wir fahren sofort hin und holen sie ab«, schlug ich vor.

»Lass uns noch ein bisschen warten«, sagte Friedrich. »Ich habe mit Elisabeth gesprochen und glaube, ein paar Tage mit ihr werden einen guten Einfluss auf Lucy haben. Du kennst das doch selbst, manchmal muss man mit jemandem reden, der nichts mit dem eigenen Gefühlskuddelmuddel zu tun hat.«

Da hatte er wahrscheinlich Recht. Und so schwer es mir fiel, Lucy nicht sofort in die Arme schließen zu können, ich erklärte mich einverstanden.

Drei Tage später holte ich sie am Bahnhof ab.

»Lass mich allein hinfahren«, hatte ich Friedrich gebeten.

Aufgeregt wie vor einem Rendezvous erwartete ich Lucy am Bahnsteig.

Als der Zug mit zehn Minuten Verspätung endlich einfuhr, trat ich ungeduldig von einem Fuß auf den anderen.

Da! Dort hinten kam sie. Unübersehbar mit der neongrünen Windjacke und dem leicht abgehackten Gang, der durch die Plateausohlen hervorgerufen wurde. Sie machte ein betont unbeteiligtes Gesicht, so, als würde ich sie von der Schule abholen und nicht von einem Abenteuer, das mich fast um den Verstand gebracht hatte.

»Hallo, Mami.«

Ich stand ganz still und sah sie an. Sie trug immer noch den Silberring in der Lippe, das Symbol ihrer Verletzungen. Zart strich ich mit dem Zeigefinger über die Stelle. Dann nahm ich meine Tochter vorsichtig, wie einen zerbrechlichen Gegenstand, in die Arme. Die Tränen rannen mir übers Gesicht.

»Hallo, mein kleines, großes Mädchen.«

Einen Moment hielten wir uns schweigend umarmt, dann sagte Lucy: »Wollen wir ins ›Rio‹, ein Eis essen und ein bisschen quatschen?«

26

Heute war mein Geburtstag. Achtunddreißig. Kein schlechtes Alter, um endlich nicht mehr nur Tochter, Ehefrau oder Mutter zu sein, sondern ganz einfach ich selbst.

Ich saß mit Friedrich in einem kuscheligen, kleinen Lokal, wir hatten köstliche Tagliatelle und Seezunge in Zitronensoße verspeist und prosteten uns mit Weißwein zu.

»Herzlichen Glückwunsch, Anna«, sagte Friedrich und reichte mir ein großes Paket, das er unter seinem Stuhl gelagert hatte. Dann küsste er meine Hand. Gleich danach lächelte er verlegen, öffentliche Gefühlsausbrüche waren ihm peinlich.

Ich lächelte zurück. Es war ein strahlendes Lächeln, das tief aus meinem Inneren kam.

»Wow!«, sagte ich und legte das Paket neben mich, »das ist ja riesig. Ich mache es später auf, o. k.?«

Ich hatte nicht mehr das Gefühl, alles sei umsonst gewesen. Ich war nicht einfach in mein altes Leben zurückgekehrt, denn *ich* war nicht mehr die alte.

Ich hatte eine wunderbare Liebe erlebt und viele wichtige Erfahrungen gemacht, Erfahrungen, die man mit achtunddreißig haben sollte. Nebenbei hatte ich zwölf Kilo abgenommen, und ich fühlte mich so gut wie noch nie in meinem Leben. Ich hatte herausgefunden, dass ich keine perfekte Mutter war. Und keine perfekte Mutter hatte. Aber dass in uns beiden mehr steckte, als ich mir je hätte träumen lassen. Ich hatte viel weniger Ängste als früher. Und ich wusste inzwischen, dass ich mit einem Mann verheiratet war, der gute Gespräche mindestens so schätzte wie guten Sex. Seit der Sache mit Lucy hatten Friedrich und ich so viel miteinander gesprochen wie in den sechzehn Jahren vorher zusammen.

»Ich habe ein kleines Bauernhaus gefunden«, hörte ich ihn jetzt sagen, »es ist renovierungsbedürftig, aber dafür ganz billig.«

Mein Lächeln erstarb. Das war doch kaum zu glauben, jetzt verdarb er uns den schönen Abend mit dieser leidigen Diskussion! Ich weiß nicht, wie oft ich ihm schon gesagt hatte, dass mir zu viel Natur aufs Gemüt schlägt.

»Fängst du schon wieder an? Ich will nicht aufs Land. Wenn ich schon umziehe, dann in die Stadt«, brauste ich auf.

Er zog einen Umschlag aus der Tasche und legte ihn vor mir auf den Tisch.

»Was ist das?«, fragte ich irritiert. »Schon wieder ein Gutschein?«

Ich öffnete den Umschlag und griff hinein. Es war ein Schlüssel. Um Gottes willen, er hatte diese olle Bauernkate doch hoffentlich nicht gekauft und wollte sie mir jetzt zum Geschenk machen?

»Das ist der Schlüssel für deine neue Wohnung«, erklärte Friedrich. »Vier Zimmer, große Wohnküche, Bad, Balkon, sonnig, ruhig und mitten in der Stadt. Nächsten Monat kannst du mit den Kindern einziehen.«

Ich war sprachlos.

»Und du?«, flüsterte ich, als ich die Fassung wieder gefunden hatte.

»Das vierte Zimmer könnte das Gästezimmer sein.«

Ich war so überwältigt, dass ich nicht wusste, ob ich lachen oder weinen sollte.

»Willst du dich scheiden lassen?«, war die erste Frage, die mir einfiel.

Friedrich lachte. »Im Gegenteil! Ich bin zu der Einsicht gekommen, dass es unserer Ehe gut tun würde, wenn wir uns in Zukunft ein bisschen weniger wie Eheleute verhielten.«

»Wie meinst du das?«, fragte ich verwirrt.

»Na ja, wer sagt denn, dass ein Ehepaar unbedingt zusammen wohnen muss? Wenn du glaubst, in der Stadt glücklicher zu sein, musst du in die Stadt ziehen. Ich liebe dich und will, dass es dir gut geht.« Nach einer kleinen Pause fügte er leise hinzu: »An den Wochenenden könnt ihr mich ja auf dem Land besuchen.«

Mir stiegen Tränen in die Augen. Tränen der Rührung.

Ich stand auf, lief um den Tisch herum und fiel Friedrich um den Hals. Er sah sich nervös um und versank fast in den Erdboden vor Verlegenheit, aber das war mir egal.

Hatte ich wirklich einen so tollen Mann geheiratet? Und wie kam es, dass ich es so lange nicht gemerkt hatte? Ich nahm mir vor, in Zukunft nicht mehr davon auszugehen, alles über die Menschen in meiner Umgebung zu wissen. Ich hatte in letzter Zeit zu viele Überraschungen erlebt.

Zu Hause packte ich Friedrichs Geschenk aus. Es war eine blau-grüne Obstschale, ganz ähnlich wie die, die ich damals zertrümmert hatte. Kurz darauf war auch unsere Ehe um ein Haar in die Brüche gegangen. Die Scherben waren wie ein böses Omen gewesen.

Dass Friedrich mir nun wieder so eine Schale schenkte, bedeutete mir viel. Es war ein Zeichen der Hoffnung. Noch vor ein paar Wochen hätte ich keinen Pfifferling für unsere Beziehung mehr gegeben. Aber vielleicht war seine Idee genau richtig. Wer wusste schon, was zwischen uns noch alles möglich war.

Ich umarmte Friedrich und hielt ihn lange fest.

»Danke«, flüsterte ich, »danke für alles!«

Ich weiß nicht, ob ich zufällig oder absichtlich am »Rio« vorbeiging. Auf jeden Fall entdeckte ich beim Blick durch die Scheiben Rilke mit seiner Clique.

Ich hatte diesen Moment herbeigesehnt und gleichzeitig gefürchtet. Immer wieder hatte ich mir vorgestellt, wie es sein würde, ihm zu begegnen. Ob ich traurig sein würde, aufgeregt oder verlegen. Ob es mir danach schlecht gehen würde, oder ob ich es cool wegstecken könnte. Ihn anzurufen hatte ich mich nicht getraut. Aber dass wir uns irgendwann zufällig treffen würden, war eigentlich klar gewesen.

Ich war stehen geblieben. Er hatte mich nicht bemerkt. Es war Fixi, die ihn auf mich aufmerksam machte. Er sah hoch, seine Augen hinter den kleinen, runden Brillengläsern blitzten auf.

»Was für ein süßer Typ!«, dachte ich, wie damals, als ich ihn zum ersten Mal gesehen hatte. Ja, er gefiel mir immer noch, und ich wusste genau, warum ich mich in ihn verliebt hatte.

Er stand auf und kam heraus.

»Hi, Bella, alles klar?«, grinste er und küsste mich auf den Mund. Jetzt war ich doch verwirrt. Durfte er das? Ach was, als hätte er sich darum jemals geschert.

»Hast du's eilig? Soll ich dich ein Stück begleiten?«

Ich nickte. Wir gingen nebeneinander her.

Er fragte, ob Lucy wieder aufgetaucht sei und wie es Jonas ginge. Irgendwann entstand eine Gesprächspause. Er schaute auf den Gehweg, dann sah er mich schräg von unten an. Er wirkte plötzlich wie ein Junge, der etwas angestellt hat.

»Bist du sehr wütend auf mich?«

Ich sah ihn überrascht an. Wütend? Nein, das war ich nie gewesen. Ich war verletzt gewesen, traurig und deprimiert. Aber niemals wütend.

Ich schüttelte den Kopf. »Spiel nicht den Zerknirschten, Rilke, es ist alles o. k.«

»Aber ich habe mich nicht gerade nach den Regeln des Trennungs-Knigge verhalten.«

»Stimmt«, räumte ich ein, »aber unsere ganze Geschichte lief nicht besonders kniggegemäß ab, oder? Übrigens, die Sache mit Pakleppa tut mir Leid. Ich hoffe, du hattest nicht zu viel Ärger.«

»Im Gegenteil«, lachte er, »ich war für 'ne Weile

die Attraktion der Szene. Immerhin hat Pakleppa meinen Namen erwähnt, das hielten die meisten Leute schon für eine Sensation.«

Er blieb plötzlich stehen, packte mich an den Schultern und flüsterte mir ins Ohr: »Ich hatte mit dir den besten Sex meines Lebens. Das werde ich nie vergessen!«

Das ist doch was, dachte ich und fühlte, wie ich rot wurde.

»Wie geht's der Chaos-Community?«, sagte ich und setzte mich wieder in Bewegung.

»Hartmann hat eine Freundin, stell dir vor«, erzählte Rilke, »und Nicki ist für 'ne Weile nach Thailand.«

»Und … das Mädchen, ich meine …«

»Sandrine?«

Ich nickte.

»Wohnt jetzt bei uns. Mich hat's echt erwischt.«

Ich schluckte. Dann gab ich mir einen Ruck.

»Ich freue mich für dich, ehrlich. Mit mir alter Schachtel konnte das auf Dauer nicht gut gehen.«

»Ach, Quatsch, das hatte mit dem Alter nichts zu tun. Wir hatten eine klasse Zeit, aber du hast 'ne Familie, Kinder, ein ganz anderes Leben. Ich hatte das Gefühl, ich halte dich vom Wesentlichen ab.«

Vielleicht hatte er ja Recht. Auch wenn ich's damals nicht so sehen konnte.

Rilke blieb wieder stehen. Er scherte sich nicht darum, dass wir mitten auf der Leopoldstraße standen und alle Leute um uns herumgehen mussten. Sein Gesicht wurde ernst.

»Du warst sehr wichtig für mich. Ich weiß nicht, ob du … von der Sache mit Sylvie weißt …?«

Ich nickte. Sylvie war seine Freundin, die sich aus dem Fenster gestürzt hatte.

»Ich hatte danach das Gefühl, eine Gefahr für andere zu sein. Ich konnte keine Frau mehr an mich ranlassen, jedenfalls keine in meinem Alter. Du warst erwachsen und stark, bei dir hatte ich nicht die Angst, ich könnte dich verletzen.«

»Irrtum«, lächelte ich. »In der Zeit mit dir war ich nicht erwachsen und stark. Ich war dreiundzwanzig und hab vieles von dem nachgeholt, was ich in diesem Alter versäumt habe. Meine Gefühle waren die einer Dreiundzwanzigjährigen, mein Verhalten war es und meine Fehler auch.«

»Und wie alt bist du inzwischen?«, fragte er.

»Letzte Woche bin ich achtunddreißig geworden«, lachte ich.

Wir waren bei dem Einrichtungsladen angekommen, in dem ich nach einem Sofa für die neue Wohnung schauen wollte.

»Also dann«, sagte ich und wollte ihm die Hand geben.

Er nahm mich in die Arme.

»Mach's gut, Bella, meine Schöne.«

Ich drückte ihn kurz an mich, diesen kantigen, kräftigen Jungenkörper, den ich so geliebt und begehrt hatte wie keinen anderen. Ich saugte seinen Duft ein und spürte die weiche Haut in seiner Armbeuge. Einen Moment war ich wehmütig. Dann dachte ich: Du hast ihn doch gehabt, du blöde Kuh!

Er hatte sich schon umgedreht, da hörte ich hinter mir seine Stimme: »Schläfst du wieder mit deinem Mann?«

Ich blieb abrupt stehen und drehte mich um.

Ein paar Leute sahen mich im Vorbeigehen neugierig an. Rilkes Blick war herausfordernd und scheu zugleich.

»Bisher nicht«, lächelte ich, »aber du bringst mich da auf eine Idee!«